KB232988

아쿠타가와 류노스케

문학의 이해

한국학술정보㈜

김난희 지음

문학의 이해

아쿠타가와 류노스케

한국학술정보㈜

아쿠타가와 류노스케(芥川龍之介)는 일본뿐만 아니라 한국에서도 널리 알려진 작가로서 그의 작품들은 국내에서도 상당수 번역 소개되어 있다. 또 일본의 유수 잡지사인 「문예춘추(文芸春秋)」사에서 1935년에 '아쿠타가와상(芥川賞)'이 제정된 이래 최근에는 재일한국인들도 수상의 영예를 누리게 됨으로써 한국의 매스컴에서도 종종 접하게 되는 작가이다.

현재 국내의 일본 근·현대문학 연구현황을 보면 나쓰메 소세키(夏目漱石)가 가장 많으며, 이어서 두 번째로 많은 연구가 이루어지고 있는 작가가 아쿠타가와 류노스케로 통계되고 있다. 그런 만큼 아쿠타가와 류노스케 관련 서적은 번역서에서 연구서에 이르기까지 이미 많이 출판되었다.

기존에 나온 연구서를 보면 아쿠타가와의 생애를 다룬 작가론 계열, 기독교관련 연구, 개개의 작품들을 분석 고찰한 논문 모음집 계열로 수렴된다. 본서는 기존의 연구서와는 체제를 달리함으로써 중복을 피하고자 했다.

본서는 방법론에 따라 3부로 구성하였다. 1부는 모티프별로 분류하여 아쿠타가와의 여러 작품을 동시에 고찰함으로써 아쿠타가와 문학을 조감하는 방식을 취했다.

2부는 개별 작품을 수사비평, 오리엔탈리즘, 포스트 콜로니얼비평 등의 다양한 방법론을 적용하여 조망함으로써 아쿠타가와 작품해석의 하나의 지평을 제시했다. 3부는 저자의 박사학위논문인 「아쿠타가와 류노스케의 타자성 연구」의 일부를 수록하였다.

이러한 구성을 택한 것은 날실과 씨실이 얽혀 아라베스크 문양의 천이 짜여지듯이 아쿠타가와 문학을 다각적으로 바라봄으로써 전체적인 모습을 드러내는 데 일조할 것으로 판단하였기 때문이다.

아쿠타가와는 일찍이 글쓰기의 방법론에 대해 숙고한 작가인 만큼 그의 글은 독해의 묘미가 넘친다. 읽으면 읽을수록 새로운 의미가 생겨난다. 아쿠타가와는 "문학작품이란 작가와 독자가 함께 완성하는 것"이라는 것을 항상 자각하면서 글을 쓴 작가로서 독자의 몫을 반드시 남기고 있다. 그래서 그의 문학은 독서 후의 여운이 있으며, 열린 상태로 끝나기 때문에 해석 또한 무한하게 열려 있다. 열린 텍스트를 독해한다는 것은 아쿠타가와 '읽기'의 즐거움이기도 하다. 필자는 아쿠타가와가 남겨 놓은 여백을 성실하게 읽어내려고 노력하였다. 이것이 한 권의 연구서라는 결실로 나오게 되었다. 이 책이 아쿠타가와에게 관심있는 독자들에게 작은 보탬이 되었으면 하는 바램이다.

아쿠타가와는 35년이라는 짧은 생애를 살면서 진지하게 실존의 문제에 천착했다. 그가 선택한 것은 예술이라는 인공의 날개를 달고 실존의 부조리와 일상의 불쾌를 초극하는 방법이었다. 비록 그의 날개가 희랍신화에 나오는 이카루스의 날개처럼 높이 비상하다가 태양에 녹아내렸다고는 하나 그의 삶의 궤적은 지금도 여전히 우리의 심금을 울린다.

올해는 아쿠타가와가 서거 80주기가 되는 해이다. 오랜 세월임에도 불구하고 아쿠타가와의 문학은 세월에 빛바래지 않고 더욱 영롱한 광채를 발하고 있다. 이것이 고전작품의 현대성인 것 같다. 1927년에 생을 마감한 아쿠타가와를 기리기 위해 2007년 7월에 이 책을 쓴다.

아울러 이 책의 출판을 위해 애써주신 한국학술정보(주) 여러분들께도 감사의 마음을 전한다.

2007년 7월 24일

김 난 희

차 례

제 1 부

제 1 장

아쿠타가와 류노스케(芥川龍之介)와
'세기말 유럽문학'

1. 서 론

아쿠타가와 류노스케(芥川龍之介)의 텍스트에는 유난히 '세기말' 또는 '세기말 문학'에 대한 언급이 많다. 실제로 그의 문학에는 세기말 문학의 영향이 짙게 배어 있음을 본다. 세기말 예술의 특징은 향락추구, 예술을 위한 예술, 불안과 우수, 권태, 니힐리즘 등을 들 수 있다.

그러나 아쿠타가와의 세기말 의식에는 향락적인 것보다는 불안과 공포를 드러낸 것이 많다. 그는 다니자키(谷崎)나 고티에(T · Gautier) 의 향락보다는 포(Poe)나 보들레르의 절박함에 공명하고 있다.[1] 아쿠타가와가 세기말 유럽문학에 관심을 갖게 된 것은 일고(一高) 재학시절부터이다. 아쿠타가와가 스무 살이 되던 1911년의 일고는 교칙에 따라 1학년생은 모두가 기숙사 생활을 해야 했는데, 그는 기숙사 생활에 적응하지 못하고 매주 토요일에는 자택에 돌아와 독서에 심취하였으며, 일고도서관, 제국도서관, 마루젠(丸善)서점에 다니며 19세기 말 유럽의 문학서를 섭렵했다. 이때 회의주의 · 염세주의

---

1) 国文学『芥川龍之介』 1996, 4月号, p.122.

적 경향이 더욱 조장되었다고 한다.[2]

이 무렵 일본의 시대상황은 대역사건(大逆事件: 1910 – 11년) 직후로서 정치적으로 꽁꽁 얼어붙은 시기였다. 아쿠타가와는 정의의 목소리를 내고 행동할 수 없는 이 시기에 그 특유의 절망적 인식으로 세기말 예술에 심취하게 되었다고 생각한다.

본 연구는 아쿠타가와가 세기말 문학에 심취한 동인(動因)을 대역사건 이전의 근원으로 거슬러 올라가 '생모의 정신이상'에서부터 추론해 보는 것이 설득력이 있다고 생각한다. 그 후 '대역사건'이라는 외부적 동인이 가세하여 세기말적 감성이 심화되었다고 봄으로써 아쿠타가와 문학에 대한 전체상을 포착해 보고자 한다.

또한 본고는 그의 작품이 지향하는 '예술지상주의'와 반복적으로 나타나는 '죽음욕동(타나토스)'을 세기말 문학관의 표출로서 고찰함으로써 아쿠타가와와 세기말 문학의 관계를 아울러 밝혀 보고자 한다.

텍스트로는 『芥川龍之介全集(全十二卷)』(岩波書店, 1983)을 사용했다.

2. 본 론

1) 세기말 문학 심취의 동인

(1) 생모의 정신이상

아쿠타가와 문학에서 '생모의 광기'는 아쿠타가와 문학을 해독하는 열쇠 역할을 한다. 그는 굳게 봉인해서 은폐시키려고 하고 있으나 도처에 '광기의 생모'가 숨은 그림처럼 들어 있는 것을 볼 수 있

---

2) 森本修『新考・芥川龍之介』'高等学校時代' pp.99 – 118.

기 때문이다. 류노스케(龍之介)가 출생한 지 8개월 만에 돌연 발생한 생모의 정신이상은 그의 운명을 결정지어 놓았다고 말할 수 있다. 어머니 후쿠(福)는 아쿠타가와 순제(芥川俊清)의 3남 5녀 중 4녀로 1860년에 태어났으며 1902년 류노스케가 11세 되던 해 겨울(11월 28일) 향년 42세로 타계한다. 생모의 정신병 발병은 아쿠타가와의 정신생활에 지대한 영향을 끼치게 된다. 살아 있는 시체로 10년이나 생존한 생모를 지켜보면서 자신의 몸에도 흐를지 모르는 광기의 유전(遺伝)에 대한 두려움, 광인의 자식이라는 따가운 시선을 느꼈을 것이다. 때문에 그는 남보다 일찍 타자의 세계를 호흡하고 현실로부터 유리된 삶을 살았을 것이라고 추측할 수 있다.

사토 야스마사(佐藤泰正)는 "어머니의 광기와 죽음이 일찍이 아쿠타가와의 자의식을 각성시켰으며 모태회귀, 근원복귀의 충동은 죽음에의 유혹, 친화를 불렀다"고 말한다.[3]

생모의 정신이상은 삶에 대한 신념을 희박하게 만들었으며 모든 에너지를 자신에게 집중시켜 몰입함으로써 외계와는 격리된 생활을 추구하게 된 근원이 되었다고 생각한다. 그래서 자신이 살고 있는 고독한 세계를 특권화하고 점점 번거로운 일상과는 멀어지고 만다. 이것은 세기말 작가들이 '소외'를 지향한 태도와도 흡사하다.

또 아쿠타가와는 1892년에 태어난 자신을 "세기말에 인간이 된 나(世紀末に人となった僕)"[4]라고 표현할 정도로 자신이 태어나고 자란 유년기인 1890년대를 '세기말'로서 강하게 의식하고 있음을 본다. 유럽 세기말 사조는 조락(凋落)에 대한 애상감을 나타내고 퇴폐를 추구했다. 1850년대의 각국의 문학에서 볼 수 있듯이 신비적·공상적 예술을 지향하는 것은 현실세계를 환영으로 보고 진보·사랑·신앙 등

---

3) 『国文学』 '芥川と母' 学灯社 1988, 5月号, p.34.
4) 아쿠타가와 류노스케 『속 문예적인, 너무나 문예적인』.

이 모두 허망한 것이라는 정신에서 발로한다. 이러한 경향은 포(E · A Poe), 스웨덴 보리(Swedenborg), 호프만(E · T · A Hoffmann), 보들레르(Baudelaire), 네르발(Nerval) 등의 작품에 두드러졌다. '세기말 정신'의 조류는 프랑스에서 시작하여 1890년대에는 유럽 각국에 퍼지게 된다. 이 세기말 정신을 아쿠타가와는 청년기에 받아들였다. 그가 이런 정신에 심취하게 된 것은 그의 심상풍경과 들어맞았기 때문이라고 생각한다. 그가 생명예찬보다는 쇠락과 죽음에 친화감을 느끼게 된 것은 근원에서 볼 때 모성결락과 관계가 깊다. 그런 점에서 생모의 정신이상은 아쿠타가와가 세기말적인 감수성을 추구하는 데 하나의 토양을 준비하고 있었다고 말하고 싶다. 외부적 조건이 맞아 떨어지면 언젠가는 개화할 수 있는 그런 상태에 아쿠타가와는 처해 있었다고 보기 때문이다.

그의 남독에 가까운 독서벽 또한 공상과 상상이라는 허구로 채워진 예술의 세계에서 현실의 제약을 넘으려고 한 수단이었다고 말할 수 있다. 예술의 세계는 당면한 인생고를 잊을 수 있게 했으므로 그를 매료시킬 수 있었다고 생각한다. 특히 세기말 예술이 보여주는 파괴성은 자신이 처한 지옥과 같은 현실을 보상하듯이 카타르시스를 주었다고 생각된다.

(2) 대역사건(大逆事件)

앞에서 언급했듯이 아쿠타가와가 일고에 들어간 해는 대역사건(大逆事件)이 일어난 직후이다. 대역사건은 메이지 천황암살 계획과 결부된 탄압사건으로서 1910년 일부 사회주의자 무정부주의자가 검거되어 26명이 대역죄로 기소되게 되어 교수대에서 처형된 사건을 말한다. 그중에는 사건과 직접관계가 없는 사람도 포함되어 있었다. 사형선고를 받은 24명 중 12명이 다음 해인 1911년 1월 24일에 처형되었다.5) 무정부주의자 고토쿠 슈수이(幸德秋水)6)와 직공 미야시타 다이키치(宮下太吉)가 이때 처형되었는데, 이 시기의 상황을 이시카와 다쿠보쿠(石川啄木)는 「시대폐색의 상황(時代閉塞の現状)」이라는 글로 남기고 있다.

다쿠보쿠는 고토쿠 슈수이의 저서 『평민주의(平民主義)』의 영향을 강하게 받았다. 이 책은 다쿠보쿠에게 '시대폐색'에 대한 인식을 심어주었다. 또 고토쿠 슈수이가 목숨을 걸고 싸운 것은 국가라는 강권(強権)이며 '시대폐색(時代閉塞)의 현실'이라는 것을 가르쳐 주었다.7)

도쿠토미 로카(德富芦花)는 일고학생들을 모아 놓고 시국을 규탄하는 강연을 하기도 했다. 1911년 2월 1일 일고에서는 '대역사건(大逆事件)'에 대한 정부의 처사를 공격하는 도쿠토미 로카의 「모반론(謀叛論)」이라는 제목의 연설이 있었다. 아쿠타가와는 당시 일고 1학년 재학 중이었으므로 로카의 연설을 들었을 것으로 생각된다.8) 급진적이고 진보적인 사상가들에 대한 가혹한 탄압사건은 청년들을 움츠러들게 했다. 아쿠타가와뿐만 아니라 이 시기의 많은 청년들은 세기말 예술에 경도하게 된다.

---

5) 平凡社編輯部 『日本史事典』 平凡社, 1991, p.300 참조.

6) 幸德秋水(1871－1911)는 고치현(高知県) 출신의 사상가로서 나카에 쵸민(中江兆民)의 문하생이다. 사회민주당 결성에도 참여했으며, 다나카 쇼조(田中正造)를 위해서 아시오(足尾)광독사건의 직소장을 쓰는 등, 민주주의·사회주의·평화주의 등 사회운동을 전개한다. 국가는 이 운동을 가혹하게 탄압했다. 이 과정에서 고토쿠는 압정의 핵심에 천황제가 있다는 것을 인식하고 정면에서 천황제와 대결했다. 그 결과 대역사건에 연루되어 처형당하고 말았다.(国際啄木学会編 『石川啄木事典』 '幸德秋水' 항목참조, おうふう 2001, pp.297－8)

7) 『石川啄木事典』 p.298 참조.

8) 菊地弘 외 2人 編 『芥川龍之介事典』(年譜) 明治書院 p.569.

그러나 아쿠타가와는 1910년 2월 도쿄부립 제3중학교 시절 『학우회(学友会)잡지』에 「기츄론(義仲論)」[9]이라는 평론을 쓴 적이 있다. 아쿠타가와는 유려한 문어체로 기소 요시나카(木曾義仲)에 대해 논하고 있는데, 아쿠타가와의 역사에 대한 관심과 문장력의 깊이를 보여주고 있다. 글의 구성은 1. 「헤이씨정부(平氏政府)」, 2. 「혁명군(革命軍)」, 3. 「최후(最後)」의 세 부분으로 되어 있는데, 소년시절의 낭만적 열정을 담고 있다.[10] 그 안에서 아쿠타가와는 혁명적 정신을 구가하는 비운의 혁명아로서 미나모토노 요시나카(源義仲: 1154－84)를 바라보고 있으며, 그에 대한 찬미와 동경을 보내고 있다. '직정경행(直情径行)', '행운유수(行雲流水)'[11]의 삶을 산 요시나카에 대해 '야성아(野性の児)', '자유의 총아(自由の寵児)', '정열의 애아(情熱の愛児)'라는 찬사를 보내고 있다. 이것은 아쿠타가와 내부에서 끓고 있는 행동하는 삶에 대한 갈망이라고 말할 수 있다. 그러나 그는 점점 이러한 태도를 접고 내부로 침잠하게 된다. 이런 태도변화를 이해하기 위해서는 '대역사건(大逆事件)'[12]이라는 시대적 배경을 고려

---

9) 기소 요시나카는 미나모토노 요시나카의 별칭이다. 요시나카는 아버지가 죽은 후 기소(木曾)의 토호에게서 양육되게 된 연유로 기소 요시나카로 불려졌다. 기소의 거친 자연에서 자란 그는 야성적인 기질을 지니게 되는데 다이라씨를 토벌하기 위해 거병을 하여 정이대장군이 되었으나, 결국은 비극적인 최후를 맞게 되는 인물이다.(吉成 勇編『日本人物総攬＜歴史編＞』新人物往来社, 1994, p.167 참조.)

10) 菊地弘 외 編, 『芥川龍之介辞典』, 明治書院, 2000, 참조.

11) 오경(五経)의 하나인 『예기(禮記)』에 나오는 어구(語句)이다.

12) 1910년 메이지 천황 암살계획이 발각되어 그에 대한 탄압사건이 있었는데, 이때 많은 사회주의자 무정부주의자가 검거되어 사건과 관련이 없는 사람들도 함께 제거된다. 24명이 사형선고를 받고 그중 고토큐 슈스이(幸徳秋水) 등 12명이 처형된 사건을 말한다. 저널리스트였던 이시카와 다쿠보쿠(石川啄木)는 「時代閉塞の現状」라는 평론에서 암울한 시대를 고발하고 「飛行機」라는 시에서는 지식인의 무력과 허무감을 나타낸다.

해야 한다고 생각한다. 행동적인 삶을 찬양하는 아쿠타가와이지만 막상 일상에서는 행동할 수 없었다. 그러한 자신에 대해 많이 사색했을 것이다. 일상생활에서 그는 욕망을 억제할 수밖에 없었다. 양자라는 그의 처지와 함께 그가 살았던 시대도 대역사건 등으로 얼어붙어 있었기 때문이다. 지식인들이라면 누구나 이 사건이 날조된 것이며 무고한 사람들이 희생되었음을 알았다. '정의'는 시대의 불의를 고발하고 행동하는 양심을 보여야 하는 것이지만 그러한 용기를 아무나 보일 수는 없는 것이다. 그의 타고난 소심함과 겁 많음, 자의식 과잉의 기질은 행동하는 인간이 되기에는 취약했다. 그 대신 사물을 바라보는 시각과 인생의 이면을 투시하는 능력을 첨예화시켰다고 말할 수 있다. 과잉된 자의식과 신경이 노출된 듯한 그의 감성은 어두운 시대 상황 속에서 정의를 구현하는 행동을 하는 대신에 일고도서관(一高図書館), 제국도서관(帝国図書館) 마루젠(丸善)서점[13]에 다니면서 독서에 탐닉한다. 이 무렵의 그의 독서 경향은 19세기 말의 유럽 문학서가 많으며 회의주의적 염세주의적 경향이 현저해진 것을 알 수 있다.

2) 세기말 문학관의 표출

(1) 예술지상주의

아쿠타가와의 많은 작품에는 '예술을 위한 예술'을 표방한 예술지

---

13) 원래는 마루젠 상사(商事)로 출발했는데, 외국의 문방구를 수입하고 잉크를 개발하는 등 일본 문방구 발전에 기여했으며 외국서적을 수입하게 됨으로써 지식인들의 지식흡수의 장소가 되었다. 아쿠타가와의 작품에는 마루젠에 대한 언급이 많다.(『톱니바퀴』 3. 밤(夜), 『어느 바보의 일생』 등)

상주의에 대한 경도가 보인다. 그의 작품 『지옥변(地獄変)』, 『희작삼매(戯作三昧)』, 『호색(好色)』, 『늪지(沼地)』에서 예술가의 사투에 가까운 치열한 활동을 엿볼 수 있다. 등장인물들은 예술을 통한 구원을 지향하고 있다. 또 그들은 현실과 예술을 이분법적으로 파악하고 예술을 현실의 우위에 두고 있다. 이는 세기말 문학가들이 취한 태도로서, 그들은 예술의 완성도를 위해 사력을 다했다.

19세기 말 프랑스에서는 사실주의, 자연주의, 고답파(파르나시앙)14)에 대한 반동으로 회의적, 탐미적, 퇴폐적 성향을 띤 우울하면서도 도피적인 풍조가 나타난다. 보들레르, 베를렌, 말라르메의 시에 이러한 경향이 두드러지며, 영국에서는 오스카 와일드, 독일은 니체, 쇼펜하우어의 영향을 받은 슈니츨러15)가 그 대표이다. 그들은 세상의 규범을 일부러 무시하면서 독자적인 예술세계를 개척했다.

아쿠타가와의 유고 『어느 바보의 일생』 중의 '1. 시대'는 세기말 예술가들에 심취한 시기에 대한 소묘이다. 이 책에서 "모파상, 보들레르, 스트린드베리, 입센, 쇼, 톨스토이" 등의 이름을 열거하며 "거기에 늘어서 있는 것은 책이라기보다는 오히려 세기말 자신"이라고 말하는가 하면 "니체, 베를렌, 콩쿠르 형제, 도스토예프스키, 하웁트만, 플로베르"를 들면서 "인생은 한 줄의 보들레르만도 못하다"고 내뱉는다. 그리고 그는 자신에 대해 "1890년대의 예술적 분위기 속

---

14) 파르나시앙(Parnassiens)은 고답파(高踏派)를 뜻하는 불어로서 19세기 후반의 唯美主義 시인 일파에게 붙여진 명칭이다. 그들은 실증주의의 영향을 받아 낭만주의에 반대했으며 감정을 억제하여 객관적 형상을 단정한 시형으로 나타내려고 했다. 고티에를 맹주로 한다.

15) Arthur Schnitzler(1862 – 1931) 미묘한 정서와 심리분석이 특색이며, 그의 희곡 작품으로는 『아나톨』, 『戀愛三昧』 등이 있다. 芥川는 24세인 1915년에 슈니츨러의 『연애삼매』를 관람했으며 바그너의 『트리스탄과 이졸데』를 들으러 갔다는 기록이 있다.(『芥川龍之介事典』 '年譜' p.578, 明治書院)

에서 인간이 되었다"[16]고도 말한다. 이 밖에도 그의 작품에는 세기말 문학가에 대한 언급[17]이 많다.

아나톨 프랑스, 포오, 스트린드베리 등 19세기 말 유럽 작가들의 의식은 청소년기의 그의 감수성(感受性)을 지배하고 현실을 예술의 잔재인 것처럼 하위에 두는 '예술지상주의'를 추구하게 했다.

> 내가 읽은 소설류는 문단 일반에서 읽히고 있는 프랑스 문학이라고 말해야 좋을 것 같다. 그렇다면 내가 읽은 소설을 말한다는 것은 넓은 문단과도 관계가 있다. (중략) 내가 그런 책밖에 읽지 않았다는 것은, 문단에 영향을 끼친 프랑스 문학으로서 대개 그런 책밖에는 나오지 않았다는 말이 된다. 문단은 라블레의 영향도 라신느와 코르네이유의 영향도 받지 않았다. **주로 19세기 이후의 작가들의 영향을 받고 있었다.** 아쿠타가와 류노스케 전집 4권『프랑스 문학과 나.(仏蘭西文学と僕)』pp.440 – 443)

위의 글을 통해서 당시 문단의 분위기를 엿볼 수 있는데, 일본 문단에 침투한 19세기 말의 유럽문학의 위력을 말해 주고 있다. 이 것이 아쿠타가와뿐만 아니라 당시 청소년들의 마음을 사로잡았다는 사실 역시 시사하는 바가 크다. 그들은 일시적으로 심취했다가 다시 자신들의 자리로 되돌아갔다. 그렇다면 아쿠타가와만이 세기말 정신의 후유증을 심각하게 앓은 셈이다.

그가 외국문학을 접하게 된 것은 중학 5학년 때 영어학습의 일환으로 알퐁스·도데의『삽포』를 사전을 찾아가며 더듬더듬 읽고, 차

---

16) 『하기와라 사쿠타로(萩原朔太郎君)』에서 1890년대를 "가장 예술적인 시대"라고 말한다.(全集 8卷 pp.277 – 280.)
17) 『프랑스 문학과 나』,『살로메』,『다이도지 신스케의 반생』,『암중문답(暗中問答)』,『톱니바퀴(歯車)』,『어느 옛 벗에게 보내는 手記』에 세기말 작가들에 대한 언급이 보인다.

츰 향상된 실력으로 아나톨 프랑스의 『타이스』를 영역으로 읽었다
고 되어 있다.[18] 이것이 계기가 되어 당시 지원자가 그다지 많지
않았던 제일고등학교 문과 진학으로 이어진다.

또 고등학교 재학기간 동안에는 아나톨 프랑스의 시, 비평, 소설,
희곡 등 모든 장르에 걸쳐 작품을 섭렵했다고 한다. 일고를 다니면
서 그는 철학, 문학, 예술에 대한 개안(開眼)을 체험한다. 그가 읽은
책들을 보면 보들레르, 스트린드베리, 아나톨 프랑스, 베르그송, 오
이켄 등이다.[19] 또 아쿠타가와는 서양문학을 원서로 읽으면서 문학
의 기법을 습득하는 한편 서양문학에 흐르고 있는 자유로운 기풍에
심취하였던 것 같다. 그가 완성한 소설 형식의 작품은 약 150여 편
으로 알려져 있는데, 그 양식을 보면 영국 빅토리아조의 소설을 많
이 접했음을 확인할 수 있다.[20] 작품 서두에 간단하게 시간과 장소
를 제시하면서 전개해 가는 방법적 특징이 그것이다. 영문학의 기
법에다 아나톨·프랑스 등 세기말 작가들의 정신을 담으며 그의 창
작을 연마해 갔음을 알 수 있다. 그의 텍스트에 19세기 말의 문학
및 작가에 대한 언급이 상당히 많다[21]는 것은 그의 문학에 이미 그
정신이 깃들어 있다는 것을 말한다.

---

18) 『프랑스 문학과 나』에서 아쿠타가와는 『타이스』에 대한 감명을 말하고
    있다. "지금도 프랑스 작품 중 어느 것이 가장 재미있었냐고 묻는다면
    『타이스』라고 대답하겠다."

19) 『芥川龍之介年譜』ちくま書房, 1992, p.469.

20) 田所周, 「芥川龍之介と西洋」, 『一冊の講座芥川龍之介』, 有精堂, pp.174
    −183.

21) "그것은 책이라기보다는 세기말 그 자신이었다"(『或阿呆の一生』).
    "세기말에 사람이 된 나"(『続文芸的な, 余りに文芸的な』).
    "세기말 유럽이 낳은 소설과 희곡"(『大導寺信輔の半生』).
    "세기말 프랑스 문학이 막혀버린 지점"(『文芸雑感』)
    "프랑스 문학과 나"(大正 10년 2월의 에세이).

훗날 그는 "세기말의 악귀가 우리를 잠식했다"라고 『어느 바보의 일생』에서 술회하고 있다.22) 이 유고(遺稿)에서 눈에 띄는 어구인 '어슴푸레함(薄暗がり)', '나른한 슬픔(物憂い)'에서 스러져 가는 것에 대한 센티멘털한 감성을 느낄 수 있다. 세기말 문학은 예민한 인간인식에 뿌리를 내림으로써 근대성을 획득했다23)고 말할 수 있으나, 인간에 대한 냉소적 회의적 통찰은 인생을 건강하게 살아갈 수 없게 하였으며, 많은 작가들이 광기의 문턱을 넘나든 이유이기도 하다. 그 선구자는 『악의 꽃』의 보들레르였으며 『갓파』에 나오는 '근대교' 일명 '생활교'의 성도(聖徒)로 모셔진 작가 예술가들을 보면 한결같이 그 내면에 '광기'라는 타자와의 치열한 사투(死鬪)가 있었던 사람들이다.

아쿠타가와는 청년기에 이러한 세기말의 음습한 공기를 마시며 무한한 위안을 얻었다고 한다. 이러한 사람이 각박한 현실 속에서 삶의 무게를 견디어내기는 힘들다. 그가 마주치게 된 인생은 하등하고 비속했으며, 그 안에 살면서 숨 쉬고 있는 자신은 생(生)의 이방인이라는 타자 의식으로 점철되어 있다. 그는 고답적인 위치에서 그들을 내려다보았다. 다시 말해서, 예술을 우위에 두고 현실을 비하하며 내려다보았던 것이다. 이 같은 세기말 문학에 대한 심취는 현실로부터 점점 더 자신을 유리시켜 갔다고 생각된다.

『어느 바보의 일생』은 또 다음과 같이 이어진다.

> 나는 사다리 위에 멈추어 선 채 책 사이로 움직이고 있는 점원과 손님을 내려다보았다. 그들은 이상하게도 작았다. 뿐만 아니라 너무도 초라했다. "인생은 한 줄의 보들레르만도 못하다"

---

22) 아쿠타가와 류노스케 『어느 바보의 일생』 50. 포로(俘).

23) 위의 책, 田所周 「芥川竜之介と西洋」 p.183.

그는 사다리 위에서 이러한 그들을 바라다보았다.

(『어느 바보의 일생』)

예술을 인생의 우위에 두고 예술에 모든 것을 걸 수 있었던 것은 그가 심취했던 세기말 예술이 준 신념이 그만큼 확고했기 때문이다. 사다리 밑으로 내려다보이는 '점원과 손님'으로 대변되는 인생의 모습은 볼품없고 초라한 것에 지나지 않았다. 실제 아쿠타가와는 "내가 인생을 안 것은 사람과 접촉한 결과가 아니라 책과 접촉한 결과이다"24)라는 아나톨·프랑스의 말을 『다이도지 신스케의 반생』에서 언급하고 있는데, 아쿠타가와가 접촉한 것은 세기말의 회색빛 세계였다.

> 신스케는 모든 것을 책에서 배웠다. 적어도 책의 도움을 전혀 안 받은 것은 하나도 없었다. 실제 그는 인생을 알기 위해 거리의 사람을 바라보지 않았다. 오히려 행인을 바라보기 위해 책 속의 인생을 알려고 했다. 그것은 어쩌면 인생을 알기에는 요원한 방법인지는 모른다. (중략) 특히 세기말 유럽이 낳은 소설과 희곡을 읽었다. 그는 그 차가운 빛 속에서 앞에 전개되는 인간희극을 발견했다. (중략) '책에서 현실로'라는 말은 신스케에게는 진리였다.
> (아쿠타가와 류노스케『다이도지신스케의
반생(大導寺信輔の半生)』本)

그는 인격의 형성기에 세기말 문학을 통해 인간 해체를 배운 것이다. 여기서 아쿠타가와 특유의 염세주의와 니힐리즘이 나오고 있다. 해체란 해체 이전에 송두리째 부정해야 할 근원적인 결락감이

---

24) 大島真木 「芥川龍之介の創作とアナトールフランス」, 『芥川龍之介』 1, 有精堂, p.249. "書斎の中で人世を見た" というフランスは、芥川の共感の対象であった.

있어야 한다. 이에 대해 사토 야스마사(佐藤泰正)는 논문 「아쿠타가와 류노스케와 니힐리즘(芥川龍之介とニヒリズム)」에서 "니체가 '신은 죽었다'라고 했을 때 절대적 가치관의 상실을 말한다. 여기에서 니힐리즘이 나온다. 과연 일본의 풍토 속에서 부정해야 할 만한 신이 있었는가"라면서 아쿠타가와의 니힐리즘을 서구의 니힐리즘과 다르다는 것을 예리하게 지적하고 있다. 그렇다면 아쿠타가와의 니힐리즘은 개인적인 것으로 돌려야 할 것이다. 사토 야스마사는 이에 대해서 "광기의 자식으로 살아가야 하는 숙명의 두려움과 이를 초극할 수 있게 해 주는 예술에 대한 진지한 희구"로서 받아들이고 있다.[25] 이에 대해 필자 역시 공감하는 바이다.

아쿠타가와는 세기말 작가들이 자주 사용하던 특유의 '냉소와 해학'을 수단으로 가차 없이 인생을 해부한다. 아쿠타가와는 실제로 냉소와 반어를 즐기는 인물을 창출했는데 『가을』의 슌키치(俊吉)를 들 수 있다. 슌키치에게서 독자는 세기말 작가의 계보에 있는 아쿠타가와의 체취를 느끼게 된다.

> 그(슌키치)는 노부코와는 달리, 당시 유행하는 톨스토이즘 따위에는 조금도 경의를 표하지 않았다. 그리고 시종일관해서 프랑스 풍의 빈정거림과 경구를 늘어놓았다. 이러한 슌키치의 냉소적 태도는 때때로 매사에 진지한 노부코를 화나게 하는 일이 있었다.
>
> (全集3巻 『가을(秋)』 p.428)

> 슌키치는 소설 속에서도 냉소와 해학 두 개의 무기를 미야모토 무사시처럼 사용했다.
>
> (全集3巻 『가을』 p.429)

---

25) 『一冊の講座芥川龍之介』有精堂, 1991, pp.36－37.

톨스토이의 인도주의는 인간을 신뢰하는 사람들의 철학이라고 말할 수 있다. 단순하고 선량한 시민들의 정서에 들어맞는다. 아쿠타가와는 인간성에 대해 회의를 지닌 작가이다. 그는 인간과 신을 불신했던 볼테르적인 냉소와 반어에서 진리를 발견하고 있다. 또 프랑스풍의 냉소와 경구는 라·로슈푸코[26]의 『성찰과 잠언』에 보이는 아포리즘을 말한다.[27] 냉소와 반어는 의식의 긴장을 요구한다. 냉소와 반어야말로 인간 상황의 다면성, 복잡한 심리를 표현할 수 있는 수단이라는 인식을 가지고 있다. 냉소와 반어를 즐기는 사람은 주위 사람들의 오해를 받기 쉬우며, 차가운 인상을 주게 된다. 그의 세련된 신경과 명석한 두뇌는 냉소와 반어를 즐겼으며, 본의 아니게 감수성이 무딘 비평가들을 진노하게 했다. 그의 뉘앙스가 풍부한 글을 간파하지 못하는 단순하고 선량한 그의 이웃들은 화가 났음에 틀림없다.

그에 관련된 일화로 『봉교인의 죽음』을 들 수 있다. 기독교물 『봉교인의 죽음』은 2부로 구성되어 있다. 1부는 작품의 중심인 스토리가 차지하고 있고, 2부는 '후기' 형태로 이 작품의 출전을 밝히고 있다. 아쿠타가와가 날조된 나가사키 예수회(長崎耶蘇会) 출판 『레겐다·오레아(황금전설)』를 출전으로서 밝힘으로써 소동이 일어난다. 그것은 '후기'의 화자인 '나(予)'가 아쿠타가와인 것처럼 생각되어 그 진지한 어조에 동양정예회사(東洋精芸会社) 사장으로부터 자료를 양도

---

26) La Rochefoucauld(1613 - 1680)는 프랑스의 모럴리스트로서 인간성의 배후에 숨겨져 있는 위선과 에고이즘을 통렬하게 비판한다. 그의 인성 비판은 아쿠타가와의 아포리즘 『侏儒の言葉』에 영향을 주며, 『魚河岸』의 '幸さん'에 구현된 권위에 약한 비굴한 인간의 심성을 보여주면서, 라·로슈푸코를 언급한다.

27) 吉川浩, 「芥川龍之介の『侏儒の言葉』とラ・ロシュフコオの『省察と箴言』」, 『芥川龍之介』 II, p.207. 有精堂.

해 달라는 편지를 받는 에피소드이다. 이 사건은 「시사신보」컬럼에 위서위작(偽書偽作)사건으로 소개되는 한편 「오사카 매일신문」의 '챠바나시(茶話)'란에서는 우치다 로앙이 책을 빌려 달라고 했다는 내용이 나온다.28) 이는 기교파 작가 아쿠타가와의 면모를 여실히 보여주는 일화이다. 기교파 작가답게 독자의 허를 찌르는 기교를 부린 것을 알 수 있다. 기교는 인공이며 문학의 조형미와 관련이 있다. 세기말 문학은 형식과 내용이 긴밀한 조형미를 추구하였으며, 장인정신으로 글을 조탁했다. 아쿠타가와의 예술지상주의는 낭만주의처럼 직관이나 영감에만 의지하지 않는다. 아쿠타가와의 창작에는 땀 흘려서 제작하는 장인의 면모를 엿볼 수 있다.

또 세기말 정신은 근본적으로 생을 부정하는 허무주의적 입장이다. 아쿠타가와는 현실의 하등, 불쾌, 추를 긍정하는 대신 예술이라는 인공의 날개를 달고 생의 악취를 회피하려고 했다.

이는 니체의 예술관을 연상하게 한다. 니체는 그의 『권력에의 의지』에서 "예술만이 삶을 가능하게 하고 유혹하며 자극하는 위대한 여신이다. 비극적인 인식자를 구원해 줄 여인으로서의 예술, 예술은 행동하는 자의 구원이다. 살고 있으며 살고자 하는 자의 구원이다."29) 라고 말한다. 젊은 날의 아쿠타가와는 니체에도 경도되었음을 알 수 있다. 그의 작품 중 『문예적인, 너무나 문예적인』은 니체의 『인간적인, 너무나 인간적인』에서 패러디한 제목이며, 『서방의 사람』1. '이 사람을 보라'는 니체의 『이 사람을 보라』를 그대로 따오고 있다. 아쿠타가와는 구원으로서의 예술을 추구했으며, 이를 수행하는 예술가로서의 자신에게 긍지를 느끼고 있다. 그러나 나중에 결혼하여 가정을 갖게 되고 대가족의 가장이 되면서 이러한 태도가 얼마

---

28) 菊地弘 『芥川龍之介事典』 明治書院 1, 1999, p.597(年譜 참조).

29) 우도 쿨터만(김문환 역) 『예술이론의 역사』 문예출판사, 1999, pp.193－4.

나 잘못된 것인지 후회하는 것을 엿볼 수 있다. 훗날 그는 자신에 대해 '생활적 환관(生活的 宦官)'[30]이라고 규정한다. 이것은 자신의 이지에 비해서 생명력이 따라주지 않는 데 대한 자조적 인식이다. 그는 이지의 훈련은 맹렬하게 했으나 인생을 살아가는 훈련은 등한 시했다. 인생에서의 가치보다는 미적 가치에 비중을 두고 살아온 결과는 생활에서의 무능력자로 만들어버렸다. 그럼에도 불구하고 생은 강제되었으며 아쿠타가와의 인생은 하강 길을 가속화하게 된다.

아쿠타가와는 한때 『지옥변』에서 요시히데(良秀)를 통해 그의 예술지상주의의 이상을 유감없이 형상화했다. 세상에서 통용되는 인간적인 덕목은 하나도 갖추지 못했으나 그림 하나만은 탁월하게 그리는 천재 화가 요시히데한테 예술가의 이상적 모습을 구현했다. 그러나 요시히데가 병풍 그림을 완성시켜 놓고 자살함으로써 '예술지상주의'의 한계가 드러나고 만다. 말하자면, 예술은 인생의 우위에만 머물 수 있는가 하는 문제이다. 이 작품은 오랫동안 아쿠타가와의 뇌리를 떠나지 못했던 것 같다. 자신의 운명과 결부된 어떤 무서운 예감을 느꼈기 때문일 것이다. 아쿠타가와는 무의식에 조종되고 있는 자신의 운명을 감지했음을 엿볼 수 있다.

> 나는 나폴레옹을 응시한 채 내 자신의 작품을 떠올렸다. 기억에 떠오른 것은 『난장이의 말』 중의 아포리즘이었다. 특히 '인생은 지옥보다도 지옥적이다'라는 말이었다. 그리고 『지옥변』의 주인공 ― 요시히데라는 화가의 운명이었다.
>
> (전집 9권 『톱니바퀴』 p.142)

---

30) 『어느 바보의 일생』 '45. 디반', "그는 디반을 다 읽고 나서 무서운 감동이 진정된 후 곰곰이 생활적 환관으로 태어난 그 자신을 경멸하지 않을 수 없었다."

나폴레옹이라는 일세를 풍미한 풍운아의 초상화를 보면서 아쿠타가와는 자신이 한때 꿈꾸었던 신(神)적인 욕망을 회상하고, 엘바 섬에 유배되어 최후를 마친 나폴레옹과 자신의 꿈의 좌절을 오버랩시키고 있음을 알 수 있다. 그리고 그가 예술지상주의의 표상으로 제시한 『지옥변』의 요시히데의 운명 속에서 자신의 운명을 느끼고 있다. 그가 이 작품을 쓰면서 요시히데의 운명처럼 자신이 되리라고는 생각하지 않았을 것이다. 그의 말대로 "예술가는 항상 의식적으로 작품을 만들지 모르지만 작품을 보면 작품의 미추(美醜)의 반(半)은 예술가의 의식을 초월한 신비의 세계에 속한다."31)라는 말이 여기에도 적용될 것 같다.

아쿠타가와가 습득한 유럽의 '세기말 정신'은 그만의 독특한 문학을 탄생시키는 데에는 지대한 역할을 했다고 볼 수 있으나, 내부의 균형을 잡아주는 평화를 가져다주지는 못했다고 생각된다. 내부에서 음습하게 숨 쉬는 무수한 타자들이 제각기 목소리를 내어 내적 통일은 깨지고 분열된 파편들이 난무하기 때문이다.

(2) '타나토스(Thanatos)'의 모티프

아쿠타가와의 텍스트에는 죽음에 대한 희구(希求)가 도처에 보인다. 그의 처녀작은 22세 때 쓴 『노년(老年)』이다. 이 작품은 노년의 비애감과 적막감을 에도 정서를 곁들여 나타낸 작품이다. 활력이 넘치는 메이지시대의 한복판에 서서 지나간 전 시대(前時代)를 그리워하는 노인들에 대한 묘사는 아쿠타가와 정신의 한 단면을 엿볼 수 있는 부분이다.

같은 해에 그는 희곡 『청년과 죽음』을 쓴다. 한창 혈기왕성한 청

---

31) 『난장이의 말(侏儒の言葉)』 중의 '創作'에 나오는 구절이다.

년기 작품이 '노년'과 '죽음'이라는 모티프를 지닌 것은 시사하는 바가 크다. 이 작품은 '삶'과 '죽음'을 상징적 기법으로 다룬 사상극이다. 이 작품에는 우파니샤드 철학을 연구하다 회의에 빠진 A와 B라는 두 인물이 등장한다. 쾌락에 빠져 영원히 살고 싶어 하는 B는 죽음을 선고받아서 참살되고, 쾌락에 빠질 수 없었을 뿐만 아니라 쾌락에서 속임수를 느껴 늘 죽음을 생각한 A는 인도되어 여명의 빛 속에서 새 출발을 한다는 내용이다. 복면을 한 '남자'는 죽음을 의인화한 것이다.

> 남자: 나는 모든 것을 멸망시키는 자는 아니다. 모든 것을 낳는 자이
>   다. 너는 만물의 어머니인 나를 잊고 있었다. 나를 잊는 자는
>   생을 잊는 자이다. 생을 잊는 자는 멸망하지 않으면 안 된다.
> B: 아아 (쓰러져 죽는다)
>
> (전집 1권 「청년과 죽음」 p.64)

위에서 보듯이 아쿠타가와의 문학은 죽음을 직시하는 것에서부터 출발하고 있음을 알 수 있다.

또 『마쓰에 인상기(松江印象記)』에서는 근대를 상징하는 철교보다 목조다리에 대한 애착을 보이고 있으며, 문명화의 추진 속에서 목조다리가 철교로 바뀌어 가는가 하면, 천수각(天守閣)이 허물어져 가는 것에 대해서 혐오를 드러내고 있음을 본다.

> 메이지유신과 함께 태어난 비천한 신문명의 실리주의는 전국
> 에 걸쳐 있어 이 커다란 중세의 성루(城楼)를 가차 없이 파괴했
> 다. 나는 시노바즈노이케(不忍池)를 메워서 가옥을 건축하자는
> 논자들까지도 나오게 하는 웃지 못할 시대사조를 생각하면 이
> 파괴 또한 용서할 수밖에 없다고 생각한다.
>
> (전집 1권 『마쓰에(松江)인상기』 p.123)

이처럼 아쿠타가와의 타나토스는 황혼의식, 과거에 대한 향수, 물에 대한 집착 등 여러 가지 변형을 보이고 있다. 이에 대해서는 많은 논문이 나와 있다. 사코 준이치로(佐古純一郎)는 『아쿠타가와 논구(芥川龍之介論究)』에서 '황혼의식'으로 논하고 있으며[32] 히라오카 도시오(平岡敏夫)는 '일몰(日沒)로 시작하는 이야기'라고 말한다.[33] 사토 야스마사(佐藤泰正)는 "어머니의 광기와 죽음이 일찍이 아쿠타가와의 자의식을 각성시켰으며 모태회귀, 근원복귀의 충동은 죽음에의 유혹, 친화를 불렀다"고 말하고 있다.[34] 또 가라타니 고진(柄谷行人)은 『두려워하는 인간(畏怖する人間)』에서 "아쿠타가와는 죽음에 의한 해방을 은밀히 꿈꾸었다. 그것이 생활적 환관으로서의 구속, 현실의 책무감을 실감하게 되었을 때 명료한 갈망으로 표현되었다"고 논했다.[35] 필자는 졸고 『물의 질료적 이미지와 타나토스』에서 강물과 바닷물 등 '물'이라는 질료를 죽음(타나토스)의 이미지로 논한 바 있다.[36]

　황혼의식과 죽음욕동은 세기말 예술과 밀접한 관련이 있는 모티프이다. 세기말의 미학은 스러져 가는 것에 대한 미의식이기 때문

---

32) 佐古純一郎 『芥川龍之介論究』 朝文社, 1992, p.6.

33) 히라오카 도시오(平岡敏夫) 『芥川龍之介－日暮からはじまる物語－』(東京: 大修館書店, 1987), pp.59－76. 히라오카는 『杜子春』(봄날 저녁)과 『蜜柑』(늦가을 저녁)을 들고 있으나, 『羅生門』(가을날 저녁), 『トロッコ』(2월 저녁), 『鼻』(결말의 가을), 『老年』(인생의 황혼), 『枯野抄』(元禄7년10월 12일 오후) 秋』(두 번의 가을) 등 아쿠타가와의 많은 작품에서 일몰과 황혼의식을 느낄 수 있다.

34) 『国文学』 '芥川と母' 学灯社 1988, 5月号, p.34.

35) 柄谷行人 『畏怖する人間』 ―芥川における死のイメージ―, (東京: 講談社文芸文庫, 2000), pp.263－276.

36) 졸고 「아쿠타가와 류노스케 문학에 나타난 '물'의 질료적 이미지와 타나토스」, 『日本文化研究』 제19집, 2006. 7.

이다. 그가 흡수한 유럽의 세기말 예술은 그의 작품에 타나토스를 드러내도록 토양을 제공했다.

그의 습작기 작품으로 『스미다강(大川の水)』이라는 작품이 있다. 그는 이 작품에서 생(生)의 욕망이 아닌 타나토스적 죽음의 욕망[37]을 드러낸다. 그는 시커먼 스미다 강을 바라보면서 물의 도시 베네치아를 묘사한 작가 다눈치오[38]를 떠올린다.

> 스미다 강물이 흐르는 것을 볼 때마다 나는 저 수도원의 종소리와 백조의 소리로 저물어 가는 이탈리아에 있는 물의 도시 (중략) 베네치아의 풍물에 넘치는 열정을 쏟아 부은 다눈치오의 심정을 새삼스레 그리워하며 떠올리지 않을 수 없다.
>
> (전집 1권 (초기 습작) 『스미다 강(大川の水)』 p.28)

시타마치 혼죠에서 자란 그는 스미다 강의 하류에 해당하는 오카와(大川)를 바라보며 그의 심상풍경을 그려갔다. 『죽음의 승리』를 쓴 다눈치오의 심정에 자신의 심정에 투사한다. 생을 혐오하고, 죽음과 같은 허무 속에서 무한을 꿈꾸고 있었다. 시커먼 강물에서 다눈치오를 연상하고 스미다 강물에서 물의 도시 베네치아를 떠올린다. 관념들이 연합하여 하나의 이미지를 이루는데 여기서 강물의 이미지는 죽음의 심상으로 비쳐진다. 다눈치오와 아쿠타가와는 강물에서 죽음을 몽상한다. 그들이 흡수하는 외계는 허무적 이미지로

---

37) Eros는 그리스 신화 속의 사랑의 神 아프로디테의 아들로서 프로이트는 精神分析 용어로 차용한다. Eros는 生의 본능을 지칭하며, Thanatos는 그리스신화에서 죽음을 擬人化한 神이다. 정신분석에서 에로스와 대칭적으로 사용되는 용어이다.

38) Gabriele d'Annuzio(1863 – 1938) 이탈리아의 시인, 소설가, 극작가로서 작품 『죄 없는 자』, 『죽음의 승리』, 『죽은의 도시(死都)』, 『지오콘다』 등이 있다. 아쿠타가와는 자전풍의 소품 『스미다강(大川の水)』에서 다눈치오에 의탁해 자신의 심경을 투사하고 있다.

가득 차 있기 때문에 그의 내부도 허무를 축적해 갈 수밖에 없다.

그의 마음에 각인된 고향 혼죠의 시타마치 정서는 그의 위안이며 앞 시대의 정서인 에도정서의 연장선에 있다. 약동하는 메이지시대를 살면서 세기말적 정서와 등가물(等価物)인 에도 시타마치를 그리워하는 것을 볼 수 있다.

그는 일찍이 삶의 타자로서의 죽음을 부단히 의식했다. 스미다(隅田) 강물이 흐르는 강둑에 서서 문명화의 와중에 스러져 가는 시타마치의 정취를 호흡하면서, 죽음을 사색하고 타나토스를 토해낸다. 이 안에는 쇠락해 가는 것들에 대한 애착을 집요하게 표현하는 세기말 문학의 데카당스가 침투해 있다.

유고 『갓파』에는 아쿠타가와의 모습이 가장 많이 투영된 염세적 시인 토크가 나오며 피스톨 자살을 한다. 토크의 죽음에 대해 "시인으로서 지친 자의 자살"이라고 철학자 마그가 촌평하는데 이것은 작가가 자신에게 던지는 촌평으로 들린다. 그런데 왜 이들이 '생활교'의 성도가 되어야 하는 것인가. 이것은 아이러니에 찬 표현으로서 왕성하게 살지 못한 자들의 비극을 통해 야성을 환기시키자는 의미로 해석할 수 있다. 『갓파』에 나오는 토크의 유고시를 보면 아쿠타가와 만년의 의식을 들여다볼 수 있다.

> 자 일어나 가자
> 사바세계와 떨어진 골짜기를 향해
> 바위들이 웅장하고 물이 맑은
> 약초 꽃향기 그윽한 골짜기로
>
> (전집 8권 『갓파(河童)』 제13장 p.350)

아쿠타가와에게 현실은 사바세계이며 실존고로 가득 차 있다. 믿었던 예술은 현실을 극복하지 못했다. 따라서 죽음이 이 고통의 세계를 벗어나는 구원으로 여겨지고 있다. 그래서 아쿠타가와를 투영한 작중인물인 시인 토크는 자살을 하고 있으며, 아쿠타가와는 자식들에게 남긴 유서에서 과감하게 말한다. "아버지는 인생에 패배했다. 너희들도 만약 이 아버지처럼 되거든 자살하라"[39]고 유서를 썼다. 이를 통해 아쿠타가와가 겪은 실존의 고통을 엿볼 수 있다. 아쿠타가와의 자살은 작가의 낭만적 자살이 아니다. 염세주의자라고 해서 다 자살하는 것은 아니라는 사실은 쇼펜하우어를 통해서도 확인할 수 있으며, 그가 경도했던 작가인 아나톨 프랑스만 하더라도 미소 짓는 회의주의자[40]였으며 70세를 넘게 살았다.

아쿠타가와의 염세관은 고통에 찬 인생을 살아온 자의 직접 체험에 기인한 염세관이라는 사실을 말해 준다. 그리고 『갓파』에는 아쿠타가와 자신이 자살한 이후의 자신에 대한 평가 및 유가족에 대한 관심이 나타나 있어 야성을 갈망했으나 결코 야성적이지 못했던 작가의 여린 감성을 읽을 수 있다.

3. 결 론

지금까지 아쿠타가와와 세기말 유럽 문학과의 관계를 다각적으로 살펴보았다. 그의 문학은 많은 사람들이 지적했듯이 생모의 정신이상을 시발점으로 하고 있었다. 생모의 정신이상으로 인한 모성 결락감(欠落感)은 아쿠타가와의 인생에서 비전을 앗아 갔다. 그것은

---

39) 芥川는 공개된 세 통의 유서를 남기고 있는데, 그중 한 통은 자식들이 장성했을 때 읽어주도록 당부하고 있다.

40) 『続芸術的な余りに芸術的な』 '4 アナトル フランス'에서 Nicolas Segur의 『아나톨 프랑스와의 대화』를 소개하고 있는데, "이 미소 짓는 회의주의자는 철저한 염세주의자이다"라는 대목이 있다. p.411.

세기말의 음습한 정신을 받아들이는 토양이 되었다고 보았다.

설상가상으로 감수성이 한창 예민한 고등학교 시절에 겪은 대역 사건은 아쿠타가와뿐만 아니라 이 시기 청년들을 위축시켜 세기말 유럽문학에 심취하게 했다. 현실 속에서 성취할 수 없는 행동은 독서와 창작을 통해 채워졌음을 본다. 특히 19세기 말 유럽의 세기말적인 병적인 문학에 대한 심취는 그의 염세주의에 박차를 가해 급기야 아쿠타가와의 비극으로 이어졌다고 생각한다. 또 아쿠타가와의 문학에는 삶에 대한 의지보다 죽음에 대한 욕동에 이끌린 작품들이 대부분이다. 이러한 모티프 또한 세기말 유럽문학으로부터 배운 문학관에서 기인한다고 보았다.

그는 세기말 예술이 표방하는 데카당스에 매료된다. 그것은 '예술을 위한 예술'을 표방한 극단적인 '예술지상주의'의 세계로서 일상의 모럴을 무시하면서 예술의 세계를 추구하는 강렬한 개성을 보여주었다. 『지옥변』의 주인공 요시히데는 한때 그가 이상으로 했던 예술가상(像)이었음을 알 수 있다. 그리고 그가 창출한 예술가는 직관과 영감의 예술가가 아니라, 현실과 투쟁하며 피나는 노력을 하는 예술가상으로서 작품의 완성도를 높이기 위해서 가장 소중한 것도 마다하지 않고 희생시키고 있다. 그러한 비장한 각오로 예술을 추구하고 있기에 '예술지상주의'라는 명칭이 붙을 수 있다. 이들의 예술활동은 니체가 표현한 대로 땀 흘리는 노동행위임을 알 수 있다. 그들 중 일부는 현실에 짓눌려 광기에 이르고 있음을 본다. 그러나 예술지상주의의 신념은 그리 공고하지 못했다. 이는 아쿠타가와의 따뜻한 심장에서 나오는 윤리관에 기인했다고 생각한다.

그가 유고 『난장이의 말』에서 중용의 정신[41]이야말로 행복을 얻

---

41) 아쿠타가와는 『난장이의 말』 중 '자유의지와 숙명'에서 중용의 정신을 "신과 악마, 미와 추, 용감과 비겁, 이성과 신앙" 등 이항대립의 각각의

는 지름길일 것이라고 강조하게 된 것은 세기말 정신의 편파성의 해독을 맛본 후에 내린 처절한 인식이다. 그는 인생을 하찮게 여기게 하는 세기말 예술의 마력에 이끌려 데모니쉬한 예술에 자신의 입지를 구축해 갔으나, 대신 자신의 삶은 피폐해졌다.

세기말 예술은 귀기(鬼気)가 넘치는 데모니쉬한 예술의 온상이었다. 이 '예술을 위한 예술'을 캐치프레이즈로 내건 세기말 예술에는 금기(禁忌)가 없이 모든 것이 수용되었다. 여기에 중용의 정신이란 깃들 수 없다. 만년의 그는 중용의 정신이 인생을 행복하게 사는데 얼마나 중요한 태도인가를 밝히고 있다. 그러나 이것을 터득했을 때는 그의 인생이 얼마 남지 않았다. 이것이 인생의 패러독스이다.

세기말 정신은 중용의 정신과는 배리(背離)하는 편파적인 삶의 태도였으나, 그 대신 그 안에는 인류의 합리적 정신이 억압해 온 무수한 타자들의 목소리가 들어 있다는 것 또한 간과할 수 없다. 세기말 정신은 아쿠타가와의 일상적 삶은 피폐하게 만들었으나 무의식 깊숙이 있는 '억압된 것들을 귀환(return of the repressed)'42)시킴으로써 그의 문학을 데모니쉬한 마력으로 넘치게 했다고 생각한다.

반을 믿고 반은 의심하는 태도라고 정의하고 있으며 영어로는 'good sense'라고 말한다. "이 굿센스가 없이는 어떠한 행복도 얻을 수 없다" 만년의 그는 중용의 정신을 잃어버리고 데몬(Daimon)의 소리를 듣고 있다.(『암중문답(暗中問答)』)

42) '억압된 것들의 귀환'은 프로이트의 용어로서 무의식의 어둠을 파헤쳐 의식 위로 떠오르게 해야 한다는 것을 이렇게 표현하고 있다.
R・シエママ『精神分析事典』, 弘文堂, 2000, pp.378－9.

柄谷行人『畏怖する人間』, 講談社文芸文庫, 2001.
国際啄木学会 編,『石川啄木事典』, おうふう, 2001.
菊地弘 외 編,『芥川龍之介辞典』, 明治書院, 2000.
데이비드 스텟(정태연 옮김),『심리학용어사전』, 이글리오, 2000.
アト・ド・フリース『イメージ・シンボル事典』, 大修館書店, 2000.
『文学批評用語辞典』, 研究社出版, 2000.
R・シェママ『精神分析事典』, 弘文堂, 2000.
川口喬一 외 編,『文学批評用語辞典』, 研究社出版, 2000.
우도 쿨터만(김문환 역),『예술이론의 역사』, 문예출판사, 1999.
김병걸『문예사조, 그리고 세계의 작가들』상·하권, 두레, 1999.
M・H아브람스(최상규 옮김),『문학용어사전』, 보성출판사, 1997.
鷺只雄,『芥川竜之介 年表』, 河出書房新社, 1997.
国文学『芥川龍之介小説の読みはどうがわるか』, 学灯社, 1996, 4月号.
吉成勇 編,『日本人物総攬 <歴史編>』, 新人物往来社, 1994.
佐古純一郎,『芥川論究』, 朝文社, 1991.
平凡社編輯部『日本史事典』, 平凡社, 1991.
一冊講座編輯部『一冊の講座芥川龍之介』, 有精堂, 1991.
日本文学研究資料刊行会『芥川龍之介』Ⅰ, Ⅱ, 有精堂, 1988.
테리 이글턴(김명환 옮김),『문학이론입문』, 창작과 비평사, 1987.
森本修,『新考・芥川竜之介伝』, 北沢, 1977.

아쿠타가와 문학에 나타난
'물'의 이미지와 타나토스

1. 서 론

아쿠타가와 류노스케(芥川龍之介)와 그의 문학을 이해하기 위해서는 그의 출생과 성장배경, 섭렵한 동서고금의 작품들을 다각적으로 조명해야 할 것이다. 그중 특기할 만한 사건은 생후 8개월 만에 발생한 어머니의 정신이상이라고 말할 수 있다. 이 사건은 그의 운명에 지대한 영향을 끼쳤을 뿐만 아니라, 이후 그의 문학의 방향을 결정지은 사건이기 때문이다.

어머니의 정신이상은 그를 외가인 아쿠타가와 집안의 양자가 되게 했으며, 청년기에는 양자라는 입지 때문에 자신이 좋아하는 여성과의 결혼을 강력하게 주장할 수 없게 된다. 이는 청년 류노스케에게 심각한 실연의 상처를 각인하게 된다.[1] 이러한 아쿠타가와 류노스케의 삶의 조건은 자연스럽게 유럽의 '세기말 문학'[2]에 심취하

---

[1] 요시다 야요이(吉田弥生)를 말한다. 아쿠타가와와 동갑이며, 아오야마(青山)학원 영문과 출신이다. 드물게 보는 재원(才媛)으로서 아쿠타가와의 첫사랑으로 알려져 있다. 森本修, 『新考』・芥川龍之介伝』(東京, 北択, 1977) p.135.

[2] 19세기 말 유럽문학을 말한다. '세기말 문학'은 사실주의, 자연주의, 고

여 위안을 찾는 결과를 초래했다고 생각한다. 이러한 일련의 사건의 배후에는 ‘모성상실(母性喪失)’이 자리하고 있다고 추정해 본다. 사토 야스마사(佐藤泰) 역시 논문 「아쿠타가와 류노스케와 니힐리즘」에서 “인간존재의 근저를 흔드는 어머니의 상실은 그 비통을 견디고 자신의 전존재를 건 혼(魂)의 노래를 만들었다”3)고 말함으로써 ‘모성상실’이라는 결락감(欠落感)이 아쿠타가와 문학의 원풍경임을 말하고 있다.

작가가 된 아쿠타가와는 그의 무의식에 각인된 내면 풍경을 여러 심상(心象)으로 드러내고 있는데, 아쿠타가와의 경우 ‘물’은 반복적으로 나타나는 심상임을 알 수 있다.

본 연구는 ‘물’이라는 질료를 매개로 해서 나타나는 죽음의 심상을 작품분석을 통해 추론해 보고자 한다. 그 물은 때로는 강물의 형상으로 나타나고, 또 어떨 때는 바닷물의 형태로 나타나고 있는데 그 저변에서 뿜어 나오는 것은 짙은 죽음의 냄새이다. 아쿠타가와의 문학을 관류(貫流)하고 있는 물의 이미지는 ‘모성에 대한 희구’와 ‘죽음에 대한 친화’라고 말하고 싶다. 이는 깊이를 지닌 은유로서 다양하게 나타나고 있음을 본다.

필자는 아쿠타가와 문학의 도처에서 발견할 수 있는 물과 연관된 죽음의 이미지를 ‘타나토스(Thanatos)’라 부르고자 한다. 타나토스는 그리스 신화에서 죽음을 의인화한 신(神)이다. 프로이트는 에로스(Eros)와 더불어 타나토스(Thanatos)를 대립 개념의 정신분석 용어로서 비유적으로 차용하고 있다. 프로이트에 의하면 에로스는 생명욕

___

답파에 대한 반동으로 대두했으며, 회의적 탐미적 퇴폐적 성향과 더불어 우울하면서도 도피적인 풍조가 그 특성이다.

3) 佐藤泰正 「芥川龍之介とニヒリズム　―その倫理との相剋をめぐって―」, 『一冊の講座・芥川龍之介』(東京, 有精堂, 1991) pp.36－48.

동으로서 삶의 의지를 나타내며. 타나토스는 죽음욕동으로서 죽음
에 대한 친화 또는 희구로 설명한다.[4] 아쿠타가와는 '물'이라는 질
료를 매개로 하여 그의 죽음욕동, 즉 타나토스를 반복적으로 드러
내고 있다.

　사코 쥰이치로(佐古純一郎)는 『芥川論考』에서 아쿠타가와의 정신
풍토에 대해 일찍이 '황혼의식'이라고 함으로써[5] 본 연구가 의도하
는 타나토스와 유사한 결론을 내린 바 있다. 황혼의 문학이란 희망이
없는 인생을 묘사한다. 그것은 죽음욕동과 상통한다고 말할 수 있다.

　이제부터 습작기의 작품 『스미다 강물(大川の水)』(1914)과 비교적
만년의 작품인 『다이도지 신스케의 반생(大導寺信輔の半生)』(1925),
『바닷가에서(海のほとり)』(1925) 그리고 죽은 해에 쓴 『신기루(蜃気
楼)』(1927)를 면밀히 분석함으로써 물의 이미지와 타나토스의 관계
를 밝혀 보고자 한다.

2. 본　론

1) 질료로서의 물의 이미지

　물은 신화나 문학 일반에서 다양한 이미지로 나타나는 것을 볼
수 있다. 아트·드·프리스(Ad de Vries)의 『이미지·심볼 사전』에
나오는 '물(water)' 항목을 살펴보면 실로 다양한 이미지로 설명되어
있다. 핵심적 이미지를 추출해 보면 다음과 같이 요약해 볼 수 있

---

4) R·シエママ 編 『精神分析事典』(東京: 弘文堂, 2000) p.35, David Statt(정
　　태연 역) 『심리학용어사전』(서울, 이끌이오, 2000) p.115 및 p.186.
5) 佐古純一郎 『芥川論究』, (東京: 朝文社, 1981).

다. 1. 혼돈의 물(생명의 물), 2. 세례의 물, 3. 과도적 단계(삶과 죽음의 매개), 4. 무의식, 5. 정화, 6. 심판, 7. 성찰 등이 그것이다.[6]

이는 또다시 수렴될 수 있는데, 여기서는 네 가지로 수렴하기로 한다.

첫째, 혼돈의 물은 다시 말해 생명의 물로서 카오스에서 생명이 탄생하는 것을 나타내며, 세례의 물 역시 새로운 영혼의 탄생으로 이어지는 이미지이다. 생명의 물은 만물을 생육하게 하는 물이다. 인류는 선사시대부터 비가 내리도록 하는 제천(祭天)의식을 거행하고, 땅을 비옥하게 해 주는 강을 숭배하기도 했다. 여기서 물과 강을 소중히 하는 여러 문화적 관습을 생각해 볼 수 있는데 이는 생명과 풍요에 이어지는 이미지로 수렴된다.

물은 또 어머니로서의 물이 되기도 하는데, 비는 어머니의 젖처럼 만물을 키워준다고 생각되어 쉽게 관념연합이 되었을 것이다. 이때 모성의 이미지는 '생명의 물'의 이미지의 변형이다. 어머니는 생명을 잉태하며, 또 갓 태어난 아이에게 어머니란 존재는 생명 그 자체이기 때문이다.

둘째, 과도적 물은 창조와 파괴의 중간이라는 과도적 단계를 나타낸다. 또 과도적 단계로서의 물은 저승 또는 타계로 인도하는 이미지를 내포한다. 이는 삶과 죽음이 동전의 양면처럼 양면성으로 나타나는 경우를 포함할 수 있다. 오랫동안 인류는 그들이 경험해 온 물의 성질에서 물의 파괴성을 보았다. 잔잔하던 물이 홍수로 변할 때 파괴적 속성을 띠며 과도적 단계를 거치게 된다. 또 풍랑을 만나 배가 난파하면 뱃사공들은 삶에서 죽음으로 향하게 된다. 인류문화 유산에서 물을 통과한 죽음의 이미지가 숱하게 보인다. 과

---

6) アト・ド・フリース『イメージ・シンボル事典』, (東京: 大修館書店, 2000), pp.678-9 참조.

도적 단계로서의 물은 양면성을 지닌 물의 이미지의 변형으로도 나타난다. 여기서 삶과 죽음이 하나라는 역설적 인식이 생긴다. 우리는 죽음을 통해서 삶을 성찰할 수가 있다. 삶과 죽음은 불가분의 관계에 있으며 삶과 죽음을 복합적 이미지로 연합하여 심오한 문학성으로 승화시키는 경우를 보게 된다.

셋째, 무의식과 기억의 물이다. 물은 하강(下降) 작용이 있어서 인간을 수면 밑으로 가라앉게 했으며 이는 곧 죽음을 말했다. 또 사물을 가라앉히고 녹이는 물의 속성으로부터 정신분석학에서는 의식 밑에 가라앉아 있는 무의식을 관념연합시키고 있다. 이 역시 아쿠타가와가 즐겨 사용하는 방법이다.

넷째, 성찰의 물이다. 물은 잔잔한 표면이 거울 역할을 하기 때문에 나르시시즘과 도취, 그리고 성찰의 이미지를 끌어낼 수 있다.

이처럼 단순하게 물의 이미지를 규정하는 것은 도식화해 버릴 우려가 있다. 그러나 단순화란 우리의 이해를 쉽게 해 주는 것 또한 사실이다.

본 연구는 아쿠타가와의 경우 물이라는 질료는 죽음과 긴밀하게 결부되어 있다는 것에서 출발하고자 한다. 그리고 그 안에는 모성희구와 연관된 이미지도 투영되어 있다고 보았다. 아쿠타가와 텍스트에 나타난 물의 이미지는 위에서 정리한 문화상징과도 일맥상통하고 있으며, 나아가 인류의 원형적 무의식과도 통함을 알 수 있다. 아쿠타가와 문학에서의 물의 이미지는 그만큼 다양한 읽기를 가능하게 한다. 모성희구와 죽음친화뿐만 아니라 거울의 나르시시즘인 자기성찰과 무의식의 세계를 내포하고 있으며, 또 타계로의 통로 역할을 하고 있는 것을 확인할 수 있다. 아쿠타가와의 문학은 이들이 복합적으로 어우러져 심오한 작품세계를 이루고 있기에 독자를 매료시킨다고 생각한다.

2) 『스미다 강물(大川の水)』의 '물'

오카와(大川)는 도쿄의 시타마치(下町)를 흐르는 큰 강으로서 스미다(隅田) 강의 다른 호칭이다. 아쿠타가와는 생후 얼마 안 되어 오카와 강가에 가까운 고이즈미쵸(小泉町)에 있는 외갓집 아쿠타가와 가계(芥川家)에 맡겨진다. 그리고 1918년까지 18년 동안이나 이곳에서 살았다. 따라서 유년기와 청년기를 보낸 오카와 주변의 풍물은 아쿠타가와의 정신에 깊이 각인되었음에 틀림없다. 오카와에 관련된 글로서 맨 처음 쓴 것은 오카와의 범람을 다룬 인상기인 「물의 사흘(水)の三日」인데, 중학교 다닐 때의 글이다.

G・바슐라르[7]는 그의 저서 『물과 꿈』에서 인간의 몽상은 물질적이라고 말한다. "강이 흐르는 곳에서 태어난 사람은 물에 의해 그의 무의식이 지배된다"[8]고 말하고 있다. 특히 유년기 체험의 중요성에 대해 강조하고 있데, 아쿠타가와의 작품을 대하다 보면 전적으로 이 견해에 공감을 하게 된다.

> 나는 스미다 강 가까운 마을에서 태어났다. 집을 나서면 잣밤나무 신록에 쌓인 검은 담들이 많은 요코아미의 골목길이 있다. 이 골목길을 빠져 나오면 곧 폭이 넓은 강줄기가 보인다. 그리고

---

7) G・Bachelard(1884–1962)는 물질적 상상력과 4원소의 꿈을 현대사회에서 재조명한 철학자이다. 4원소론은 고대 그리스 철학자 엠페도클레스 이래로 서구에서 널리 확산되어 온 인식론이다. 이 4원소는 바슐라르의 상상력을 자극하여 '상상력 연구'의 지평을 열었으며, 문학 이미지 연구에 기여하고 있다. 그는 서구문화에서 '비이성'으로서 평가절하되어 왔던 '상상력'을 적극적 에너지로 끌어올리고 있다. 저서로는 『물과 꿈』, 『공기와 꿈』, 『촛불의 미학』, 『부정의 철학』, 『대지 그리고 휴식의 몽상』, 『공간의 시학』 등이 있다.
8) 가스통 바슐라르(이가림 역) 『물과 꿈』, 『촛불의 미학』 문예출판사, 1989.

학봉구이라는 말뚝이 박힌 하안에 이르게 된다. 어릴 때부터 중학교를 졸업할 때까지 나는 거의 매일처럼 저 강을 바라보았다. 물과 배, 다리, 삼각주, …… 물에서 태어나 물에서 저물어가는 분주한 사람들의 생활을 보았다. (중략) 나는 어째서 이다지도 강을 사랑하는 것일까. 왜 흙탕물이 섞인 스미다 강의 미적지근한 물에 한없이 오묘함을 느끼는 것일까. 스스로도 다소 설명하기 어려운 부분이 있다. 다만 나는 옛날부터 저 물을 볼 때마다 어쩐지 눈물을 흘리고 싶을 정도로 형언할 수 없는 위안과 적요를 느꼈다. 내가 살고 있는 세계로부터 완전히 멀어진 그리운 사모와 추억의 나라에 들어가는 듯한 마음이 들었다.
(岩波全集『芥川龍之介』1巻『大川の水(스미다 강물)』p.26)

위의 인용에서 알 수 있듯이 아쿠타가와는 스미다 강에 대한 강한 애착을 토로하고 있다. 현실세계의 번잡함으로부터 차단된 신비경으로서 스미다 강을 묘사했다. 실제의 스미다 강은 흙탕물로 뒤범벅이 된 초라한 강에 지나지 않는다. 그러나 아쿠타가와가 재구성한 관념의 세계에서는 이미 현실의 강을 초월해 있음을 알 수 있다. 이 안에는 위안과 적요(寂寥)가 있다. 강은 모든 것을 감싸주는 어머니의 품처럼 따뜻하다. 현실의 어머니는 부재했으나 그의 무의식 안에는 처절한 모성희구가 은폐되어 있는 것이다. 강은 곧 어머니가 되고, 현실의 고달픔은 아스라이 멀어진다. 그래서 현실이 고달플 때마다 자주 강에 대한 갈증을 안고 찾아오게 된다. 스미다 강은 아쿠타가와의 내면의 고향이 되고 있다.

아쿠타가와에게는 『스미다 강물(大川の水)』 외에도 오카와를 배경으로 한 다수의 작품이 있는데, 『노년(老年)』, 『가면(ひょっとこ)』 등의 초기 작품을 들 수 있다. 아쿠타가와는 이처럼 오카와를 배경으로 한 작품을 기점으로 하여 작가로서의 발걸음을 내딛고 있음을 확인하게 된다. 이는 스미다 강이 그만큼 그의 정신세계를 구성하

는 특별한 대상이라는 것을 입증한다. 특히 강을 구성하는 '물'이라는 질료는 아쿠타가와가 매우 애착을 지닌 아쿠타가와의 물질임을 알 수 있다. 이는 그가 사용한 필명에서도 확인할 수 있다. 습작시절 사용했던 '계수(溪水)', '용우(龍雨)', 신사조(新思潮)시절의 '야나가와 류노스케(柳川隆之介)', 그리고 만년의 펜네임인 '맑은 강 주인(澄江堂 主人)'은 모두 물의 이미지로 충만해 있다.

바슐라르는 "모든 시인은 자신이 애호하는 원소를 가지고 있으며 무의식적으로 작품에 반영한다"고 말한다.[9] 이에 따르면, 아쿠타가와 류노스케는 물을 애호하는 작가가 된다.

여기서 고찰하고자 하는 『스미다 강물(大川の水)』은 습작기 작품에 해당된다. 그는 이 작품에서 '생명욕동'이 아닌 '죽음욕동'을 드러내고 있다. 그는 시커먼 스미다 강을 바라보면서 『죽음의 승리』를 쓴 작가 다눈치오를 연상하고 있으며, 다눈치오가 물의 도시 베네치아를 묘사한 것과 오버랩시킨다. 여기에는 청년기 특유의 센티멘털리즘과 페이소스적 포즈가 과장적으로 드러나 있는 것도 사실이나, 아쿠타가와에게 있어서 물이라는 질료는 죽음과 짙게 연관되었다는 것에 주목할 필요가 있다.

> 스미다 강물이 흐르는 것을 볼 때마다 나는 저 수도원의 종소리와 백조의 소리로 저물어 가는 이탈리아에 있는 물의 도시 (중략) 베네치아의 풍물에 넘치는 열정을 쏟아 부은 다눈치오의 심정을 새삼스레 그리워하며 떠올리지 않을 수 없다
>
> (위의 책 『스미다 강물』)

---

9) 홍명희 『상상력과 바슐라르』 (서울: 문학과 지성사, 2005) p.38. 바슐라르는 에드가 앨런 포우, 스윈번은 물을 자신의 물질로서 애호하고, 호프만은 불, 니체는 공기를 자신의 물질로 삼고 있다고 말한다.

시타마치 혼조에서 성장한 그는 스미다 강의 하류에 해당하는 '오카와'를 일상 속에서 바라보면서 그의 내면 풍경을 각인해 갔음을 알 수 있다. 위의 인용에 나오는 물, 백조, 수도원의 종소리, 다눈치오 등의 단어는 타나토스적 이미지의 전형임을 환기하게 된다. 아쿠타가와는 세기말 예술에서 그의 감성을 연마한 작가이다. 그가 다눈치오에 대해 언급한고 있는 것은 자연스러울 수도 있다. 그러나 본고는 스미다 강물을 보면서 다눈치오를 연상하고 있는 것에 주목하고자 한다. 아쿠타가와는 스미다 강물을 나름대로의 인식의 과정을 거쳐 의식의 표면 위로 부상시키고 있다. 강물은 어머니의 자궁처럼 그를 편안히 감싸고 있으며, 강물의 적막은 죽음과 흡사하다. 그의 무의식은 다눈치오를 관념연합하고 있음을 본다. 하나의 이미지는 다른 이미지를 환기시키는 법이다. 가장 쉬운 방법은 앞선 작가가 사용한 이미지라고 생각한다. 그 이미지는 관습적으로 사용하다 보면 퇴색되기도 하지만 인류의 무의식을 형성하게 된다. 스미다 강물의 표면에서 죽음의 냄새를 확인하고 다눈치오를 떠올린다. 그리고 연상은 꼬리를 물고 그의 독서기억인 『죽음의 승리』의 풍경묘사로 빠져 들어간다. 거기에는 수도원의 종소리와 물위에 떠다니는 백조가 뚜렷이 시각화된다. 백조는 서구문학에서 다양한 전설과 이미지를 지니는 생물이다. 때로는 에로틱한 여체의 이미지로 나타나고, 백조가 죽을 때 내는 소리는 단말마의 고통과 함께 시인의 시적 영감에 이어지곤 한다.[10] 많은 종교에서는 백조가 영혼을 이끄는 '영혼 도사(導師)' 역할을 수행하는 것을 본다. 즉 죽은 자의 영혼을 피안의 나라로 이끈다고 보았던 것이다. 한편, 심리학

---

10) 바슐라르는 이를 '백조 콤플렉스'로 설명한다. 동일한 이미지를 접한 작가들이 만들어내는 이미지들은 거의 동일하다는 것이다.
　　(홍명희 『상상력과 가스통 바슐라르』 살림, p.2005, 38 - 43 참조.)

에서는 모자상간과 관련하여 모태회귀의 비유적 표현으로 보고 있다.11) 이처럼 '백조'라는 사물에 담긴 복합적 이미지는 개인화의 과정을 거쳐 아쿠타가와의 이미지로 정착된다.

종은 시계가 발명되기 전 시계의 역할을 해 왔던 사물이다. 특히 수도원 등에서는 규칙적인 수도생활을 위해서 시간의 흐름을 규격화하는 것이 절실했다. 그래서 시계는 수도원의 수도승들에 의해 발명되었으며 시계가 발명되기 전에는 종이 곧 시계역할을 했다. 시계는 째각째각 우리의 수명을 새기고 있다. 우리 인간에게는 각자의 시계가 있다. 그것이 다하는 날 우리는 죽는다. 교회의 종소리는 한 생명이 끝났음을 알리는 장례미사의 종소리를 종종 환기하며 죽음을 알리는 조종(弔鐘)으로 연상되는 것이다.

따라서 위의 인용에는 모성희구와 죽음의 이미지가 동시에 담겨 있다고 볼 수 있다. 가장 명백한 증거는 다눈치오가 『죽음의 승리』의 작가라는 점이다. 『스미다 강물』에서 아쿠타가와는 다눈치오에 의탁해서 자신의 내면풍경을 드러냈다. 다눈치오가 서구문화에서 차용한 백조, 종의 이미지를 자신의 무의식을 드러내 보이는 적절한 표현수단으로 다시 차용했음을 알 수 있다.

3) 『다이도지 신스케의 반생(大導寺信輔の半生)』의 강물

이 작품은 자신의 자화상을 회고적으로 묘사한 작품으로서, 이 안에는 스미다 강에 얽힌 유년기 추억이 그리움과 혼재되어 나타나고 있다. 거기에는 천진난만하고 밝은 어린이들에게 어울리는 물의 이미지는 찾아볼 수 없다. 어린이들이 밝고 명랑하게 재잘거리는

---

11) アト・ド・フリース『イメージ・シンボル事典』(東京: 大修館書店, 2000), pp.616-618 참조.

특성을 감안할 때의 물은 졸졸졸 흐르는 시냇물의 이미지와 닮아 있는데,12) 이 작품의 신스케는 죽음이라는 실존고(実存苦)를 너무 일찍 목도(目睹)해 버리는 어린이로 등장한다. 아버지를 따라서 스미다 강에 낚시를 갔는데 강물에 둥둥 떠 있는 시체를 발견하고 죽음과 인간의 존재를 사색하는 주인공으로부터 조숙한 아쿠타가와의 모습을 마주하게 된다.

> 어느 날 아침노을이 남아 있는 새벽 아버지와 그는 여느 때처럼 학봉구이(百本杭)에 산책을 갔다. 학봉구이는 스미다 강 하안(河岸)에서도 특히 낚시꾼들이 많은 장소이다. 그러나 그날 아침은 둘러보아도 낚시꾼이 한 사람도 없었다. 넓은 강가에는 돌담 사이로 갯강구들이 움직이고 있을 뿐이었다. 그는 아버지에게 오늘 아침에는 낚시꾼들이 안 보이는 이유를 물어보려고 했다. 그러나 입을 열기 전에 곧 그 답을 발견했다. 아침놀이 흔들거리는 강 물결에 대머리 시체가 하나 갯내음이 나는 물풀이랑 쓰레기들이 뒤섞인 어지러운 말뚝 사이로 떠 있었다.
>
> (芥川龍之介『大導寺信輔の半生』1. 本所)

『다이도지 신스케의 반생(半生)』의 첫 장인 '1. 혼죠(本所)'에 나오는 '대머리 시체'에서 죽음을 내면화하고 자신의 정신적 풍경으로 각인하고 있는 신스케는 다시 말해서 작가 아쿠타가와이다. 아쿠타가와한테는 죽음이 삶처럼 태연하게 묘사된다. "물풀들과 쓰레기에 섞여 말뚝 사이로 떠 있는 시체"에서 또래 소년들이 느낌직한 원초적 공포를 찾아볼 수 없다. 너무나 심상하게 그려져 있다. 그러나 그의 무의식은 죽음을 깊게 각인하고 있음에 틀림없다. 이는 점점 발전하여 죽음은 차라리 위안일 수 있다는 인식에까지 이르게 되는

---

12) 바슐라르(이가림 역)『물과 꿈』,「제1장 맑은 물, 봄의 물, 흐르는 물」,
   (서울: 문예출판사, 1980), p.53.

것은 아닐까. 일찍이 염세주의를 흡수한 그는 에도(江戸)가 도쿄(東京)로 바뀌고 문명화의 와중에서 시타마치(下町)가 얼마 안 남은 숨을 헐떡거리는 모습을 직시하며 무한한 애착을 느끼고 있다. 생성하는 생명력보다는 사그라지는 것에 더욱 친화력을 느끼는 아쿠타가와는 많은 작품의 도입부와 결말 부분에 일몰이라든가 가을을 많이 다루고 있다. 히라오카 도시오(平岡敏夫)는 그의 논문 「일몰부터 시작되는 이야기」에서 이에 대해 면밀하게 고찰하고 있다.13) 이것은 아쿠타가와의 심층에 내재한 '죽음 원망(타나토스)'과 긴밀하게 관련되었다고 생각한다. 스미다 강은 아쿠타가와가 그의 무의식과 조우하는 접점으로서의 역할을 수행한다. 그곳은 그의 꿈이 언어화하는 곳이기도 하다. 그의 타나토스의 꿈은 스미다 강가에서 구축(構築)된다. 많은 죽음의 형태 중에서도 물에 빠져 죽는 '죽음'을 그는 몽상하고 있는 것은 아닐까? 그것은 매우 시적이며 모태회귀적이다.

실제 초기 작품인 『가면(ひょっとこ)』를 보면, 술에 취해 매일 이야기를 꾸며내며 지내는 불가사의한 주인공 헤이키치(平吉)가 나온다. 헤이키치가 어느 날 횻토코 가면14)을 쓴 채 꽃구경하는 유람선에서 춤을 추다가 배 밑바닥에 쓰러지더니 뇌일혈로 죽고 만다는 이야기로서 상징성이 풍부한 작품이다.

---

13) 『羅生門』(가을날 저녁), 『杜子春』(봄날 저녁), 『秋』(두 번의 가을), 『蜜柑』(늦가을), 『トロッコ』(2월 저녁), 『鼻』(결말의 가을), 『老年』(인생의 황혼), 『枯野抄』(元禄 7년 10월 12일 오후) 등 많은 작품에서 황혼의식을 느끼게 한다. 히라오카 도시오(平岡敏夫)는 『芥川龍之介』「日暮からはじまる物語」라는 논문에서 이와 같은 인식을 면밀히 고찰하고 있다. (東京:大修館書店, 1987), pp.59－76.

14) 'ひょっとこ'는 'ひおとこ(火男)'의 변화된 발음이라고 한다. 불을 내뿜을 때의 얼굴표정 같이 한쪽 눈이 작고 입은 뾰족하게 나온 우스꽝스러운 모습의 가면이다. 이 가면을 쓰고 추는 춤을 '횻토코 오도리'라고 한다.

4) 『바닷가에서』, 『신기루』의 바다 물

위의 두 작품의 시간적 설정이 유년기 또는 젊은 시절의 아쿠타가와가 주체가 되고 있다면, 『신기루』(1927)에서는 자신의 죽음이 임박했음을 감지한 만년의 아쿠타가와가 서 있는 지점이다. 『신기루』는 또한 '속·바닷가(続·海のほとり)'라는 부제를 달고 있다. 이 작품보다 2년 앞선 작품으로 『바닷가에서(海のほとり)』(1925)가 이미 있기 때문이다. 작가는 이 두 작품을 전편과 후편으로 이어서 읽어 주기를 희망했다고 생각된다. 따라서 여기서는 이 두 작품을 연계하여 살펴봄으로써 보다 전체적인 조망을 시도하고자 한다.

『바닷가에서』라는 작품은 대학을 갓 졸업한 '나'가 친구 M과 창작을 겸한 피서여행을 바닷가 마을로 가서 겪은 이야기를 다루고 있다. 이 작품은 뚜렷한 줄거리가 없으며, 작가의 심상풍경이 회상과 의식의 흐름으로 잔잔하게 묘사되어 있다. 관조적 묘사와 더불어 작가의 무의식을 엿볼 수 있게 하는 작품이다.

제1장에서 대학 졸업 후 의식주 문제를 해결하기 위해서 교사라도 할까 생각하던 중에 '나'는 잠이 들고 꿈을 꾸게 된다. 꿈속에서 비가 내리고 누군가가 문을 두드리며 말을 걸었다. '나'는 후배 K가 돈을 빌리러 왔다고 생각하고 무시한다. 너무나 애절한 목소리여서 나가 보았는데 아무도 없다. 넓은 뜰은 연못으로 변해 있었다. 이윽고 연못에는 해초들이 떠다니고 바닷물이 차더니, 한 마리 붕어로 변해 있었다. 붕어는 맑은 물위에 유유히 꼬리지느러미를 움직이고 있다. 나는 붕어가 말을 걸었구나 생각하고 안심한다.

> 나는 잠시 달빛이 비친 연못 위를 바라보고 있었다. 연못은 해초가 움직이는 것으로 보아 만조인 듯했다. 그러는 사이에 나

는 눈앞에 파도가 일렁이는 것을 발견했다. 파도는 발밑까지 차
오더니 서서히 한 마리의 붕어로 변했다. 붕어는 맑은 물속에서
꼬리지느러미를 흔들고 있었다. "아, 붕어가 말을 걸었구나"라고
생각한 나는 안심했다.

(『바닷가에서』 제2장)

　이 작품은 꿈의 부조리성(不条理性)을 잘 살려 문학으로 형상화하
는 데 성공한 작품이라고 생각한다. 꿈의 메커니즘인 치환, 도치,
융합, 상징을 문학기법으로 사용함으로써 아쿠타가와는 그의 억압
된 심층세계를 보여주었다고 생각한다.

　이 '꿈'은 뜰이 연못으로 변하더니 연못이 또 바다로 변한다. 다시
바다에는 붕어가 헤엄치고 있다. 잠에서 깬 나는 '붕어'를 자기의 무
의식으로 해석한다. 이것은 꿈을 꾼 사람의 자의적 해석에 지나지 않
는다. 그렇다면 '나'의 무의식의 실체는 구체적으로 무엇인지가 독자
로서 궁금해진다. 아쿠타가와는 우리의 의식 바깥에 있는 다른 세계
의 실재에 대해 자주 언급하고 있다. 『주유의 말』 중 「무의식」이라는
부제를 달고 있는 문장에, "우리들의 성격상의 특성은 ― 적어도 가장
현저한 특색은 우리들의 의식을 초월해 있다"는 구절이 있다. 이는
우리의 의식 밖에 다른 세계가 있다는 것을 강력하게 믿고 있음을 시
사한다. 이는 이성만능주의에 대한 거부이기도 하다. 꿈은 무의식의
세계로 통하고 있으며, 무의식의 내밀한 속삭임을 들음으로써 아쿠타
가와는 삶의 균형을 잡고자 했다고 생각한다.

　이 꿈에서 '물'이야말로 무의식의 드넓은 세계이며, 여기에는 죽
음에 대한 공포 실존에 대한 불안 등이 들어 있다. '붕어'는 죽음의
사자의 변형이라고 볼 수 있다. 바닷물은 모태회귀로서의 자궁이다.
이미 죽음의 그림자가 작가의 무의식 세계에 옅게 드리워져 있음을
본다. 이 작품은 에로스와 타나토스가 뒤섞여 있다. 프로이트는 '타

나토스'와 '에로스'를 양립할 수 없는 것처럼 설명하지만, 질베르 뒤랑은 이에 대해 『상징적 상상력』에서 반론을 제기한다. "타나토스의 이미지들은 죽음으로 기울게 하는 충동과 체념의 한가운데서도 죽음이 부정되고 영속적인 삶의 극한까지 완화시킨다는 것이다. 즉 죽음은 하나의 휴식이며 하나의 잠으로서 갈망하고 상상하는 것이다. 이는 죽음을 소멸시킨다."15)

아쿠타가와는 타나토스와 에로스를 병치하여 그 거리를 없애고 있다. 제2장, 해수욕장에서 만난 소녀들에 얽힌 추억은 청춘기의 회상에 어울리는 정경으로서 에로스의 세계를 말한다. 여름이라는 계절이 지나가듯이 청춘시절이 지나가는 아쉬움이 약간은 감상적으로 드러나 있다. 해파리(水母)의 등장은 위협적이다. 해파리의 한자표기가 물(水)과 어머니(母)로 구성되어 있다는 것 또한 매우 의미심장하다. 해파리의 등장은 어머니가 있는 세계의 메타포로 해석할 수 있으며, 타계가 부르는 음성이 느껴진다.

> "어찌된 일이야?" (중략)
> "해파리한테 당했어."
> 바다는 요 며칠 동안 갑자기 해파리가 늘어난 듯했다. 현재의 나도 그저께 아침, 왼쪽 어깨 위로부터 상박에 걸쳐 줄곧 바늘자국을 달고 다니고 있다.
> "어디를"
> "목 언저리야. 당했구나 하는 생각이 들어 주위를 둘러보니, 몇 마리씩이나 되는 해파리가 물에 둥둥 떠다니고 있었어"
> "그러니까 나는 물에 안 들어갔던 거야."
>
> (위의 책 '제2장')

---

15) 질베르 뒤랑(진형준 역) 『상징적 상상력』(서울: 문학과 지성사, 1998) p.130.

제3장은 바닷가 깊은 물살이 나온다. 물살에 떠내려가면 십중팔구가 죽는다면서, 실제 물살에 쓸려가서 죽은 '고둥잡이(ながれみどり)'와 그 유령에 얽힌 이야기를 화제로 삼는다. 유령은 다름 아닌 죽은 '고둥잡이'의 약혼자였으며 그녀는 매일 밤 무덤가에 와서는 멍하니 앉아 있었다는 걸로 결말이 나고, 이제는 동경(東京)으로 돌아갈 때가 되었다고 판단한다.

여기서 바닷물은 타계로의 통로임을 알 수 있다. 이 작품은 바닷가를 떠나 서둘러 동경으로 돌아가겠다는 결의를 표명함으로써 아직은 죽음을 받아들일 수 없다는 생에 대한 의지가 보인다.

> "나는 고둥잡이는 될 수 없을 것 같았다.
> 몇 차례씩이나 깊은 바다에 헤엄쳐 가서 바다 밑에 잠수해야 하니까.
> 게다가 물살에 휩쓸려가기라도 한다면 십중팔구는 살아남지 못할 텐데.
> H는 지팡이를 흔들며 여러 가지 수맥(물살)에 관한 이야기를 했다. 커다란 수맥은 둔치에서 6킬로 정도 먼 바다까지 이어져 있다는 이야기도 섞여 있었다.
> 그러고 보니 H 군, 그건 언제였었지. 고둥잡이의 유령이 나온다고 했던 일."

위의 바다를 타계로 통하는 바다의 이미지로 받아들인다면 '나'가 '고둥잡이'가 될 수없다는 말의 진의를 알아차릴 수 있다. 아직은 죽음의 이미지만 떠돌고 있을 뿐 죽음의 의지는 없음을 알 수 있다.

그러나 이 작품보다 2년 나중에 나온 『신기루』에서는 한 인간의 처절한 종말의식을 마주하게 된다. 그래서 작가는 '속·바닷가에서'라는 부제를 닮으로써 전작과의 연계성을 부각시키고 있는지도 모른다. 또한 앞 작품에서 언급했던 인물들을 다시 언급하는 치밀함을 보이고 있다.

『신기루』의 배경은 강을 낀 바다의 이미지라고 말할 수 있다. 구게누마(鵠沼)에서 요양 중이던 작가가 당시 신문에 종종 기사로 실린 신기루를 보러갔다가 해안가 모래사장에서 우연히 나무 푯말을 발견하게 된다. 그것은 스무 살가량의 나이에 죽은 혼혈 청년의 시체에 붙었던 표시로 추측된다. 이 작품은 매우 상징적이다.

우리들은 O 군과 함께 깊숙한 모래 길을 걸어갔다. 길 왼쪽은 모래벌판이었다. 거기에는 우차(牛車)의 바퀴자국이 새까맣게 비스듬하게 나 있었다. 나는 깊이 팬 바퀴자국에 어쩐지 압박감을 느꼈다. 왕성한 천재의 흔적—이런 느낌이 육박해 오는 듯했다.

"나는 아직도 건강하지 못한 것 같아. 저런 바퀴자국만 보아도 이상하게 질려 버리거든"

O 군은 미간을 찌푸린 채 내 말에 아무 대답도 하지 않았다. 하지만 나의 기분은 O 군에게 분명하게 전해진 것 같았다.

(芥川龍之介『蜃気楼』)

일인칭 관찰자 시점으로 전개되는 이 작품은 심신이 피폐해져 있는 아쿠타가와 만년의 일상의 편린을 보는 듯하다. 그들이 걷고 있는 모래밭 길은 허약한 기반을 지녔다. 그 안에 굵게 패인 자국에서 상대적으로 쇠약해진 자신을 반추하는 쓰라림이 반영되어 있다. 왕성한 천재(天才)는 한때 그의 꿈이기도 했으며, 어쩌면 도달했었는지도 모른다. 그러나 지금은 모래 위에 난 길처럼 쉬이 무너져버리는 신기루 같은 현실이 되고 말았다. 모래와 신기루, 청년의 죽음, 까마귀, 신세대, 바다, 환각 등의 심상과 더불어 작품은 음영을 풍부하게 담고 있다.

바다는 넓은 모래사장 너머로 짙은 남빛으로 펼쳐져 있었다.
하지만 에노시마(지명)는 집들이며 나무들이 어쩐지 우울한 빛을
띠고 흐려 있었다. (중략) 까마귀가 삼백 미터 정도 떨어진 백사
장 위를 스쳐갔다. 그리고는 사뿐히 내려앉았다. 동시에 까마귀의
그림자가 아지랑이 같은 띠 위로 거꾸로 상이 비추었다. (중략)
우리들은 이번에는 히키지 강(引地川) 기슭을 따라가지 않고 낮
은 모래언덕을 넘어서 갔다. 모래언덕은 모래가 흘러내리는 것을
막기 위해 조릿대로 울타리를 쳐 놓았으며 거기에 심은 낮은 소
나무는 모래로 노랗게 물들어 있었다. O 군이 여기를 지나치면서
무겁게 허리를 숙이더니 모래 위에서 뭔가를 건져냈다. 그것은
역청색 테두리를 한 에스페란토어로 쓰여진 나무 푯말이었다.

뭐야 이건?

‘Sr. H.Tsuji …… Unua …… Aprilo …… Jaro …… 1916
…… dua …… Majesta …… 1926’

이것은 수장(水葬)한 시체에 붙어 있던 것이 아닌가 하고 추측
했다. (중략) 이것은 원래 십자가 형상을 하고 있었을 거야. (중
략) 나는 어쩐지 지금의 태양 빛과는 어울리지 않는 ‘불길함’을
느꼈다. “재수 없는 것을 주웠어”

“아니, 나는 마스코트로 삼을 거야”, ‘1906 – 1926’이라면, 스무
살 정도에 죽은 셈인데 여자일까, 남자일까, 아무튼 이 사람은
혼혈아였을 거야. 나는 K 군에게 대답하면서 선상에서 죽어간
혼혈아 청년을 상상했다. 그는 내 상상에 의하면 일본인 어머니
가 있을 법했다.

(위의 책)

작가는 두 동강난 십자가 푯말의 한쪽을 응시하면서 자신의 인생
에 대한 은유적 성찰을 담고 있다. 이는 동(東)과 서(西)로 분열되어
조화를 잃은 아쿠타가와 인생의 혼혈성과 그로 인한 비극을 환유한
다.16) 이 작품은 매우 상징성이 풍부하여 하나의 알레고리를 이루
고 있다. 이 작품에서의 물은 죽음을 매개하는 과도적 역할을 수행

하고 있음을 알 수 있다. 까마귀는 시체가 있는 곳에 나타나는 단골 새이다. 이 작품의 바다는 죽음의 냄새가 배어 있는 바다이다. 작중의 날씨는 화창하여 죽음과 어울리지 않다. 마찬가지로 스무 살의 젊은이 역시 죽음과는 어울리지 않다. 그러나 청년은 죽었으며 십자가 나무 푯말의 두 짝 중 한 짝이라는 '흔적'으로 출현했다. 신기루 같이 덧없는 인생에 대한 관조와 이에 대한 실감이 보인다.

배는 인생을 알레고리화하는 데 종종 쓰이는 문학기법이기도 하다. 항해하는 배는 우리의 인생을 말한다. 혼혈청년과 일본인 어머니의 연결은 그런 점에서 매우 기교적이다. 일본과 서양 어디에도 귀속되지 못한 채 자신의 아이덴티티를 잃고 방황했을 젊은 청년의 죽음을 상상하며, 작가는 감정이입을 하는 듯하다. 수장(水葬)된 청년은 바다라는 어머니에게로 돌아간 것이다. 이때 바다는 모성회귀의 기능을 수행하고 있으며 어머니의 자궁처럼 편안한 안식처가 된다. 청년은 죽음으로써 실존고로부터 해방된 것이다. 수장이나 익사는 모성회귀를 이루기에 가장 적절한 죽음 의식(儀式)이라고 말할 수 있다.

한편에서는 모래사장을 끼고 신세대 젊은 남녀들이 청춘을 향유하는 모습을 삽화처럼 끼워 놓고 있다. 삶과 죽음이 날줄과 씨줄처럼 엮어 있는 것이 인생이라는 작가의 관조적 시각을 엿볼 수 있다.

> K를 보내고 난 나는 O 군과 아내 셋이서 저녁에 다시 바닷가를 산책한다. 깜깜한 바다는 아무것도 보이지 않는다. 성냥불을 켜서 사물을 확인한다. 성냥불이 어둠 속의 사물을 보여주듯이

---

16) 아쿠타가와의 펜네임 중에 '수릉여자(寿陵余子)'가 있다. 주로 편지에서 쓰고 있다. 이것은 서양을 배우다 보니 동양을 잃어버렸다는 개인의 정체성의 상실에 대한 회환을 '수릉여자'라는 고사성어에 빗대어 표현한 것이다.

무의식은 의식 밖의 세계를 비추어 낸다. 어둠 속에 밝힌 물체에 대해 익사체의 발이라는 연상을 한 주인공의 의식에는 이미 죽음의 그림자가 깊숙이 드리워져 있음을 본다.

3. 결 론

지금까지 아쿠타가와 문학에 나타난 물의 이미지를 죽음 욕동(慾動), 즉 타나토스의 시각에서 살펴보았다. 마음의 고향인 오카와, 즉 스미다 강가에서 펼쳐졌던 무한한 상념의 세계는 죽음에 대한 친화였으며, 어머니에 대한 그리움과도 맥락을 같이하고 있음을 알 수 있었다. 가라타니 고진(柄谷行人)은 『두려워하는 인간(畏怖する人間)』에서 "아쿠타가와는 죽음에 의한 해방을 은밀하게 꿈꾸었다. 그것이 생활적 환관(宦官)으로서의 구속, 현실의 책무감을 실감하게 되었을 때 명료한 갈망으로 표면화되었다"[17]고 말하는데, 이에 대해 매우 공감하는 바이다.

본 연구는 그 원인을 '모성상실'에서 찾아보았다. 모성상실은 희망 없는 인생의 비전을 제시했으므로 음침한 세기말 정신이 청년기 아쿠타가와의 정신을 온통 지배한 것도 필연이었다고 결론지었다. 그는 세기말 유럽 작가들의 병적인 포즈에 도취하여 자기위안을 찾았으며, 이는 그의 정신을 동과 서로 분열하여 조화를 잃게 만드는 결과를 초래했다.

아쿠타가와는 스미다 강을 바라보며 유년기와 청년기를 보냈기 때문에 '물'에 대한 감수성이 남달랐으며, 물은 그의 무의식을 직조

---

17) 柄谷行人 『畏怖する人間』 ―芥川における死のイメージ―, (東京: 講談社文芸文庫, 2000), pp.263－276.

(織造)해 왔음을 알 수 있었다. 아쿠타가와에게 있어서 물은 다양한 이미지를 드러나고 있음을 본다. 이미지는 언어에 선행했으며, 그의 의식을 지배한 원초적 요소였다. 물이라는 질료는 거울과 같아서 사물을 비춰준다. 아쿠타가와에게 있어서 물은 자신의 영혼을 비추고 무의식의 소망을 끌어내는 매개였다고 말할 수 있다. 어두워졌을 때의 물은 불빛을 받아 거울의 역할을 더 잘 해낸다. 그것은 자기성찰이다. 인생이 어두웠던 아쿠타가와는 자기성찰을 통해서 특유의 상대적 시각을 터득했다. 자신을 상대적 시각에서 바라보는 데에 능숙한 사람은 다른 사물에 대해서도 똑같이 상대적 인식을 터득하는 법이라고 생각한다. 그의 문학의 관조성은 바로 이러한 태도에서 발로한다. 냉철한 지성을 통과한 따스한 감성이야말로 아쿠타가와 문학에 흐르는 매력임을 확인하게 된다.

어머니라는 존재는 인생의 출발점에 있어서 일반인들이 지니는 내적 평화의 원천이라고 할 수 있다. 그러나 아쿠타가와는 생(生)의 원점에서부터 그것을 상실했다. 그 상실감은 혼죠의 오카와(大川)를 배회하며 메워졌으며 오카와에서 펼쳐지는 소년의 고독한 몽상은 그대로 아쿠타가와의 정신적 풍경화로서 뇌리에 각인되어 창작가의 길을 지향하게 했다고 생각된다. 이때의 몽상은 매우 의식적인 활동이라고 말할 수 있다.

그의 작품 『스미다 강물』, 『다이도지 신스케의 반생』, 『바닷가에서』, 『신기루』에서 살펴보았듯이, 아쿠타가와는 물이라는 질료에 그의 무의식의 욕망을 드러냈음을 보았다. 그 욕망은 어머니에 대한 그리움이자 타나토스였다. 강물은 그에게 무한한 평온을 선사했으나, 늘 죽음의 이미지를 수반했다. 이는 아쿠타가와가 죽음을 통해 근원의 어머니에 이르기를 몽상했음을 말한다. 『스미다 강물』에 부유(浮游)하는 죽음의 냄새, 『다이도지 신스케의 반생』의 익사체 목격, 『바닷가에서』의 고둥잡이의 익사체와 유령, 『신기루』의 수장된 혼혈청년과 익사체의 발이라는 착각 등은 '물'과 결부된 죽음의 이미지들이다. 이때 이미지들은 의사전달의 보조수단임을 알 수 있다.

단편 소설의 완성자, 다이쇼기 문학의 거장으로서 문학사에 기록되기까지 그의 인생의 저변에는 삶과 죽음에 대한 치열한 고투가 있었기에 아쿠타가와는 "인생은 지옥보다도 지옥적이다"[18]라는 유명한 메시지를 남겼다고 생각된다. 그는 자살을 선택함으로써 그의 타나토스의 좌표를 실현하고 있는 것이다.

필자는 아쿠타가와의 '모성상실'이라는 특수한 생의 조건이 그의 문학 속에 타나토스의 모티프를 드러냈다고 보았다. 그것은 죽음과의 친화이며 이를 매개하는 것은 '물'이라는 질료라고 고찰했다. 아쿠타가와 문학에 흐르는 죽음에 대한 친화는 그의 자살을 이미 배태하고 있었으며, "강은 단순한 지리적 영역이 아닌 무의식과 결부된 원형적 물질"이라는 바슐라르의 견해에 다시 한번 공감을 표하게 된다.

---

18) 芥川龍之介 『주유의 말(侏儒の言葉』, '地獄'.

◎ 참고문헌

홍명희『상상력과 가스통 바슐라르』, 살림, 2005.

柄谷行人『畏怖する人間』, 講談社文芸文庫, 2001.

『芥川龍之介全集(全八巻)』, ちくま文庫, 2000.

菊地弘 외 編, 『芥川龍之介辞典』, 明治書院, 2000.

데이비드 스텟(정태연 옮김), 『심리학용어사전』, 이글리오, 2000.

アト・ド・フリース『イメージ・シンボル事典』, 大修館書店, 2000.

R・シエママ『精神分析事典』, 弘文堂, 2000.

川口喬一 외 編, 『文学批評用語辞典』, 研究社出版, 2000.

질베르 뒤랑(진형준 역)『象徵的 想像力』, 문학과 지성사, 1998.

M・H아브람스(최상규 옮김)『문학용어사전』, 보성출판사, 1997.

鷺只雄, 『芥川竜之介 年表』, 河出書房新社, 1997.

佐古純一郎, 『芥川論究』, 朝文社, 1991.

테리 이글턴(김명환 옮김)『문학이론입문』, 창작과 비평사, 1987.

가스통 바슐라르『물과 꿈』, 문예출판사, 1980.

森本修, 『新考・芥川竜之介伝』, 北沢, 1977.

아쿠타가와 류노스케(芥川龍之介)의
문학에 나타난 '불'의 이미지

1. 서 론

문학작품에 나타나는 반복적인 이미지는 작가의 무의식 심층에 관련되며 주제에도 이어진다고 말할 수 있다. 따라서 문학 연구가 종종 이미지 연구를 수반하는 것은 작품을 해독하는 데 있어서 기여하는 바가 크다고 하겠다. 그러나 이미지, 기호, 상징, 우화 등의 용어들은 서로 구별되지 않은 채 혼용되어 옴으로써 그 경계가 모호한 것 또한 사실이다.

질베르 뒤랑(G · Durand)[1]은 『상징적 상상력』에서 인간이 의식을 외계로 표출시키는 방법을 두 가지로 구분하고 있다. 하나는 직접적인 방법으로서 대상이 직접 정신에 드러나는 감각적인 것이며, 또 다른 하나는 간접적인 방법으로서 이미지를 통해 우리의 의식에

---

[1] 질베르 뒤랑(Gilbert Durand)은 1921년 프랑스에서 출생, 레지스탕스 운동에도 참여하여 레종도뇌르 훈장을 받았다. 1947년에 철학교수 자격을 취득하고 1959년에는 문학박사학위를 받는다. <사브와> 대학 <상상력연구소>의 『상상력연구』잡지를 주관하고 있으며 상상력 연구와 신화비평에 있어서 세계적인 권위자이다.(질베르 뒤랑 『상징적 상상력』 저자약력 참조)

재현되는 것이라고 말한다.[2] 또 뒤랑은 이미지와 상상력의 범위를 인간의 모든 정신활동에 적용하여 '상상계의 인류학'을 구성하는 것을 목표로 함으로써 상상력 연구의 범위를 무한대로 확장시켰는데,[3] 이는 인간의 상상력이 무수한 상징을 만들어 냈으며, 상징은 이미지를 수반하고 있는 데 주목한 것으로 생각된다.

이미지 연구에서 빼놓을 수 없는 또 한 사람은 바슐라르(G·B achelard)이다. 바슐라르는 물질과 이미지를 통찰한 '이미지의 4원소론'[4]으로 잘 알려져 있는데, 필자는 바슐라르의 방법에 착상을 얻어 물의 이미지에 이어 불의 이미지에 대해서도 고찰하고자 한다.

아쿠타가와 문학의 불은 횃불, 화재의 화염 등 직접적인 불을 비롯하여 불의 연장에 있는 불꽃, 섬광, 태양, 빛 등의 변주를 보이고 있다.

비교문학자 겐모치 다케히코(劍持武彦)는 아쿠타가와 류노스케의 「오카와의 물(大川の水)」론에서 "아쿠타가와 작품의 근원적 이미지는 물과 불이다"[5]라고 말하고 있는데, 겐모치가 지적한 바와 같이 아쿠타가와 문학에는 다양한 물의 이미지와 불의 이미지가 보인다.

여기서는 아쿠타가와 문학의 불의 이미지를 예술적 관점과 정신분석적 관점 두 가지로 나눠서 고찰하고자 한다. 예술적 관점은 '찰나의 감동의 미학'과 '황홀한 법열'이 해당되며, 정신분석학적 관점

---

2) 위의 책(진형준 역), 『상징적 상상력』(서울: 문학과지성사, 1998) pp.11 − 12 참조).
3) 홍명희 『상상력과 가스통 바슐라르』(서울: 살림, 2005) p.8.
4) 바슐라르(1884 − 1962)는 그리스 자연철학자 엠페도클레스의 4원소론을 차용하여 물, 불, 공기, 흙이라는 기본 물질을 토대로 그의 이미지 이론을 구성하고 있다.
5) 劍持武彦「大川の水」論ーすみだ川文学とベネチア文学の合流ー.
   (菊地弘『芥川龍之介事典』(東京: 明治書院), 2001) p.321 재인용.

은 인간심층의 암부에 조명이 될 것이다. 아쿠타가와 문학의 불의 이미지는 물의 이미지와는 달리 불과 빛이 함께 어우러져 변주를 이루기 때문에 그 양상이 복잡하다.

아쿠타가와 문학에 나타난 불의 이미지를 알아보기 위한 선행작업으로 먼저 '불(fire)'과 '불꽃(flame)'에 대한 원형적 이미지를 알아보고 그것이 아쿠타가와 문학에 어떻게 투영되고 있는지를 살펴보고자 한다.

2. '불'의 원형적 이미지와 아쿠타가와 문학에의 투영

불에 대한 상징은 문화권에 따라 각양각색의 양상을 보이는데, 먼저 떠올릴 수 있는 것은 그리스 신화, 기독교, 불교에 나오는 원형적 이미지이다. 이에 대해서는 A·브리스(Vries)의 『이미지·심볼사전』[6]과 J·쿠퍼(Cooper)의 『세계문화 상징사전』[7]에 체계적으로 기술되어 있어서 이를 참조하여 정리해 본다.

그리스 신화에서 불에 대한 상상력을 환기시키는 일화는 프로메테우스와 엠페도클레스의 이야기가 있다.[8] 프로메테우스는 신들로부터 불을 훔쳐서 인간에게 준 것 때문에 벌을 받는다. 이때 불의 이미지는 만물을 생육시키는 태양과 같은 권능과 농업문명을 예고

---

6) アト・ド・フリース『イメージ・シンボル事典』(東京: 大修館書店, 2000), pp.243－245(fire), pp.250－251(flame) 참조.

7) 진 쿠퍼(이윤기 역)『그림으로 보는 세계문화 상징사전』(서울: 도서출판 까치, 1994) pp.134－136.

8) 바슐라르는 저서『불의 정신분석』에서 프로메테우스 콤플렉스와 엠페도클레스 콤플렉스로 명명하여 그의 이론을 전개하고 있다. 前田耕作『火の精神分析』(東京: せりか書房, 1990).

하는 문명의 이미지로 받아들일 수 있다. 태양은 예로부터 많은 민족의 신화에서 신(神)으로 숭앙되어 왔기 때문에 태양의 연장선에 있는 불 또한 신의 속성을 지닌 것으로 이해할 수 있다. 불을 훔친 행위는 신의 영역에 도전한 행위로서 프로메테우스는 벌을 받을 수밖에 없었다. 또 불을 훔친 행위는 은유적으로 볼 때 인간의 의식에 빛을 비춘 행위이다. 프로메테우스의 고난은 지(知)의 추구에 따른 위험의 감수라고 말할 수 있다.

또 그리스의 엠페도클레스는 신이 되고자 에트나 화산에 뛰어들어 죽음으로써 재생을 꿈꾸었다. 이때의 불은 불멸에 관련되어 있다. 불사조(Phoenix)는 오백 년을 살면 그 둥지에 불을 질러 타 죽은 후 다시 태어난다는 전설을 지니고 있다. 엠페도클레스는 불사영생(不死永生)의 상징으로서의 피닉스를 모방하고 있음을 알 수 있다. 아쿠타가와는 『어느 옛 친구에게 보내는 수기(或旧友へ送る手記)』에서 엠페도클레스9)에 대해 언급하고 있는데, 아쿠타가와의 엠페도클레스에 대한 언급 속에서 이미 예술에 순교하여 영생을 얻겠다는 의지를 엿볼 수 있다.

기독교 또한 불에 대한 상징적 이미지가 풍부하게 들어 있다. 시련 또는 순교의 이미지가 그것이다. 아쿠타가와의 『봉교인의 죽음』에 나타난 불의 이미지가 이에 근접해 있다. 가톨릭의 연옥(煉獄)은 불로 정죄되는 곳이며, 이곳을 거쳐서 비로소 천국에 가게 된다. 단테

---

9) 『芥川龍之介全集』9巻 (東京: 岩波, 1983) pp.279-280.
　　"나는 엠페도클레스전을 읽고 스스로 신이 되고 싶어 하는 욕망이 얼마나 오래된 것인지를 느꼈다. 이 수기는 스스로를 신으로 여기는 글이 아니다. 아니 스스로를 아주 평범한 한 사람으로 보고 있는 글이다. 자네는 저 보리수 아래서 『엠페도클레스』에 대해 서로 논했던 20년 전을 기억하고 있을 테지. 나는 그 시절에는 스스로 신이 되고 싶었던 한 사람이었다네."

의 『신곡(神曲)』에는 연옥에서 천국으로 가기 위해서 불속을 통과해야 하는 장면이 나온다.[10] 아쿠타가와는 단테의 『신곡』 중 「지옥편」에 관심이 많았으며, 단테에 대해서 자주 언급하고 있음을 본다.[11]

불교는 팔열지옥(八熱地獄), 염열지옥(炎熱地獄)이라는 곳이 있어서 불로써 죄인들을 응징하고 있다. 불에 태워짐으로써 죄인들은 육체적 고통을 느끼는 것이다. 이때의 불의 이미지는 지옥의 시련과 맥락을 같이한다. 아쿠타가와는 『두자춘(杜子春)』에서 염열지옥의 이미지를 구사하고 있다.

종교 이외에 정신분석과 연금술에서의 불의 이미지 또한 간과할 수 없다. 정신분석에서의 불의 이미지는 성(性)적인 것과 긴밀하며 억압된 성욕(리비도)이 상징적으로 나타나는 것이라고 프로이트는 보고 있다.[12] 연금술에서는 비금속을 금속으로 만들기 위해 불이 사용되는데 이때의 불은 승화(昇華) 또는 고양(高揚)의 이미지를 함의하고 있다. 아쿠타가와의 작품 『의혹』과 『봉교인의 죽음』에 이를 적용시켜 볼 수 있다.

위에서 살펴본 바와 같이 불에 대한 원형적 이미지들은 아쿠타가와의 문학 속에도 투영되어 있음을 알 수 있다. 아쿠타가와는 동서양의 문학과 예술에 대한 깊은 조예를 지닌 작가이다. 또 그의 독서량은 방대한 것으로 알려져 있다. 따라서 의식적으로 혹은 무의식적으로 자신의 창작 속에다 자신이 흡수한 위와 같은 이미지들을 차용했다고 말할 수 있다. 이러한 사실이 아쿠타가와의 독창성을 폄하한다고는 생각하지 않는다. 최근 문학이론에서는 온갖 텍스트

---

10) 단테(한형곤 역) 『신곡』, 「연옥편(제27곡)」(서울: 서해문집, 2007) pp.577-585.

11) 아쿠타가와는 만년의 작품인 『갓파(河童)』, 『톱니바퀴(歯車)』, 『징강당잡기(澄江堂雜記)』, 『서방의 사람(西方の人)』에서 단테에 대해 언급하고 있다.

12) 에릭 에크로이드(김병준 역) 『꿈 상징 사전』 p.228.

는 다른 텍스트를 흡수하고 변형시킨 모자이크 문양을 한 인용의 직물이라고 보는 상호텍스트성 이론[13])이 유력한 지지를 받고 있다는 것을 생각하면 아쿠타가와의 작품의 모자이크성은 그의 작품의 예술성과 가치에 하등의 지장을 주지 않는다고 생각한다. 상호텍스트성은 하나의 텍스트에 다른 텍스트가 기억과 반항과 변형을 통해서 다양하게 침투하는 것을 말한다. 아쿠타가와의 텍스트는 이 이론을 적용하기에 적합한 요소가 매우 많음을 알 수 있다.

아쿠타가와의 경우 불의 이미지는 다양한 문양을 드러내 보인다. 먼저 예술과의 관계가 긴밀함을 알 수 있다. '찰나의 감동'의 미학, '황홀한 법열' 등이 그것이다. 두 번째는 인간의 심층의식에 봉인되어 있는 암부(暗部)를 드러내는 장치로서 불이라는 매개를 사용하고 있음을 본다. 이는 다분히 정신분석학적인 방법을 원용한 모티프로 보인다.

3. 아쿠타가와 문학에 보이는 불의 이미지의 양상

(1) 미학적 이미지 ― '황홀한 법열'과 '찰나의 감동' ―

예술과 관련한 아쿠타가와의 불의 이미지는 '황홀한 법열'과 '찰나의 감동'이라는 미학으로 나타나고 있다. 이를 표상한 작품으로는 『지

---

13) 상호텍스트성(intertextuality)은 크리스테바의 용어이며, 바르트가 구체화시킨 개념이다. 모든 텍스트는 선행하는 다른 문학텍스트와 상호의존 관계에 있다는 사고이다. 크리스테바에 의하면 고립된 텍스트는 없으며 모든 텍스트는 다른 텍스트를 흡수하고 변형시킨 모자이크 문양을 한 인용의 직물이라는 것이다. 川口喬一 외 編, 『文学批評用語辞典』, (東京: 研究社出版, 2000) p.62 참조.

옥변(地獄変)』, 『밀감(蜜柑)』, 『어느 바보의 일생(或阿保の一生)』을 들수 있다. 『지옥변』(1918)은 아쿠타가와 특유의 예술관이 드러난 작품이다. 그것은 '예술을 위한 예술'의 이상이라고 말할 수 있다. 화가 요시히데(良秀)는 사랑하는 딸이 고통스럽게 불에 타서 죽는 모습을 응시하면서 황홀한 법열을 느끼며 지옥변상도(地獄変相図)를 완성시킨다. 이때의 불은 요시히데로 하여금 예술삼매에 빠지도록 유도하고있으며, 기성도덕이라든가 골육의 정을 초월한 강렬한 예술가의 예술혼을 드러내게끔 하고 있다. 활활 타오르는 불을 응시하는 요시히데의 내부는 예술을 향한 집념으로 함께 타오르고 있음을 본다.

불은 순식간에 수레의 지붕을 감쌌습니다. 수레의 차양에 매달려 있는 보라색 술이 부채질이라도 한 듯이 가볍게 나부끼더니 그 아래로부터 뭉게뭉게 하얀 연기가 소용돌이치며 발인지 수레의 용마루인지에 붙어 있는 쇠붙이가 일시에 부서져서 튕기는가 싶더니 불똥이 비처럼 춤춘다. 그 처참함이란 이루 말할 수가 없습니다. 아니 그보다도 날름날름 혀를 내밀며 수레의 옆 부분에 엉키면서 중천에 솟아오르는 작열하는 불빛은, 마치 태양이 땅에 떨어져서 다시 솟구친 듯했습니다. (중략) 크게 뜬 눈, 비뚤어진 입 언저리, 쉴 새 없이 경련을 일으키는 뺨의 떨림, 요시히데의 마음에 교차하는 공포와 슬픔과 경악은 뚜렷이 그의 얼굴에 그려졌습니다. (중략) 그 불기둥을 앞에 하고 얼어붙은 듯이 서 있던 요시히데가, 방금 전까지 지옥의 고통에서 괴로워하던 요시히데가 지금은 형용할 수 없는 광휘를 그것도 황홀한 법열에 찬 광휘를, 주름투성이인 얼굴에 띄우면서 영주님 앞도 잊은 채 팔짱을 끼고 서 있는 것이 아니겠습니까. 아무래도 이 남자의 안중에는 딸이 괴로워하며 죽는 모습은 보이지 않는 것 같았습니다. 다만 아름다운 불꽃의 색과 그 속에서 고통받는 여인의 모습이 한없이 법열을 느끼게 하는 그러한 모습으로 보였습니다.

(전집 2권 『지옥변』 제18장, 제19장)

위 인용문에서 불은 상반된 이미지를 보이고 있다. 하나는 맹수의 이미지로서 모든 것을 집어삼키고 있다. 이것은 불의 속도감과 파괴성에서 기인한다고 본다. 또 하나는 불꽃의 미학적 이미지다. 불꽃의 아름다운 색채가 부각되어 있으며 그 안에서 몸을 뒤틀면서 타 죽어가는 여인의 모습은 화염의 채색과 함께 아름답게 묘사되고 있다. 화염의 작열하는 빛과 운동성에서 미의식을 포착하고 있음을 본다.

위 인용문에 묘사된 딸의 고통 앞에서 '황홀한 법열'을 느끼는 요시히데의 태도는 아쿠타가와가 구현한 예술가의 이상에서 나왔다고 생각한다. 모름지기 천재적 예술가란 일상적인 규범과 모럴을 초월해야 하며 악마에게 혼을 팔 정도가 되어야 한다[14]는 그의 신념을 엿볼 수 있기 때문이다.

『밀감』(1919)은 직접적인 불이 나오지는 않는다. 그러나 잔뜩 흐린 날, 초라한 변두리 마을 위로 떨어진 몇 알의 노란 감귤은 태양보다도 눈부시다. 밀감에서 발하는 태양의 이미지는 '찰나의 감동'을 전하기 위해 사용되고 있으며, 불의 이미지의 변용이라고 말할 수 있다. 아쿠타가와는 『봉교인의 죽음』에서 '찰나의 감동'이라는 표현을 쓰고 있다. 그것은 슬플 정도로 절절한 전율에 이어진다. 이 작품에서 밀감의 출현과 색채는 그러한 비장감은 없으나 화자의 인식을 바꾸는 찰나적인 각성을 드러내고 있다.

바슐라르는 『촛불의 미학』에서 나무열매가 램프의 이미지를 드러내는 시(詩)들을 나열한다.[15] 이를 밀감에 적용한다면 차창 밖으로

---

14) 전집 7권 『예술 기타(芸術その他)』 p.37.
   "예술가란 비범한 작품을 남기기 위해 혼을 악마에게 파는 일도 때와 장소에 따라서는 해야만 한다."
15) 바슐라르 「제4장 식물적 생명에서의 불꽃의 시적 이마쥬」, 『촛불의 미학』(서울: 문예출판사, 1994) pp.105 – 107.

떨어지는 몇 알의 노란 밀감은 가난한 동생들에게 누나가 내려 쬐어 주는 따사로운 햇살이라고 볼 수 있다. 이 광경은 무감각하고 권태로운 관찰자의 마음에도 따사로운 파동을 전하고 있다. 이 작품에서 밀감은 태양처럼 찬란하고 따뜻한 감각적 이미지를 지니고 있다.

건널목 근처에는 초라한 초가지붕과 기와지붕이 꾀죄죄하고 답답하게 늘어서 있고 건널목지기가 흔드는 깃발 하나가 나른하게 황혼 빛을 흔들고 있었다. 겨우 터널을 빠져 나왔다고 생각했을 때 그 쓸쓸한 건널목의 말뚝 저편으로 뺨이 빨간 세 명의 남자아이가 옹기종기 서 있는 것이 보였다. 그들은 흐린 하늘에 짓눌린 것처럼 한결같이 키가 작았다. 그리고 변두리 마을의 음산한 풍물과 똑같은 색의 옷을 입고 있었다. 아이들은 기차가 지나는 것을 올려다보면서 일제히 손을 흔들더니 애처롭게 목을 높이 젖히고 의미를 알 수 없는 함성을 열심히 질렀다. 그러자 바로 그 순간이었다. 차창 밖으로 반쯤 몸을 내민 아까 그 소녀가 동상으로 튼 손을 뻗어 힘차게 흔드는가 싶더니, 마음이 설렐 정도로 따사로운 태양빛으로 물든 밀감 대여섯 개가 기차를 배웅하기 위해 나온 아이들 위로 흩어져 떨어졌다. 나는 나도 모르게 숨을 삼켰다. 그리고 순간적으로 모든 것을 이해했다.

(전집 3권 「밀감」 pp.60−61)

위 글은 무거운 잿빛과 눈부신 태양빛이라는 대비가 두드러지고 있다. 화자가 바라보는 일상은 나른하고 권태롭고 비속하다. 색깔로 나타내자면 무거운 잿빛이다. 이는 아쿠타가와가 파악한 현실의 이미지를 색채로 표현한 것이다. 이러한 잿빛 현실에 가끔씩 태양빛을 한 찰나의 감동이 주어짐으로써 간신히 생을 이어가게 되는 것이다. 소품 『밀감』에 나타난 잿빛세계에 태양빛이 한줄기 비춰짐으로써 화자는 지루한 생을 견뎌내는 것처럼 보인다. 이것이 아쿠타가와가 표현하고자 한 '찰나의 감동'의 미학이라고 말할 수 있다.

『어느 바보의 일생』(1927)의 '불꽃(花火)'에는 다음과 같은 대목이 있다.

> 가공선(架空線)은 여전히 불꽃을 발하고 있었다. 그는 인생을 바라보아도 특별히 욕망하는 것이 없었다. 하지만 이 보랏빛 불꽃만큼은 장엄한 공중의 불꽃만큼은 목숨과 바꾸어서라도 붙잡고 싶었다.
>
> (전집 9권 『어느 바보의 일생』 p.315)

위 인용문에 나타난 불꽃은 높은 곳에 위치해 있다. 가공선의 불빛은 응시되고 명상되는 불로서 규모는 작지만 섬광처럼 강렬하다. 보랏빛 불꽃에 대한 집착은 순수예술을 추구하고자 하는 아쿠타가와의 예술정신의 표상으로 보고 싶다. 공중 높은 곳에서 빛을 발하는 보랏빛 불꽃은 심지를 세운 촛불처럼 고고하고 순수한 이미지를 느끼게 한다. 젊은 날의 아쿠타가와는 '예술을 위한 예술'을 표방한 '세기말 예술'에 생의 의의를 발견했다. 그것은 기품이 있었고 일상의 불쾌를 초극하는 불가사의한 힘으로 다가왔다. 그래서 그로 하여금 '신이 되고 싶다'16)는 당찬 신념조차 품게 했다. 위 글에 나타난 보랏빛 불꽃에 대한 집착은 찰나의 감동을 포착하여 예술을 불멸의 것으로 만들겠다는 의지이다. 또 불꽃에서는 내면적 풍요의 이미지를 발견할 수 있다.

『무도회』는 로쿠메칸(鹿鳴館)17)에서 열리는 무도회의 모습을 화려

---

16) 『어느 옛 친구에게 보내는 수기』, "그대는 보리수 아래서 『에트나의 엠페도클레스』를 논했던 20년 전을 기억할 것이다. 그때 나는 스스로 신이 되고 싶었다."(전집 9권 pp.279-280.)

17) 메이지 정부가 1883년에 지은 서양식 2층 건물로서 政界要人, 華族, 外国 使臣들이 모여 夜会와 무도회를 열었다. 欧化主義의 상징적 건물이 된다.

하고 우아하게 묘사한 작품으로서 유미적인 세계를 보여주고 있다. 히로인 아키코는 아름답고 청초한 17세 소녀이다. 아쿠타가와가 이 작품의 재료로 삼은 것은 피에르·로티의 『가을의 일본(秋の日本)』 중 「에도의 무도회(江戸の舞踏会)」이다. 로티는 서양인의 시각으로 일본인의 모습을 포착했는데, 냉정하고 해학적으로 묘사하고 있다.18) 그러나 아쿠타가와의 『무도회』는 로티의 작품과는 대조적이다. 꽃다운 나이의 아키코가 아버지를 따라서 처음으로 무도회에 가는 심경과 아름다운 자태가 그려져 있다. 그녀의 가련한 아름다움은 많은 사람들의 주목을 받는다. 프랑스 해군장교가 그녀에게 춤을 청하고 두 사람은 화려한 분위기 속에서 한차례 춤에 몰입한다. 이윽고 별이 빛나는 밤하늘의 발코니에 나온 두 사람의 눈에 파란색과 빨간색의 화려한 불꽃이 나타났다가 사라진다.

　　“고국을 생각하고 계시지요” 하고 어리광부리듯이 물어보았다. 그러자 해군장교는 여전히 미소를 머금은 눈으로 조용히 아키코 쪽으로 돌아보았다. 그리고 “아닙니다”라고 대답하는 대신 어린 아이처럼 고개를 흔들어 보였다.
　　“하지만 뭔가 생각하시는 듯이 보이는 걸요”
　　“뭔지 맞춰보시지요”
　　그때 발코니에 모여 있던 사람들 사이에서 한차례 바람같이 웅성거리는 소리가 새어나왔다. 아키코와 해군장교는 약속이나

---

18) ピエール・ロティ原著(村上菊一郎訳) 『秋の日本』(東京: 青磁社, 1942) pp.64－65.
　　“싸구려처럼 번쩍거린다. 조잡스럽게 지나친 장식을 한 일본의 신사, 대신, 해군장교, 성장을 한 공사들. 게다가 연미복은? 우리가 보기에는 너무나 추악한데 왜 저들은 기묘한 모습의 옷을 입고 있는 걸까. (중략) 여자들은 (중략) 파리에서 곧장 들어온 화장을 하고 있다. 그러나 위로 찢어진 눈의 미소, 안짱다리, 납작한 코, 아무리 봐도 그녀들은 기이하다.(필자번역)”

한 듯이 대화를 멈추고 정원의 침엽수를 짓누르는 밤하늘 쪽에 눈길을 주었다. 그곳에는 때마침 빨간빛과 푸른빛을 한 불꽃이 거미줄처럼 어둠을 깨치면서 바야흐로 스러져 가고 있었다. 아키코한테는 어쩐지 그 불꽃이 슬픈 생각이 들 정도로 아름답게 느껴졌다.

"나는 불꽃에 대해 생각하고 있습니다. 우리네 인생과도 같은 불꽃에 대해서."

잠시 후 프랑스 해군장교는 상냥하게 아키코의 얼굴을 내려다보면서, 가르치는 듯한 어조로 말했다.

(전집 3권『무도회』pp.361 − 362)

아쿠타가와가 즐겨 사용하는 '찰나의 감동'이라는 모티프는 이 작품에도 잘 나타나 있다. 어두운 밤하늘에 퍼지는 불꽃의 순간적인 명멸(明滅)은 찰나적인 인생의 섬광과 닮았다. 지속시간이 짧기 때문에 고귀하다고 할 수 있다. 밤하늘을 찬란하게 수놓던 불꽃이 순식간에 사라지는 것을 보고 아키코가 슬픔을 느끼는 모습에는 아쿠타가와의 미의식이 담겨 있다고 생각된다. 밤하늘이라는 광대한 어둠을 캔버스로 삼아 불꽃이 화려하게 채색되고 있으나 너무나 덧없게 순식간에 사라지고 만다. 이것은 보는 이로 하여금 무상감을 자아내게 하기에 충분하다. 마찬가지로 우리의 인생 또한 권태로움과 비속함의 연속이다. 가끔씩 감동의 순간이 찾아오지만 밤하늘의 불꽃처럼 찰나적이다. 불꽃은 '찰나의 감동'이라는 미학을 나타내기에 적절한 수단이 되고 있음을 알 수 있다.

또 이 작품의 불빛은 중층적인 해석을 가능하게 한다. 무도회에 가는 도중의 아키코의 초조함에서 불꽃을 향해 날아드는 나방의 운명처럼 위태로움을 느끼게 한다. 아키코의 마음의 동요 속에 일본 근대의 불안정성이 상징적으로 구현되어 있다고 생각한다. 이 작품에서는 무도회 전체가 환한 일루미네이션을 발하고 있다. 일루미네이션은 문명이다. 이 작품은 빛의 덩어리로서 일본의 계몽기(Enlightenment)가 은유적으로 나타났다고 말할 수 있다. 그러나 이 작품의 빛은 건강한 빛이 아니라 위태로운 빛이라는 점에 주목할 필요가 있다. 이는 일본근대의 취약한 모습을 담아내고 있기 때문이라고 생각한다. 니힐(nihil)한 빛의 모습을 작품『무도회』는 잘 보여주고 있다. 불꽃의 덧없음은 곧 무도회의 덧없음이며 일본근대의 허망함으로 이어지고 있기 때문이다. 그러면서 우리가 영위하는 인생이란 덧없다는 애상감으로 확산되고 있음을 본다.『무도회』는 찰나의 감동을 미학적으로 잘 살려낸 작품으로서 매우 유미적인 성격을 띠고 있다.

　『봉교인의 죽음(奉教人の死)』은 남장소녀 로렌조의 수난과 숭고한 희생을 내용으로 하는 작품이다. 남자로 살아온 수수께끼 같은 로렌조는 나가사키 대화재 때 소녀였음이 판명된다. 자신을 모함하고 곤경에 빠뜨린 여자의 어린 딸을 구하기 위해 로렌조는 불길 속에 뛰어드는데, 아이를 구하는 데는 성공했으나 자신은 화상을 입어서 죽게 된다. 그때 타다 만 옷 사이로 '하얀 두 개의 유방'이 드러남으로써 작품은 반전을 이룬다. 세인의 기억 속에 남자로 기억된 로렌조는 실은 여자였으며 지금까지 그의 수난은 부조리한 것이었기에 사람들의 마음은 통회의 심정으로 바뀐다. 이 작품에서 불은 부조리한 수난을 당한 로렌조의 진실을 밝혀주는 데 지대한 역할을 하는 동시에 로렌조의 강렬한 아가페를 상징하고 있다. 진실은 찰나적으로 밝혀지고 로렌조는 생명을 다했기 때문에 그 감동은 강렬할 수밖에 없다.

　　하룻밤 사이에 나가사키의 절반을 태워버린 대화재가 있었다.
　　실로 그때의 처참함이란 최후의 심판 날의 나팔소리가 하늘을
　　온통 불로 찢어서 울려 퍼지게 했다고 생각되었을 정도로 소름

이 끼치는 것이었다. 그때 우산장수 영감네 집은 운이 나쁘게도 바람이 부는 방향에 있었던 탓에 순식간에 화염에 휩싸여서 부모, 자식, 친족들이 허둥대며 도망쳐 나왔는데, 딸이 낳은 여자아이의 모습이 보이질 않습니다. 필시 어느 한 방에 잠재워 놓은 것을 잊고서 도망쳐 온 것일 겁니다. 그 지경이 되니 영감은 발을 동동 굴리며 야단을 칩니다. 딸도 또한 사람들이 막는데도 불구하고 불속에 달려가 구해 내려는 기색입니다. 바람은 점점 더 불어서 화염의 혓바닥은 하늘의 별조차 태울 듯이 포효합니다. (중략) 로렌조가 거지의 행색으로 무리지어 서 있는 사람들 앞에 서서 눈길도 떼지 않고 불타오르는 집을 바라보고 있다. 그러더니 실로 순식간에 한차례 불길을 일으키며 무서운 바람이 부는가 싶더니 로렌조의 모습이 어느새 불타는 기둥, 불타는 벽, 불타는 대들보 속에 들어가 있었다. (중략) 모름지기 세상의 존귀함이란 그 무엇과도 바꿀 수 없는 찰나의 감동의 극치에 있다. 암흑의 바다와도 같은 번뇌의 마음에 물결 하나를 일으켜 아직 나오지 않은 달빛을 포말 속에 포착하는 것이야말로 살아서 보람 있는 생명이라고 말할 수 있으리. 로렌조의 최후를 아는 자는 로렌조의 일생을 아는 게 아닐까.

(전집 2권 『봉교인의 죽음』 pp.272 - 279)

나가사키 대화재 때의 불의 위력을 성서(聖書)의 이미지를 통해 묘사하고 있음을 본다. 「요한계시록」을 인용한 불에 의한 최후의 심판19)과 「사도행전」의 화염의 혓바닥20)의 이미지가 그것이다. 또

---

19) 『聖書』, 「요한 묵시록」(東京: 日本聖書協会, 1976) p.397.
   묵시록에 나타난 최후의 심판의 묘사에서 악인들은 유황불과 연기 속에 내던져진다. 제11장에는 지진이 일어나서 도시의 10분의 1이 파괴되고 7천 명이 죽는 대목이 있으며, 나팔이 울리더니 큰 소리가 하늘에서 났다는 내용이 있다. 아쿠타가와는 『봉교인의 죽음』의 나가사키 대화재 때 이를 패러디한 것으로 보인다.
20) 「사도행전」 2장 3절(위의 책 p.181).

바람을 타고 타오르는 집의 기둥과 벽, 대들보의 새빨간 색은 강렬한 시각적 이미지를 전한다. 그 속으로 뛰어든 가냘픈 미소년 로렌조의 모습은 자신을 희생하여 영생을 얻는 피닉스의 모습을 닮았다. 아쿠타가와는 바슐라르가 말하는 '엠페도클레스 콤플렉스'21)에 집착하고 있음을 알 수 있다.

『봉교인의 죽음』에서 '불'은 진실을 밝히는 촉매가 되고 있다. 그 속에 뛰어들어 갓난아이를 구하고 자신은 죽게 되는 로렌조의 행위에서 아가페적 정열과 순교에 의한 영생의 이미지를 발견할 수 있다. 하느님을 기쁘게 하기 위해 기꺼이 번제(燔祭)의 제물이 되는 로렌조의 모습에는 죽음에 의한 영생이라는 기독교적 이미지가 투영되어 있다. 또 불길의 강렬함 속에는 로렌조의 신앙심의 강도(強度)가 은유적으로 내포되어 있다. 작가는 이 작품에서 '찰나의 감동'의 미학을 전면에 내세움으로써 인생에서 값진 고귀함의 체험에 대해 강조하고 있다. 로렌조의 장렬한 최후는 찰나적 순간에 지나지 않는다. 그러나 '로렌조의 죽음'이라는 '부분'을 통해서 '로렌조의 일생'이라는 '전체'를 알 수 있다고 작가는 귀결짓고 있다. 이러한 메시지로부터 가치 있는 '순간'이 지리멸렬한 '지속'보다는 우위에 있다는 아쿠타가와 특유의 미의식을 엿볼 수가 있다.

(2) 정신분석학적 이미지 ― 인간심층의 암부 조명 ―

『의혹』(1919)은 메이지 24년(1891년) 기후(岐阜)와 아이치(愛知), 두 현을 중심으로 실제로 있었던 지진을 배경으로 한 작품이다. 노비(濃尾) 대지진22) 때 K소학교에 교원으로 봉직하고 있던 나카무라

---

21) がストン・バシュラール(前田耕作) 『火の精神分析』(東京: せりか書房, 1990) pp.33－44(第2章「火と夢想」エンペド久レス・コンプレックス).
22) 1891년 10월 28일에 마그니튜드 8.0의 지진이 있었는데, 7천 2백여 명

겐도(中村玄道)는 지진으로 집이 붕괴되어, 대들보에 깔려 있는 아내를 기와로 쳐서 죽이게 된다. 그 이유는 아내가 산 채로 타 죽을 것처럼 보였기 때문에 고통을 덜어 주고 싶어서였다. 다음 인용을 보기로 한다.

> 아내 사요(小夜)가 하반신을 대들보에 눌린 채 괴로워하고 있었습니다. (중략) 사요는 "괴로워요" 하고 말했습니다. "어떻게 좀 해 주세요"라고도 말했습니다. 그러나 내가 힘내라고 격려할 틈도 없이 아내는 딴사람처럼 안색을 바꾸며 필사적으로 대들보를 기울이려고 했으므로, 그때 아내의 양손은 손톱도 보이지 않을 정도로 온통 피투성이가 되어 떨면서 대들보를 더듬었는데, 나는 지금도 이 광경을 선명한 고통스런 기억으로 기억하고 있습니다. (중략) 어디선가 모락모락 검은 연기가 한차례 지붕을 넘어와서 휙 하니 내 얼굴 쪽으로 불어왔습니다. 그러더니 **연기 저편에서 요란스럽게 뭔가 튕겨나가는 소리가 나고 금가루와 같은 불똥이 여기저기 튀며 하늘로 춤추듯이 올라갔습니다.** 나는 미친 듯이 아내에게 달려들었습니다. 그리고 죽을힘을 다해 아내의 몸을 대들보에서 끌어내려고 했습니다만 여전히 아내의 몸은 조금도 움직이지 않습니다. 나는 불어대는 연기를 맞으며 차양에 한쪽 무릎을 대고 달려들 듯이 아내에게 물었습니다. "무엇을 해 달라는 거요"라고 말했는지도 모르겠습니다. 뭐라고 말했는지 기억이 안 나지만, 그때 아내가 피투성이 손으로 내 팔을 잡으면서 "당신" 하고 말했던 것을 기억합니다. 나는 아내의 얼굴을 응시했습니다. 표정을 잃은 눈만 크게 부릅뜬 기분 나쁜 얼굴이었습니다. 그러자 **이번에는 연기뿐만 아니라 불똥을 튀기면서 한줄기 불길이 눈이 아찔하게 나를 엄습했습니다.** 나는 이미 틀렸다고 생각했습니다. 아내는 산 채로 불에 태워져서 죽게 되는구나 하

이 죽었으며 부상자 수는 1만 7천 명 정도에 이르렀다. 가옥파괴는 대략 14만여 채로 기록되고 있다.(『広辞苑』 '濃尾地震' 항목 참조)

고 생각했습니다. 산 채로? 나는 피투성이인 아내 손을 쥔 채 뭔가 외쳤습니다. 아내도 "당신" 하고 반복했습니다. 나는 그때 '당신'이라는 단어 속에서 무수한 의미와 무수한 감정을 느꼈습니다. "그래 죽어라", "나도 죽을 테니"라고 말했던 것 같습니다. (중략) 나는 닥치는 대로 떨어져 있는 기와를 집어서 계속해서 아내의 머리를 내리쳤습니다.

(전집 3권 『의혹』 pp.183 – 184)

시시각각 달라지는 겐도의 심리의 추이를 살펴보려고 하니 인용문이 좀 길어졌다. 산 채로 불에 타서 죽을 아내의 고통을 생각해서 자신의 손으로 죽였다는 것은 스스로가 납득할 수 있는 윤리적 명분이 된다. 그러나 위의 글을 자세히 보면 명쾌하지 않은 구석이 있다. 화자 나카무라 겐도는 피투성이가 된 채 살려고 몸부림치는 아내의 표정에서 '기분 나쁜 얼굴'을 보고 있다. 이것은 아내에 대한 겐도의 본심을 노정(露呈)하는 대목이다. 아내에 대한 진정한 사랑이 없기 때문에 기분 나쁜 이미지로 받아들이는 것이다. 그리고 '당신', '어떻게 좀 해 주세요'라는 말을 자의적으로 해석하고 있다는 점이다. '당신' 하고 부르는 아내의 말에서 "무수한 의미와 무수한 감정을 느꼈다"는 표현에는 아전인수적인 해석을 하고 있다는 함의(含意)가 있다. 겐도는 아내가 '어떻게 좀 해 주세요'라고 말한 것을 '고통에서 벗어나게 해 주세요'로 받아들이고 있다. 그래서 '산 채로?'를 거듭해서 되뇌고 있는 것이라고 생각한다. 산 채로 타 죽는 것은 끔직한 고통이다. 그러니 차라리 자신의 손으로 죽여준다면 아내의 소원을 들어주는 거라도 되는 것처럼 자기기만을 하고 있음을 알 수 있다. 그러나 '피투성이가 된 채로 대들보를 밀어내려는' 아내 사요의 행위는 누가 보아도 살려는 본능에서 나오는 필사적인 생에 대한 의지이다. 17년이나 지난 현재까지도 겐도의 기억

에서 생생하게 재현되는 아내의 이런 모습은 겐도 자신의 기만을
일깨우기에 충분하다. 시간이 흐를수록 자신이 아내를 죽인 것이
아내의 고통을 덜어주기 위한 것만이 아니라는 '의혹'이 마음속에서
생겨난다. 그것은 아내에게 육체적 결함이 있기 때문에 내심 그에
대한 혐오가 있었던 터에 대화재라는 소란을 틈타서 자신도 몰랐던
숨은 본능이 드러났다는 내면심층에서 나온 고백으로 받아들여진다.
작품에서 겐도는 다음과 같이 말한다.

> "이것은 좀 부끄러운 이야기입니다만 말씀을 드리면 납득이
> 갈지도 모르겠습니다. 아내는 불행하게도 육체적 결함이 있는 여
> 자였습니다.(이하 82행 생략)"
>
> (같은 책 p.190)

작가는 왜 "육체적 결함이 있는 여자였습니다" 다음에 82행이나
되는 글을 지워버렸을까? 이것은 작가가 취한 의식적인 창작행위로
보아야 한다. 겐도 부부는 결혼한 지 2년이 되었는데도 자식이 없
었던 것으로 보아서 아내에게 성적인 결함이 있다고 표현하려다가
행간의 여백을 남기기 위해서 지워버렸다고 추측해 본다. 위의 인
용 중의 '좀 부끄러운 이야기입니다만'에 이미 해독할 수 있는 실마
리가 제공되었다고 생각한다. 독자가 상상하고 해독할 수 있는 여
백을 남기기 위해 작가가 의도적으로 뒷부분을 삭제했을 것이라고
추론된다.

지진이라는 이변이 없었다면 겐도는 군자(君子)처럼 일상생활을
영위했을 것이다. 그러나 평상심을 잃게 하는 천재지변 속에서 겐
도는 자신의 이드(id)를 통제하지 못하게 된다. 위 글에서 연기가 불
길로 바뀌고 한줄기 불길이 치솟아 엄습하자, 겐도는 사나운 본능
을 제어하지 못하고 미친 듯이 기와파편으로 아내를 내리친다. 겐

도의 행위는 잔혹하기 그지없다. 아내의 고통을 덜어주기 위한 행위로 보기에는 상당한 무리가 있다. 따라서 겐도의 행위는 선한 동기에서 발로한 것이 아니라 아내에 대한 억압된 이드의 표출로 보아야 한다. 겐도 자신은 알고 있다. 그래서 그는 점점 안정을 잃게 되고, 지방의 재력가 N 씨의 딸과 재혼하는 결혼식 날 자신은 살인자라고 고백할 수밖에 없었으며, 이후 광인취급을 받게 된다.

일상의 의식적인 삶에서 우리는 스스로를 합리적으로 통합되어 있는 일관된 자아를 지녔다고 생각한다. 그러나 이 모든 것은 자아의 '상상적' 단계에 국한된 것이다. 자아의 상상적 단계는 정신분석학에서 말하듯이 인간 주체에 있어 빙산의 일각에 지나지 않는다.[23] 『의혹』은 지진에 의한 화재와 불길이 스토리전개에 매우 중요한 단서를 제공하고 있다. 지진이라는 사건은 일상의 평온을 깨는 이변(異変)을 나타내기 위한 장치이다. 평화 시의 겐도는 매우 윤리적이고 촉망받는 인물이었다. 그러나 대지진이라는 이변이 겐도를 딴사람으로 만들어버렸다. 특히 치솟는 불길과 화염이 겐도를 딴사람으로 변모시키고 있는 것을 알 수 있다. 이 작품에서 불길의 역할은 겐도의 또 하나의 자아를 드러내도록 하는 유도하는 것이다. "나를 광인으로 만드는 것은 우리 안에 깃들어 있는 괴물 탓"이라고 겐도는 말한다. 이는 인간심층의 암부를 인간보편의 상황으로 이끌어가려는 작가의 의도이다. 다시 말해서 인간은 모두 자기 안에 파괴적 본능을 지니고 있다는 말로 해석된다. 평화 시에는 드러나지 않지만 극한상황이 닥쳤을 때 자신도 모르게 발현되어 스스로도 경악하게 되며 결국 비극을 맞이하게 된다는 프로이트적인 인간내면의 암부를 여실히 보여주고 있다.

---

23) 테리 이글턴 (김현수 옮김) 『문학이론입문』(서울: 도서출판인간사랑, 2001) p.331.

　　나를 광인으로 만든 것은 우리들 인간의 마음속 깊이 잠재해
있는 괴물 탓이 아니고 무엇이겠습니까.

(전집 3권 『의혹』 p.194)

　이 작품은 인간이 선천적으로 지니고 있는 내부 악의 존재를 천
명하고 있다. 아쿠타가와는 『바닷가』 등의 작품에서 무의식(識閾の
下)[24]을 말하는가 하면, 프로이트에 대해 언급하고 있다. 『의혹』은
아쿠타가와가 프로이트의 무의식 개념을 수용했음을 말해 준다고
생각한다. 또 스승 나쓰메 소세키(夏目漱石)가 인간 마음에 잠재한
암부를 예리하게 통찰한 것처럼 아쿠타가와도 같은 모티프를 계승
하고 있다. 평온할 때에는 발현되지 않은 채 일생을 마칠 수 있으
나, 어떤 계제에 운명의 함정에 빠지면 비극적인 생을 살게 된다[25]
는 것을 진지하게 모색하고 있다.

　『의혹』은 지진의 화재를 매개로 해서 은폐되어 있던 내부 악이
노정되어 가는 과정을 생생하게 보여주고 있다. 불의 광포성이 인간
의 수성(獸性)을 드러내도록 포치(布置)되고 있다. 처음에는 휴머니
즘의 모습을 띠다가 점점 어두운 본성이 마각을 드러낸다. 맹렬한
불의 이미지는 프로이트적 이드(id)와 일맥상통하고 있다고 말할 수
있겠다. 이드, 즉 무의식의 욕망, 원초적 충동이 밀어닥쳐서 현실로
부터 일탈하여 또 다른 자아로 몰입시키고 있다. 이와 유사한 불의
역할은 초기작품 『라쇼몽』에서 그 맹아(萌芽)를 발견할 수 있다. 『라
쇼몽』의 하인은 해고당해서 갈 곳이 없다. 그러나 당시의 모럴을 간

---

24) 芥川龍之介 『海のほとり』 p.24, (つまりあの夢の鮒は識閾下の我と言う
　　やつなんだ.)
25) 『夏目漱石全集』 8巻 (『こころ』 28장, 筑摩文庫, 2003) p.79. (틀에 넣어
　　만든 것 같은 악인은 있을 턱이 없습니다. 평소에는 모두 선인이지요.
　　적어도 보통의 인간은 됩니다. 그것이 막상 어떤 계제에 악인으로 돌
　　변하기 때문에 가공스럽습니다.)

직하고 있어서 도둑이 되기보다는 굶어 죽을 것을 선택하는 쪽에
기울어져 있다. 그러나 비는 계속해서 내리고 날은 저물어서 라쇼몽
누각 위에서 하룻밤을 지내보려고 누각 위로 오르는 사다리에 발을
걸친다. 누각 위에서 불빛이 새어 나오고 사람의 인기척을 느낀다.
불빛의 실체는 한 노파가 나뒹굴어져 있는 시체들의 머리에서 머리
카락을 뽑기 위해 소나무 토막에 지핀 횃불이다. 횃불이 타오르듯이
하인의 마음속에는 노파에 대한 분노라는 정의감도 타오른다.

> 누각 위에서 비추는 불빛이 희미하게 이 사내의 오른쪽 뺨을
> 적시고 있다. 짧은 수염 속에 빨갛게 고름이 든 여드름이 있는
> 뺨이다. (중략) 사다리를 두 세단 올라가 보니 위에서 누군가 불
> 을 붙여서 그 불빛을 여기저기 움직이고 있는 듯하다. 그것은 흐
> 리고 노란 빛이 구석구석 거미줄이 쳐져 있는 천정을 흔들면서
> 비쳤기 때문에 곧 알 수 있었다. 이 비 내리는 날 밤 라쇼몽 위
> 에서 불을 켜고 있는 것으로 보아서는 보통내기는 아니다. (중
> 략) 모든 악에 대한 반감이 일분마다 그 강도를 더해 갔다. 이때
> 누군가가 이 하인에게 아까 문 아래서 이 남자가 생각했던 굶어
> 죽느냐 도둑이 되느냐 하는 문제를 다시 거론했다면 아마 하인
> 은 아무런 미련 없이 굶어죽기를 택했을 것이다. 그만큼 <u>이 남자
> 의 악을 미워하는 마음은 노파가 마루판자에 끼워놓은 소나무
> 토막 불빛처럼 세차게 불타오르고 있었던 것이다.</u>

(전집 1 권 pp.131 − 132)

하인은 뜻하지 않은 불빛을 발견하고 감정의 동요를 느끼고 있다.
처음에는 두려움을 느꼈으나 사태를 파악한 후에는 분노로 바뀐다.
누각 위의 불빛은 모든 것을 비추어 줌으로써 진상을 밝히는 불이
된다. 노파가 죽은 자를 모독하고 있다고 판단한 하인은 악을 미워
하는 정의의 사도가 된다. 작품에 나오는 불빛의 수직상승의 이미

제3장 아쿠타가와 류노스케(芥川龍之介)의 문학에 나타난 '불'의 이미지　85

지에 주목할 필요가 있다. 횃불이 세차게 위로 타오르듯이 하인의 정의감도 상승하고 있다. 따라서 불빛의 수직상승은 하인의 내면세계와 조응하고 있음을 알 수 있다. 이 작품에서 불빛은 진상을 밝혀주고 있는 한편, 수직으로 솟구치는 강렬한 불빛이 무기력한 한 인간의 마음에 파문을 일으키고 역동적 인간으로 변모시키는 데 기여하고 있다. 작품의 결말에서 하인은 자신이 강도가 되는 것이 상황의 논리로서 합당하다는 것을 터득하고는 노파의 옷을 벗겨서 훔쳐 사라진다.

이 작품에서 횃불은 하인의 심리의 추이를 보여주는 데 중요한 역할을 하고 있다. 하인의 내부에 잠재해 있던 악을 비추는 역할을 치밀하게 수행하고 있기 때문이다. 아쿠타가와는 이처럼 인간의 내면을 비추는 모티프로서 불빛을 종종 사용하고 있는데,『야스키치의 수첩에서』의 맨 마지막 글인「용맹스런 수위」에서도 찾아볼 수 있다.

> 야스키치가 담배를 입에 물자 (오우라가) 급히 자신의 성냥을 그어 그 불을 야스키치 앞으로 내밀었다. 야스키치는 빨갛게 나부끼는 불을 담배에 옮겨 붙이면서 입가에 번지는 미소를 알아채지 못하도록 참았다. '고마워요', '천만에요' 오우라는 태연한 어조와 함께 성냥갑을 주머니 안에 넣었다. 그러나 야스키치는 용감한 수위의 비밀을 간파했다고 믿고 있다. 그 한 점의 성냥불빛은 야스키치를 위해서만 그어진 것이 아니다. 실은 오우라의 무사도를 암암리에 조명하려는 신(神)들 때문에 그어진 것이다.
>
> (전집 6권 pp.102 - 103)

이상에서 살펴보았듯이 아쿠타가와는 인간의 내면을 비추기 위한 수단으로 횃불, 담뱃불 등의 소도구를 다양하게 활용하고 있음을 알 수 있다.

4. 결 론

아쿠타가와에 대한 문학사적 평가로서 기교파, 주지주의, 예술지 상주의 등이 흔히 거론된다. 이러한 명칭은 아쿠타가와가 구사한 문학방법에 기인한 것이라고 생각한다. 미요시 유키오(三好行雄)는 아쿠타가와의 방법을 '기교의 미학'이라고 말하는가 하면,26) 또 후쿠다 쓰네아리(福田恒存)는 아쿠가가와의 문학을 비유의 문학으로 보고 있다. 쓰네아리는 "비유는 상징과 사실의 중간에 위치한다"고 말하면서, "자기주장과 자기도회(韜晦)라는 상반된 심리에서 나오는 미묘한 표현양식"이라고 정의하고 있다.27) 이들의 지적은 아쿠타가와 문학의 한 단면을 예리하게 포착한 것으로서, 표현에 심혈을 기울이고 있는 아쿠타가와의 창작태도를 주시한 것이라고 말할 수 있다. 아쿠타가와는 표현의 완벽을 위해 다양한 기교를 구사하고 있는데, 본고는 이미지의 융합에 의해 더욱 풍부한 음영을 드러내고 있는 아쿠타가와의 창작기법에 주목해 보았다. 이러한 방법은 주제를 전달하는데도 그 효과를 높이고 있음을 알 수 있었다.

본고는 불의 원형적 이미지와 아쿠타가와 문학의 상관관계를 먼저 살펴보았는데, 아쿠타가와의 문학에는 동서를 아우르는 불에 대한 원형적 이미지가 투영되어 있었다. 이는 그의 방대한 독서체험과 관련이 있다고 보았다.

세부적으로 나타난 아쿠타가와 문학의 불의 이미지에 대해서는 '찰나의 감동'과 '황홀한 법열'이라는 예술미학과 인간 내부의 이드를 드

---

26) 三好行雄 「芥川龍之介の方法—技巧の美学—」, 『一冊の講座芥川龍之介』 (東京: 有精堂, 1991) pp.16 – 24.

27) 三好行雄 編 『現代のエスプリ解釈と鑑賞』 別冊5巻24号 (1967. 3.) pp.118 – 119.

러내는 정신분석학적 장치로서 파악해 보았다. 『지옥변』, 『밀감』, 『어느 바보의 일생』, 『봉교인의 죽음』, 『무도회』 등은 유미주의와 관계가 있었으며, 『라쇼몽』, 『의혹』에 나타난 불은 인간 마음의 심층에 잠재해 있는 내부악, 광포성과 상관관계가 있다고 살펴보았다.

『지옥변』의 불은 황홀한 예술의 법열이라는 극점에 이르게 했다. 『무도회』에서는 밤하늘에 명멸하는 '불꽃'이 찰나의 감동 혹은 허무의 미의식을 드러냈다고 보았다. 『밀감』에서는 우중충한 변두리 마을이 소녀가 동생들에게 던진 황금빛 감귤로 인해 마치 햇살이 쏟아져 내린 듯 환해진다. 여기서는 불의 변용으로서 태양의 이미지를 도출해 보았다. 『봉교인의 죽음』의 나가사키 대화재는 로렌조의 장렬한 희생을 이끌어 냈으며, 로렌조의 순교는 아가페의 사랑, 번제, 죽음을 통한 영생의 이미지를 드러내고 있다고 보았다.

『라쇼몽』에서는 누각 위의 불빛(松明)이 하인의 행동에 극적 전환을 가져오는 데 주목했다. 횃불의 수직상승이 하인의 내면심리에 변화를 초래했기 때문이다. 무기력하지만 기성도덕을 잃지 않았던 하인이 그가 지녔던 모럴을 버리고 행동하는 인간으로 변모한다. 『의혹』에서는 노비(濃尾) 지진 때 화재의 화염이 인간심층의 추악성을 드러나게 하는 역할에 주목했다. 『의혹』에서는 자신이 아내를 죽인 것이 선한 동기에서였다고 확신했던 주인공이 차츰 무의식 심층에서 들려오는 어떤 의혹 때문에 번민하게 되고, '의혹'은 대지진이라는 참화 속의 아수라장을 틈타서 아내에 대한 증오를 표출한 것이라는 자각으로 반전됨으로써 불의 광포성과 무의식의 암부의 상관관계를 보여주었다.

본고는 불의 이미지를 예술과 관련된 '찰나의 감동'과 '황홀한 법열'이라는 미학적 측면과 인간심층의 암부를 드러내는 장치로서 파악함으로써 아쿠타가와 문학을 해석하는 하나의 지평을 제시해 보았다.

◎ 참고문헌

단테(한형곤 역)『신곡』, 서해문집, 2007.

홍명희『상상력과 가스통 바슐라르』, 살림, 2005.

『夏目漱石全集』5卷 筑摩書房, 2003.

菊地弘 외 編,『芥川龍之介辞典』, 明治書院, 2000.

アト・ド・フリース『イメージ・シンボル事典』, 大修館書店, 2000.

R・シエママ『精神分析事典』, 弘文堂, 2000.

질베르 뒤랑(진형준 역)『상징적 상상력』, 문학과지성사, 1998.

M・H아브람스(최상규 옮김)『문학용어사전』, 보성출판사, 1997.

에릭 에크로이드(김병준 역)『꿈 상징 사전』, 한국심리치료연구소, 1997.

진 쿠퍼(이윤기 역)『그림으로 보는 세계문화 상징사전』, 까치, 1994.

一冊講座編輯部『一冊の講座芥川龍之介』, 有精堂, 1991.

がストン・バシュラール『火の精神分析』, 1990.

가스통 바슐라르(이가림 역)『촛불의 미학』, 문예출판사, 1989.

日本文学研究資料刊行会『芥川龍之介』Ⅰ, Ⅱ, 有精堂, 1988.

테리 이글턴(김명환 옮김)『문학이론입문』, 창작과 비평사, 1987.

『聖書』日本聖書協会, 1976.

三好行雄 編『現代のエスプリ解釈と鑑賞』, 別冊5巻24号, 1967. 3.

ピエール・ロティ原著(村上菊一郎 訳)『秋の日本』, 青磁社, 1942.

제 4 장

아쿠타가와의 문학과 '여성성' 공포

1. 서 론

최근 페미니즘 비평에서는 남성작가들에 의한 여성묘사에 대한 새로운 읽기가 두드러지고 있다. 이는 자본주의 사회에서의 성차별을 비판하는 것으로서, 선구적인 예로서 K·밀렛의『성(性)의 정치학(1970)』을 들 수 있다. 밀렛은 이 책에서 D·H 로렌스, 헨리 밀러, 노만 메일러 등 남성작가들에 의해 왜곡된 여성 이미지를 비판하고 있다.[1] 이보다 선구로는 보브와르의『제2의 성(1949)』을 들 수 있으며, 그녀는 서구문화가 남성의 문화라는 인식에서 자신의 이론을 형성하기 시작한다.[2]

이를 확대 적용하여 아쿠타가와 류노스케(芥川龍之介)라는 20세기 초반에 일본에서 활동한 남성 작가의 텍스트를 살펴보고자 한다. 아쿠타가와의 텍스트에도 여성에 대한 왜곡과 심리적 굴절이 보이기 때문이다. 여기에는 아쿠타가와의 개인적 체험이 반영되었다고 생각한다. 그것은 실생활에서의 여성체험과 독서체험으로 대별해 볼 수 있겠다. 아쿠타가와의 여성관은 그의 첫사랑인 요시다 야요이와(吉田

---

1) 川口喬一『文学批評用語辞典』研究社出版 2000, p.232.
2) 레나 린트호프(이란표 옮김)『페미니즘 문학이론』인간사랑, 1998.

弥生)와의 실연과 히데 시게코(秀しげ子)와의 악연 그리고 독서를 통해 습득한 스위프트, 스트린드베리, 니체 등 서구의 여성 혐오가들의 부정적 여성인식이 영향을 주었다고 생각된다.

아쿠타가와의 많은 작품에서 여성에 대한 부정적 타자의 이미지를 볼 수 있는데 그중에서도 여과 없이 노골적으로 드러내고 있는 작품은 『갓파(河童)』3)이다. 또 아포리즘 『난장이의 말(侏儒の言葉)』,4) 『여자(女)』, 『카르멘(カルメン)』, 『덤불숲속(薮の中)』, 『투도(偸盗)』, 『호남의 부채(湖南の扇)』 등에서도 그의 여성관을 엿볼 수 있다.

이 작품들을 살펴보면 여성의 유혹적 성질에 대한 위화감을 표출하고 있는가 하면, '여성성' 속에 내재한 강인한 생명력과 잔혹성 때문에 공포를 느끼는 것을 알 수 있다. 아쿠타가와는 그가 지니지 못한 야성(野性)을 여성이 지니고 있을 때 이것을 괴리감, 즉 타자성5)으로 바라보고 있다.

본고는 아쿠타가와 문학에 나타난 여성인식과 더불어 '여성성(女

---

3) 『갓파(河童)』의 세계관은 현실의 상식적 세계를 도치시키려는 의도가 농후하다. 이 작품에서는 여성이 남성에게 구애를 하는데 남성은 여성에게서 벗어나려고 발버둥친다. 여성의 동물성과 교태성을 과장함으로써 히데 시게코와의 악연 때문에 겪은 고통을 여성 폄하의 형식으로 드러낸 작품이다. 아쿠타가와(芥川)의 여성 인식을 알 수 있는 대표적 작품이라고 할 수 있다.

4) 『난장이의 말』 '여인(女人)'에서 "여자는 모든 악의 근원이다(女は諸悪の根源である)"라고 말한다.

5) 타자(other) 혹은 타자성(otherness)은 라캉의 정신분석 이론의 키워드로서 주체가 소유하지 않는 모든 것을 말하고 있다. 응용해서 적용하자면 아쿠타가와 류노스케라는 주체가 소유하지 않는 것에 대해서도 말할 수 있다. 서구철학의 팔로고센트리즘(phallogocentrism)은 남성중심주의와 로고스중심주의에 의해 많은 문화적 언설이 고착되어 가고 있음을 고발하고 있다. 이러한 상황에서 여성이 타자로 정의된다.
(R・シエママ 編 『精神分析用語事典』 弘文堂, 2001.)
(川口喬一 編 『文学批評用語辞典』 研究社出版, 2001 '他者/他者性' 항목참조.)

性性)'에 대한 공포를 유럽 세기말 예술의 지배적 표상인 '팜므파탈(femme fatal)'의 이미지를 원풍경으로 하고 있다는 전제하에 살펴보고자 한다.

2. 여성인식

아쿠타가와의 여성관은 상당히 복잡하다. 이에 대해 쓰루타 긴야(鶴田欣也)는 그의 논문 「아쿠타가와 류노스케에 있어서 바보와 천재(芥川龍之介における阿呆と天才)」에서 "아쿠타가와는 여성을 '천사'와 '악마'로 나누는 경향이 있는데, 그중에서도 악마화하는 경향이 두드러지고 있다. 악의적 여성을 묘사하는 것이 천사를 묘사하는 것보다 더 생기가 있다."[6]고 쓰면서, 『게사와 모리토(袈裟と盛遠)』의 '게사', 『투도(偸盗)』의 '샤킨(砂金)', 『카르멘(カルメン)』의 '이이나'에 대한 묘사에 주목하고 있다.

위와 같은 현상에 대하여 레나 린트호프는 "이는 남성들의 상상에서 비롯된 신화적 형상이다. 마돈나 혹은 마녀, 순결한 소녀 혹은 유혹자, 자애로운 어머니와 요부 등의 모습처럼 모순에 찬 상(像)들을 포괄하고 있다. 이러한 모습들은 여성적인 것을 이상화된 모습과 악마의 모습으로 분리시키는 스테레오 타입이다. 여성은 순수하고 영원한 여성적인 것이거나 파괴자로 그려져, 성녀이거나 창녀로 묘사되며 천사이거나 악마로 규정되는 것이다. 그렇지만 여성은 늘 '자연'과 일치되어 있다"고 말한다.[7]

---

6) 武田勝彦 編著 『古典と現代―西洋人の見た日本文学―』 清水弘文堂, 1970, pp.284–287.

7) 레나 린트호프 『페미니즘 문학이론』(1999) pp.50–51 참조.

본고는 아쿠타가와의 여성표상을 세 종류로 파악해 보고자 한다. 첫째는 '유혹하는 자', '모든 악의 근원'[8]이라는 악녀로서의 '팜므파탈', 두 번째는 이상화된 신비적 여성, 세 번째는 단순하고 무지하지만 착한 여성이다.

첫 번째 유형이 아쿠타가와 문학의 지배적인 여성표상이라고 말할 수 있다. 이들로부터 아쿠타가와는 위화적 이미지를 表出하고 있다. 세계 문학사에서는 스위프트의 여성혐오가 유명한데, 아쿠타가와 역시 스위프트에 대해 많이 언급하고 있다.[9] 뿐만 아니라 스위프트와 같은 세기말 작가의 여성관에 공감한 것으로 보인다.

두 번째 유형은 낭만주의적 관념 속에서 이상화된 '영원한 여성', '신비스러운 여성'[10]이다. 이런 여성은 현실에 존재하는 것이 아니라 신비성을 지닌 존재로서 몽상하는 대상이기 때문에 신비적 타자성을 발견할 수 있다. 현실에 존재하지 않기 때문에 이성을 넘어선 초자연적 존재를 몽상하듯이 꿈을 투사(投射)한 신비적 여성을 말한다. 많은 남성들이 현실에 존재하지 않는 신비적 여성을 몽상한 나머지 현실의 여성에 실망하는 글을 남기는가 하면 그들의 꿈을 투

---

8) 『난장이의 말』 '여인(女人)'에는 "여인은 우리들 남자에게 있어서 실로 인생 그 자체이다. 즉 모든 악의 근원(諸惡の根源)이다 " 라는 구절이 있다.

9) 「芥川竜之介氏との一時間」이라는 기자와의 대담에서 아쿠타가와는 스위프트의 『걸리버 여행기』를 애독서의 한 권으로 꼽고 있다. 그 이유에 대해서는 "악랄한 풍자가 매우 원기를 불어줍니다"라고 말하고 있다.
   또 『난장이의 말(侏儒の言葉)』 '여인숭배(女人崇拜)'에는 "「영원히 여성적인 것」을 숭배한 괴테는 확실히 행복한 사람 중의 하나다. 하지만, 야후의 암컷을 경멸한 스위프트는 미쳐 죽지 않을 수 없었다. 이것은 여성의 저주인가? 아니면 이성의 저주일까?"라는 문장이 있다.(『芥川龍之介全集1』 12권, p.619.)

10) 괴테의 『파우스트』에 나오는 '영원한 여성'이 여기에 속한다.
   아쿠타가와의 『봉교인의 죽음』에 나오는 남장 소녀 로렌조에게서 그 잔영(殘影)을 발견할 수 있다.

영한 신비스러운 여성을 묘사하기도 했다. 아쿠타가와에게는 이런 여성을 다룬 작품이 드물다. 굳이 든다면, 『봉교인의 죽음』에 나오는 남장 소녀 로렌조 정도라고 말할 수 있다.

　세 번째 유형은 무지하면서 착한 여성으로서, 『남경(南京)의 그리스도』의 송금화(宋金花) 『밀감』에 나오는 식모살이 떠나는 소녀를 들 수 있다.

　아쿠타가와는 실생활에 있어서 여러 여성과 연애관계에 놓이게 되는데, 그의 운명에 결정적으로 영향을 끼친 여성은 히데 시게코라고 말할 수 있다. 첫사랑인 요시다 야요이와는 결혼이 좌절되었기 때문에 쓰라린 고통을 받은 것[11]으로 드러나 있으며, 야요이에게서는 부정적 여성상(女性像)은 발견되지 않는다.[12] 그다음은 결혼한 아내인 후미(文)인데, 후미는 아쿠타가와가 생존하는 동안 헌신적으로 남편을 돌본 것으로 알려져 있다. 아쿠타가와 자신도 잠깐의 외도에서 가책을 느끼고 가정을 지키려고 노력한 것을 보면 성품이 착한 후미에 대한 사랑을 알 수 있다. 후미는 남편인 아쿠타가와를 둘러싼 스캔들에도 불만을 토로하거나 하지 않은 것을 보면 인고의 세월을 산 메이지(明治)시대가 이상으로 한 현모양처였던 것 같다.

　요시모토 다카아키(吉本隆明)와 미요시 유키오(三好行雄)는 대담(対談)[13]에서 "영원히 지키려는 것"[14]의 상징으로 후미 부인의 이미

---

11) 森本修『新考·芥川龍之介伝』北沢, 1977, p.135.
12) 1915(大正4)년 3월 9일 이카와 교(i井川恭) 앞으로 보낸 편지에 다음과 같이 쓰고 있다.
　　"에고이즘을 떠난 사랑은 있는가? 에고이즘의 사랑으로는 사람 사이의 벽을 넘을 수 없다. 인간에게 엄습하는 생존고의 적막을 치유할 수 없다. 에고이즘이 없는 사랑이 존재하지 않는다면 사람의 일생만큼 괴로운 것도 없다. 주위는 추악하다. 나도 추악하다. 그것을 바로 눈앞에서 보는 것이 괴롭다. 그래도 인간은 묵묵히 살아갈 것을 강요당한다."

지로 대변되는 가정의 행복을 들었다. 그 외 아일랜드 문학가 가타야마 히로코(片山広子)가 있는데, 히데 시게코로 인해 번민했기 때문에 매우 신중한 태도를 취해 플라토닉한 관계로 위기를 넘긴다.[15]

아쿠타가와는 많은 여성과 접촉했으나 실제로 접촉한 경험 때문에 여성관이 형성되었다기보다는 독서를 통해 미리 구축된 선입견적 여성관으로 현실의 여성을 검증한 듯이 보인다. 그는 책을 통해서 인생을 배운 사람[16]으로서 책에서 받아들인 여성관을 가지고 현실의 여성을 만났다고 생각된다. 그 책은 주로 세기말 작가들의 저작들이었다.

실생활에서는 자기의 이상에 맞는 재색을 겸비한 여성[17]과의 결

---

13) 「芥川龍之介の問いかけるもの－生活の倫理と作品の美学」, 『国文学』 芥川龍之介追跡, <対談: 吉本隆明 / 三好行雄> 学灯社, 1981년 5月号, pp.21－22 참조.

14) 평론 『서방의 사람』에 나오는 구절로서 "성령(聖霊)이란 반드시 성스러운 것이 아니다. 영원히 초월하려는 것이다. 그것은 선악(善悪)의 피안(彼岸)에 있다. 괴테에 의하면 데몬이다."라고 정의하면서 "마리아는 평범한 여인이었다. 마리아는 영원히 여성적인 것도 모성적인 것도 아니다. '영원히 지키려는 것'으로서 '보수(保守conserve)'를 의미한다"고 말하는데, 그 속에 일상성·민중·생활자라는 의미를 겹치고 있다. 아쿠타가와는 성서의 천상적 이미지에서 마리아를 해방시키고 있다.

15) 『어느 바보의 일생(或阿呆の一生)』의 '越し人'에는 "재능에서 겨루어 볼 만한 여성(才力の上にも格闘出来る女性)"이 나오며, 『난장이의 말』 '나(わたし)'에는 "열심히 서정시를 써서 심각해지기 전에 벗어났다(一生懸命に抒情詩を作り深入りしない前に脱却した)"라고 쓰고 있다. 이 문장을 통해서 연애에 대한 아쿠타가와의 신중한 태도를 느끼게 된다.

16) 『다이도지신 스케의 반생』 5. '책'에는 다음과 같은 대목이 있다. "신스케는 모든 것을 책에서 배웠다. 적어도 책의 신세를 지지 않은 것은 하나도 없었다. 실제 그는 인생을 알기 위해서 거리의 행인을 바라보지 않았다. 오히려 행인을 바라보기 위해 책 속의 인생을 알려고 했다."

17) 요시다 야요이(吉田弥生)를 말한다. 요시다 야요이는 류노스케와 동갑으로서 도쿄 고등여학교를 졸업하고, 아오야마 고등 여학원 영문과를

혼이 좌절되었으며, 그 후 자신과 가족의 타협에 의해서 결정된 무
난한 결혼을 했다. 그러나 그 결혼생활은 늘 채워지지 않는 빈자리
가 있었다. "그는 20대에 결혼한 이후 한번도 연애관계에 빠지지 않
았다",[18] "결혼은 성욕을 조절하는 데에는 유효하다. 연애를 조절하
는 데에는 유효하지 않다"[19]라는 말이 그것을 입증한다. 그는 결혼
이후 여러 여성들과 연애관계에 빠진다. 이에 대해 그는 "쓸쓸하니
까 누군가에게 반하지 않으면 못 견디겠다"고 고백한 바 있다. 그러
다가 그의 일생의 악연인 히데 시게코를 만나게 되고, 거기서 여성
에 대한 혐오를 표출하는 것을 보게 된다.

아쿠타가와는 처음부터 여성을 하나의 독립된 개체로 보고 남성
과의 차이를 지닌 인격적 자아로 본 작가가 아니다. 그랬다면 히데
시게코와의 관계 역시 이렇게 악화되지는 않았다고 생각한다. 다음
은 아쿠타가가 여성을 대하면서 지녔던 태도를 고백한 글들이다.

> 소화(消火)는 방화(放火)만큼 쉽지 않다. 이러한 세상에 대한
> 지혜의 대표적 소유자는 『벨 아미』[20)의 주인공일 것이다. 그는
> 연인을 만들 때 빈틈없이 절연할 것을 생각하고 있다.
>
> (『난장이의 말』 '처세(世間智)')

다닌다. 총명한 두뇌의 소유자였다고 한다. 혼기가 찬 야요이가 다른
남자와 약혼을 한다는 말을 듣고 아쿠타가와는 혼담이 더 이상 진행
되기 전에 자기 쪽에서 청혼을 하고자 하는데, 養家부모의 심한 반대
에 부딪혀 결국 자신이 양보하고 만다. 심각한 실연의 상처를 받은 것
으로 드러난다.
(森本修 『新考·芥川龍之介』 北沢 pp.132-6.)

18) 『난장이의 말』 '결혼(結婚)'.

19) 위의 책.

20) 모파상의 소설 『Bel Ami』(1885)를 말한다. 하급회사원 조르쥬는 신문기
     자가 되어 친구의 아내를 유혹하고 돈을 챙기는데, 마침내 정계에 입문
     하여 귀족까지 된다. 이 작품은 돈과 권력을 추구한 남성을 그렸다.

나는 때때로 이렇게 생각했다. '내가 저 여자한테 반했을 때
저 여자도 나한테 반한 것처럼, 내가 저 여자가 싫어졌을 때 저
여자도 나를 싫어하면 좋을 텐데'

(『난장이의 말』 '나')

나는 아무리 사랑하는 여자라도 한 시간 이상 이야기한다는
것은 지루했다.

(『난장이의 말』 '나')

나는 때때로 거짓말을 했다. 문자로 하는 경우는 그렇다 하더
라도 내 입으로 하는 거짓말은 매우 졸렬했다.

(『난장이의 말』 '나')[21]

아쿠타가와는 『난장이의 말』에서 이 글은 자기의 사상을 전한다
기보다는 사상의 변화를 나타낸다고 말하는데, 위 인용문을 통해
볼 때 아쿠타가와의 여성에 대한 태도는 진지한 대상으로 여성을
보는 게 아니라 창작과 결부된 영감을 얻기 위한 수단으로서 여성
을 대했다는 것을 알 수 있다. 히데 시게코에게 먼저 관심을 보인
쪽은 아쿠타가와였다.[22] 그녀는 아쿠타가와보다 두 살 연상이었으
며 남편과 아들이 있었다. 아쿠타가와는 유부녀 히데 시게코의 적
극적인 태도에 '이기주의'와 '동물적 본능' 공포를 느끼게 되어 절
연하려고 하지만 뜻대로 되지 않았다. 그래서 "소화는 방화만큼 쉽
지 않다"고 말하면서 자신의 부주의에 대해 자책하고 있는 것을 본

---

21) 『난장이의 말』 중 '私', '又', '又'.
22) 鷺只雄 編著 『芥川龍之介年表』, p.83.
   아쿠타가와는 1919(大正8)년 8월 6일 '十日会'에서 처음 히데 시게코를
   알게 되며 히로쓰에게 소개해 달라고 청한다. 시게코는 일본여자대학
   가정학부 출신으로 평범한 용모이나 모든 모임에 참석하는 등 사교적
   이었다고 한다.

다. 아쿠타가와는 제도에 도전하면서 자신을 고갈시키는 연애를 할 만큼 여성에 대해서 가치를 발견하지 못했으며, 가볍게 연애하다가 그냥 그만둘 수 있는 안전지대를 추구한 것으로 보인다. 그러나 그의 안이한 생각에 운명은 순순히 응하지 않았다. 시게코가 집요하게 아쿠타가와에게 집착했기 때문에 그의 의도는 빗나갔다. 아쿠타가와의 글에 나타나 있는 시게코의 이미지는 '광인의 딸'이며 새디스트이다. 시게코가 둘의 관계에 대한 글을 남기고 있지 않은 이상 제삼자인 독자는 진상을 알 수는 없다. 그의 작품 『덤불숲』의 주제처럼 진실은 존재하는가? 반문하게 된다. 아쿠타가와 역시 자기의 처지와 체면, 에고이즘을 개입해서 시게코의 이미지를 만들어 냈다고 추측한다.

시게코는 호락호락 버릴 수 없었다고 생각된다. 왜냐하면, 그녀가 향유한 시대 덕택에 여성도 자아와 감정을 지닌, 즉 근대적 인간임을 주장할 수 있었기 때문이다.

아쿠타가와의 청년기에 해당하는 1910년대의 '시라카바(白樺)파'의 활동을 보면 여성들의 자아의식이 상당히 성숙되어 있는 것을 알 수 있다. 히라쓰카 라이초(平塚雷鳥)를 비롯한 여성 문인들로 이루어진 '청탑(青鞜)'파[23]는 자유연애사상을 고취시키는 등 이미 '신여성(新女性)'상[24]을 조형하고 있었기 때문에 시게코 같은 여성의 출현이 가능했다고 간주된다.

---

23) 1850년대 영국의 부인 참정권운동의 하나로서, 청탑이라는 명칭은 멤버들이 파란 양말(blue stocking)을 신은 데서 유래한다. 1911년 히라쓰카 라이초는 그 정신을 계승하여 「청탑(青鞜)」이라는 잡지를 내고, 여성해방, 자유연애 등의 새로운 사상을 고취시킨다.

24) 1911년 『인형의 집』이 상연되고, 『청탑(青鞜)』의 창간을 거치면서 '새로운 여성(新しい女)'이라는 어휘가 저널리즘에서 빈번하게 사용된다. 라이초는 엘렌 케이의 『연애와 결혼』을 번역하여 『청탑』誌에 싣는가 하면, 문단에서는 '새로운 여성'에 대한 논쟁이 일어나게 된다.

또 다른 예로 히라쓰카 라이초의 경우를 보면, 그녀는 소세키의 제자 모리타 소헤(森田草平)와 동반자살(心中) 미수사건인 이른바 '매연사건(煤煙事件)'25)으로 세상을 떠들썩하게 하기도 했다. 그 사건에 대한 해결방법으로 나쓰메 소세키가 소헤(草平)에게 라이초와의 결혼을 권유한다. 라이초는 남녀문제가 나오면 결혼으로 모두 해결할 수 있다는 소세키의 발상에 몹시 분노한다.26) 그리고 그동안 품었던 소세키에 대한 존경심이 모멸감으로 바뀌었다고 한다. 이 에피소드를 통해 그 당시 여성들의 의식이 상당히 진보되어 있었다는 것을 알 수 있다. 반면, 당시 엘리트 지식인에 속하는 남성 작가들은 이에 미치지 못하고 가부장적 부권사회 이데올로기 속에서 여성을 바라보고 있음을 알 수 있다. 따라서 아쿠타가와와 시게코의 관계는 단순한 희생자와 가해자의 구도가 아닌 남성 중심사회에서 지식인 남성이 지녔던 여성폄하적 인식에서 발단했다고 보는 것도 무리는 아니다.

3. 여성공포의 원풍경 '팜므파탈(femmes fatales)'

'팜므파탈'은 말은 프랑스어로서 말 그대로 '숙명의 여인'이다. 남성을 위기로 몰아넣는다는 부정적 이미지를 지닌 표현이다. 동양에서는 경국지색(傾国之色), 경성(傾城)이라는 어휘가 이와 상통한다고

---

25) 三好行雄 編 『夏目漱石事典』 学灯社 1999, (酒井英行 「煤煙事件」) pp.196－7.
　　모리타 소헤는 이 사건을 『매연(煤煙)』이라는 아사히 신문 연재소설로 쓴다. 또 나쓰메 소세키의 『산시로(三四郎)』의 여주인공 미네코의 모델이 히라쓰카 라이초라고 하자 소헤는 이에 강한 반감을 나타낸다.

26) 佐々木英昭『青鞜と女人芸術』世田谷文学館, 1996, pp.64－66.

볼 수 있다.

아쿠타가와의 작품에는 악녀적인 유형, 유혹하는 여성이 자주 등장한다. 이러한 여성에 대한 악녀적 유혹적 이미지를 그는 세기말 독서체험에서 구축했다고 생각된다.

서양 문화에는 『구약성서』에 이미 이브, 살로메, 데릴라 등 유혹하는 여성이 등장하여, 유혹적 여성 이미지의 일부를 차지하고 있다. 그리스·로마 신화에는 판도라, 유디트 등이 나타나고 있다. 또 근대성의 형성과정에서는 이런 이미지를 계승한 또 다른 악녀적 요부적 이미지가 보태진다.

19세기 후반부는 부르주아의 견고한 미덕과 화장되어 가는 자본주의 원리들을 지배하는 효율적인 이상들이 있어 왔다. 그렇게 해서 진정한 미(美)의 종교가 형태를 갖추게 된다. '예술을 위한 예술'이라는 기치 아래 미란 어떤 대가를 치루더라도 실현시켜야 할 중요한 가치라는 사고가 등장하게 되어, 많은 사람들이 인생 자체를 예술작품으로 간주하게 된다. 예술과 도덕이 분리되고, 삶의 불안정한 측면들인 질병, 범죄, 죽음, 어둠, 광기, 공포를 예술로 정복하고자 하는 충동이 더욱 커지게 된다.[27]

아쿠타가와는 위에서 언급한 19세기 말 세계 문학과 예술에서 그의 감수성을 연마한 작가로서 이러한 서구문화에 뿌리내린 여성 이미지를 자신의 여성 이미지로서 내면화시켰다고 생각한다.

『덤불 숲』의 마사고(真砂)는 남자를 능가하는 여장부에다 요염한 여성으로 묘사되어 있으며, 그녀로 인해 남자들의 사투가 벌어지고 남편은 죽는다. 마사고는 도둑이 유혹하자 도둑에게 반해 남편을 죽여 달라고 애원한다.

『투도』의 샤킨(砂金) 역시 빼어난 용색으로 타로(太郞)와 지로(次

---

27) 움베르토 에코(이현경 옮김 『미의 역사』), 열린책들, 2005, pp.330-331.

郎) 형제를 유혹하여 교란시킨다. 유고(遺稿)『갓파』에는 암컷이 수컷을 따라 다니며 유혹한다.[28) 수컷은 암컷을 피해 도망가기에 바쁘다.

이처럼 아쿠타가와 문학의 여성은 남성을 유혹하고 파멸시키는 교태적 존재로 종종 등장하고 있다. 여기에는 유럽의 라파엘 전파(Pre-Raohaelite Botherhood)적인 데카당스도 영향을 끼쳤다고 생각한다. 라파엘 전파는 르네상스 이후의 인습적인 아카데미즘을 배격하고 자연회귀, 성실한 세부묘사, 예술의 고상한 이상, 풍부한 시상(詩想)을 중시한 예술가 그룹에서 기원한다. 1848년에 결성되어 불과 5년 만에 해산했으나, 그 후 독자적이고 전위적인 조류를 형성하게 된다. 영국뿐만 아니라 유럽 세기말 예술의 원류(源流)가 되었으며 아르·누보(Art-Nouveau)양식의 선구이기도 하다. 이 라파엘 전파의 최대의 관심 대상이 여성이었다. '숙명의 여성'이라는 세기말에 유행한 여성상은 양식화된 아르·누보(art-nouveau) 미인이라고 말할 수 있다.[29)

팜므파탈은 유혹적 여성 이미지를 극단적으로 몰고 간 상황이라고 말할 수 있다. 이브, 살로메 등은 서구문화의 맥락에서 남성을 죽음이나 고통 등 비극적 상황으로 몰고 가는 악녀의 이미지로 등장한다. 그녀들은 부정적 의미로서의 운명의 여인이다. 팜므파탈은 19세기 부르주아 중심의 질서를 재편성하는 과정에서 근대성을 둘러싼 여성 남성간의 불안정의 표지가 되어 왔다. 팜므파탈은 여성

---

28) 『난장이의 말』 '「홍예관(虹霓館)」을 보고'에서는 "남자가 여자를 사냥하는 것이 아니다. 버나드 쇼는 『범인과 초인』에서 이 사실을 희곡(戲曲)화했다. 이를 희곡화한 자는 쇼가 처음은 아니다. 나는 매염방(梅蘭芳)의 「홍예관」을 보고, 중국에도 이미 이러한 사실에 주목한 극작가가 있었다는 것을 알았다."라는 글이 있다.

29) 三好行雄 編 『漱石比較文学事典』 学灯社, 1999, pp.246-7, '라파엘 전파' 참조.

이 사탄의 도구이고 인간은 남성이라는 서구전통의 기독교적 관념을 토대로 이브의 사악성을 심화시킨 세기말적 산물이라고 할 수 있다. 이 이미지를 생산한 주체는 심미주의자와 데카당들로서 백인 중산계급에 속하는 남성이다. 아쿠타가와는 그들의 문화를 자양분으로 삼아 그의 교양의 한 축을 이룬 작가이다. 그래서 그러한 성향을 띠는 것도 우연이 아니며, 당연한 귀결이라고 말할 수 있다.

아쿠타가와는 유럽의 세기말 감성을 계승한 작가로서 여성의 육감적이며 유혹적 성질 속에서 타자성을 발견하고, 아름답고 매력적인 것이라고 기대하던 것 속에서 무섭고 섬뜩한 것을 발견하는 충격을 작품으로 형상화하고 있다.

『여자』, 『카르멘』, 『덤불숲』, 『투도』, 『호남(湖南)의 부채』 등의 작품이 그런 성격을 잘 드러내고 있다. 『갓파』에 이르면 그 혐오가 너무 노골적으로 표출되어 있다. 히데 시게코라는 특정 인물을 염두에 두고 묘사했기 때문에 그녀에 대한 개인적인 분노를 거침없이 분출시키는 것으로 보아진다.

『여자(女)』에서는 암 거미가 꿀벌을 잔인하게 잡아먹으면서 자신의 생존과 종족보존을 하는 살육(殺戮)과 약탈의 광경을 섬뜩하게 묘사하고 있다. 암거미가 있는 천장은 산실(産室)과 묘지를 겸한다는 기묘한 관찰로서 암컷에 대한 기분 나쁜 타자성을 드러내고 있다.

『카르멘』은 카르멘 연극을 보러 갔다가 카르멘 역을 연출하는 여배우 '이이나'의 동작에서 섬뜩함을 느끼고 그에 대한 심정을 작품으로 그린 것이다. 마지막에 카르멘이 돈호세를 죽이는 역을 아무렇지도 않게 해내는 데 대한 위화감과 공포를 전달하고 있다. 그리고 후일담으로 '이이나'가 접시를 벽에 던져 깨서 유리조각을 캐스터네츠로 삼아 카르멘처럼 춤을 추다가 손가락을 다쳐 붕대를 감았다는 이야기를 듣고 몸서리친다는 작품으로서 '여성성'에 대한 공포를 실감나게 부각시키고 있다. 아쿠타가와는 자연계의 생물학적인 성(性)을 그대로 인간의 여성에게 적용함으로써 그의 공포를 드러내고 있음을 알 수 있다.

괴테는 영원한 여성에 의한 구원을 『파우스트』에서 말하고 있으나, 아쿠타가와는 히데 시게코에 의해 파멸해 가는 자기 자신을 응시한다. 아쿠타가와는 연애관계로 출발한 이 여성에게서 '동물적 본능'과 '이기주의'라는 이물질을 발견하고 몸서리친다. 아쿠타가와의 작품들에 보이는 여성의 이미지는 주체 속에 수용할 수 없는 이물질로서 나타나고 있으며 그것은 공포를 수반하고 있음을 알 수 있다.

4. 결 론

지금까지 아쿠타가와 문학에 나타난 여성인식과 여성성에 대한 공포를 세기말 예술의 여성표상인 '팜므파탈'을 축으로 하여 살펴보았다. 아쿠타가와의 여성인식은 여성과 남성이라는 단순한 성(性)의 차이에서 오는 여성인식이 아닌 아쿠타가와 특유의 체험에서 발로한 인식을 엿볼 수 있었다. 아쿠타가와 문학에 나타난 여성묘사를 보면 자애롭고 포근한 이미지의 여성보다는 악녀적인 여성에 대한 묘사가 더 실감나게 그려지고 있어서 '여성성'에 대한 공포와 결부시켜 보았다. 아쿠타가와 문학의 특성으로 자리하는 여성공포의 배경으로서 본고는 히데 시게코와의 관계와 유럽 세기말 예술에서 습득한 '팜므파탈'의 여성인식의 영향을 들어 추론해 보았다.

동서고금의 많은 문학작품들이 남녀 양성의 갈등과 조화, 그들의 이상형들을 그려왔으나, 여성이 남성에 있어서 인격적으로 대등한 동반자로 그려지는 일은 드물었다. 가부장제하의 남성 중심주의에 입각해 여성이 묘사되었기 때문이다. 가부장제를 유지하는 데 들어 맞는 이상적 모습은 현모양처이며, 희생, 온순, 순종이 미덕인 것처럼 오랜 세월에 걸쳐 조성해 왔다. 가정 내에서 현숙한 아내로서 자녀양육에 힘쓰며, 자신의 욕망이나 재능을 표현하지 않는 것이 여성이 갖추어야 할 덕목이었다. 그런 점에서 현모양처라는 이미지 는 빅토리아조의 영국 시민사회와 메이지 근대화 시기의 일본사회 에서 현저하게 이데올로기화되고 있음을 볼 수 있다. 따라서 여기 에서 벗어나서 자아해방을 추구하는 근대적인 여성은 남성 작가들 에 의해 굴절되게 묘사될 수밖에 없었다. 이는 사악한 여성의 이미 지로서 타자화되어 가는 것을 본다. 사악한 이미지가 아닌 경우는 현실에 있을 수 없는 존재를 몽상하여 그들의 꿈을 투영하여 이상 화시키거나 했다.

아쿠타가와의 작품에는 세기말 예술에서 형상화된 새드-마조히스 트적 남녀관계에 집착한 듯한 작품이 많다. 자아해방을 추구하는 여 성은 히데 시게코의 경우처럼 이미 공포의 대상이 되고 만다. 『호남 의 부채』에서는 중국이라는 이국정서와 결합시킨 여성 공포의 한 단 면을 교묘하게 드러내고 있었다.

남녀 양성은 차이성을 지닌 공존을 통해, 서로를 인격체로서 존 중했을 때 더 높은 실존으로 비약할 수 있다. 아쿠타가와와 동시대 에 활동한 작가인 무샤노코지 사네아쓰(武者小路実篤)는 여성을 독 립된 자아를 지닌 존재로 인정하는 진보적 여성관[30]을 보이고 있다 는 점을 감안해 볼 때, 아쿠타가와의 여성표상은 그 시대의 수준에 도 도달하지 못한 전근대성을 드러내고 있다고 여겨진다.

---

30) 무샤노코지 사네아쓰의 『우정(友情)』은 스기코(杉子)라는 여성이 능동 적으로 남성을 선택한다. 노지마(野島)라는 남성이 자신에게 열렬히 구 애함에도 불구하고 자기가 좋아하는 남성인 오미야(大宮)를 선택함으 로써 여성의 자아를 주장하는 개성이 강한 신여성으로 구현되어 있다.

특히 『갓파』 속에 나타난 여성상(像)은 히데 시게코에 대한 반발로 여성 일반을 매도하고 있다는 느낌이다. 실생활에서 아쿠타가와가 지닌 여성에 대한 부정적 인식은 그대로 작품에 반영되는데 여성에 대한 공포로 드러나거나 그렇지 않으면 『가을』의 노부코『무도회』의 아키코(秋子) 『남경(南京)의 그리스도』의 송금화(宋金花)라는 여성인물처럼 '허영심'과 '무지'가 기저를 이루는 듯한 인상을 배제할 수가 없다. 『밀감』에서는 외관이 볼품없고 교양 없는 소녀였지만 동생들을 아끼는 아름다운 마음씨가 부각됨으로써 '찰나의 감동'을 전하고 있으나, 그 소녀는 가족들의 생계를 위해 식모살이를 떠나고 있으며, 배웅 나온 남동생들을 위해 그녀의 간식을 기꺼이 포기해야만 하는 '희생하는 여성'이라는 전근대적 이미지를 표상하고 있음을 보았다.

◎ 참고문헌

레나린 트호프(이란표 옮김)(1998) 『페미니즘 문학이론』, 인간사랑.
움베르토 에코(이현경 옮김)(2005) 『미의 역사』, 열린책들.
小田切進 編(1993) 『日本近代文学年表』, 小学館.
川口喬一 外 編(2000) 『文学批評用語辞典』, 研究社出版.
菊地弘 外 編(2000) 『芥川龍之介辞典』, 明治書院.
鷺只雄(1997) 『芥川竜之介 年表』, 河出書房新社.
佐古純一郎(1991) 『芥川論究』, 朝文社.
世田谷文学館 編 『青鞜と女人芸術』, 1996.
武田勝彦 編著(1970) 『古典と現代－西洋人の見た日本文学ー』, 清水弘文堂.
竹盛天雄 外(1972) 『大正の文学』(近代文学史2), 有斐閣選書.
編輯部 編(1988) 『一冊の講座 芥川龍之介』, 有精堂.
松尾尊充(2001) 『大正デモクラシー』, 岩波書店.
森本修(1977) 『新考・芥川竜之介伝』, 北沢書店.

제 5 장

아쿠타가와(芥川) 텍스트에 나타난
그로테스크(Grotesque)

1. 서 론

아쿠타가와 류노스케(芥川龍之介)의 문학에는 초자연적 취미가 많이 보인다. 그리고 어렸을 때부터 『요재지이(聊斎志異)』[1] 『수호전(水滸伝)』, 「혼죠의 일곱 가지 불가사의(本所七不思議)」 등 신비스럽고 괴이한 현상에 호기심을 가지고 즐겼다는 기록이 있다.[2] 이러한 성향은 자연스럽게 유럽 '세기말 예술'에 대한 심취로 이어졌다고 생각된다.

유럽의 세기말 작가들은 낭만적 감수성의 여러 측면들을 과장하여 쇠락의 순간으로 끌고 감으로써 극단적인 효과를 만들어 냈다. 이러한 쇠락에 대한 동경은 19세기 후반에 시작되어 20세기 초반까지 지속되는데 이 같은 문화적 분위기에 대해 데카당스라는 명칭을 부여받게 된다.[3] 아쿠타가와는 세기말 작가들의 이러한 데카당스한

---

1) 중국의 괴기 소설집으로서 청(清)의 포송령(蒲松齢) 작품이다. 神怪 鬼狐 등을 다룬 431편을 모아 놓은 것인데, 아쿠타가와는 17세 때 우에노 도서관에서 우연히 이 책을 접하고 이 무렵 시간이 날 때마다 요괴담을 읽는 습관이 생겼다고 한다.

2) 鷺只雄(1992) 『芥川龍之介』 河出書房新社, p.23.

분위기에 깊이 매료된 작가이다.

또 생활 속의 아쿠타가와 류노스케는 생모의 광기가 유전되지는 않을까 하는 강박관념을 많이 가졌으며 이로 기인하여 천재와 광기, 히스테리 등에 대한 서적도 탐독하게 되었다고 생각된다. 이와 같은 배경으로부터 추론해 볼 때 아쿠타가와 텍스트에 나타나는 상궤를 벗어난 요괴적인 것, 광기, 히스테리, 데몬, 도플갱어 등 그로테스크 감각에 토대를 둔 흔적들이 보이는 것은 결코 우연은 아니라고 생각한다. 본 연구는 이를 아쿠타가와 문학의 '그로테스크성'이라는 관점에서 고찰해 보고자 한다.

우선 '그로테스크'라는 용어에 대한 일반의 사전적 의미를 보면, 프랑스나 영국에서 빈번하게 사용되어 왔으며 괴기적인 것, 기괴한 것, 기분 나쁨 등을 나타내고 있다.[4]

그리고 문학용어로는 19세기 고딕소설[5]에 보이는 상궤를 벗어난 취미로서, 부자연 추악 왜곡된 것에 대한 집착 등의 특징을 지닌다[6]고 나와 있다. 또 최근에는 볼프강 카이저 등에 의해 미학적 개념으로서 그로테스크가 정의되고 있으나, 분명한 경계를 지니고 있는 것은 아니다. 필립 톰슨(Phillip Thomson)의 『그로테스크(Grotesque)』에 의하면, 그로테스크의 본질을 등골이 서늘할 정도로 괴기스러운 것 섬뜩한 것으로서 파악하고 있다. 그것은 때로는 희극적이기도 하나 그로테스크가 유발하는 웃음에는 혐오와 공포가 뒤섞여 있다고 말한다. 그리고 그로테스크는 신체적으로 비정상적인 것과 강한 친화관계

---

3) 움베르트 에코(2006) 『미의 역사』, p.330 참조.

4) 『広辞苑』 'グロテスク' 항목 참조.

5) 고딕소설(Gothic novel) 18세기 후반부터 19세기 초에 유행한 초자연적 공포소설을 말한다. 무대가 주로 중세의 고딕양식의 대저택, 성(城), 사원(寺院) 등이어서 이런 명칭이 붙여졌다.

6) 川口喬一 編(1998) 『文学批評用語辞典』 'grotesuque' 研究社出版, pp.80－81.

를 지니고 있다고 덧붙이고 있다.[7]

이러한 그로테스크성을 문학에 노정한 서양의 작가로는 에드가 앨런 포(E·Poe), 암부로스 비어스(A·Biece), 보들레르 등을 비롯하여 많은 현대작가들에 이르고 있다. 아쿠타가와의 글에는 특히 포와 보들레르에 대한 언급이 많으며, 창작기법에 있어서도 상당한 영향을 받은 것을 알 수 있다.

아쿠타가와에 대한 연구논문 중 '그로테스크'라는 관점에서 다룬 선행연구로는 시미즈 다카요시(淸水孝純)의 「『코』, 『참마죽』에 보이는 그로테스크 감각의 행방」[8]이 있다. 이 논문에서 시미즈는 코의 외형적 묘사가 그로테스크하다고 보았다. 그리고 『참마 죽』의 오위(五位)에 대해 "자아의 핵이 결여된 존재, 그로테스크한 존재, 불가해한 존재"라고 표현하고 있다. 시미즈 역시 신체적으로 비정상적인 것과 결부시켜 그로테스크라는 용어를 사용하고 있음을 알 수 있다.

필자는 위에서 언급한 그로테스크라는 용어의 사전적 의미에 토대를 두고 아쿠타가와 텍스트에 보이는 그로테스크성의 양상을 요괴, 광기(히스테리, 데몬), 망상지각(도플갱어)으로 포착하여 살펴보고자 한다. 또 아쿠타가와가 이러한 그로테스크한 세계를 그의 문학에 즐겨 사용한 이유에 대해서도 알아보기로 한다. 이 글은 아쿠타가와의 텍스트를 전체적으로 조감했을 때의 그로테스크성의 양상과 그러한 기법을 사용한 이유를 살펴보는 것이기 때문에 시미즈의 연구와는 차별화되고 있다.

---

7) 필립 톰슨(김영무 역)(1986) 『그로테스크』 서울대학교 출판부, p.7 - 12.
8) 海老井英次 編(1990) 作品論芥川龍之介 『芥川龍之介』, 「『鼻』, 『芋粥』にみるグロテスク感覚の行方」双文』 出版社, pp.44 - 67.

2. 요 괴(妖怪)

아쿠타가와 문학에 맨 처음 등장하는 그로테스크적 요소는 초기 왕조물(王朝物)에서 살펴볼 수 있다. 왕조물 첫 작품인 『라쇼몽』의 귀기(鬼気) 넘치는 배경묘사와 등장인물들에 대한 비유는 섬뜩하다. 다음은 『라쇼몽』의 배경묘사와 관련된 한 대목이다.

> 교토가 이 지경이므로 라쇼몽의 수리 따위는 방치해두고 돌보는 자가 없었다. 그러자 이를 호기로 삼아 여우 너구리가 산다. 도둑도 산다. 마침내는 거둘 자가 없는 송장을 이 문 위에 가지고 와서 버리는 습관조차 생겼다. 그래서 해가 지면 모두 기분 나빠 하며 이 문 근처에는 발걸음도 하지 않게 되었다.
> 그 대신 까마귀가 어디선가 많이 모여들어 왔다. 낮에 보면 그 까마귀들이 원을 그리며 높은 치미(鴟尾) 주위를 울면서 날아다닌다. 특히 문 위의 하늘이 저녁노을로 빨갛게 물들 때면 그것이 검정깨를 뿌린 듯이 선명하게 보였다.
> (『아쿠타가와 류노스케 전집』1 筑摩書房, p.52 - 3)

위 글을 보면 시체를 쪼아 먹으러 오는 까마귀들의 모습이 매우 선명하게 시각적으로 그려져 있다. 이러한 을씨년스러운 배경묘사는 비가 내리는 늦가을 오후 황폐한 라쇼몽(羅生門)에서 일어날 사건을 암시하기 위한 복선인 것이다. 아쿠타가와는 주제를 전달하기 위해 배경묘사에 심혈을 기울이고 있다. 황폐한 라쇼몽은 고딕소설에 단골로 등장하는 황폐한 성이나 수도원의 변형이라고 볼 수 있다.

서양에서는 '고딕소설'이라는 장르가 있어 허물어져 가는 성(城)과 수도원, 불길한 지하실이 배경이 되어 음울한 범죄가 일어나고 유령이 출몰하는 이야기가 18세기 후반에 꽃을 피웠다.9) 거기에 등

장하는 인물들은 이미 인간이 아니다. 흡혈귀 등 요괴에 가까운 이
미지를 띠고 있다. 아쿠타가와 또한 『라쇼몽』에서 이와 동류의 등
장인물을 창출해 내고 있다. 아쿠타가와는 근대소설에서 이러한 소
재가 지닌 비현실성을 의식한 듯, 이 모든 것에 대한 위화감을 없
애기 위해 아쿠타가와는 헤이안(平安)시대라는 먼 과거의 역사를 빌
렸다고 말한다.10)

　『라쇼몽』의 등장인물에 대한 묘사를 보자.

> 검붉은 옷을 입은 키가 작은 바싹 여윈 백발의 원숭이 같은
> 노파였다. (중략) 하인은 마침내 노파의 팔을 붙잡고 억지로 비
> 틀어 쓰러뜨렸다. 마치 새 다리 같은 뼈와 가죽뿐인 팔이다. (중
> 략) 죽은 듯이 쓰러져 있던 노파가 시체 속에서 그 벌거벗은 몸
> 을 일으킨 것은 그로부터 얼마 안 돼서이다. 노파는 중얼거리듯
> 신음하는 듯 소리를 내면서 아직도 불타오르고 있는 불빛을 의
> 지하여 사다리 입구까지 기어갔다. 그리고 사다리에서 하얀 백발
> 을 솟구치면서 문 아래를 들여다보았다.

(같은 책 pp.57 - 62)

　피골이 상접한 노파가 등장하는데 그 모습이 요괴와 흡사하다.
아쿠타가와는 어렸을 때부터 요괴에 대해 공포와 흥미를 느꼈다고
한다. 작가가 된 후에는 서양의 문학작품에 나타난 요괴에 대해 사
색한 『최근의 유령(近頃の幽靈)』이라는 수필을 남기고 있다. 아쿠타
가와의 『쇼즈시이(椒図志異)1913』는 야나기다 구니오의 『먼 들판 이
야기(遠野物語)(1910)』의 영향을 받아 그가 수집한 일본의 전통 '요
괴담(妖怪談)집'이다. 아쿠타가와의 요괴에 대한 생각을 담은 수필

---

9) 움베르트 에코, 앞의 책, p.288 참조.
10) 아쿠타가와 류노스케 『엣날(昔)』.

인 『최근의 유령』을 보기로 하자.

> 　최근의 소설에는 유령이나 요괴를 서술하는 방식이 상당히 과
> 학적이다. 결코 고딕식의 괴담처럼 피투성이 유령이 나오거나 해
> 골이 춤추지 않는다. 특히 최근의 심령학의 진보는 소설 속의 유
> 령에게 놀랄 만한 변화를 부여했다.
>
> 　　　　　　　　　　　　　　　　　　　　　　(『최근의 유령』)

여기서 아쿠타가와는 고딕소설의 속성을 충분히 인식하고 있음을 알 수 있으며, 요괴와 유령을 '이상한 것'이라는 뜻으로 사용하고 있다. 아쿠타가와는 실제로 영어의 'witch(마녀)'를 소설화하기도 했는데 그것이 3 작품 『마귀할멈(妖婆)1919』과 『아그니의 신(アグニの神)1920』이다. 『마귀할멈』에는 초자연적 현상을 바사라 신(婆娑羅神)에게 기원하는 신 내린(神下ろし) 마귀할멈이 나온다.

또 아쿠타가와는 『곤자쿠 모노가타리 감상(今昔物語鑑賞)』에서 "동양과 일본의 요괴·귀신이야기는 『곤자쿠 모노가타리(今昔物語)』에서 텐구(天狗), 미녀로 변신한 여우, 피눈물 흘리는 꿩 등이라고" 말하고 있다. 그리고 야나기다 구니오(柳田国男)의 책에 나오는 갓파(河童), 잉어, 자라에 투영된 불가사의에 대해서도 언급하고 있다. 이처럼 초자연적인 것에 대한 관심이 지대했던 그는 판타지적인 소재를 자신의 작품 속에 용해시키면서도 근대소설로서의 리얼리티를 살려보고자 노력했음을 알 수 있다. 그리하여 내면적인 리얼리즘 문학으로 형상화시켰다고 말할 수 있다.

『참마 죽』의 여우, 『갓파』의 갓파, 『로쿠노미야노 히메기미』의 히메기미라는 캐릭터는 기괴하고 그로테스크하다. 전래되는 설화문학이 아닌 근대소설에서 그러한 소재를 쓰고 있는 것에 대해 독자는 당혹감을 느끼게도 된다. 하지만 아쿠타가와는 자기 방식대로의 서

사구조를 고집한다.

『참마 죽』에서는 여우가 등장하여 사람의 말을 알아듣고 길 안내를 한다. 그동안 마님은 혼절해 있다. 설화적 관습에 의하면 여우는 신(神)의 사자로 종종 등장한다. 아쿠타가와는 『참마 죽』에 설화의 약속과 근대소설을 결합시켜 놓고 있다. 작품에서 여우는 마님이 둔갑한 것이었다는 것이 나중에 밝혀지게 된다. 이러한 인물 설정은 요괴취미와 연관된 그로테스크성의 노정이라고 생각한다.

왕조물의 마지막 작품인 『로쿠노미야노 히메기미』의 여주인공은 무의지·무기력의 화신이다. 현실에서는 있을 수 없는 불가사의한 인물이다. 그래서 죽어서도 영혼의 안식을 얻지 못하고 중유를 떠도는 원혼이 되어 있다. 슈자쿠몽(朱雀門) 위에서 밤마다 우는 히메기미의 흐느낌은 전설 속에서나 나옴직한 요괴의 이미지를 띠고 있다. 아쿠타가와는 왕조물의 첫 작품인 『라쇼몽』과 마지막 작품인 『로쿠노미야노 히메기미』의 배경을 주작대로(朱雀大路)에 양끝에 위치한 '라쇼몽'에서 시작하여 '슈자쿠몽'에서 끝냄으로써 그 특유의 기교파적인 면모를 드러내고 있다.[11]

유고 『갓파』의 갓파는 원래 물속에 산다는 상상의 동물이다. 보통은 헤엄을 잘 치는 어린아이의 모습을 하고 있다. 정수리에는 접시를 달고 있으며, 발에는 물갈퀴가 있다. 그러나 아쿠타가와의 갓파는 이를 답습하면서도 해괴하고 기분 나쁘게 묘사되어 있다. 인간의 나쁜 속성을 과장적으로 구현하고 있으며, 암수의 역할을 부분적으로 도치시키고 있다. 특히 암컷에 대한 묘사는 그로테스크하다.

갓파의 연애는 우리들 인간들의 연애와 취향을 달리합니다.
암컷 갓파는 마음에 든 수컷 갓파를 찾아내면 즉시 수컷 갓파를

---

11) 平岡敏夫(1987) 『芥川龍之介 ― 抒情の美学 ―』 大修舘書店, p.112.

포획하는 데 수단을 가리지 않습니다. 가장 정직한 암컷 갓파는 정신없이 수컷을 쫓아갑니다. 실제 나는 미친 듯이 수컷을 뒤쫓고 있는 암컷을 보았습니다. 그뿐만이 아닙니다. 그 갓파의 부모형제까지 쫓아갑니다. 수컷은 참으로 비참합니다. 간신히 붙잡히지 않고 도망쳐 나온다 해도 두석 달 정도는 병석에 누워야 합니다. 내가 언젠가 집에서 토크의 시집(詩集)을 읽고 있었는데, 뛰어 들어온 것은 라프라는 학생이었습니다. 라프는 우리 집에 달려들어오더니, 마루바닥에 쓰러진 채로 숨을 헐떡거리며 이렇게 말했습니다. "큰일 났다. 마침내 안기고 말았다." 나는 순간 시집을 팽개치고 문에 자물쇠를 채웠습니다. 그리고 열쇠구멍으로 들여다보니 유황가루를 얼굴에 바른 키가 작은 암컷이 아직도 문 앞에서 서성이고 있었습니다. 라프는 그날 이후 몇 주일 동안 우리 집에서 누워 지냈습니다. 뿐만 아니라 라프의 입 언저리는 썩어 문드러지고 말았습니다.

(『아쿠타가와 류노스케 전집』 6, 筑摩書房, pp.195 – 6)

아쿠타가와의 작품 『갓파(河童)』는 전설에 나오는 상상의 동물인 갓파 안에 인간의 왜곡된 성정을 투사해 놓았으며, 그런 인간이 만들어낸 제도의 모순을 폭로하고 있는 작품이다. 하지만 갓파의 세계는 눈살을 찌푸릴 만큼 지나치게 일그러져 있다. 작가는 독자가 혐오감을 느끼도록 일부러 애쓰고 있으며, 그래서 보다 기괴하게 과장적으로 묘사하는 데 열중하고 있다. 남녀의 연애를 매우 혐오스럽게 표현함으로써 인간에 대한 절망을 드러내고 있다. 이에 대해 쓰루타 긴야(鶴田欣也)는 논문 「아쿠타가와 류노스케의 바보와 천재(芥川竜之介における阿呆と天才)」에서 아쿠타가와의 문학은 "지상(地上)적인 것과 화기애애하게 조화를 이루는 예술전통을 지닌 일본문학에서 가장 귀에 거슬리는 불협화음을 내고 있다"고 말하고 있다.[12]

---

12) 武田勝彦(1970) 『古典と現代 ― 西洋人の見た日本文学 ―』 p.285.

이처럼 아쿠타가와가 창조한 캐릭터들은 세상과 어울리지 못하며, 불가해하고 초자연적이다. 신체적으로나 정신적으로 일그러져 있다. 아쿠타가와는 서양 고딕문학에서 보이는 유령의 이미지를 일본적으로 환골탈태시켜서 새로운 그로테스크의 문학을 창출해 내고 있다고 말할 수 있다.

3. 광기 · 히스테리 · 데몬

낭만적 인간은 자신의 삶을 소설처럼 살아가려 했으며 저항할 수 없는 감정의 힘에 이끌렸다. 이러한 경향을 독일에서는 '질풍노도 운동'으로 표현한다. 이는 다시 말해 이성의 전제에 반기를 들어 감정을 해방하는 격정이라고 말할 수 있다. 바로 여기서 낭만적 주인공의 '우울'이 유래한다. 창백하고 우울한 햄릿 같은 인물이 이러한 유형에 속한다. 셰익스피어는 시대조류보다 앞서서 질풍노도의 유형을 만들어 낸 셈이다.[13]

이러한 성향은 점점 더 자기 제어력을 잃어서 광기와 히스테리로 치닫게 되었는데, 세기말 작가들의 광기는 이와 무관하지 않다. 볼프강 카이저의 말처럼 "무시무시한 힘이 우리들의 세계로 침투해 들어와 우리를 소외시킴"으로써 그로테스크한 공간을 만들어 내는 것이다. 그곳에서 세계는 소외되고, 형식은 왜곡되며 우리들 세계의 질서는 해체된다. 밀랍인형, 꼭두각시, 광인, 몽유병자가 그로테스한 공간에서 즐겨 사용되는 모티프이다.[14]

한편, 천재적 예술가 또는 과학자들에게서 이런 성향을 관찰한

---

13) 움베르토 에코(2006)『미의 역사』 p.314, 참조.
14) 볼프강 카이저(김윤섭 역)(1999)『언어예술작품론』 예림기획, pp.554-555. 참조.

이탈리아의 의사이자 정신병리학자인 롬브로소는 급기야 '천재 광기설'을 주장하기에 이른다. 광기, 히스테리, 데몬은 그 성질상 서로 근접해 있다. 아쿠타가와는 세기말 예술에 보이는 광기에 앞서, 생모가 광인이었기 때문에 이미 광기에 대해 남보다 민감할 수밖에 없었다고 생각된다. 그의 텍스트에는 광기, 히스테리, 데몬 등의 어휘가 자주 나오는가 하면 때로는 동시에 언급하고 있어서 함께 다루기로 한다.

아쿠타가와의 평론 『문예적인, 너무나 문예적인』의 「35, 히스테리」에는 다음과 같은 글이 있다.

> 나는 히스테리요법으로서 그 환자가 생각하고 있는 것을 뭐든지 쓰거나 말하게 한다는 말을 듣고 문예의 탄생은 히스테리에도 힘입고 있는지 모른다고 생각했다. (중략) 특히 시인들은 다른 사람들보다 훨씬 히스테릭한 경향을 지닌 것 같다. 이 히스테리는 삼천 년 동안이나 그들을 괴롭혔다. 그들 중 어떤 자는 그 때문에 죽었고, 또 그들 중 어떤 자는 그 때문에 마침내 발광해버렸을 것이다. 그들은 히스테리로 인해 그들의 기쁨과 슬픔을 노래했다. 이렇게 생각해 봄 직도 하다. (중략) '쓰지 않고는 견딜 수 없는 심정'은 나무 밑동에 있는 구멍에 대고 '임금님 귀는 당나귀 귀'라고 외친 신화 속 인물의 심정이다.
> (아쿠타가와 류노스케 『문예적인 너무나 문예적인』 三十五 히스테리(ヒステリイ), pp.382−384)

남보다 신경이 예민했던 그는 히스테리에 대해서도 예사롭지 않은 관심을 보이고 있음을 알 수 있다. 위 인용문은 히스테리와 광기의 근접성에 대해 토로하고 있으며, 천재적 예술가들이 히스테리와 광기를 넘나들면서 고통 속에서 창작행위를 하고 있음을 잘 간파하고 있는 글이다. 그들의 고난에 찬 창작행위와 자신의 경우를 중첩시켜서 이해하고 있으며, 아쿠타가와 역시 창작이라는 행위로 히스테리를 배출함으로써 균형을 잡고 있음을 잘 보여주고 있다.

그래서 그는 자기와 비슷한 궤적을 남긴 괴테, 스트린드베리, 미켈란젤로 등에서 위안을 발견한다. "요즘은 온통 천재에 몰두하고 있다"15)라고 편지에 쓰고 있으며 이후 아쿠타가와의 글에는 혼(魂)의 화가 렘브란트16)에 대한 언급이 자주 보인다.

> 나는 미켈란젤로의 『최후의 심판』의 벽화보다도 훨씬 더 육십
> 몇 세의 렘브란트의 자화상을 사랑한다.
> (아쿠타가와 류노스케『난장이의 말(侏儒の言葉)』 '大作')

> 야스키치는 애처롭다고 생각하기보다는 오히려 그런 거지의
> 모습에 보이는 렘브란트풍의 효과를 사랑하고 있었다.
> (아쿠타가와 류노스케『야스키치의 수첩에서
> (保吉の手帖から)』)

---

15) 1915년 9월 21일 이카와 교에게 보낸 편지 내용에 보인다. 全集10卷, p.253.
    "아무튼 요즘, 그림으로는 미켈란젤로만큼 내 마음을 움직이는 사람은 없다. 있다면 단 한 사람 렘브란트이다 …… 렘브란트는 낙백(落魄)했을 때 자화상을 단돈 3펜스에 팔았다고 한다. 지금은 어떤 복제품일지라도 3펜스보다는 값이 더 나간다."

16) 렘브란트(Rembrandt 1606 – 1669)는 네덜란드 태생의 세계적인 화가로서 특히 종교화에 뛰어났는데 마리아와 예수 그리스도를 제재로 많이 그렸다. 빛의 명암에 의한 그의 화법은 '렘브란트 효과(Rembrandtesque)'로 불리는데 이 기법은 신(神)의 숭고함과 인간애의 깊이를 표현하는데 성공했다. 그리고 20대부터 자화상을 그리기 시작해서 나이가 들 때까지 여러 점의 자화상을 남기고 있다. 아쿠타가와는 렘브란트가 만년에 그린 고뇌에 찬 늙은 화가의 자화상에 관심을 보이고 있다. 『장군 (將軍)』에는 노(乃木)와 대척점에 있는 인물로서 렘브란트가 언급된다.

불후의 종교화(宗敎画)인 『최후의 심판』을 남긴 '미켈란젤로'보다 소품인 자화상을 숱하게 남긴 '램브란트'를 사랑한다는 위의 글에서 알 수 있듯이 아쿠타가와는 세상의 평판과 크기라는 외형을 잣대로 삼지 않는 것을 알 수 있다. 렘브란트를 사랑한다는 것은 그 영혼의 처절한 절규에 동참하고 있는 것이라고 말할 수 있다. 영혼의 심오한 깊이를 표현했기 때문에 렘브란트는 '혼의 화가', '명암(明暗)의 화가'로 불리고 있다. 아쿠타가와는 그런 렘브란트를 몹시 사랑하고 있는 것이다. 그것은 귀기(鬼気)를 느낄 정도로 영혼의 음영을 포착하고 있는 광기에 근접해 있는 천재성에 대한 외경심이라고 생각된다. 만년이 몹시 불행했던 혼의 예술가 렘브란트에게서 아쿠타가와는 자신의 모습을 보고 있다. 천재화가 렘브란트의 내면의 격투는 고독하고 어두운 아쿠타가와의의 내면과 조우했다고 생각된다.

『서방의 사람』 3. '성령(聖霊)'에서는 이탈리아의 정신병리학자인 롬브로소를 말하고 있는데, 이것은 정신병리적 현상에 대한 아쿠타가와의 남다른 관심의 표명으로 이해할 수 있다.

> 성령은 악마나 천사가 아니다. 물론 신(神)과도 다르다. 우리들은 때때로 선악의 피안에 성령이 걸어 다니는 것을 본다. 선악의 피안에, (중략) 그러나 롬브로소는 행인지 불행인지 정신병환자의 뇌수 위에 성령이 걸어 다니는 것을 발견했다.
> (아쿠타가와 류노스케 『서방의 사람(西方の人)』 3. '聖霊')

아쿠타가와는 기독교 교리의 중요 개념인 '성령'이라는 단어를 성스러운 것으로 해석하지 않는다. 이에 대해 '영원히 초극하려는 것', 즉 마성(魔性)으로 해석하고 있다. 아쿠타가와는 『서방의 사람』에서 괴테의 일화를 말하는데, "괴테는 성령에 '데몬'이라는 이름을 붙여서 성령에 붙들리지 않으려고 경계했다"고 쓴다. 천재들에게 깃드는 마성(魔性)을 띤 영감을 아쿠타가와는 괴테와 같은 성향으로 수용하고 있다. 천재적 예술가들의 비상한 감각은 성령과 일맥상통하고 있으며, 광인들의 광기와도 닮은 점을 통찰하고 있다. 이성의 시대가 도래하기 이전인 중세에는 광인들이 신성(神性)을 부여받았다고 존중하던 때도 있었던 것을 상기하면 무리한 발상은 아니다.

아쿠타가와의 '시적 정신(詩的精神)'은 현실과의 타협을 불허하는 고독한 예술 정신이며, 자신의 신념을 위해 광기라는 극한에까지 자아를 몰고 가는 실험정신이다. 여기에는 자기 안의 데몬이 함께하고 있다. 그래서 아쿠타가와는 광기, 히스테리, 데몬을 이성(理性)의 대척점에 있다고 배제하는 것이 아니라 예술을 창조하는 동인으로서 옹호하는 입장을 견지했다고 생각된다.

아쿠타가와 문학의 매력은 줄거리의 짜임만이 주된 요소는 아니다. 극한에 이른 자신의 미묘한 신경과 감정까지도 안간힘을 쓰며 성실하게 표현하려는 진지한 예술 혼(魂)이다. 아쿠타가와가 아니면 포착할 수 없는 마성(魔性)적인 것을 엿보게 된다. 여기서 독자는 전율을 느끼게 된다.

작품 『갓파』의 '근대교(近代教)' 대사원(大寺院)에 모셔진 성도들은 자살의 유혹을 느낀 자, 자살 미수자, 광기로 알려진 유명인17)들이다. 즉 인생고를 처절하게 느끼고 죽음을 이해한 자들에게 성도가 될 자격을 부여하고 있다. 이 기준으로 본다면 아쿠타가와 자신도 성도의 대열에 놓여야 할 것이다. 아쿠타가와는 광기를 넘나드는 삶을 산 사람들에게 남다른 애정을 보이고 있음을 본다. 그들의 실존은 그만큼 처절했기 때문에 아쿠타가와 자신과 포개지고 있다. 그는 갓파교의 성도들한테 자신을 투사하고 있는 것이다. 아쿠타가

---

17) 스트린트베리, 니체, 톨스토이, 구니키다 돕포[国木田独步], 바그너, 고갱이 성도(聖徒)로 소개된다.

와는 『갓파』라는 소설 속에 독자적인 그로테스크의 공간을 구현해 놓았다고 생각한다.

근대에 와서 광기는 새로운 각도로 조명되게 되었다. 천재와 광기의 관계는 C. 롬브로소를 비롯하여 J. 랑게 등에 의하여 학문적 체계적으로 고찰[18]되었으며, 광기와 상상력의 관계는 딜타이(Dilthey), 야스퍼스(Jaspers) 등에 의해 고찰되었다. 그리고 천재성에 대해서는 크레치머(Kretschmer), 부르노(Bruno) 등에 의한 면밀한 분석도 주목된다. 그만큼 천재라는 '예외적 존재'한테는 우리가 모르는 비상한 감지능력과 광기가 목격되기 때문이다.[19]

이들의 저서를 보면 아쿠타가와가 금방 뇌리에 떠오른다. 관동대지진을 예기한 비상한 감지능력, 남들의 눈에 띄지 않는 비범한 재능의 예술가들을 알아보는 혜안[20]이 아쿠타가와는 탁월했다. 아쿠타가와는 서른두 살 때인 1923년 8월에 가마쿠라(鎌倉)에 있는 히라노야(平野屋)라는 별장에 친구들과 체재한 적이 있었다. 그곳에 머물고 있는 동안 등나무, 황매화, 창포 등 제철이 아닌 꽃들이 피어 있는 것을 보고 천재지변이 일어날 것 같다면서 함께 머물던 구메 마사오(久迷正雄)와 오아나 류이치(小穴 隆一) 등에게 말했으나

---

18) 파토그라피(pathography)라는 작업의 형태를 말하며, 인류에게 정신적 유산을 남긴 예술가, 작가, 과학자들을 그 대상으로 하고 있다. 그들 위대한 창조자들에게서 볼 수 있는 병리적 현상으로서 광기와 순환기질 등이 발견된다.

19) 졸고 「아쿠타가와 류노스케 연구 — 타자/타자성을 중심으로 —」, 2003. 6. 중앙대학교 대학원 박사학위논문, p.70.

20) 1919년 다츠무라 헤이조(龍村平蔵)의 전람회에 참석해 그의 재능에 감탄한다. 그리고 다음날 즉시 「다츠무라 헤이조씨의 예술」을 발표한다. (全集 3巻 pp.271-273.)
그리고 하기와라 사쿠타로에 대해 평하기를 "사쿠타로는 오늘날의 시인들에게보다 내일의 시인들에게 커다란 영향을 줄 것이다"라고 말한다.(「近代風景」(大正 16년 1월), 全集 8巻 '하기와라 사쿠타로군' pp.177-280.)

아무도 믿지 않았다고 한다.[21] 며칠 후 관동 대지진이 발생하고 난 후에야 친구들은 아쿠타가와의 말을 상기했다고 한다.

이처럼 그의 감수성은 비상한 데가 많았다. 그런 특이한 감수성은 그의 문학 속에서도 여실히 그 속성을 드러내고 있는데, 이는 남들이 다룰 수 없는 그로테스크의 문학의 창조로 이어졌다고 생각한다. 그리고 이러한 특별한 감수성 때문에 세상과의 소통이 잘 안 되는 고독과 소외를 느꼈을 것이다. 그의 문학이 유난히 고독과 소외의 인간을 묘사하는 데 특출한 것도 자신의 기질과 무관하지 않다고 생각한다.

보통사람은 감지 못하는 비상한 능력을 고대인들은 신성한 힘이라고 생각하고 특별히 대했다. 그러나 기독교가 전 유럽에 파급되면서 차차 악마와 결탁한 사악한 것이라고 배재되어 간다. 시대에 따라서 초능력은 광기와 혼동되고 상충되게 다루어지고 지는 것을 볼 수 있다. 또 광기는 비상한 감수성에 대한 부정적 표현이 되기도 했다. 그러나 이 광기야말로 고대인들이 생각했던 예언능력과 창조성에 결부시킬 수 있을 것 같다. 현대에는 문화에 공헌하는 광기의 양상을 천재라는 말과 함께 쓰고 있다.[22] 아쿠타가와는 광기에 대한 공포에 시달리면서 주옥같은 작품을 남겼다. 따라서 문화에 공헌한 광기라고 말해도 손색이 없을 것 같다.

롬브로소의 설을 따르자면, 아쿠타가와의 작품 『코』, 『라쇼몽』, 『지옥변』 등 다수의 작품에서 느낄 수 있는 그로테스크한 분위기는 그에게 내재된 비상한 감수성, 즉 천재적 광기에서 나왔다고 말할 수 있다. 생모에게서 물려받고 자기 자식들에게도 유전될지 모르는 광기에 가까운 '신경질', 즉 민감성 기질에 대해 아쿠타가와는 늘 집

---

21) 아쿠타가와 류노스케 『震災雜記』.
22) 크레치머(1980) 『천재와 광기』 늘푸른나무.

착했다. 그래서 그는 모리 오가이(森鴎外)보다는 소세키(漱石)에게서
혼(魂)의 근친(近親)성을 느꼈다. 오가이(森鴎外)가 문학의 기법을
가르쳐 준 스승이라면 소세키는 인간을 가르친 스승이라는 것이 통
설이다.23) 아쿠타가와는 소세키의 광기에 가까운 신경질에 친화적
감정을 느끼고 있다. 그 기질은 히스테리와도 일맥상통하며 때로는
자신을 엄습하는 또 하나의 목소리인 데몬이 되기도 한다.

아쿠타가와의 작품 『의혹』에는 "나를 광인으로 만드는 것은 우리
들 인간의 마음에 깃들어 있는 괴물 탓이다"라는 대목이 나오는가
하면, 유고 『암중문답』에는 자신을 질책하는 데몬의 목소리가 '어떤
목소리(或声)'라는 형태로 나온다. 이처럼 아쿠타가와의 작품 속에
는 분열된 자아의 세계가 투명하고 차갑게 드러나 있다. 일상 속의
나와 이를 관찰하고 분석하는 나로 분열되어서 시시각각으로 감시
하고 통제함으로써 어느 쪽이 진실이고 어느 쪽이 거짓인지 분간할
수가 없게 된다. 그러한 등장인물의 내면심리가 통렬한 아픔과 함
께 독자에게 전달되는 것을 본다. 그것은 그로테스크하고 음침한
세계이다.

4. 망상지각 · 도플갱어

아쿠타가와는 중국 특파원으로 다녀온 1921년 7월부터 신경쇠약
이 현저하게 진행되어 극도의 불면과 육체적 과로로 고통을 받는다.
『흉(凶)』(1926)과 『구게누마잡기(鵠沼雑記)』(1931), 『톱니바퀴(歯車)』
(1927)에는 신경쇠약에서 오는 망상지각24)에 가까운 심리를 엿볼 수

------

23) 鷲只雄 「芥川龍之介と漱石・鴎外」,『一冊の講座芥川竜之介』, 有精堂, p.149.
24) 프로이트 이래로 정신병과 망상지각에 관한 연구가 이루어져왔으나 망

있다. 또 실제로 친구나 지인들에게 보낸 편지에서는 착각과 환각 증세에 대해 호소하고 있다. 다음은 사이토 모키치(斎藤茂吉)에게 보낸 편지의 내용이다.

> 요즘 반투명한 톱니바퀴가 수없이 오른쪽 눈의 시야에 회전하는 일이 있습니다.
>
> (昭和2년 3월 28일 사이토 모키치 앞으로 보낸 편지
> 『岩波全集』11卷)

가집(歌集) 『적광(赤光)』25)의 작가이자 정신과 의사인 사이토 모키치는 만년의 아쿠가와에게 절친한 친구이자 조언자였다. 그는 아쿠타가와와 상담을 하고 수면제를 처방해 주기도 한다. 아쿠타가와의 『톱니바퀴』는 실제 작가의 위와 같은 체험을 토대로 한 작품으로서 허구가 아니기 때문에 보다 호소력을 지녔다고 생각된다.

유고 『톱니바퀴』는 이러한 망상과 착각이 교차하는 가운데 끊임없이 자기를 노리는 무언가에 압박받는 신경이 나타나 있다. 이러다가 발광하는 것이 아닌가 하는 공포가 엄습한다. '광인의 자식'으로서의 심상풍경과 '얼음과 같이 투명한 병적인 신경의 세계'26)를 소설로 쓴다. 그것은 그로테스크한 귀기를 독자에게 전한다.

다음은 『톱니바퀴』 제1장 '레인코트'의 한 부분이다.

상은 억압과 관련되어 있다고 본다. 정신분석학자 라캉은 무의식은 언어와 마찬가지로 구조화되어 있으며 무의식을 풀어내면 현상이 보인다는 것인데, 아쿠타가와의 망상에는 죽음에 대한 파라노이아적 망상이 보인다.

25) 사이토 모키치의 『적광』은 생명감을 예찬한 노래집으로서 발표 당시 각광을 받았는데, 그 안에는 광인(狂人)을 노래한 것도 들어 있다.

26) 아쿠타가와 류노스케의 유서(遺書) 『어느 옛 벗에게 보내는 편지(或旧友へ送る手紙)』.

　　나는 걸어가면서 문득 소나무 숲을 떠올렸다. 뿐만 아니라 나
의 시야에 있는 묘한 것을 발견했다. ‘묘한 것?’이라고 말하는
것의 실체는 쉴 새 없이 돌아다니는 반투명한 톱니바퀴였다. 나
는 이런 경험을 전에도 몇 번 가졌다. 톱니바퀴는 점점 그 수가
늘어나고 내 시야를 반쯤 가리고 만다. 하지만 그것은 오래가지
않는다. 잠시 후 사라지고 난 후에는 대신 두통(頭痛)이 온다.
　　그것은 항상 마찬가지다. 안과 의사는 나의 이 착각현상 때문
에 자주 금연을 명령했다. 그러나 이러한 톱니바퀴는 내가 담배
를 알지 못했던 스무 살 전에도 전혀 없었던 것은 아니다. 나는
또 시작되었구나 하고 생각하면서 왼쪽 눈의 시력을 시험하기
위해 한 손으로 오른쪽 눈을 가려보았다. 왼쪽 눈은 과연 아무렇
지도 않았다. 그러나 오른쪽 눈 눈꺼풀 안에는 톱니바퀴가 몇 개
씩이나 돌아다니고 있었다. 나는 오른쪽 빌딩이 사라져가는 것을
보면서 서둘러 거리를 걸어갔다.
　　　　　　(『아쿠타가와 류노스케 전집 (치쿠마 서방)』 6권, pp.364)

　　위에 나오는 ‘톱니바퀴’는 하나의 환각으로서, 앞으로 다가올 불
길한 전조(前兆)를 암시하고 있다. 발광에 대한 공포 때문에 주인공
이 몹시 초초해 하는 것을 알 수 있다.

　　또 『어느 바보의 일생』에서는 ‘발광이냐 자살이냐’에 이르는 도정
을 이지적으로 해부하고 있는 것을 본다. ‘1. 시대’에서는 광기를 넘
나든 세기말 작가들의 이름이 나열되고 있고 그들에 심취했던 젊은
날의 자신을 회상하고 있다. 그리고 ‘2. 어머니(母)’에서는 정신병원
에 수용되어 있는 광인들의 모습을 스케치하고 있다. 마지막 장(章)
인 ‘51. 패배(敗北)’에서는 자살해야만 하는 자신의 처지를 독자에게
호소하듯이 쓰고 있다.

　　그의 펜을 잡는 손이 떨리기 시작한다. 뿐만 아니라 침도 질
질 흘린다. 그의 머리는 0.8그램의 베로날(수면제)을 복용하고 잠

이 들어 깬 후 외에는 한번도 선명한 적이 없다. 게다가 그 선명
한 것조차 겨우 30분 정도이다. 그는 그저 어슴푸레한 속에서 하
루하루 지내고 있다. 말하자면 칼날이 빠져버린 가는 칼을 지팡
이 삼아서.

(앞의 책, pp.476 – 477)

펜을 잡을 기력도 없으며, 수면제에 의지하는 정신은 늘 몽롱한
상태임을 알 수 있다. 극도로 정신이 불안하고 신경이 드러나 있는
듯이 위태로운 상황에서, 그 허약한 체력으로 자기해부를 하고 있
는 작가에 대해 경탄하지 않을 수 없다. 그 작업은 실로 귀기(鬼気)
가 넘친다고 말할 수 있다.

『흉』은 『톱니바퀴』를 연상시키는 모티프를 지닌 소품으로서 네
개의 이야기가 나온다. 첫 번째 이야기는 대정 12년 겨울밤 '나(僕)'
는 택시를 탄다. "내가 탄 택시의 전조등이 희미하게 그 자동차를
비추는데 그것은 황금빛 당초무늬를 한 장례식에 쓰는 자동차였다."

두 번째 이야기, 대정 13년 여름 무로 사이세이(室生犀星)와 가루
이자와(軽井沢)의 오솔길을 걷다가 문득 위를 올려다보았는데 아카
시아 나뭇가지 사이로 사람의 다리가 두 개 매달려 있었다.

세 번째 이야기, 대정 14년 여름 쓰키지(築地)의 대합실에서 맥주
를 마시는데 병에 비친 '나'의 얼굴이 눈을 감고 있었다.(실제로는
눈을 부릅뜨고 있었음)

네 번째 이야기, 대정 15년 정월 10일에 택시를 탔는데 대정 12년
과 똑같은 장례식용 자동차와 마주친다. 특히 그 안에 있는 관을 보
았을 때, "암암리에 나한테 어떤 경고를 준 것"을 확신하게 된다는
이야기로서 아쿠타가와는 자신에게 엄습한 죽음의 그림자를 냉정한
필치로 생생하게 전하고 있다. 이처럼 차분하게 자신의 죽음을 예고
하는 작품을 쓰는 것을 보면서 그로테스크한 전율을 느끼게 된다.

그러나 아쿠타가와는 중국여행 이전에도 이미 도플갱어 등 망상 지각에 대해서도 관심을 표명한 작품을 남겼다. 『두 통의 편지 (1917)』, 『기괴한 재회(1921. 1.)』가 그것이다.

아쿠타가와는 『두 통의 편지(二つの手紙)(1917)』와 『톱니바퀴』 제4장 '아직도(まだ?)'에서 '도페르겐게르'라는 단어를 독일어 발음으로 실제 사용하고 있다.

도페르겐게르(Doppelganger)는 영어 도플갱어의 독일어식 발음이다. 분신(分身) 또는 이중신(二重身)이라는 뜻이며, 자신의 모습을 자기 눈으로 보는 환각현상을 말한다.

『두 통의 편지』의 내용을 보면, 대학 교사인 사사키(佐佐木)가 경찰서장 앞으로 두 통의 편지를 보내는데 첫 번째 편지에서 세 번씩이나 자신과 아내의 도플갱어가 나타나서 이에 시달리고 있으니 조사를 해달라고 의뢰한다. 또 그는 자신이 정상이라는 것과 초자연현상의 실재를 승인해 달라고 호소한다. 이것은 아쿠타가와의 초자연 현상에 대한 지대한 관심이라고 말할 수 있다.

『기괴한 재회(奇怪な再会)』는 청일전쟁을 시대배경으로 한 작품으로서 중국의 기생 맹혜련(孟蕙蓮)이 일본 장교의 눈에 들어서 첩이 되어 일본에서 평온하게 살고 있다. 그러나 전에 사랑하던 남자 '금(金)'을 잊지 못하고 계속 생각하던 중에 꿈에서 '금(金)'의 환각을 보고 미쳐간다는 이야기이다. 이처럼 아쿠타가와의 문학에는 환각을 모티프로 한 것이 많다.

유고 『구게누마 잡기』는 중국여행 이후 건강이 악화되어 구게누마 해안에서 요양할 당시를 다룬 신변잡기이다. 불면증과 신경쇠약, 치질, 위장질환 때문에 고통을 받게 되자, 부인과 삼남 야스시를 데리고 모키치(茂吉)의 권유로 용양을 하게 된다. 이때부터 반투명한 톱니바퀴가 시야에 나타나는 환각을 체험하며 아쿠타가와를 위협한

다. 『구계누마잡기』는 환각과 자신에게 닥칠 불길한 징조에 대해 '나는(僕は)'이라는 1인칭으로 기술하고 있다. 위에서 언급한 『흉』과 비슷한 성격을 띠고 있다. 눈앞에 보이는 하얀 양옥(洋屋)이 비뚤어지게 보이는가 하면, 분명히 치과 의사 문패를 단 건물을 보았는데 아내와 다음에 찾아갔더니 사라져 버렸다는 식의 이야기이다. 이 작품은 아쿠타가와에 대한 정신병리학적 연구에 중요한 단서를 제공하고 있다. 관계망상, 피해망상, 이상지각 등, 상상 속에서 잘못된 관계를 설정하여 현실처럼 착각하고 있음을 본다.

만년의 작품은 대부분이 환각 등 망상지각을 모티프로 하고 있으며, 그 안에 죽음의 그림자를 드리우고 있다. 독자는 정상이 아닌 병적인 세계를 리얼리티가 넘치게 냉정하고 차분하게 묘사해 내는 그의 필력에 전율을 느끼게 된다. 아쿠타가와는 사력(死力)을 다해서 이러한 작품을 남김으로써 이성이 소외시킨 타자의 세계를 문학의 영토로서 확장하는 데 공헌했다고 생각한다.

5. 결 론

지금까지 아쿠타가와가 남긴 텍스트에 보이는 그로테스크성에 대해서 요괴, 광기(히스테리 · 데몬), 망상지각 등으로 대별(大別)하여 살펴보았다. 아쿠타가와가 창조한 그로테스크 문학의 배경으로서는 그의 특수한 생의 조건과 민감한 감수성 그리고 세기말 문학의 영향으로부터 추론해 보았다.

계몽주의시대의 루소는 문명에 대해 반기를 들었으며, 그 반란은 고전적 규율과 기교를 타파하고자 한 라파엘 전파로 이어졌다. 라파엘 전파27)의 모호하면서 도덕적인 그리고 에로틱한 미는 고전적

규범으로부터 미를 해방시켰다. 여기에는 음산하고 무시무시한 그로테스크한 미(美)가 깃들어 있다. 그로테스크는 고전주의 미의식인 숭고(sublim)의 반명제이자 낭만주의 예술의 참신성이라고 말할 수 있다.28)

아쿠타가와는 '라파엘 전파'의 영향을 받은 작가로서 그의 텍스트에는 그들로부터 흡수한 것들을 자양분으로 삼아 그로테스크한 문학 토양을 형성했다고 생각한다. 그는 병적인 신경의 세계를 해부하여 작품으로 형상화시켰다. 그 작품들은 귀기가 넘치는 섬뜩한 전율을 독자에게 전한다. 그러한 전율을 표현하는 수단으로서 아쿠타가와는 '그로테스크'에 집착하고 있음을 본다.

아쿠타가와의 그로테스크는 소외된 세계를 표현하기 위한 수단이었다고 생각한다. 그것은 친숙한 세계를 낯설게 하기에 충분했다. 아쿠타가와는 작가로 출발할 때 역사소설을 지향했다. 아쿠타가와는 『곤자쿠 모노가타리(今昔物語)』의 괴이한 사건에 마음이 끌렸으며, 이를 제재로 취하게 된다. 그럴 경우 근대소설의 관점에서 볼 때 몹시 어색한 『곤자쿠 모노가타리(今昔物語)』의 황당무계성을 없애는 것이 급선무였다. 그래서 작품에 리얼리티를 부여하기 위해 그럴듯한 역사적 장치를 필요로 했다고 말한다. 일본의 자연주의가 있는 그대로의 사실성을 중시하는 전통을 지녔으며, 그 뿌리 깊은 전통이 면면히 흐르는 시기에 창작을 했던 아쿠타가와로서는 이러

---

27) 라파엘 전파는 르네상스 이후의 인습적인 아카데미즘을 배척하고 자연 회귀와 성실한 세부묘사를 중시했다. 1848년 런던에서 결성된 젊은 예술가 그룹으로서 불과 5년 만에 해산하고 만다. 그러나 그 후에도 독자적인 리얼리즘을 통해서 영국뿐만 아니라 유럽 세기말 예술의 뿌리가 되었다.
三好行雄 編(1999)『夏目漱石事典』'ラフアエル前派' pp.246-247 참조.
28) 움베르토 에코, 앞의 책, pp.321-3 참조.

한 점에도 주의를 기울이지 않을 수 없었다고 보인다.

그러나 카프카 등 표현주의 작가들은 『변신』을 쓰기 위해 그런 변명을 필요로 하지 않았다. 그들도 자기의 테마를 표현하기 위해서 어떤 강렬한 이미지나 그로테스크한 것이 절실하게 필요했기 때문에 상징적 기법을 동원했을 것이다. 일본의 문단에서는 이러한 기법이 낯선 풍토였다고 생각된다.

현대의 많은 문학작품들은 그들만의 주제를 표현하기 위해서 여러 수단을 동원하고 있으며, 아이러니(irony)나 패러디(parody)처럼 그로테스크 또한 미학적 표현수단이 되고 있다. 아쿠타가와는 일찍이 그 점에 주목한 작가였다고 생각한다.

아쿠타가와의 경우, 초기 소설에 나오는 그로테스크성에는 고딕 취미에서 나오는 요괴적인 것이 많았으나, 점차 광기, 히스테리, 도플갱어, 망상지각 등의 분열로 치닫는 것을 알 수 있었다. 그것은 투명하게 신경이 드러나 있어 살이 에이는 듯한 세계이다.

볼프강 카이저는 광기야말로 세계를 그로테스크화하는 원흉이라고 했는데, 아쿠타가와의 광기는 그로테스크한 이공간(異空間)을 창출해냈으며, 그 공간은 고독지옥(孤独地獄)의 공간이라고 말할 수 있을 것 같다.

◎ 참고문헌

볼프강 카이저(김윤섭 역)(1999)『언어예술작품론』예림기획.

이재호 외 3인 공역(1997)『世界文芸思潮史』을유문화사.

움베르토 에코(이현경 역)(2006)『미의 역사』열린책들.

크레치머(이우용 역)(1990)『천재와 광기』늘푸른나무.

필립 톰슨(김영무 역)『그로테스크(Grotesque)』서울대학교출판부.

芥川龍之介(1983)『芥川龍之介全集』(全十二巻) 岩波書店.

芥川龍之介(2000)『芥川龍之介全集』(全八巻) ちくま文庫.

一冊講座編集部(1982)『芥川龍之介』有精堂.

小田切進 編(1993)『日本近代文学年表』小学館.

川口喬一 外 編(2000)『文学批評用語辞典』研究社出版.

菊地弘 外 編(2000)『芥川龍之介辞典』明治書院.

鷲只雄(1997)『芥川竜之介 年表』河出書房新社.

佐古純一郎(1991)『芥川論究』朝文社.

武田勝彦 編著(1970)『古典と現代－西洋人の見た日本文学一』清水弘文堂.

竹盛天雄 外(1972)『大正の文学』(近代文学史2) 有斐閣選書.

日本文学研究資料刊行会(1992)『芥川竜之介』Ⅰ・Ⅱ, 有精堂.

荻野恒一(1983. 4)「芥川竜之介のパトグラフィ」,『解釈と鑑賞』.

三好行雄 編(1989)『夏目漱石事典』学灯社.

森本修(1977)『新考・芥川竜之介伝』北沢書店.

山敷和男(1974. 6.)「芥川と二十世紀文学」,『日本近代文学』第20集.

제 6 장

아쿠타가와 문학에 나타난 제도비판

1. 서 론

아쿠타가와 류노스케의 텍스트에는 인간 내면의 심층부에 닻을 내림으로써 억압된 미지의 것들을 통찰한 통렬한 인식이 많이 보인다. 이들 중에는 인간이 만든 제도와 관련된 것들이 상당수 들어 있다. 동서양을 막론하고 많은 선각자와 예술가들은 제도가 지닌 부조리를 갖가지 방식으로 통찰하여 비판해 왔다. 사회 전체를 위한 선(善)이라는 것은 창조적 개인에게는 족쇄일 수도 있기 때문이다. 인류의 뛰어난 인물들은 한결같이 창조적이었으며, 이들은 한때는 존재이유가 있었으나 세월과 더불어 빛이 바랜 제도를 과감히 깨고 새로운 제도를 만들어 왔다. 아쿠타가와는 스스로 낡은 제도를 깨고 새로운 제도를 만들지는 못했으나, 우리의 자유를 속박하는 봉건적 가치질서와 문명이라는 미명하에 이루어지고 있는 억압적 질서를 예리하게 통찰하여 문학 속에 드러내 보이고 있다.

본고는 아쿠타가와의 텍스트를 전체적으로 조감하면서 이를 '제도비판'이라는 카테고리로 묶어 다루는 것도 흥미로운 작업이 될 것 같아서 다이쇼(大正)기의 대표 작가 아쿠타가와의 제도비판에 대해 살펴보기로 한다.

우선 제도비판이 두드러진 대표적 작품으로는 우선 『다이도지 신스케의 반생(大導寺信輔の半生)』, 『난장이의 말(侏儒言葉)』, 『갓파(河童)』, 『모리 선생님(毛利先生)』, 『어느 바보의 일생(或阿保の一生)』, 『중국기행(支那游記)』 등을 들 수 있다. 아쿠타가와는 많은 제도 중에서도 특히 가족제도, 자본주의, 교육제도, 제도화된 종교 등에 대해 냉소적으로 언급하고 있어서 이에 초점을 맞춰서 살펴보고자 한다.

2. 아쿠타가와 문학의 제도비판의 배경

아쿠타가와가 지대한 영향을 받은 것으로 알려진 아나톨 프랑스가 제도에 대해 통렬한 비판을 한 것으로 미루어 볼 때 아쿠타가와의 제도비판은 다분히 그의 영향이라고 말할 수 있을 것 같다. 이러한 태도는 아나톨 프랑스뿐만 아니라 유럽의 모럴리스트 및 세기말 작가들에게서 쉽게 찾아볼 수 있다. 특히 아쿠타가와는 프랑스 문학과의 인연이 깊다.[1] 프랑스 문학은 몽테뉴, 파스칼, 지드, 카뮈, 사르트르에 이르기까지 모든 종류의 전통문학 양식과 일기, 기록, 우화, 에세이, 아포리즘을 사용하여 인간본성에 소여(所与)된 요소들에 대한 관찰을 담고 있는 것이 특색이다. 여기에는 인간의 어리석음에 대한 관찰과 음미가 들어 있다. 즉 이성의 능력을 한껏 발휘해서 인간 행동의 동기를 해부하고 있는 것이다.[2] 따라서 신랄한 풍자성이 들어있기 마련이다. 라·로슈푸코,[3] 라퐁텐 등의 신고전주

---

1) 『全集』 第4券 「仏蘭西文学と僕」 岩波書店, pp.440−3 참조.
2) 하워드E 휴고(이재호 역)(1994) 『세계문예사조사』 '신고전주의' 항목 참조. 을유문화사, p.197.
3) La Rochefoucauld(1613−1680)는 프랑스의 모랄리스트이며, 공작(公爵)이

의 작가들은 인간을 관찰하고 해부하는 데에 능했기 때문에 모럴리스트라고 호칭되었다. 볼테르, 루소 등의 계몽 사상가들의 문명에 대한 냉소적 태도는 모럴리스트들과 세기말 작가들에게 계승되었으며, 아쿠타가와는 그 영향을 다분히 받고 있음을 알 수 있다.4) 아쿠타가와 역시 촌철살인(寸鉄殺人)적인 경구와 아포리즘의 형식으로 그의 비판정신을 드러내고 있기 때문이다.

인류가 만들어낸 제도란 한두 가지가 아니기 때문에 제도비판이라는 주제는 매우 포괄적일 수밖에 없다. 아쿠타가와 또한 제도라는 어휘를 가끔씩 사용하고는 있으나 세분화된 전문용어로서 분명한 의식하에 쓰고 있는 것은 아니라서 모호한 점이 많다.

최근의 문화이론에서는 제도에 대한 담론이 성행하고 있는데, 특정의 언설이 권력하에서 생산·재생산되어 주체가 구축되는 교회나 학교 등 이데올로기적 국가장치와 사회적 기관을 제도로 지칭하고 있다.5)

애초에 제도는 인류가 존속하기 위한 과정에서 공동체의 규범으로서 생겨나게 되고, 또 세월과 더불어 시대상황에 맞지 않아 퇴색해 버리는 제도도 종종 있어 왔다. 베르그송은 『도덕과 종교의 두 원천』이란 저서에서 사회적 질서와 자연적 질서가 생겨나는 과정에 대해 면밀하게 추론하고 있는데, 여기서 질서를 제도와 치환하여 생각해 볼 수 있다. 베르그송에 의하면 사회는 하나의 유기체로서

다. 인간성의 배후에 깃든 에고이즘을 통렬하게 비판한 『箴言録』의 저자로 잘 알려져 있다. 아쿠타가와의 아포리즘 『侏儒の言葉』는 『잠언록』을 본뜬 것이라고 한다. 『日本文学研究資料叢書芥川龍之介』 Ⅱ, p.207.

4) 「或阿保の一生」 1. 時代.
　「続文芸的な余りに文芸的な」 4. アナトール・フランス.
　「大導寺の信輔の半生」 5. 本.
　「萩原朔太郎君」 "1890年代はもっとも芸術的な時代."

5) 川口喬一(2000) 『文学批評用語辞典』 研究社出版, p.158.

보이지 않는 끈에 의해 통일되어 있다는 것이다. 따라서 전체의 행복을 위해서는 부분의 희생을 요구할 수도 있는 어떤 원리를 자체적으로 지니고 있다고 보고 있다. 이 원리는 하나의 습관을 형성하며 각각의 습관은 모두가 서로 연대하면서 의무감을 느끼게 한다는 것이다.6) 이렇게 해서 사회의 요구에 부응하면서 정착되면 이른바 제도가 되는 것이다. 따라서 제도의 생성과 정착 그리고 소멸은 나름대로의 법칙이 있음을 알 수 있다.

아쿠타가와는 습관에 의해 유지되는 제도의 속성을 통찰하여 뼈아픈 성찰을 보여줌으로써 유럽모럴리스트들의 계보를 계승하고 있다고 생각한다.

3. 가족제도

아쿠타가와의 제도비판 중 가족제도에 대한 언급은 『갓파』, 『난장이의 말』에서 두드러지고 있다. 특히 『갓파』는 다양한 어조를 구사하여 인간이 만든 제도의 허구성을 폭로하고 있다. 이 작품의 아이러니에 찬 어조는 풍자를 위한 표현기교이며, 다양한 문제의식을 담기 위한 효과적 수단이 되고 있다. 『갓파』에서 단편적으로 제시된 문제의식을 열거해 보면, 출산, 산아제한, 유전, 가족제도, 연애 및 결혼, 예술과 검열제도, 자본주의와 언론, 실업과 인구문제 그리고 식량문제, 종교, 사회주의와 무정부주의, 자살, 사후세계, 심령학, 염세관 등 실로 방대한 영역에 걸쳐 있으며, 우리의 일상에 가까이 있는 문제의식들이다.7) 이 하나하나가 아쿠타가와의 뇌리에서 섬광

---

6) 앙리베르그송(송영진 옮김)(1998)『도덕과 종교의 두 원천』서광사, pp.15 - 17.
7) 関口安義(1988)「「河童」から「西方の人へ」 ―芥川晩年の思想について―」.

처럼 빛났던 주제들이었다고 할 수 있으나, 여기서는 많은 주제 중에서도 가족제도에 초점을 맞춰 살펴보고자 한다.

『갓파』에는 연애관과 결혼관 그리고 출생에 대한 인식이 있다. 이는 넓게 보면 가족제도로 수렴될 수 있다. 아쿠타가와는 연애와 결혼에 의해 결성되는 가족을 근원에서 바라보고 있다. 오랜 세월 속에서 인습화되어 제도로서 정착된 가족제도는 궁극적으로는 종족 보존을 위한 위장술이라는 인식을 보이고 있다. 『갓파』에서 갓파들은 자신들의 출생에 대한 선택권을 지니게 설정되어 있다. 이것은 한 생명의 탄생이 과연 축복인가? 생명 탄생에 대한 근본적 회의를 표출하고 있는 것이다. 여기에는 아쿠타가와의 개인체험이 반영되어 있다고 생각된다. 그의 출생 및 성장과정은 남들처럼 평탄하지가 않았기 때문이다. 그의 삶의 조건은 '모성상실'에서 비롯되었다. 어머니의 광기로 인해 외가(外家)의 양자로 들어가야 했으며, 청년기에는 전통사회의 명분을 내세우는 양부모와 이모의 반대로 요시다 야요이(吉田弥生)라는 여성과의 결혼이 무산되게 된다. 이 사건은 가족의 이기주의를 통감하게 되는 계기가 된다. 또 현실과 타협하여 순조롭게 이룬 결혼생활에는 봉건적 가족제도하에서 대가족 구성원들을 돌보아야 하는 책임이 부과되었다.

시타마치(下町)의 봉건적 가정에 양자로 들어간 그는 항상 주위를 배려하면서 자기의 위치를 점검해야만 했다. 이렇게 성장한 사람은 자기의 의사를 관철시키는데도 소극적일 수밖에 없다. 이러한 성장 배경은 그의 성격을 규정했다.[8] 그는 『난장이의 말』에서 "운명은 우연이기보다는 필연이다. '운명은 성격 안에 있다'는 말은 아무렇

『日本文学研究資料叢書 芥川龍之介』1, 有精堂, p.110.

8) 萩野恒一(1983. 4.)「芥川龍之介のパトグラフィ」,『解釈と鑑賞』pp.172-9 참조.

게나 나온 것이 아니다."라고 말하는가 하면, 또 "유전, 경우(환경), 우연, 우리들의 운명을 관장하는 것은 필경 이 셋이다."라고 함으로써 자신의 출생과 성장환경에 남보다 더 숙고한 작가임을 보여주고 있다. 그의 실생활은 자신의 자유의지를 축소시킴으로써 주위의 칭찬을 받는 모범생의 생활이었다. 이것은 진정한 인생이 아니었으며, 일종의 연기였다. 이러한 삶의 태도는 그의 내부에서는 굴욕적인 현실로 각인되었을 것이다.

야요이(弥生)와의 파경은 아쿠타가와에게 가족이란 무엇인가를 근본에서 생각하게 하는 사건이었으며, 가족이기 이전에 '에고이즘의 존재'로서의 인간을 바라보게 되는 계기가 된다. 1915년(大正4년) 3월 9일 이카와 교(井川恭)한테 보낸 편지에는 다음과 같이 쓰고 있다.

> 에고이즘을 떠난 사랑은 있는가? 에고이즘이 있는 사랑으로는
> 사람과 사람 사이의 벽을 넘을 수 없다. 인간 위에 덮쳐오는 생
> 존고의 적막을 치유할 수 없다. 에고이즘이 없는 사랑이 없다면
> 사람의 일생만큼 괴로운 것은 없다. 주위는 추악하다. 나도 추악
> 하다. 그리고 그것을 바로 눈앞에서 보는 것은 괴롭다. 그래도
> 인간은 묵묵히 살아갈 것을 강요당한다."
>
> (『芥川龍之介全集』(第10卷) 岩波書店, 1983, p.209-10)

이 사건 이후 아쿠타가와는 인간성의 밝은 면보다는 인간성에 내재해 있는 추악성을 들여다보게 된다.

온갖 제도는 내재적 필요에 의해 발생하고 유지되다 사라지므로, 한 개인의 실존적 고통에는 미동도 하지 않는 기계적인 속성을 지닐 수밖에 없다. 그런 의미에서 제도는 비인간적이라 할 수 있다. 『갓파』 제4장에서 아버지가 아직 태중에 있는 자식에게 묻는다.

　　"너는 이 세상에 태어날 것인지 아닌지를 잘 생각한 다음 대
답해라"
　　"나는 태어나고 싶지 않습니다. 첫째 아버지의 유전은 정신병
만으로도 큰일입니다. 게다가 나는 갓파적 존재를 나쁘다고 믿고
있습니다."

　아버지 바크가 태어나고 싶으냐는 질문에 태아는 아니라고 대답한
다. 이처럼 갓파들이 자신의 출생에 대한 선택권을 지니고 있다는 설
정에서 아쿠타가와의 현실인식을 엿볼 수 있다. 아쿠타가와 역시 탄
생에 대한 선택권이 있었다면 아마 바크의 아이처럼 대답했을 것 같
다. 위의 인용문에는 이 세상에 태어나는 것이 과연 축복인가? 연애
하고 결혼해서 이룬 가정과 그로 인해 구성되는 가족이란 어떤 의미
를 지니는가? 세상살이가 낙관적이지 않았던 아쿠타가와의 생에 대
한 체험적 인식이 그대로 노정되어 있다. 그리고 '아버지의 유전병'
이라는 구절을 통해서 아쿠타가와가 어머니의 정신이상이 유전되지
는 않을까 강박관념을 지니고 일생을 살았던 것을 알 수 있다. 갓파
들의 대화에서 정신병을 지니고 태어나는 것보다는 차라리 태어나지
않음으로써 실존고(実存苦)를 면하겠다는 인식을 엿볼 수 있다. 생로
병사라는 실존고를 짊어지고 부대끼며 살아야 하는 것이 인생이라면
'인간적 존재'란 그리 좋은 것은 아니다. 또 정신병 혹은 불구를 지닌
가족이 생겨나서 가족들에게 부담을 지우고 그로 인해 다른 가족들
이 일생 동안 불행해져야 한다면 가족제도는 종족보존을 속임수에
지나지 않는다는 아쿠타가와의 근본적 회의를 읽을 수 있다.

　　토크가 믿는 바에 의하면 당연히 여겨지는 갓파의 생활만큼
어리석은 것은 없습니다. 부모자식, 부부, 형제 등은 서로 고통을
주는 것을 유일한 낙으로 살고 있습니다. 특히 가족제도라는 것

은 이루 말할 수 없이 어리석은 제도입니다.

(『갓파』)

인생 비극의 제일막은 부모자식이라는 인연에서 비롯됩니다.

(『난장이의 말』)

위의 문장을 통해 인습에 의해 습관적으로 반복되다가 생긴 가족 제도에 대한 아쿠타가와의 강한 반감을 엿볼 수 있다. 그는 결혼제도에서 인습에 내재한 종족보존 본능을 읽었으며 결혼 및 결혼에 의한 가족 결성을 경멸하고 있다. 결혼제도에 묶여 있는 인간은 동물의 연장선인 인간수(人間獸)에 머물 뿐, 진화된 종(種)으로서의 만물의 영장은 아니다. 아쿠타가와는 실제로 그의 만년에 대가족의 가장으로서 가족들의 문제를 떠맡아야만 했다. 매형이 철도자살을 한 후에는, 경찰조사를 받는 등, 사후(事後)처리를 해야 했을 뿐만 아니라 매형이 남긴 고리(高利)의 부채 문제를 해결해야 했으며, 또 누나 가족의 거취까지도 염려해야만 했다. 아쿠타가와 자신의 병고(病苦)와 집필만으로도 번잡한 가운데 동분서주해야만 했을 때, 그는 자신을 봉건적 가족제도의 희생양이라고 생각했을 것이다. 또 그 불행을 초래한 것은 봉건적 가족제도하에서 형성된 자신의 성격 때문이라고 생각하고 있음을 본다.

아쿠타가와 집안은 사족(士族)집안으로서 대대로 에도막부의 다도(茶道)를 관장하는 오스키야보주(御数寄屋坊主)일을 해왔다. 따라서 법도를 중시하고 의리와 인정이 두터우며 예술을 사랑하는 사람들이 많아 풍류가 넘치는 분위기였다고 한다.9) 아쿠타가와는 그를 에워싼 가족으로 인해 남다른 인생의 질곡을 치러야 했다. 이는 타고

---

9) 森本修(1977) 『新考芥川龍之介(改訂版)』 北沢, p.27.

난 그의 윤리성에만 기인할 뿐만 아니라 시타마치의 의리 인정을 소중히 하는 풍토성과도 연관이 있었다고 생각된다.

『갓파』에 나타난 세계는 현실을 도치시킨 세계이다. 연애 역시 여성이 남성에게 구애하는 형태이며 여성이 일방적으로 집요하게 매달리고 남성은 여성을 피하느라고 탈진하고 만다. 아쿠타가와는 상대를 잘못 선택해 수난을 겪은 불행한 연애체험을 이 작품에 담고 있다.[10] 연애는 인간의 환상으로서 동물적 본능을 시적 취미로 포장한 것[11]이라는 인식을 보여주고 있으며, 그렇게 해서 성취한 결혼 역시 인생고를 가중시킬 뿐이라고 파악한다. 종족을 보존하기 위해서 인간을 가족제도라는 장치로 옭아매어 놓고 사랑의 공동체인 것처럼 미혹(迷惑)해야만 한다는 것이다. 아쿠타가와는 온갖 제도에 내재된 속임수를 통찰했기 때문에, 대신 내부의 평온을 상실했다고 생각한다.

4. 자본주의

일본은 근대국가로 발돋움하기 위해 서양의 근대적 제도를 신속하게 도입했다. 그중의 하나가 자본주의 제도이다. 부국강병을 이루기 위해서는 침략전쟁을 해서라도 식민지를 개척해야만 했다. 아쿠타가와가 활동했던 다이쇼(大正)기는 일본이 미성숙하나마 근대 시

---

10) 芥川竜之介『侏儒の言葉』‘「虹霓関」を見て.’
  "男の女を猟するのではない。女の男を猟するのである。――ショーは「人と超人と」の中にこの事実を戯曲化した。"

11) 芥川龍之介『侏儒の言葉』‘恋愛’
  "恋愛は唯性欲の詩的表現を受けたものである。少なくとも詩的表現を受けない性欲は恋愛と呼ぶに価しない。"

민사회로서 발돋움하는 시기에 해당하며, 필연적으로 자본주의가 정착되어야만 했다. 이 과정에서 빈부의 격차라든가 실업문제는 사회문제로 대두될 수밖에 없었다. 자본주의는 경제 논리에 의해 최소의 노력으로 최대의 효과를 얻고자 하는데, 그 이면에는 감춰진 음영이 있다. 그 당시의 문인들 중 상당한 작가들이 이러한 사회문제를 문학적 주제로 삼았는데, 프롤레타리아 문학은 이러한 시대상황 속에서 산출되었다.

『갓파』에서 유리회사 사장인 겔은 '자본가 중의 자본가'로 소개된다. 갓파들도 공업혁명에 의한 풍족한 물질생활을 구가하고 있는데, 그 모델이 겔이다. 기계화에 의한 대량생산은 자본가를 살찌우고, 실업자를 양산하는데 그 해결법으로서 제8장에 '직공 도살법(職工屠殺法)'이 나온다. 이 대목은 스위프트의 『정중한 제언』의 의식적 모방인 듯이 보인다.[12]

『갓파』 제9장에는 갓파 전체의 이익을 표방한 '쿠오락스(Quorax)당(党)'과 당수인 '롯페'가 나오는데 '푸푸 신문사'의 사장 '쿠이쿠이'의 지배를 받고 있다. 신문사를 뒤에서 조종하는 것은 겔이며, '겔'은 또 그 부인의 말을 듣는다. 결국, 자본가가 우월한 위치에 서서 언론과 정치를 좌지우지하는 인간사회를 풍자함으로써, 자본주의에 대한 회의 및 우려를 나타내고 있다. 금력의 횡포는 사회를 좌지우지하고 그 안에서 예술가들이 창작활동을 한다고 생각할 때, 결국 예술은 자본에 종속될 수밖에 없다. 작가들은 매문(売文)생활을 하고 있는 것이다. 잘 팔리는 글을 써야 하며, 독자를 부단히 의식해야 한다.

아쿠타가와는 『난장이의 말』에서 자본주의 제도하에서 매문 생활

---

12) 大島眞木(1992) 「芥川龍之介アナトール＝フランス」, 『芥川龍之介』 1, 有精堂, p.254.

을 하는 예술가를 자조적으로 표현하는 글을 남기고 있다.

> 예술가가 예술을 파는 것이나 내가 게통조림을 파는 것은 별반
> 다를 게 없다. 그러나 예술가는 예술에 대해서 천하의 보석처럼
> 생각한다. 그런 예술가를 흉내 낸다면 나 또한 한 통에 60전을 받
> 는 게통조림을 자랑하지 않으면 안 된다. 불초 향년 61세이나 아
> 직 한번도 예술가처럼 당치도 않는 자기도취에 빠진 적이 없다.
>
> (『侏儒の言葉』'或資本家の論理')

당시 원양어업에서 잡은 게를 배에서 통조림으로 만들어 큰 이익을 남기는 실업가들이 있었다. 고바야시 다카지(小林多喜二)의 『게가공선(蟹工船)』은 이것을 다루고 있다. 이 작품은 오호츠크 해(海)에 나가서 게통조림을 만들어 팔아 큰 폭리를 취하고 있는 가공선(工船)에서 일어난 사건을 다룬 작품으로서 노동자들이 열악한 노동조건하에서 단결하여 투쟁하는 프롤레타리아 문학의 대표작이다.

위에서 아쿠타가와가 말하고자 하는 것은 제조업의 논리와 창작의 논리는 같을 수 없다는 것이다. 그러나 자본주의 체제하의 사람들은 경제논리에 지배될 수밖에 없는 현실에 처해 있기 때문에 예술 또한 수요공급의 원칙에 따른다는 것을 아쿠타가와는 통찰하고 있다.

> 모든 작가는 어떤 점에서 목공소의 면모를 갖추고 있다. 그러
> 나 그것은 치욕이 아니다. 모든 소목장이(指物師)도 어떤 면에서
> 작가의 면모를 지니고 있으니까.
> 뿐만 아니라 모든 작가는 어떤 점에서 가게를 열고 있다. 뭐,
> 나는 작품을 팔지 않는다고? 그것은 자네, 살 사람이 없을 때이
> 겠지. 아니면 안 팔아도 될 때이거나.
>
> (위의 책 '作家')

작가는 방물장수나 목공소의 소목장이처럼 독자의 구미에 맞는 물건들을 갖추어 놓거나 만들어 내지 않으면 안 되는 대중사회의 도래를 보고 있다. 작가의 고독한 혼에 의한 세속과 초연한 예술로서의 작품을 고집하는 것은 낭만적 에피소드이며 그런 작가는 융통성이 없는 낙오자가 되어 가는 시대에 작가는 직면했다.

자본주의가 모든 것을 천박하게 만들어 버리는 것에 대해 아쿠타가와는 개탄하고 있음을 본다. 또한 여기에는 아쿠타가와의 '오사카 마이니치(大阪每日) 신문사' 근무 경험이 반영된 듯하다. 아쿠타가와는 신문사와 계약 체결 시 전적으로 신문사 측에 유리하게 조건 지어진 일방적 우위에 분노를 느꼈다고 한다.[13] 결혼한 지 얼마 안 된 그는 가족을 부양하기 위해서 경제적 안정이 필요했으며, 생계의 위험부담을 덜기 위해 오사카 마이니치 신문사의 전속 작가가 된다.

다이쇼시대는 모든 것이 자본에 의해 좌지우지 당하는 분위기가 팽배했다. 또한 자본에 농락당하는 정의와 기계화·합리화가 초래하는 실업문제는 당시 일본의 사회문제와 얽혀 있다. 현실의 모순을 직시하는 참여문학으로서 프롤레타리아 문학의 위세가 점점 더 해 가는 가운데, 아쿠타가와 등의 예술지상주의 작가에 대한 비난[14]이 쏟아지게 된다. 『갓파』 제8장의 '직공 도살법'과 '제4계급' 등의 표현은 프롤레타리아 문학의 대두로 인해 압박받는 아쿠타가와를 엿보게 한다. 프롤레타리아 문학은 '예술을 위한 예술'에서 출발한 아쿠타가와와는 그 입장을 달리하고 있으나, 시대의 요청으로서 묵과할 수 없는 엄연한 현실이라는 또 하나의 사실로 진지하게 사색

---

13) 『或阿呆の一生』 20. 械.

14) 宮本賢治「敗北の文学―芥川竜之介氏の文学について―」.
　　『近代文学評論大系』 6(1998) 角川書店, pp.225－242 참조.

한 흔적[15]을 엿볼 수 있다.

자본주의는 인류의 발전도상에서 생겨난 많은 제도 중의 하나이
지만 자체적인 모순을 지니고 있음은 자주 지적되고 있다. 근대화
의 물결이 일본열도를 휩쓸 때 과도기를 살았던 창작가 아쿠타가와
는 이에 대해서 시대적 필연성과 함께 그 모순을 진지하게 사색하
여 작품 속에 비판적 육성을 드러내고 있음을 본다.

5. 종 교

종교의 궁극적 존재 이유는 인간 구원이다. 인간의 불완전성에
대한 인식은 완전에 대한 열망을 품게 되고 급기야 절대자로서의
신을 생각해 내게 했다. 슐라이어 마흐는 "종교는 무한한 우주에 대
한 직관이다. 우주에 대한 직관을 통해 우리들은 스스로의 생명을
전체 속에서 살리게 되고 전체에 의존하고 있음을 자각한다"[16]고
말한다. 그리하여 보이지 않는 영원한 존재, 즉 신에 대한 외경심이
나오게 된다는 것이다. 아쿠타가와는 우주 속에서의 인간의 직관적
신비체험을 신의 섭리와 결부시킨 교조화된 교회 교리에 대해 거부

---

15) 芥川龍之介「文芸雑感」(1926. 12.)
   "나는 프롤레타리아 문예에도 상당히 희망을 지니고 있다. 이것은 반
   어적 표현이 아니다. 과거의 프롤레타리아 문예는 작가의 사회적 의식
   을 유일무이한 조건으로 했다. 『겐지 이야기』를 『겐지 이야기』답게 만
   드는 것은 작가가 귀부인이거나 궁정생활을 취재했기 때문이 아니다."
16) 슐라이어 마흐(최신한 옮김)(2003) 『종교론』, 대한기독교서회, p.45.
   프리드리히 슐라이어마허(Friedrich Schleiermacher1768-1834)는 근대 神
   学의 아버지로서 프로테스트 신학의 창시자이기도 하다. 그의 『종교론』
   (1799)에 나오는 말인데, 그의 견해는 독일 낭만파 노발리스의 열렬한
   지지를 받게 되고 19세기 神学의 주류를 형성한다.

감을 표출하고 있다.

이에 대해 사코 쥰이치로(佐古純一郎)는 "아쿠타가와는 예술에서 구원을 추구한 작가로서 예술을 신앙의 위치까지 고양시키고 있다" 말하고 있다.[17] 사코가 예리하게 지적한 바와 같이 아쿠타가와의 행보는 종교적 신앙에서 거리를 둘 수밖에 없었으며, 그가 종교에 대해 회의적 시각을 드러내는 것 또한 필연이었다고 생각된다.

그러나 아쿠타가와는 일찍이 성서를 접했으며 자살하기 직전까지도 성서를 읽다가 성서를 베개 머리에 놓고 영면에 들어갔다는 것은 주지하는 바이다. 그가 처음에 성서를 접한 것은 신앙적인 계기가 아니라 당시 지적인 호기심을 지닌 학생들의 교양서로서 성서가 필독서로 여겨졌기 때문이다. '일본근대문학관'에 소장되어 있는 아쿠타가와 장서 중 영문성서 (THE NEW TESTAMENT)에 "일고 재학 중 이카와 교(伊川恭)한테서 선물로 받았다"고 자필로 쓰여 있다.[18] 나중에 그는 『서방의 사람』에서 자신이 기독교에 관심을 가진 시기를 3기로 나누고 있다.

아쿠타가와는 기타하라 하쿠슈(北原白秋)와 기노시타 모쿠타로(木下杢太郎)한테서 초기 가톨릭이 전해 준 남만취미(南蛮趣味)를 배웠는데 "예술적으로 크리스트교를―특히 가톨릭교를 사랑하고 있었다"가 제1기에 해당하며, "순교자의 심리에서 온갖 광신자의 심리와 같은 병적인 흥미를 느꼈다"가 제2기이다. 그리고 만년의 "네 명의 전기(伝記)작가가 나에게 전해 준 크리스트라는 인물을 사랑하기 시작했다. 크리스트는 오늘의 나에게 길을 지나가는 행인처럼 볼 수 없다"는 제3기에 해당한다.[19]

---

17) 佐古純一郎(1991) 『芥川論究』朝文社, p.99.
18) 菊池弘編(2000) 「芥川龍之介事典」 明治書院, p.153.
19) 『西方の人』 1. 'この人を見よ' 全集 9卷, pp.230−231.

이처럼 아쿠타가와의 기독교(가톨릭)에 대한 관심은 세 시기를 구분할 수 있는데, 예술적 관심에서 실존적 관심으로 이행하는 것을 알 수 있으며, 신앙적 관심은 미미했다고 생각된다. 이런 시각의 배경에는 당시 일본에서 번역되어 출판된『르낭씨 예수전』,『예수전』[20]의 영향이 있다. 르낭[21]은 실증주의 입장에서 예수 그리스도의 신성을 부정하고 일개 인간으로서 파악한『예수전』을 쓴 사상가이자 종교사가이다. 그의 예수관은 당시 큰 반향을 일으켰으며 그의 저서는 가톨릭계의 비난을 받았음에도 불구하고 세계적으로 널리 읽혔는데 아쿠타가와는 르낭의『예수전』을 읽었다.

쓰루타 긴야(鶴田欣也)는 그의 논문「아쿠타가와 류노스케에 있어서 바보와 천재」에서 "신앙의 극한인 순교문제는 아쿠타가와가 끝까지 포착하지 못한 문제이다. 머리로는 이해해도 현실로서는 받아들일 수 없었다." 그리고 순교의 심리상태가 지복(至福)을 위한 필수조건이라고 한다면 바보(阿保)만이 이 세상에서 행복할 수 있는 자격을 얻게 된다고 말한 아쿠타가와를 인용하고 있다. 그리고 이런 결론으로 수렴되지 않는 '예수 크리스트'라는 존재는 아쿠타가와를 가장 난처하게 했을 것이라서, 그래서 천재와 바보를 모순되지 않게 결합시킨 '초바보(超阿保)'론으로 해소했음을 밝히고 있다.[22]

---

20) 1908(明治 41年)에 쓰나지마 료센(綱島梁川) 아베 요시시게(安部能成)가 일본어로 번역 출간했으며, 이후『耶蘇の 生涯』,『耶蘇』,『イエス伝』등이 계속 나온다.『西方の人』를 쓰는 데 영향을 준 것은 이 중에서도『イエス伝』이라고 한다. (菊地弘 編(2000))『芥川龍之介事典』, 明治書院, pp.533-4 참조.)

21) Joseph Ernest Renan(1823-1892) 19세기 후반의 과학주의 실증주의를 대표하는 프랑스의 사상가 종교사가 문헌 학자이다. 그의 예수관은 당시 큰 反響을 일으켰으며 가톨릭계에서 비난을 받았음에도 불구하고 세계적으로 널리 읽혔다.

22) 武田勝彦(1970) 『古典と現代―西洋人の見た日本文学―』, 清水弘文堂,

『중국기행(支那游記)』의 '20 서가회(徐家滙)'에는 명나라 만력제(万
曆帝) 때 마테오 리치(Matteo Ricci)[23]가 천주교를 포교하던 시절을
가정하여 승려(雲水)와 동자, 천주교 사제와 시종이 문답하는 것이
나오는데 다른 종교라는 입장에서 서로 배척한다. 옥신각신하다가 사
제의 시종이 미치광이라며 승려를 찌른다. 사제는 아닌 게 아니라 눈
빛이 이상했다면서 승려를 연민한다. 여기서 천주교도의 자기편의에
의한 아전인수격의 사태해석과 '연민'이라는 만병통치약으로 상황을
단순화시키는 것에 대해 반발하고 있다. 이는 다름 아닌 제도권 종교
의 경박과 안이함에 대한 풍자라고 생각한다.

그리고 아쿠타가와는 『중국기행』에서 십자가가 세워져 있는 서양
인의 묘지에 대해서도 위화감을 나타내는데 "저런 의심스러운 곳에
묻히고 싶지 않다"[24]고 하는 한편 중국의 봉분 무덤에 대해서는 "무
덤도 저 정도라면 괜찮다"[25]고 한다.

여기에는 기독교에 대한 아쿠타가와의 피상적인 이해와 그가 습
득한 문화의 차이에서 오는 편견도 한몫했다고 생각한다. 『갓파』에
서 아쿠타가와는 종교가 내거는 금제(禁制) 속에서 감수성과 이지가

---

p.291－2.

23) 이탈리아의 예수회 선교사로서 漢字名은 利瑪竇(1552－1610)이다. 1582
년 마카오에 도착하여 중국에 포교활동을 하는 한편 서구문화를 소개
한다. 서광계(徐光啓)와도 친교를 맺는데 서광계의 집이 나중에 천주교
회당이 된다. 그곳이 서가회이다. 저서로 『천주실의(天主実義)』, 『기하
원본』 등이 있다.

24) 『上海游記』 12 '西洋' pp.51－52(『全集』 8, ちくま文庫, 2002).
장병린과의 문답식의 글로 되어 있다.
(문) 静安寺路에 있는 서양인 묘지는 어땠는가?
(답) 과연 묘지는 운치가 있었다. 그러나 나는 대리석 십자가 밑보다는
봉분(土饅頭) 밑에 눕고 싶다. 하물며 야릇한 천사들을 조각한 밑에는
더욱 질색이다.

25) 위의 책, 『長江游記』 '古揚州(中)' p.169.

말살되는 것을 고발하고, 종교에 내재한 위선, 모순, 에고이즘을 드러내 보여준다. 『갓파』의 '근대교'의 대사원의 모습은 거대한 촉수를 하늘을 향해 뻗친 기분 나쁜 형상으로 묘사되어 있으며 선교를 해야 하는 입장에 있는 장로들이 그들 자신도 신을 믿지 못한다고 고백한다. 이로부터 제도권 종교에 대한 아쿠타가와의 회의적 시각을 엿볼 수 있다.

또 『난장이의 말』 '성서(聖書(성서))'에서는 "한 사람의 지혜는 민족의 지혜만 못하다. 다만 좀 간결했으면 ……"이라고 여운을 남기고 있다. 이는 종교를 가진 경건한 신앙인의 접근법과는 사뭇 다르다. 서양문명의 근간을 이루고 인류의 정신을 온통 지배한 기독교와 그 경전인 『성서』에 대해서 비아냥거리고 있음을 본다.

슐라이어 마흐는 '경건의 본질'을 탐구하면서 기독교적 경건의 특질을 밝혔다. 그에 의하면 '경건'이야말로 자기의식의 최고단계라고 규정한다.26) 유한자인 인간이 무한자와 관계하는 것에는 자유감정과 절대의존 감정이 있다. 여기에서 신비감이 나오고 평화가 깃든다고 생각한다. 마흐와 상반된 입장으로는 조르주·바타유가 있다. 바타유는 『어떻게 인간적 상황을 벗어날 것인가』에서 "절대적 존재를 생각해 낸 것은 다른 어떤 가치보다도 우월한 가치를 확정하려는 의지이다. 그러나 이 욕망은 결과적으로 절대적 존재를 더욱 왜소하게 만들 뿐이다. 절대적 존재란 주체인 동시에 대상이다. 인간, 동물, 식물, 별, 대기현상들은 사물들인 동시에 내적 존재들이다. 절대적 존재는 다른 불연속의 존재들과 나란히 놓고 고찰할 수 있는 것이다. 그런 의미에서 모든 존재들이 신(神)적일 수 있다고 말한다."27) 아쿠타가와의 절대적 존재에 대한 견해는 바타유적인 사유에

---

26) 최신한(2003) 『슐라이허 마흐』 살림, p.162.
27) 조르주 바타유(조한경 옮김)(1999) 문예출판사, pp.43 – 44.

가깝다고 생각한다.

  과학의 진보로 인해 인류는 신화의 세계를 상실했으며 과거에 평화를 주었던 것들이 미신으로 내팽개쳐졌다. 제도권의 종교는 이미 진화되었다고 자처하는 현대인의 관심을 옛날처럼 끌 수는 없게 되었다. 이는 소박한 믿음을 이미 상실해 버린 현대인의 공통된 비극이라고 할 수 있다. 그래서 『갓파』의 종교인 '근대교(近代敎)' 일명 '생활교(生活敎)'는 왕성하게 살 것을 교리로 한다. 복잡하고 비판적이어서는 왕성하게 살아갈 수가 없다는 것을 아쿠타가와는 통찰하고 있음을 본다. 아쿠타가와는 야성의 미28)를 자주 예찬했으나 그 자신의 생활은 지나치게 도시적이고, 도덕적인 인간유형이었다. 무엇보다도 이지의 힘을 앞세운 지성적 작가라는 점이 소박한 신앙을 획득하기에는 부적절했다고 생각된다.

  아쿠타가와는 행복과 단순성의 함수관계를 숙지하고 있었다. 『난장이의 말』 중 '어떤 행복한 사람'에서 "그는 누구보다도 단순했다"29)라고 정의한다. 이 '단순한 사람'이라는 표현 안에는 비판적 이성이 결여된 사람이라는 뉘앙스가 함의(含意)되어 있으므로 '단순한 사람'이라는 표현에는 경멸과 동경이 함께 들어 있다고 볼 수 있다. 한편 이성적 능력이 과도하게 구비된 아쿠타가와는 운명적으로 단순할 수가 없기에 그의 불행을 체념적으로 받아들이는 것을 알 수 있다. 따라서 그에게 종교는 '연극의 배경그림'에 머무르고 만다. 화려하게 손짓하지만 다가가 보면 '누덕누덕 기워놓은 캔버스'에 지나지 않았다. 이러한 인식자에게 영혼의 구원이 있을 리 만

---

28) 『今昔物語』에서 '野性의 美'를 발견하는가 하면 『芸術的な, 余りに芸術的な』 三十「野性の呼び声」에서는 「고갱의 타이티의 여인」 에 대한 위화감을 말하기도 한다.

29) 『侏儒の言葉』 '或仕合せ者' ― "彼は誰よりも単純だった".

무하다. 키에르케고르가 '사유가 끝난 곳에 신앙이 있다'고 말했다. 머리로만 인식하는 아쿠타가와에게 종교는 타자로 머무를 수밖에 없었다.

「우리들 갓파는 뭐니 뭐니 해도 갓파의 생활을 완수하기 위해
아무튼 우리들 갓파 이외의 뭔가의 힘을 믿어야만 합니다」

야자 꽃이랑 대나무 안에
불타(仏陀)는 이미 잠들어 있다.
길가의 마른 무화과와 함께
그리스도도 이미 죽은 것 같다
우리들은 쉬지 않으면 안 된다.
비록 연극의 배경 앞이라 할지라도
(그 배경의 뒤를 보면 누덕누덕 기워놓은 캔버스뿐이다)

여기서 아쿠타가와가 종교의 필요성을 절실하게 인정하고 있는 것을 알 수 있다. 하지만 그에게는 불교도 기독교도 그 어떤 종교도 생생한 감동을 주지 못한 노방의 풍경에 지나지 않았다는 데에 비극이 있다. 청년기에 음습한 세기말 정신의 세례를 받은 그는 '단순성'이라는 행복으로 가는 열쇠를 메피스토(악마)에게 빼앗기고 만 셈이다. 그래서 그는 "세기말의 악귀가 우리를 잠식했다"고 회한의 심정을 『어느 바보의 일생』에서 처절하게 토로하고 있는 것이다. 이처럼 세기말 문학은 예민한 인간인식에 뿌리를 내림으로써 근대성을 획득했다고 볼 수 있으나 인간에 대한 냉소적 회의적 통찰은 인생을 건강하게 만들지 못했다. 따라서 많은 작가들이 광기의 문턱을 넘나들게 된 이유이기도 하다. 아쿠타가와가 심취한 세기말적 감수성은 인간의 심층부와 암흑면을 해부하는 데에는 능했으나 인

간의 한계를 인정하고 그 대안으로서 초월자를 추구하지는 않았기 때문에 제도권 종교의 교조적 교리에 대해서 냉소했을 뿐만 아니라 차라리 광기를 자초했다고 생각된다.

6. 교육제도

아쿠타가와의 교육제도에 대한 비판은 『그 시절의 나(あの頃の自分の事)』와 『다이도지 신스케의 반생(大導寺信輔の半生)』 그리고 『모리 선생님(毛利先生)』에 잘 나타나 있다. 아쿠타가와는 『그 시절의 나』에서 제국대학의 문과수업에 대한 불만을 쓰고 있다. 아쿠타가와는 1913년 9월에 영문학과에 입학하여 1916년 7월에 졸업한다. 당시 동경제대(東京帝大) 영문과에는 로렌스(John Lawrence)[30]와 스위프트(Swift) 두 사람의 외국인과 몇 명의 일본인 교수가 수업을 담당했는데, 그는 문과대학수업에 매력을 느끼지 못하고 오로지 독서를 통해 자신의 인생을 탐색한다. 학교공부보다는 「신사조(新思潮)」, 「제국문학(帝国文学)」 등의 잡지에 번역이나 창작을 발표하는 것에 더 의미를 부여하고 동급생들과 대학수업을 비판하는 것이 나온다. 특히 로렌스 교수의 수업은 그 불만의 극치에 달했던 것 같다.

> 강의가 재미없는 것으로는 정평이 나 있었다. 그날 아침은 특히 더 재미가 없었다. 처음부터 쉴 새 없이 줄거리만 들려주었다. 그것도 일일이 1막 1장 하는 식으로 진행하므로 그 지루함은 더했

---

30) 로렌스는 런던대학과 옥스퍼드대학에서 수학하고 런던대학 영어학 강사를 거쳐 1906년에 일본에 왔다. 1916년까지 동경제대 영문과 교수로 재직 중 작고한다. 아쿠타가와는 『あの頃の自分の事』에서 로렌스 선생의 '멕베스 강의'가 얼마나 재미가 없었는지를 상기하고 있다.

다. 나는 무슨 인과로 대학 따위에 들어왔는가 생각이 그치지 않
았다. 이런 비범한 강의를 들어야만 하는 것을 운명으로 받아들였
다. (중략) 스팀 때문에 점점 졸려서 잠을 잤다.

(芥川龍之介「あの頃の自分の事」,『全集』2巻, p.436)

로렌스는 동대(東大) 영문과 주임교수로서 셰익스피어의『멕베드』
를 강의했는데 학생들의 지적수준에 미치지 못하는 주입식 강의를
벗어나지 못해서 학생들이 제도 속의 대학 교육에 대해 회의를 느
낀 것을 알 수 있다. 그러나 아쿠타가와는 오쓰카 야스지(大塚保治)
박사의 미학개론 강의는 흥미롭게 들었다고 한다. 그리고 존경하는
선생으로서 오쓰카(大塚)와 하타노(秦野) 선생을 들었다.[31]

　　도대체 대학의 순수 문학과라는 것은 매우 괴상하고 시시한
　학과이다. 저렇게 국·한·영·불·국(国漢英仏独)의 문학과가
　있지만 모두 무엇을 가르치고 있는가? 과연 연구하고 있는 것은
　각국의 문학일 테지.

(위의 책『全集』第2巻, 岩波書店(1982), p.446 – 7)

학생들이 기대하고 있는 것은 예술의 한 부분으로서의 심도 있는
문학 연구이며, 미학이나 사학과 변별되는 문학 강의라는 것을 알
수 있다. 그러나 교육 현실은 자질이 낮은 외국인 교수를 고용하여
앵무새같이 말하는 실용외국어 습득만을 목표로 한 듯한 인상을 배
제할 수가 없다. 단편『모리 선생님(毛利先生)』에는 중학교 임시촉
탁 영어교사인 모리 선생님이 어쭙잖은 발음인데다가 엉성한 번역
으로 인해 학생들에게 조롱받는 모습이 나온다.

---

31) 1914년(大正 3년) 11월 14일 하라 젠이치로(原善一郎) 앞으로 보낸 편지.

그럭저럭 10년 전 일로서 내가 부립(府立)중학 3학년생일 때,
우리 학년의 영어를 담당하던 아다치(安達) 선생님이라는 젊은
교사가 급성폐렴으로 겨울방학 때 작고했다. 그것이 너무 갑작스
러워서 적당한 후임을 물색할 여유가 없었던지 궁여지책으로 우
리학교는 당시 어느 사립중학에서 영어교사로 있던 모리(毛利)
선생이라는 노인에게 지금까지 아다치 선생이 담당하던 수업을
일시 촉탁했다. (중략) '지금부터 내가 제군에게 초이스 리더를
가르치게 되었습니다.' ― 발음이 매우 이상한데다 번역을 하려고
하면 일본인이라는 생각이 안들 정도로 일본어의 수를 몰랐다.
혹은 알고 있어도 당장 생각이 안 난 것인지도 모른다. 예를 들
면 겨우 한 줄을 번역하는데도 '로빈슨 크루소는 드디어 기르기
로 했습니다. 무엇을 기르기로 했는가 하면, 그거, 묘한 짐승인데
― 동물원에 많이 있지 뭐라고 하더라 ― 연극을 잘하는데 ― 아,
제군들 알고 있는가. 그거, 얼굴이 빨간 ― 뭐 원숭이? 그래 그래,
원숭이야. 그 원숭이를 기르기로 했습니다.'

(단편 「毛利先生」, 위의 책(全集2卷), pp.400 ― 3)

이 작품에서 아쿠타가와는 임시촉탁 교사로 온 모리 선생에 대해
페이소스를 자아내게 하고 인간적 연민을 담고 있다. 그러나 배경
이 되는 교육현장은 상급학교에 진학하기 위해 치열하게 입시전쟁
을 치루는 교육제도하의 학생들의 비정한 마음이 노출되어 있다.
학생들은 실력이 없는 무능한 교사에 대해서 불만을 표명하고 교사
를 대체해 주기를 요청한다.

여기에는 실용주의라는 척도로만 재단하고 모리 선생의 교사로서
의 인간적 자질에는 관심이 없는 학생들의 모습이 부각되고 있다.
제도권의 교육은 그만큼 삭막한 모습으로 그려져 있는데, 그럼에도
불구하고 모리 선생은 학생들에게 미안하다고 말한다. 고용기간이
끝난 모리 선생은 학교를 그만두었으나 천성이 학생들을 가르치는

것을 좋아하는 그는 카페에서 급사들을 모아 놓고 보수 없이 영어를 가르치고 있다. 이 모습을 지난날 조롱하던 제자 중의 한 명이 시간을 훌쩍 뛰어넘어 대학을 졸업한 시기에 목격한다는 구성이다.

동일한 모리 선생이지만 학교라는 제도권 바깥에 소외되어 있는, 가정형편이 어려운 학생들에게는 희망을 주는 등불 같은 존재로 변해 있는 것이다. 카페의 종업원들은 구석에 있는 테이블에 옹기종기 모여 앉아 진지한 모습으로 모리 선생님의 영어발음을 따라서 소리를 낸다. 부립(俯立) 중학교의 영어수업과는 너무나도 대조적인 감동적인 모습이다. 여기서 아쿠타가와가 근대 교육제도의 허를 아이러니하게 꼬집고 있는 것을 엿볼 수 있다.

또 『다이도지 신스케의 반생』 '4. 학교'에는 신스케가 '구속이 많은 중학'을 미워하고 학교에서 '죄수와 같은 경험을 하는 정신적 고통'을 체험하며 교사들의 편협에 대해 증오하는 것이 나온다. '회색'을 주요 심상으로 사용함으로써 학교의 이미지를 희망이 아닌 감옥의 이미지로 부각시키고 있다.

> 학교 또한 신스케에게는 어두운 기억만 남기고 있다. 그는 대학 재학 중 노트도 지니지 않은 채 출석한 두세 강의를 제외하고는 어떤 학교수업에도 흥미를 느끼지 못했다. 하지만 중학교에서 고등학교, 고등학교에서 대학교로 몇 개의 학교를 통과한 것은 겨우 빈곤을 탈출하기 위한 단 하나의 구명대였다. 하지만 신스케는 중학시절에는 이런 사실을 인정하지 못했다. 그러나 중학을 졸업할 무렵부터 빈곤의 위협은 어두운 하늘처럼 신스케의 마음을 짓누르기 시작했다. 대학이나 고등학교에 다닐 때 몇 번씩이나 학교를 그만둘 계획을 세웠었다.
>
> (『大導寺信輔の半生』 4. '学校'(『全集』第7卷) pp.181 – 182)

여기서 제도권의 학교교육이 전인(全人)교육을 지향하거나 인간의 도덕적 완성을 위한 지표를 지닌 것이 아니라, 생활에 필요한 지식을 습득하여 안정된 직업을 찾고 가난을 탈출하는 데 기여하는 것을 본다. 내키지 않아도 생계를 꾸리기 위해서 통과해야만 하는 관문이라는 인식이 있다. 이것은 전 시대의 교육관과는 확연히 구별되는 것이며, 교육의 기능이 세속적으로 타락해 가고 있음을 보여주고 있다.

> 얼마나 운동장의 포플라 나무는 우울하게 우거져 있었던가. 신스케는 거기서 서양 역사의 날짜들을, 실험도 하지 않는 화학 방정식을, 구미(欧美)의 한 도시의 인구수를―쓸데없는 작은 지식들을 배웠다.
>
> (위의 책 p.182)

당시 학교에서 행해지던 주입식 교육에 대한 비판이다. 이런 지루한 수업은 창의적인 학생들에게는 고역일 것이라는 생각이 들며 그런 학생들은 그 돌파구를 다른데서 구해야만 했을 것이다. 『다이도지 신스케의 반생』에 나오는 '학교', '독서', '우정'을 보면 아쿠타가와의 청소년기를 지배한 것은 오로지 정신적인 것이며, 질서도 내용도 없는 현실에 대해서는 배타적인 저항감을 느끼고 있음을 알 수 있다.

또 아쿠타가와는 1924년 문부성이 '임시국어조사회(臨時国語調査会)'를 결성하여 '가나 철자법 개정안'을 주장하는 것에 대해서도 분노한다. 문부성은 '국어교육'과 '국운(国運)'은 상관관계가 있으며, 문자는 부수적이며 음성은 중심이라는 입장에서 발음에 맞는 철자법을 쓰자는 것을 주장한다. '임시국어조사회'의 초대(初代)회장은 모리 오가이(森鴎外)였으며 이어 우에다 가즈토시(上田万年)가 회장이 된다. '국어조사회'는 주로 상용한자표(常用漢字表)와 가나철자법 개정안 그리고 자체정리안(字体整理案) 등을 정하는 역할을 수행했다.[32] 제도권에서 이루어지는 모든 결정이 편의주의를 표방하고 있는 데 대해서 아쿠타가와는 신랄하게 반론을 펴고 있다.

> 가나철자 개정안은 — 번거로움을 줄이자는 것이 그 이유인 것 같다. 하지만 번거로움을 줄이는 것이 곧 편리하다는 것은 위험한 사상이다. 천하에 폭력보다 쉽게 번거로움을 줄이는 것이 뭐가 있겠는가.
>
> (『全集』第7卷, 岩波書店, p.248)

편의주의는 합리주의를 표방한 근대 문명의 산물이다. 당시 서양어에 비교해 볼 때 일본의 문자생활은 복잡했기 때문에 한자 폐지론자[33]들도 나왔으며 심지어는 일본어를 폐지하고 영어를 국어로 하자는 정치가[34]도 있었던 것을 생각하면 이것은 가벼운 문제였다고도 볼 수 있다. 그러나 아쿠타가와는 한 민족이 수천 년 동안 사용한 문자의 전통을 편의주의라는 경박한 논리에 의해 개정한다는 것에 대해 통탄하고 있으며, 국가가 국민들의 문맹을 없애서 국가가 사용하기 쉬운 도구로서 국민을 사용하려는 숨은 책략을 읽고 있다. '국어'라는 용어 역시 국가주의의 산물이기 때문이다. 제도는 이처럼 전체를 위한다는 명분으로 교묘히 개인의 자유를 속박하므

---

32) イ・ヨンスク(1999)『国語という思想』岩波書店, pp.96 – 160.

33) 마에지마 히소카(前島密)가「漢字御廃止之議」에서 주장한 한자폐지론은 국어국자(国語国字) 문제의 최대 쟁점이 되었다.

34) 모리 아리노리(森有礼)는 弁理公使로서 아메리카 합중국 체재 중에 일본 국어가 결함이 많고 교육상에도 도움이 되지 않는다며 국어를 전폐하여 영어를 국어로 하자는 의견을 내놓아 구미학자들의 견해를 구한 바가 있다.

로 아쿠타가와는 제도에 대해서 위화감을 느끼고 있다고 생각된다.

7. 결 론

　지금까지 아쿠타가와 류노스케 문학에 나타난 제도비판에 대해 가족제도(결혼제도 포함), 자본주의, 제도화된 종교, 교육제도의 순으로 고찰해 보았다. 아쿠타가와는 사회과학 용어로 정의된 명시적 개념으로서의 제도라는 어휘를 사용하지는 않았다. 그러나 본고는 작품에 분출되고 있는 아쿠타가와의 강박관념, 억압, 위화감을 통해서 인간이 만든 많은 제도들에 대한 아쿠타가와의 저항으로서 파악해 보았다.

　아쿠타가와는 남다른 출생배경과 가정환경 등으로 인해 가족의 의미에 대해 많이 숙고한 작가이다. 특히 인정과 의리를 중시하는 시타마치적인 봉건적 가족제도 속에서 남모를 압박을 받았다. 이로부터 아쿠타가와는 한 인간의 자유를 억압하여 전체를 유지하는 부조리한 제도가 가족제도라는 인식을 드러내고 있었다.

　자본주의는 근대 일본이 부국강병을 지향하여 서구를 따라잡기 위해 혈안이 되어 추진한 제도이다. 이는 전통사회의 기반을 흔들고 종래의 가치관을 변모시켰다. 사회적으로는 노동자와 자본가 사이의 힘의 불균형에서 오는 심각한 부조리를 낳았다. 기업의 이윤추구의 정당화는 고용과 실업문제를 제기했다. 자본으로 움직이는 사회는 정의보다는 물질을 우선하게 된다. 극단적으로 말해서 모든 것이 금력으로 조종될 수 있다. 자본주의 제도하의 문인 아쿠타가와는 자조적으로 말하자면 매문작가(売文作家)로 전락하고 있는 셈이다. 아쿠타가와는 동시대 프롤레타리아 작가와는 다른 관점에서 이러한 문제를 다루고 있다. 특히 『갓파』에서는 자본주의 사회에서의 예술과 예술가의 문제에 대해 심도 있게 다루고 있음을 보았다. 시대적 조류로서 프롤레타리아 문학의 등장에 위기의식을 느끼면서, 한편으로는 예술지상주의의 한계에 대해서 통찰하고 있다.

종교에 있어서 아쿠타가와가 비판하는 종교는 도그마에 의해 움직이고 특권집단의 이익을 대변하는 교조적인 종교에 대해서 두드러지고 있다. 『갓파』의 목사는 자기 자신도 회의하는 신앙에 대해 설교하고 있음을 고백하고 있으며, 때로는 부도덕한 행동마저 서슴지 않고 한다. 이는 제도권의 타락한 성직자에 대한 비판에만 머무르는 것이 아니라, 거대하지만 화석화되어 버린 제도권 종교 일반에 대한 풍자라고 말할 수 있다. 따라서 기독교, 불교, 이슬람교 제도화된 모든 종교가 포함된다고 볼 수 있다.

또 『남경의 그리스도』의 송금화(宋金花)처럼 무지하거나 너무 단순하기 때문에 종교적 기적을 믿는 사람들에 대해서도 그 진상을 폭로하는 듯한 인상을 주고 있다. 그리고 순교자들의 심리에 대해서는 마조히즘으로 조명하고 있는 것을 볼 때, 아쿠타가와의 종교관은 단순화시켜 정의하기 힘든 굴절된 양상을 보이고 있다.

교육제도에 대해서는 아쿠타가와 자신이 직접 거친 학교교육 체험과 문부성의 지침을 통해 비판하고 있는데, 교육이 지향해야 할 궁극적 목표와 그 본질에 대해서 예리한 통찰을 보이고 있다. 아쿠타가와가 파악한 제도권의 교육은 입시 위주의 살벌한 교육으로서 궁극적으로는 실용주의를 표방하고 있었다. 또한 이는 오늘 날 우리들이 처한 문제이기도 하다. 아쿠타가와의 텍스트에 나타난 교육제도에 대한 비판을 통해 진정한 교육의 본질이란 무엇인가를 반추하게 된다.

본고는 아쿠타가와 문학에 나타난 여러 가지 제도비판을 통해서 자유를 사랑하고 억압을 못 견디는 한 예술가의 내면의 질곡을 엿볼 수 있었다. 제도는 개인의 자유와 행복보다는 공동체의 질서유지를 우선으로 한다는 인식에서 제도의 비인간성을 고발하는 것을 볼 수 있다.

메이지시대에 학업을 연마하고 다이쇼시대에 작가가 된 아쿠타가와는 일본의 근대화의 발전도상에서 신구문화가 충돌하는 것을 몸소 체험했다. 전통 질서와 새로운 질서의 상충에서 오는 갈등뿐만 아니라, 기질적, 환경적 요인까지 복잡하게 얽혀 그의 문학은 폴리포니(多声音調)적 요소를 드러내게 되었다고 여겨진다. 본고가 다룬 제도비판은 아쿠타가와 텍스트에 내재된 억압의 음성을 해방시키는 작업으로서 의의가 있다.

◎ 참고문헌

베르그송(송영진 옮김)(1998)『도덕과 종교의 두 원천』, 서광사.

슐라이어 마흐(최신한 옮김)(2003)『종교론』, 대한기독교서회.

조르주 바타유(조한경 옮김)(1999)『어떻게 인간적 상황을 벗어날 것인
　　　가』, 문예출판사.

이재호 외 3인 공역(1997)『世界文芸思潮史』, 을유문화사.

최신한(2003)『슐라이어 마흐』, 살림.

芥川龍之介(1983)『芥川龍之介全集』(全十二巻), 岩波書店.

芥川龍之介(2000)『芥川龍之介全集』(全八巻), ちくま文庫.

イ・ヨンスク(1999)『国語という思想』, 岩波書店.

梅本克己(1978)『唯物史観と現代』, 岩波新書.

海老井英次(1987)『芥川竜之介論攷－自己覚醒から解体へ－』, 桜楓社.

小田切進 編(1993)『日本近代文学年表』, 小学館.

川口喬一 外 編(2000)『文学批評用語辞典』, 研究社出版.

菊地弘 外 編(2000)『芥川龍之介辞典』, 明治書院.

木田元 監修(2001)『朝日キーワード【別冊】哲学』, 朝日新聞社.

鷲只雄(1997)『芥川竜之介 年表』, 河出書房新社.

佐古純一郎(1991)『芥川論究』, 朝文社.

武田勝彦 編著(1970)『古典と現代－西洋人の見た日本文学－』, 清水弘文堂.

竹盛天雄 外(1972)『大正の文学』(近代文学史2), 有斐閣選書.

日本文学研究資料刊行会(1992)『芥川竜之介』Ⅰ・Ⅱ, 有精堂.

日本文学全集 (1991)『芥川竜之介』, 筑摩書房.

ノーマンE. H(2001)『日本における近代国家成立』, 岩波文庫.

荻野恒一(1983. 4.)「芥川竜之介のパトグラフィ」, 『解釈と鑑賞』.

編輯部 編(1988)『一冊の講座 芥川龍之介』, 有精堂.

松尾尊充(2001)『大正デモクラシー』, 岩波書店.

森本修(1977)『新考・芥川竜之介伝』, 北沢書店.

山敷和男(1974. 6.)「芥川と二十世紀文学」,『日本近代文学』第20集.

＿＿＿＿＿(1977. 6.)「芥川龍之介の芸術論」,『国文学研究』第36巻.

浅井清 外,『新研究資料現代日本文学(全7巻)』, 明治書院, 2000.

宮坂覚 編,『作品論芥川竜之介』, 双文出版社, 1995.

海老井英次『芥川竜之介論攷－自己覚醒から解体へ－』, 桜楓社, 1987.

『国文学』(特輯・芥川龍之介追跡) 1981. 5月号, 学灯社.

『国文学』(芥川龍之介を読むための研究史事典) 1988. 5月号, 学灯社.

『国文学』(芥川龍之介小説の読みはどう変わるか) 1996. 4月号, 学灯社.

『国文学』(芥川龍之介－現代とは何か) 2001. 9月号, 学灯社.

『国文学』(芥川龍之介と太宰治) 1972. 10, 学灯社.

『国文学 解釈と鑑賞』(特集=芥川龍之介) 1983. 3, 至文堂.

『国文学』(「知」のプロジェクト批評理論 の転回) 1998. 9月号, 学灯社.

제 2 부

제 1 장

『중국기행(支那游記)』에 나타난 재팬 오리엔탈리즘

1. 서 론

아쿠타가와는 1921년 3월 하순에서 7월 상순까지 약 120일에 걸쳐 중국여행을 한다. 그 산물이 1925년에 개조사(改造社)에서 간행된 『중국기행(支那游記)』라는 작품이다. 이것은 『상해유기(上海游記)』,[1] 『강남유기(江南游記)』,[2] 『장강유기(長江游記)』,[3] 『북경일기초(北京日記抄)』,[4] 『잡신일속(雜信一束)』[5] 5부로 구성되어 있으며, 『상해유기』, 『강남유기』가 단행본의 대부분을 차지하고 있다. 『상해유기』와 『강남유기』는 여행에서 돌아온 직후인 1921년 8월부터 이듬해 2월까지 오사카 마이니치 신문에 연재된다. 그러나 『장강유기』는 3년이 지난 후 추억담 형식으로 연재하고 있다.

아쿠타가와의 중국 여행은 오사카 마이니치 신문사의 특파원 자

---

1) 1921년 8월−9월에 걸쳐 오사카 매일신문 연재한 기행문.
2) 1922년 1월−2월에 걸쳐 오사카 매일신문 연재한 기행문.
3) 1924년 9월 「女性」에 발표된 미완성 작품으로서 중국여행을 다녀온 지 3년이나 지나 썼기 때문에 이 기행문에 대해 독자가 어떻게 생각할지를 의식하면서 쓰고 있다.
4) 1925년 6월 「改造」에 발표되었는데 이틀 만에 쓴 작품이다.
5) 그림엽서에 쓰여 있는 것을 그대로 작품으로 한 것이기 때문에 날짜가 일정하지 않다.

격이라는 회사의 명(命)을 띠고 떠난 여행이므로 작가가 보고 싶은 곳만을 선택해서 볼 수는 없었으며, 미리 짜여져 있는 일정에 따라 견문을 해야 하는 등 여러 제약이 있었다고 생각된다.

제목에서도 알 수 있듯이 작가는 일반적으로 쓰이지 않는 한자인 떠돌 '유(游)'자를 씀으로써 중국을 겉돌며 현실세계로부터 일정거리를 둔 듯한 초연한 태도를 보이고 있다. 게다가 상해에 도착하자마자 건성늑막염에 걸려 3주씩이나 현지에서 입원하는 등 건강상태가 좋지 않아서 차분하고 냉정하게 중국을 바라볼 여유를 지니지 못한 것으로 보인다. 이러한 점을 감안하면서 아쿠타가와의 『중국기행』을 고찰해 보고자 한다.

이 기행문을 훑어보면 아쿠타가와의 관심사는 정치, 경제, 시사보다는 문화, 예술에 편향되어 있음을 알 수 있다. 다시 말해서 시사 저널리스트로서의 시각은 많이 결여되어 있다.

이 여행기는 예술의 심미성을 지향하는 작가의 견문을 기록하고 있으며, 급변하는 시대상은 대부분 외면하고 있다. 또 그가 바라본 중국은 서양인이 동양을 묘사하는 방식인 오리엔탈리즘적 시각이 도처에 보인다. 대정기를 대표하는 지식인, 그리고 신문사 소속의 작가 아쿠타가와 류노스케의 견문록을 21세기 초두의 현시점에서 바라볼 때 과연 어떻게 평가할 수 있을까? 당시에는 간과되었던 사실이 지금 확연히 시차를 가지고 새롭게 조명되는 것을 본다. 아쿠타가와는 대정기라는 시대 속에서는 교양지식인이었을지 모르나, 21세기의 글로벌적 시각에서 바라볼 때는 그 시계가 좁을 뿐만 아니라 지식인의 사명을 도외시한 작가라고 규정하지 않을 수 없다.

본 연구는 『중국기행』에 보이는 아쿠타가와의 시대인식을 비판적으로 조명하고자 하며, 늘 상대적 시각을 견지하기에 중립적 작가라고 평가되는 아쿠타가와의 무의식에 은폐되어 있는 오리엔탈리즘에 대해서 고찰함으로써 일본문학 일반에 잠재된 주변국가에 대한 심층의식을 확인하고자 한다.

2. 열강들의 각축기 속에서의 아쿠타가와의 시대인식

이미 『주충(酒虫)』, 『선인(仙人)』, 『두자춘(杜子春)』, 『남경(南京)의 그리스도』 등의 이른바 '중국물'을 쓴 적이 있는 아쿠타가와는 문화적 예술적 관심에서 중국여행을 희망하였다. 따라서 그의 관심이 심미적 방면으로 쏠린 것은 충분히 이해된다. 그리고 병약한 그가 열악한 조건 속에서 무사히 여행을 마친 것만으로도 대단한 일이었다고 생각한다.

그러나 당대의 지식인 아쿠타가와에게 우리는 좀 더 많은 것을 기대하게 되는 것 또한 사실이다. 작가는 지식인이기도 하며 시대 속에 살면서 시대를 통찰하는 소명을 지닌 자라고 생각한다. 에드워드 사이드는 그의 저서에서 "지식인에게는 인간의 비참과 억압에 관한 진실을 말하는 것이 소속정당, 민족적 배경, 국가에 대한 충성심보다 우선되어야 한다"고 말한다.6) 이런 관점에서 보면 아쿠타가와의 기행문은 시대의 흐름을 파악하지 못하고 있을 뿐만 아니라 해외 특파원이라는 책무에도 벗어나 겉돌고 있는 아쉬움이 있다.

아쿠타가와가 중국을 방문했던 1920년대의 시대상황은 제국주의 열강들의 각축기였다. 특히 중국은 1840년에 발발한 영국과의 아편전쟁7)에 패하고 나서 내부적으로 혼란을 거듭하였으며 태평천국의

---

6) 에드워드 사이드 『Representation of the Intellectual』, 平凡社, 1998.

7) 1840－42년, 清朝가 아편 수입금지 조치를 내리자, 영국과 청국 사이에 전쟁이 일어난다. 이 전쟁에서 청국이 패배하여 열강과 불평등 조약이 체결됨으로써 중국은 半植民地화되었다. 「上海游記」에 자주 나오는 '租界'는 열강들의 租借地를 말한다.

난과 5·4운동이 일어나는가 하면 중국공산당이 창립되는 등 노선을 달리하는 여러 움직임이 곳곳에서 보인다. 정치적으로 아주 민감한 시기에 중국을 여행한 아쿠타가와는 중국의 정치적 상황을 도외시하여 안 보려고 애쓴다. 그러나 이러한 완강한 의지에도 불구하고 그의 무의식은 이를 각인하고 만다. 왜냐하면 그가 중국에서 돌아온 후 집필한 여러 소설 작품에서는 방향전환의 흔적을 뚜렷이 남기고 있으며, 그의 의식은 중국 여행의 잔상(殘像)으로 상당히 변모되었음을 알 수 있기 때문이다. 그러나 본 연구에서는 『중국기행(支那游記)』이라는 텍스트에 국한하여 비판적으로 고찰하고자 한다.

중국기행에서 아쿠타가와가 상세하게 적고 있는 도시는 상해이다. 당시의 상해는 중국의 도시라기보다는 서양 각국의 조차지가 들어서 있었던 만큼 서구화되어 있었으며 서양인들도 많이 보이는 중국 속의 서양이었다. 이는 다시 말해서 근대화의 기회를 놓친 중국이 제국주의에 잠식당하고 있는 슬픈 현실을 말해 주는 광경이었던 것이다. 열강은 중국에게 불리한 조약을 체결하고 상해에 조차지를 두면서 자신들의 세력을 확장하고 있었다. 이에 대해 중국인들, 특히 지식인들은 울분을 느끼고 반발하지 않을 수 없었을 것이다. 아쿠타가와가 목격한 여러 광경과 거리의 벽에 붙어 있는 광고문 등은 당시 중국의 배일분위기가 얼마나 거센가를 입증하고 있다. 그런데도 아쿠타가와는 이에 대한 통찰이 없으며 상해가 서구화되는 것이 못마땅하다는 유아적인 위화감을 비치는 데 그치고 있다. 또 체재 중에 만난 장병린,8) 정효서,9) 이인걸10) 등의 정치가나 사회주

---

8) 章柄麟(1860－1916)은 중국의 고전학자, 평론가, 정치가로서 민족혁명을 부르짖었으며, 손문(孫文), 황흥(黃興)과 더불어 혁명삼존(三尊) 중의 한 사람이다.

9) 鄭孝胥(1860－1938)는 중국 청조(淸朝)의 정치가로서 청국(淸国)의 부흥에 노력했으며 만주국(満洲国) 성립 초기에 국무총리를 역임한다.

의자들과 회견한 내용에도 아쿠타가와의 박약한 시대인식이 노출되
어 있다.

> 씨(정효서 氏를 말함)를 포함한 우리들은 잠시 중국 문제를 논
> 의했다. 물론 나는 뻔뻔하게도 새로운 차관단 성립 이후 일본에
> 대한 중국의 여론 등 어울리지 않는 것을 설파했다.ㅡ이렇게 말
> 하면 매우 불성실한 것 같겠지만, 그때 내가 엉터리로 그런 것을
> 늘어놓은 것은 아니다. 나로서는 매우 진지하게 나의 설을 피력
> 하고 있었다. 그러나 지금 돌이켜 생각해 보니, 아무래도 그 당
> 시의 나는 온전한 정신은 아니었던 것 같다. 그렇게 격앙되게 된
> 원인은 나의 경박성 이외에도 현대의 중국이 그 책임을 져야 할
> 것 같다. 만일 거짓말이라면 중국에 한번 가보는 것이 좋다. 반
> 드시 한 달 이내에 기이하게도 정치를 논하고 싶은 생각이 날
> 것이다. 그것은 현대의 중국의 분위기가 20년 전(무술정변)부터
> 정치문제를 품고 있기 때문이다. 나 같은 사람도 강남일대를 둘
> 러보는 동안 쉽게 그 열기가 식지 않았다. 그래서 아무도 원하지
> 않는데도 예술보다는 몇 단계나 하등한 정치만 생각했다.11)

위 인용문에서 아쿠타가와가 말하는 '신차관단(新借款団)'이란, 영
국과 프랑스, 일본의 은행이 1910년 10월 15일에 중국과 새로운 차
관 계약을 체결한 것을 말한다. 여행 당시의 아쿠타가와는 현지에
서 잡힌 스케줄에 따라서 중국의 인사들을 만나야 했다. 그래서 어
쩔 수없이 국제정세에 대하여 화제를 삼고 있는 것을 본다. 중국에
서는 하등한 정치이야기를 안 할 수가 없을 만큼 분위기가 들떠 있
으며 자신이 정치이야기를 하는 것이 어울리지 않는다고 쓰고 있다.

---

10) 이인걸(李人傑)에 대한 연보는 알려진 것이 수없으나, 『중국기행』에서
　　는 젊은 중국을 대표하는 일본어가 유창한 28세의 사회주의자로 나와
　　있다.

11) 『上海游記』 13 '鄭孝胥氏' 54쪽.

아쿠타가와는 마치 정치 이야기를 하는 것은 예술가를 표방하는 자신의 신념에 벗어난 타락한 행위인 것처럼 표현하고 있다. 아쿠타가와는 정치를 고상하지 못한 것으로 보고 있으며 타자화시키고 있다. 이 부분은 21세기 현시점에서 볼 때 독자를 매우 당혹하게 만드는 대목이다. 아쿠타가와가 하등한 일상을 열거할 때 빼놓을 수 없는 것이 정치라는 것을 알 수 있다. 정치에서 일정거리를 유지하려는 것이 아쿠타가와의 신념이지만 중국에서는 저도 모르게 깊게 개입하게 되고 만다며 그 이유를 변명하는 것에서 대정기 작가 아쿠타가와의 한계를 느끼게 된다.

여기서 알 수 있는 아쿠타가와의 문학관은 예술로서의 문학이며 예술가인 문학가는 일상의 때에 묻지 말고 일정한 거리를 두어야 한다는 고답적 자세를 엿볼 수 있다. 정치는 인간을 오염시키는 부정적인 것이라는 인식은 사회를 퇴보시키는 사고이다. 인류의 역사를 보면 인간에 대한 사랑이 제도를 변모시켜 왔으며 혁명으로 이어졌다. 그 기저에는 인간성 해방이라는 염원이 깔려 있다. 아쿠타가와는 역사과목을 좋아했다고 하지만 역사 속에서 인간의 자유를 신장시키기 위해 참여한 사람들의 행동에는 별 관심이 없어 보인다. 오로지 심미적인 태도로 일관하고 있으며, 자폐적이기까지 하다. 그런 작가로부터 역사의식에 토대를 둔 명료한 시대의식과 중국인식을 기대하기는 힘들 것이다. 위 인용문 중의 20년 전이란 무술정변이 일어났던 1898년을 말하는데 청조 말기의 정치가인 강유위, 양계초 등이 일본의 메이지유신에 자극을 받아 법과 제도 등을 바꿔 스스로 강해지자는 변법자강 운동을 벌였다. 그러나 서태후 등 수구세력의 무력탄압에 의해 실패로 끝난 사건이다. 한편 일본은 중국보다 불과 조금 앞서서 혁명에 성공했을 뿐, 풍전등화의 위기 앞에 서 있기는 동아시아 전체가 마찬가지였다. 그럼에도 불구하고 아쿠타가와는 강 건너 불 보듯이 중국의 현실을 바라보고 있으며 일본과는 무관한 듯 서술하고 있다. 또 『장강유기』에는 다음과 같은 내용이 나온다.

> 그날 밤 발코니에서 니시무라(西村)와 등나무 의자를 나란히 하고 바보스러울 정도로 열심히 현대 중국에 대해 악평했다. 현대의 중국에 무엇이 있는가? 정치 학문 경제 예술 모두 타락해 있다. 특히 예술에 있어서는 19세기 전반 이후 자랑할 만한 작품이 있는가? 국민은 노소를 불문하고 모두 해이되어 있다. 정열이 없다. 나는 중국을 사랑하지 않는다. 사랑하고 싶어도 사랑할 수 없다. 국민적 부패를 목격했다. (중략) 아 일본에 돌아가고 싶다.
>
> (『長江游記』 1. 蕪湖 192 - 3쪽)

아쿠타가와는 4개월 동안 여행하면서 피부로 감지한 현실의 중국이 가슴속에 이미지로 품고 있었던 중국과 멀리 떨어져 있음에 계속 실망하고 있다. 그러나 중국의 현실을 근원에서 생각해 보았다면 위와 같은 글은 쓸 수 없었을 것이다. 19세기 초의 중국과 조선, 일본 삼국은 서양 열강으로부터 막강한 위협을 느낀 공동운명체였다. 일본은 운을 잘 타서 메이지 유신을 성공시켜 서구의 식민지가 되는 것을 모면했으나, 이에 대비하지 못한 중국은 아편전쟁에 패하여 국운이 기울고 말았다. 조선은 서양열강의 식민지가 되는 대신 서양열강의 제국주의를 모방한 일본의 식민지가 되고 말았다. 조선에서는 김옥균 등의 개화파가 일본의 메이지 유신을 의식한 듯 일본의 지지를 믿고 갑신정변을 일으켰으나 실패하고 말았다. 일본은 서양제국주의를 흉내 낸 방식으로 조선을 삼키려 했다. 그 일환으로 친일세력을 많이 만들어 그들의 지배를 용이하게 만들려는 속셈이었으나 갑신정변의 주체들은 순진하게도 일본을 우방으로 믿었으며 이를 통찰하지 못한 것이다. 일본은 뜻한 바대로 조선을 병합하고 대만을 식민지로 만들고 나서 다시 중국대륙을 삼키려는 야욕을 꾸준히 키워왔다. 조선과 중국에 진출한 일본인들은 정복자로서 오만방자하게 행동했으며, 이에 중국인과 조선인은 일본 및 일본인에 대해 적개심을 표출했다. 작가는 중국에서 서양인들이 오만방자하게 설치는 것에는 눈살을 찌푸리면서도 자국민이 조선과 중국에서 똑같은 파렴치한 행위를 저지르는 것을 연계하여 생각하지는 못하는 것 같다.

『강남유기』 '5. 항주(杭州)에서의 하룻밤(하)'에는 서양식 호텔인 신신여관(新新旅館)에서 푸대접을 받은 데 대한 불쾌감이 표출되어 있다. "서양인 남녀가 술을 퍼마시며 큰 소리로 노래한다. 양키가 취해 있다. 양키가 우리들 옆에서 방약무인하게 서서 소변을 보고 있다. 미도(水戸)의 낭사들의 열 배도 더 되는 양이(攘夷)적 정신에 불탔다"12)

이는 교양도 없고 몰상식한 서양인들이 중국에서 방약무인하게 구는 것에 대한 저항감으로 보이는데, 조선 중국에 진출한 일본인들 또한 마찬가지라는 것을 그는 간과하고 있다. 그러나 명민한 작가 아쿠타가와는 중국을 넉 달 동안 여행하면서 서서히 자국 일본이 주변 국가에 자행하는 파렴치한 행위들과 현지인의 저항의식을 직접적 간접적으로 느끼게 되었다고 생각한다. 평소 그가 견지해 왔던 현실에 대한 무관심은 중국에서는 당연히 통용될 수 없었다. 이 체험은 그의 무의식에 각인되어 귀국 후 이색적인 작품으로 형상화된다. 그가 상해유기 서두에 "그에게 재앙을 가져온 여행"13)이었을지도 모른다는 표현을 쓴 것은 간과할 수 없는 의미심장한 뉘

---

12) 『江南游記』 5. 杭州の一夜(下) 101쪽.

13) 『支那游記』 自序, 11쪽.

앙스를 내포하고 있다. 일본 내에서는 예술지상주의를 표방한 심미적 작가로서 그의 안전지대를 지킬 수 있었으나, 중국여행 중의 그는 현실과 유리된 자폐적 안전지대를 지킬 수가 없었음을 알 수 있다. 그의 작풍(作風)은 중국여행 이후 확연히 달라지고 있으며, 과거의 심미적 작품과는 결별하고 만다. 그러나 여행 당시와『중국기행』이라는 기행문을 연재할 때까지만 해도 아쿠타가와는 시대의식이 빈약했으며, 아쉽게도 자기가 처한 시대에 대해 각성된 의식을 보여주지 못했다.

3. 재팬 오리엔탈리즘

오리엔탈리즘은 아랍계 미국 지식인인 에드워드 사이드에 의해 문제로 제기된 이후 지금까지 자주 언급되고 있는 단어이다. 사이드에 의하면 오리엔탈리즘은 서양인이 만든 동양의 일방적 이미지로서 동양의 본질이 아니라는 것이다. 당사자인 동양과 서양 쌍방간의 합의가 아닌 서양인이 내린 일방적인 정의 같은 것이다. 그것은 서양인들이 멀리 떨어져 있는 동양이라는 이문화(異文化)를 인식하기 위해 자의적으로 만든 이미지로서, 후진성 관능성 수동성을 그 특징으로 한다. 그들은 동양을 실제로 체험해 본적도 없으면서 텍스트에 나온 부정적 이미지를 차용하여 서양의 우월을 내세우고 동양을 지배하는 명분을 찾는다고 사이드는 주장한다.14)

이는 자연히 식민지주의와 인종차별주의와 결부되는데, 일본의 계몽사상가 후쿠자와 유키치(福沢諭吉)는 일찍이 '탈아입구(脱亜入欧)'를 표방함으로써 자신들은 동양인이 아니라는 것을 주장했다.15) 이

14) 에드워드 사이드(박홍규 역)『오리에탈리즘』, 교보문고, 1999.

배경에는 동양은 미개하고 후진성을 면치 못하다는 전제를 깔고 있는 것이다. 서양열강의 식민지가 되지 않고 근대화에 성공한 일본은 아시아의 서양으로 자신들을 규정한다. 따라서 근대화에 뒤진 주변 아시아 여러 나라를 식민지로 만들어도 좋다는 논리가 버젓이 있는 것이다. 일본이 바라보는 아시아는 서양이 바라보는 시각과 일맥상통해 있다 이를 재팬 오리엔탈리즘이라고 부르고자 한다. 이러한 의식은 메이지시대로부터 지금까지 면면히 흐르고 있다 해도 과언이 아니다.

정치적으로 초연해 있는 작가로 알려진 아쿠타가와의『중국기행』에도 무의식적인 일본 우월주의가 드러나 있는 것을 보면서 당시 휩쓸고 있던 일본의 분위기를 엿볼 수 있다. 먼저 중국에 대한 호칭을 '지나(支那)'로 표기함으로써 중국을 얕잡아 보는 듯한 인상을 주고 있다.

『중국기행』 서두에는 구한말의 정치가 김옥균의 이름이 자주 나온다. 그래서 한국에 대한 아쿠타가와의 진지한 인식을 기대했는데, 기대에 반하고 말았다. 김옥균이라는 이름은 호텔의 을씨년스러움을 표현하기 위한 수사(修辞)에 지나지 않았다. 조선에 대한 언급이나 김옥균이란 인물에 대한 평가도 없이 괴물이나 귀신 또는 혼령에 상응하는 추상적이고 기분 나쁜 이미지로서 김옥균을 차용하고 있었다. 중국여행에서 아쿠타가와가 처음 안내받은 숙소는 김옥균이 홍종우에게 암살당한 상해의 '동아양행(東亜洋行)'이라는 호텔이었다. 아쿠타가와는 호텔의 허술함과 기분 나쁨을 나타내기 위해 제1장에서 "김옥균의 혼령이나 있음 직하다"는 등 김옥균에 대해 여러 차례 언급하고는 그 호텔을 떠나 다른 숙소로 옮긴다. 문체의 해학을 위한 표현이라 생각되지만 이는 한국에 대한 그의 무의식을

---

15) 임종원『福沢諭吉의 문명사상 연구』제이엔씨, 2001.

엿볼 수 있는 대목이다. 일본인 독자를 위한 기행문이어서 그렇게 썼겠지만 이미 한국을 병합한 상태의 글이므로 조선인이 읽을 개연성도 있다. 일본의 식민지 치하에 있는 조선인의 심정은 전혀 고려되지 않았으며, 식민지 한국을 기정사실로 받아들이고 있다. 아쿠타가와는 식민지가 된 한국에 대해서 숙고해 본 적도 없는 것 같다. 김옥균은 일본을 믿고 갑신정변을 일으켰다가 실패한 구한말의 개화파 정치가이다. 국제정세에 무지했던 김옥균은 일본에 이용되어 정변을 일으켰다가 실패하여 일본에 망명한다. 김옥균은 10년 동안 일본에서 위태롭게 망명생활을 하던 중 일본 정부의 냉담과 조선에서 파견된 자객으로부터의 위협이라는 이중의 고통을 견디다 못해 중국으로 건너갔다가 이 호텔에서 변을 당한다.16)

아쿠타가와는 일본의 침략주의 만행에는 철저하게 침묵하고 있으며, 작가로서의 시야가 전혀 미치지 않고 있다. 이는 아쿠타가와가 제국주의를 역사의 한 단계로서 필연이라고 바라보고 있는 것으로 해석할 수 있다. 그렇다면 그에 대해 양심적인 지식인 운운하는 것도 무의미해진다.

아쿠타가와는 평소 타자에 대한 연민을 보여 왔음에도 불구하고, 지배자와 피지배자인 일본과 한국의 관계에는 무관심했음을 본다. 그의 연민은 자국민과 인간보편에 대한 추상적 연민에 머물고 있으며, 실제 일제 치하에서 식민지가 된 다른 여러 나라와 국민들에 대한 구체적 통찰은 보이지 않는다.

『중국기행』 전편에 걸쳐 중국의 하층민에 속한 인부 쿨리(coolie)17)와 거지에 대한 언급이 상당히 많다. 이를 추려서 아래와 같이 나열해 본다.

---

16) 『두산세계대백과사전』, '김옥균'과 '갑신정변' 항목참조. 2000.
17) 인도나 중국 등지에서 일용직 노동자를 호칭하는 용어이다. (苦力)

쿨리 중 제대로 생긴 사람은 없다. 포악하게 생긴 것은 쿨리
의 대장 얼굴이다. 쿨리의 얼굴에서 뱀을 느끼게 된다. 더욱더
중국은 마음에 들지 않는다.

(『장강유기』 198쪽)

북경의 쿨리들은 더운 여름에는 다른 지방으로 돈 벌러 간다.
쿨리의 아내들은 이 기간 갈대와 물억새들이 우거진 속에서 매
음을 하며 살아간다. 시가 15전 내외라고 한다.

(『장강유기』 200쪽)

늙은 소경거지가 앉아 있다. 거지는 로맨틱하다. 중세기의 유
령, 아프리카, 꿈, 여자의 논리는 모두 불가해한 무언가를 동경한
데서 기인한다. 그런 의미에서 거지가 회사원보다 로맨틱하다.
중국의 거지는 알 수 없는 게 한두 가지가 아니다. 비 오는 길에
서 뒹굴어 잠자고 신문지 넝마 옷을 입고 석류 같은 슬개골을
핥아먹는 등 매우 로맨틱하다. 중국의 설화에는 난봉꾼이나 신선
이 거지로 화신한 이야기가 많다. 이것은 중국의 거지로부터 발
현한 로맨티시즘이다. 일본의 거지는 중국의 거지처럼 초자연적
인 불결함을 갖추지 못했으므로 저런 이야기가 나올 수 없다.

(『상해유기』 제7장 '城內'(中) 31쪽)

「다니자키씨도 거지 때문에 골치가 아팠던 모양이죠.」「거지는
누구한테나 골칫거리지요.」「그러나 소주의 거지는 그래도 낫습니
다. 항주의 영암사의 거지로 말할 것 같으면……」 나는 저도 모르
게 웃음이 나왔다. 영암사의 거지의 비범함은 일본인으로서는 도
저히 상상할 수 없다. 과장하면서 가슴을 두들기기도 하고 땅바닥
에다 계속 머리를 치면서 발목이 없는 발을 올려 보이는 등 거지
의 기교로서는 매우 진보된 점을 보여준다.

(『강남유기』 140쪽)

위의 인용은 인간의 존엄성이나 자존심과는 거리가 먼 생활을 해야 하는 하층민들인 거지와 쿨리들에 대한 묘사이다. 이들이 어찌하여 이러한 삶을 살아야 하는지에 대한 근본적 이해는 외면하고 있으며 고답적 위치에서 관찰자적 자세를 견지하고 있는 것을 본다. 선진문명을 받아들인 근대 도시 도쿄생활에 익숙해진 아쿠타가와가 중국에 대해 처음 느낀 인상은 불결함과 미개함에 놀라운 인식이며, 이것이 자국에 대한 우월감으로 나타나고 있다는 점에서 스승 소세키의 기행문 『만한(滿韓) 여기 저기』와 다를 바 없다.

이에는 예술지상주의 입장에서 창작을 해 온 작가이기에 현실사회에 대한 관심이 희박했던 점도 한몫했을 것이다. 「상해유기」 '4. 第一瞥'에서는 장미꽃을 강매하는 노파이야기가 나온다. 평소 약자에 대해 공감적 관심을 보였던 작가였던 만큼 꽃 파는 노파의 꽃바구니가 영국 군인들의 거친 행동에 의해 떨어지고 그 꽃들이 짓밟히는 것에 대해 연민을 느끼다가도 노파가 다시 강매에 가까운 구걸행동을 했을 때 그런 노파에게 들려진 장미꽃이 가엾다고 표현한다. 그렇기에 중국기행에서 인력거꾼과 꽃 파는 노파에게서 불쾌라는 감각적 이미지만을 수용하고 로맨틱한 환상을 투영할 수 있었다고 생각한다. 교양이 없는 구차한 인간보다는 아름다운 꽃이 고귀하다는 인식을 엿볼 수 있는데, 근원적 현실 파악보다는 심미적 기준으로 대상을 바라보는 것을 알 수 있다.

아쿠타가와는 시종일관하여 미개하고 불결한 이미지로 중국을 묘사한다. 자신이 알고 있는 관념 속의 중국이 현실의 중국과 대면하게 되면서 환상이 깨지는 것에 대해 열심히 표현하는 것을 본다. 상해의 외설스러움과 지린내가 풍기는 불결한 거리, 거지들의 구걸행각, 연못에 유유히 오줌을 싸는 태평한 중국인, 연극을 공연하는 극장에서 나는 꽹과리의 소음과 분장실의 지저분함을 보고 중국은

이미 시문(詩文)에 나오는 중국이 아니며 백귀야행(百鬼夜行)과 귀
고담(鬼狐談)이 횡횡하는 소설에 나오는 중국이라고 말한다. 또 아
쿠타가와는 기관(妓館)에서 만난 미인들의 인상기를 자세히 묘사하
고 있는데 이것은 중국인에 대한 관심이 아니라 아쿠타가와가 지향
하는 심미적 작가태도에서 발로한 것으로 보인다.

언젠가 도쿠토미 소호의 『지나만유기(支那漫遊記)』를 읽었는데
소호는 항주의 영사가 되어 유유히 여생을 보냈으면 좋겠다고
썼다. 나는 절강성의 지방관을 시켜 준다고 해도 이런 진흙탕 연
못을 보는 것보다는 일본의 도쿄에 살고 싶다.(108쪽)

나는 지저분한 신신(新新)여관 2층에서 몇 장의 그림엽서를 쓰
고 있다. 무라타(村田)는 이미 잠들었다. 어두운 유리창 구석에
도마뱀이 한 마리 선연히 달라붙어 있다. 이를 보는 것이 기분
나빠서 곁눈질도 하지 않고 만년필을 재촉하고 있다. ― 도요시
마에게 ―(엽서/124쪽)

꾀죄죄한 무리들이 술을 마시고 있다(159쪽)

나는 흙투성이인 인력거 위에서 이러한 마을들을 지나다 보니
염무서(塩務署) 앞에 당도했다. (중략) 일본인은 중국에 살면 제
일 먼저 후각이 무뎌지는 것 같다. 어떤 남자가 모란 떡을 만들
고 있다. 뭔가 했더니 겨울 연료를 만들기 위해 소똥을 말려 뭉
치고 있는 것이다.

(『강남유기』 164 ― 6쪽)

「방금 빨간 옷을 입은 어린애가 있었지요. 저건 천연두입니다」
나는 요 4, 5년간 종두를 맞지 않은 것을 떠올렸다. (중략) 처음 인
력거가 지난 곳은 원시적인 빈민굴이다. 그 안과 밖에서 남녀 모

두가 음침한 얼굴을 한 채 어슬렁거리고 있다.」「저 개는 어찌된
겁니까. 털이 하나도 없는 것이 진기한데요. 어쩐지 기분이 나쁜
걸요.」「저것은 매독입니다」털 없는 개는 인부(쿨리)에게서 매독
이 옮은 거라고 한다.

(『강남유기』 175쪽)

　　소주성내 절 앞 광장에는 노점이 많다. 상해의 성황묘(城隍廟)
와 다름없다. 우동 만두 기타 먹을거리를 파는 가게들 사이에는
완구점 잡화점들이 있고 사람들이 시끌벅적하다. 상해와 다른 것
은 양복이 보이지 않는 점이다. 상해처럼 활기도 없다. (중략) 촌
스러운 적요가 느껴진다. 피에르 로티가 아사쿠사 관음을 보러
왔을 때도 이런 기분이 들었을 거라고 생각했다. 싸구려 족자들
이 칙칙하게 늘어서 있다.

(『강남유기』 131쪽)

　　피에르 로티(Pierre Loti)[18]는 잘 알다시피 일본에 살았던 프랑스
작가이다. 그의 작품은 일본에 살면서 창작을 해 온 라프가디오
한[19] 등의 작가와 더불어 오리엔탈리즘을 드러낸 대표작가로 거론
되고 있다.[20] 바로 이 작가에 대해 아쿠타가와는 공감을 표하고 있

---

18) 피에르 로티(1850-1923)는 해군사관으로 세계 각지를 여행하며, 낭만
　　적이고 이국정서가 풍부한 작품을 썼다. 일본에는 1885년에 왔으며 주
　　로 나가사키(長崎) 서민들의 생활과 로쿠메이칸(鹿鳴館)의 문명개화 풍
　　속을 소재로 썼다. 아쿠타가와의 『舞踏会』는 피에르 로티의 『秋の日本』
　　에서 재재를 취한 작품이다.
19) Lafcadio Hern(1850-1904)은 그리스 태생의 영국인으로서 일본 명은
　　고이즈미 야구모(小泉八雲)이다. 1890년에 일본에 왔으며 나중에 일본
　　에 귀화한다. 『心』, 『怪談』, 『靈の日本』 등 일본에 관한 영문으로 된
　　인상기, 수필, 소설 등을 남기고 있다.
20) 피에르 로티의 『お菊さん』과 『秋の日本』, 라프가디오 한(일본명: 小泉
　　八雲)의 '일본물'은 오리엔탈리즘을 표방한 작품으로서, 그 언설은 왜
　　곡과 편견, 오만과 우월감으로 윤색되어 있다.

는가 하면, 그들이 일본을 묘사한 것과 같은 방식으로 중국과 중국인을 충격적이고도 기이하게 묘사하고 있다. 이는 중국의 진정한 본질이 아니며, 아쿠타가와가 규정한 개인적 이미지에 지나지 않는다. 이 기행은 일본의 수도 도쿄에서 온 교양지식인이 느낀 인상비평으로서, 중국에 대한 불결한 이미지와 중국인의 나태 등은 아쿠타가와만이 유독 강렬하게 느끼고 있는지 모른다. 아니면 강박적으로 청결한 사람들에게나 비치는 이미지라고 말할 수 있다.

> 남경에서 무서운 것은 질병이다. 예로부터 남경에서 병이 나면 얼른 일본에 돌아가지 않는 한 한 사람도 살아남지 못했다. 나는 이 말을 들었을 때 갑자기 죽을 것 같은 기분이 들었다. 나는 곧 상해로 돌아가야지 생각했다.
>
> (『강남유기』 187쪽)

위에 인용한 많은 글을 통해서 알 수 있는 아쿠타가와의 중국관은 일본은 문명국이고 중국은 구제할 수 없는 무지몽매한 나라라는 인식을 엿볼 수 있다. 그리고 일본인은 민족적으로 우수성을 지녔으며 미의식 또한 탁월하다고 긍지를 드러내고 있다. 이는 오리엔탈리즘의 전형이라고 할 수 있다.

> 우리들 일본인은 섬세한 자연에 익숙한 만큼 언뜻 아름답다고 생각한 자연에 대해서도 다음 볼 때는 불만에 차고 만다.
>
> (『강남유기』 107쪽)

수호지에 등장하는 108인은 충신의사의 결사가 아니다. 무뢰한의 결사이다. 이 호걸들은 방화 살인을 즐긴다. 방화 살인을

『文学批評用語辞典』研究社出判, 1998, 43쪽 참조.

즐기면 호걸인 셈이다. 중국 정신에는 선악을 발아래 유린하는
호걸의 의식이 흐르고 있다. 모범적 군인인 임충 전문적 도박사
인 백승에게도 이런 마음이 있다는 점에서는 형제나 다름없다.

(『강남유기』 133쪽)

　아쿠타가와는 자신이 직접 목도한 현실의 중국에 실망하게 되자 관
념 속의 중국도 재수정하고 있다. 그의 호연지기를 키워 주었던 『수
호전』,『서유기』,『삼국지』가 이 기행문에서는 문명 이전의 그로테스
크한 모습으로 재구성하게 된다. 그렇다면 일본인은 처음부터 문명
한 나라였는지 반문하지 않을 수 없다. 오늘날의 일본인은 옛날부터
중국과 한반도에 노략질을 해 왔던 왜구의 후예이기도 하다. 근대화
이전의 일본, 더 거슬러가서 우리의 삼국시대, 고려시대, 조선시대
때의 일본은 중국, 조선으로부터 선진문물을 받아들였으며 문화적
후진국이라는 의식이 있었기에 끈질기게 조선통신사를 요청해 왔다.
일본은 메이지 이후 사태가 반전되어 혁혁하게 전 국민의 수준이 향
상되었다. 중국은 거대한 나라로서 문치주의의 전통이 뿌리 깊었으
며, 그 특유의 대륙적 기질 때문에 발전이 더디었다. 아쿠타가와가
보다 근원적 시야로 중국을 바라보았으면 하는 아쉬움이 남는다.

　공자묘는 잡초와 덩굴풀이 우거져 있다. 강남 제일의 문묘(文
廟)이다. 이는 중국의 황폐를 말한다. 멀리서 온 나에게는 이 황폐
함이 있기에 회고의 시흥(詩興)이 생겨난다. 울어야 좋을지 웃어
야 좋을지 모순을 느끼면서 다음과 같은 시를 떠올렸다.

(『강남유기』 137쪽)

　아쿠타가와는 이처럼 황폐하고 지저분한 이미지로서 중국을 표피
적으로 느끼고 있다. 동양 삼국의 문화를 유교문화권이라는 공통분

모로 만든 단초가 되는 이가 공자(孔子)이다. 따라서 이 위대한 공자의 사당을 이 지경으로 방치한 중국인은 희망이 없는 민족이라고 아쿠타가와는 보고 있다. 그리고 중국의 민족성은 나태, 안일, 무지로 간주하고 있다. 이렇게 한 민족을 부정적으로 규정함으로써 제국주의의 침략은 정당화되고 미화된다. 마치 구제받을 수 없는 민족은 정복당해 마땅하다는 논리가 성립되는 것이다.

'국가'라는 기구로부터 중립적이었다고 생각되는 아쿠타가와 류노스케라는 작가한테서도 무의식적 오리엔탈리즘을 발견하게 된다는 것은 많은 것을 시사한다. 신문에 연재되는 이 기행문은 부지불식간에 독자들의 뇌리에 중국에 대한 부정적 고정관념을 심어 주었을 것이며 이 이미지는 일본의 제국주의적 만행의 행보에 기여했을 거라고 생각한다.

> 남경에 도착하여 인력거를 탔다.
> 남경 성내의 5분의 3이 밭이다. 모두 황무지가 되어 버렸다. 버드나무, 흙담벼락, 제비들의 무리가 회고의 정이 들게 한다. 이 공터를 사 두면 벼락부자가 될 것 같다. 누군가 지금 이 땅을 사 두지 않으면 값이 폭등할 텐데.
> 중국인은 모두 내일 일을 생각하지 않는다. 땅 따위 살 사람은 없습니다. 집이 타든 죽든 내일의 일은 나 모른다. 이 점이 일본과 다른 점입니다.
> 오늘날의 중국인은 아이의 장래를 기대하기보다는 술과 여자에 빠져 있습니다.
>
> (『강남유기』 178쪽)

중국에 거주하거나 여행을 하면서 중국을 평가할 수 있는 일본인은 적어도 일본에서 고등교육을 받은 지식계층이라고 말할 수 있다. 그들은 자신을 합리화시킬 수 있는 논리를 조작할 수 있으며, 그들은 자신에게 유리하게 일방적으로 중국을 대변할 수 있다. 그러니까 이는 쌍방 간의 언설이 아니다. 그러기 때문에 우리는 그 행간을 읽어내야 할 필요가 있다. 텍스트의 언술을 액면 그대로 받아들여 수긍하는 것은 위험한 일이다. 본 연구는 이를 재조정하는 데 그 의의를 두고 있다.

다음은 중국인의 미의식의 조잡함을 비꼬는 글이다.

> 고색창연한 성벽에 선연한 페인트 칠 광고를 하는 것이 현대 중국의 유행이다. 어디서 저런 광고술을 배워 왔을까.
>
> (『강남유기』 91쪽)

물론 중국인들이 선전 문구를 새기거나 광고탑 하나를 세우는 데에 있어서 주변 자연경관을 생각하는 섬세함을 지니지 못한 무신경을 엿볼 수 있다. 그렇다고 해서 중국인에게 미의식 자체가 부재하다고 단정하여 폄하하는 것은 옳지 못하다. 이는 국토가 넓은 중국인들의 대범함이라고 말할 수 있다. 오히려 일본인을 비판하자면 그들이 긍지를 품는 섬세함이야말로 국민 전체가 강박신경증에 걸려 있다고 역으로 공격할 수도 있다.

> 남녀가 결코 동석하지 않는다. 실로 중국인은 형식주의가 철저하다.
>
> (『북경일기초』 211쪽)

이는 유교의 '남녀유별(男女有別)' 사상이 20세기 현재에도 질서로 통용되는 것을 목도한 아쿠타가와의 야유임을 알 수 있다. 이문화(異文化) 체험은 차이로서 받아들여야 한다. 우열로서 논하는 것은 위험하다. 이 형식주의는 일본에도 적용될 수 있다. 일본문화 또한 형식주의에 있어서 중국을 능가하다고 한국인들은 생각한다. 이 기행은 아이러니하게도 은연중 일본인 자신들의 야만성도 드러내고 있다. 이쯤 되면 중국과 일본을 동일선상에 두어도 좋지 않을까 생각한다. 따라서 중국만이 야만성을 지닌 것처럼 논단하는 것은 편파적 시각이며 위험한 편견이라는 것을 지적하고 싶다. 어쩌면 모든 인간은 동일선상에 있다고 말할 수 있다.

> 「자네, 저기 무덤이 있지」「우리는 동문서원(同文書院)에 이었을 때 저런 부서져 가는 무덤에서 종종 두개골을 훔쳐왔어」.
> 「훔쳐서 무엇을 합니까?」
> 「장난감으로 삼았지.」
> 우리는 차를 마시면서 뇌수를 태운 것은 폐병에 좋으며, 인육의 맛은 양고기 맛 같다는 등 야만적인 이야기를 했다.
>
> (『강남유기』 92쪽)

위 글은 중국인들의 대화가 아니라 중국을 여행하고 있는 아쿠타가와와 또 다른 일본인 무라타(村田)가 주고받는 대화이다. 남의 나라의 봉분에서 시신을 훔쳐내어 장난감으로 삼는 행위는 저들도 말하듯이 야만 그 자체이다. 바타유는 『어떻게 인간적 상황을 벗어날 것인가』에서 인간도 동물성, 사물 또는 도구의 입장을 벗어나지 못한다고 말한다. "동물을 사물로 정의하는 것은 인간의 기본 여건이다. 동물은 인간과의 대등성을 상실했으며 인간은 자신 안에서 발견되는 동물성을 하나의 오점으로 여긴다. 동물을 사물로 간주하는 태도에는 일종의 위선이 개입한다. 동물이 사물이 되려면 죽어야 하든지, 순치되어야 한다. 인간은 사물로 만들지 않고는 아무것도 먹지 않는다."[21] 바타유에 따르면, 정복자가 다른 지방을 정복할 때

---

21) 바타유(조한경 역) 『어떻게 인간적 상황을 벗어날 것인가』 문예출판사,

이미 피정복자는 인간으로서 존엄성이 상실된 사물로 전락해 있다. 따라서 만행을 저지르면서도 죄책감이 개입될 여지가 없는 것이다. 인간의 역사는 이처럼 먹고 먹히는 관계를 정립하면서 진행되어 온 과정이라고 말할 수 있다.

> 필경 중국만큼 시시한 나라는 없을 것이다. 가로수에 돼지를 거꾸로 매달아 놓는 것은 무슨 취미일까? 기분이 나쁘다.
>
> (『장강유기』 198쪽)

문화는 차이로서 존재한다. 문화는 전체의 장으로서 파악해야 한다. 중국인의 식생활은 돼지고기가 큰 비중을 차지한다. 시골에서는 돼지를 도살한 후 나무에 매달아 놓고 팔거나 보관했음을 엿보게 한다. 우리가 흔히 보는 정육점의 광경이 연상된다. 일본은 육식문화가 정착되지 않았으므로 이러한 광경은 진기한 것이기도 하며 몰풍경하게 여겨졌을지도 모른다. 그러나 이에 대해 중국의 야만성으로 규정해 버린다는 것은 경솔하다고 생각된다. 역지사지라는 말이 있다. 입장이 달라지면 관점도 달라지고 가치관도 달라진다는 데에 유념할 필요가 있을 것이다.

아쿠타가와의 중국기행은 다분히 인상비평적이다. 그리고 그 방법에 대해 확고한 신념을 지니고 있다. "아나톨 프랑스여. 그대의 인상비평은 진리이다.[22]"라고 말하고 있기 때문이다.

필자는 『중국기행』을 읽으면서 아쿠타가와는 국민국가 시대의 지식인의 전형이라고 느꼈다. "일장기를 보았다. 조국을 생각했다. 조국의 쌀밥을 생각했다.[23]" 등의 대목은 이를 확인할 수 있다.

1999, 50-2쪽 참조.

[22] 『北京日記抄』 216쪽.

[23] 『長江游記』 200쪽.

  '문명과 야만'이라는 이분법으로 바라보는 것은 제국주의의 시각이다. 아쿠타가와 역시 여기서 벗어나지 못하고 있음을 본다. 그리고 아쿠타가와의 중국인식은 작가 개인의 주관에서 오는 인상주의적 비평이 강하며 역사적 인식에 토대한 사회적 시각으로 중국을 논의하는 데까지는 이르지 못하고 있다. "늙은 중국이 노목처럼 드러누운 옆에 젊은 중국이 움트려고 하는" 정도의 표현은 시대적 통찰이라고 보기에는 너무나 평범하며, 범인도 할 수 있는 매우 피상적이고 단편적인 표현이라고 말할 수 있다.

  아쿠타가와는 부지불식간에 일본의 제국주의 이데올로기에 젖어버려 자국의 행위에 대한 객관적 분별력을 잃어버린 일본의 지식인이라고 생각된다. 소세키가 『만한 여기 저기』에서 중국의 자연을 예찬했듯이 아쿠타가와도 서호(西湖)의 아름다움 등 중국의 자연에 대한 묘사에서는 인색함을 보이지 않고 칭찬하고 있다. 그러나 인간의 손길이 가해진 중국의 묘사에는 가차 없이 혹독한 비판을 보이고 있다. 특히 부패한 중국에 실망하는 모습은 자주 보인다. 그의 중국 인식은 전반적으로 불결함과 미개함에 대한 것이며, 쇠락해 가는 노대국(老大国) 속에서 자신의 환상이 무너져 가는 것을 목도하고 느끼는 실망감이라고 말할 수 있다.

  그에 비해 자국 일본은 개화한 선진국이라는 우월감을 은연중에 내포하고 있는데, 악취가 나는 중국을 피해서 일본에 돌아가고 싶다[24]는 말을 자주 하는 것에서 엿볼 수 있다.

---

24) 『長江游記』 193쪽.

4. 결 론

본 연구는 서구인의 오리엔탈리즘의 변형인 재팬 오리엔탈리즘이라는 관점에서 아쿠타가와의 『중국기행(支那游記)』을 고찰해 보았다. 이는 탈중심의 시야에서 바라본 아쿠타가와 연구라고 말할 수 있다. 20세기 후반부터의 문화연구의 동향은 타자 주변에 대한 관심으로 기울어지고 있다.

이 『중국기행』은 아쿠타가와 류노스케라는 일본인, 지식인이 바라본 중국 인상기이다. 이 작품에는 일본인, 지식인의 중국에 대한 우월주의와 편견이 드러나 있는데, 이는 서양인이 동양을 묘사하는 방식과 흡사하다. 그래서 이를 '오리엔탈리즘'이라는 패러다임으로 고찰해 보았다.

아쿠타가와가 파악한 중국이라는 타자의 이미지는 불결, 나태, 부패, 무기력 등으로 점철되어 있는데, 이는 중국의 본질이 아니며 제국주의의 시선이라 말할 수 있다.

작가가 속한 시대와 독자가 속한 시대가 다르기 때문에 우리 독자는 전 시대를 살았던 작가의 작품에서 새로운 모습을 발견하게 된다. 당대에만 통용되는 가치관의 작품이 있는가 하면 시공을 초월하여 공감할 수 있는 작품도 있다. 시공을 초월한 가치관의 작가는 그만큼 생명력이 길다고 단언할 수 있다. 이런 작가는 시대의 모순을 고발하고 새로운 것을 창조하면서 부단히 발전하는 유기적 지식인이라고 생각한다. 이런 관점에서 볼 때 아쿠타가와의 『중국기행』은 시대인식의 박약함 때문에 그의 다른 작품에 비해서 가치가 격하되고 있는 것을 알 수 있었다. 그는 자신이 속한 시대 속에 매몰되어서 자국을 상대화하는 시각을 얻지 못했다. 따라서 그의 작품은 서구적 오리엔탈리즘의 변형인 재팬 오리엔탈리즘의 형태로

서서히 형성되었다고 생각된다. 그래서 『중국기행』의 도처에 제국
주의적 시선이 노출되게 되었다고 생각한다.

그러나 다행스럽게도 아쿠타가와는 중국여행 당시는 무심하게 지
나쳤던 것들을 여행에서 돌아온 후 어느 정도의 내화된 시간을 거
치고 개화시켰다고 생각한다. 중국여행에서 돌아온 후 발표한 작품
들인 『장군(将軍)』,25) 『호남(湖南)의 부채』,26) 『슌칸(俊寛)』,27) 『모모
타로(桃太郎)』 등에서는 중심과 주변의 관계를 다루는 비판의식이
보이기 때문이다. 이 작품들에서는 아쿠타가와 쪽에서 오히려 일본
의 전통설화에 내재한 제국주의적 시선을 고발하고 있다. 특히 『모
모타로』, 『슌칸』 등에서 그것이 첨예하게 드러나 있다.

그가 구축해 온 인공적인 세계는 중국여행에서 돌아온 후에는 무
력감으로 반격을 해 왔으며, 시대가 변하면서 예술지상주의적인 자
폐적 세계로는 승부를 내기가 어렵다고 판단했기 때문에 아쿠타가
와는 방향을 상실했다고 생각한다. 아쿠타가와의 중국여행은 결과
적으로는 그의 사회의식을 각성시킨 소중한 여행이었다고 생각한다.
다만 『중국기행』에는 아직 그 의식이 드러나 있지 않아서 유감스럽
게도 이런 논문을 쓰게 되었다. 중국 여행에서 돌아온 후 아쿠타가

---

25) 1922년의 작품으로서 아쿠타가와는 노기장군에 대한 우상파괴를 시도
　　했다. 관헌의 검열로 인해 13군데가 삭제되는 운명을 맞는다.

26) 호남(湖南)의 악명 높은 황육일(黄六一)이라는 악당이 참수되었는데,
　　그 정부(情婦)인 옥란(玉蘭)이 '나는 기꺼이 내가 사랑하는 사람의 피
　　가 스며든 이 비스켓을 먹겠다'면서 황육일의 피가 배어 있는 비스켓
　　을 먹는 것을 보고 호남사람의 정열에 놀란다는 단편이다.

27) 『겐페이성쇠기(源平盛衰記)』에 나오는 슌칸의 이야기로서 구라타 햐큐
　　조(倉田百三)와 기쿠치 칸(菊池寬)도 슌칸의 모티프를 작품으로 썼는
　　데, 이에 촉발되어 아쿠타가와도 『슌칸』을 쓴다. 여기서 작가는 슌칸의
　　유배지 생활과 교토(京都)에서 나도는 소문의 불일치를 보여주고 있다.
　　또 교토의 미인과 섬의 미인의 기준이 다른 것을 보여줌으로써 중심
　　문화와 주변문화라는 타자성의 시각을 노정하고 있다.

와의 건강이 점점 악화되지 않고 건강하였다면, 분명 바깥세계로
열린 작품을 남겼을 거라고 생각한다. 그러나 『중국기행』 자체만을
볼 때는 저널리스트적 시야를 발견할 수 없었다. 그러나 그의 무의
식은 중국여행에서 많은 것을 각인했음에 틀림없다. 중국체험 이후
그의 창작은 질적인 변모를 할 수밖에 없었으며, 그것은 결단을 요
구하는 행위였다고 생각한다.

◎ 참고문헌

ェドワドーサイド(大橋洋一訳)『知識人とは何か』, 平凡社, 1998.

編輯部 編, 『一冊の講座 夏目漱石』, 有精堂, 1982.

E. 사이덴스티커(허호 옮김), 『도쿄 이야기』, 이산, 1997.

에드워드사이드(박홍규 訳), 『오리엔탈리즘』, 교보문고, 1999.

강상중(이경덕 임성모 옮김), 『오리엔탈리즘을 넘어서』, 이산, 2000.

조루쥬 바타유(조한경 역)『어떻게 인간적 상황을 벗어날 것인가』, 문
　　　　예출판사, 1999.

에른스트 캇시러(최명관 옮김), 『국가의 신화』, 서광사, 1988.

김춘진 편, 『보르헤스』, 문학과 지성사, 1996.

이재호 외 3인 共訳, 『世界文芸思潮史』, 을유문화사, 1997.

『国文学』(芥川龍之介を読むための研究史事典) 1988, 5月号, 学灯社, 1988.

『国文学』(芥川龍之介小説の読みはどう変わるか) 1996, 4月号, 学灯社, 1996.

『현대시사상』(타자는 누구인가) 1996. 겨울호, 고려원, 1996.

渡部芳紀, 「芥川龍之介文学散歩」, 『国文学』 48巻, 1983. 4.

山敷和男, 「芥川と二十世紀文学」, 『日本近代文学』 第20集, 1974. 6.

　　　　, 「芥川龍之介の芸術論」, 『国文学研究』 第36巻, 1977. 6.

荻野恒一, 「芥川竜之介のパトグラフィ」 1983. 4.

제 2 장

패러디 작품 『모모타로』를 통해 본
아쿠타가와의 제국주의 비판

1. 서 론

최근 포스트 모더니즘[1]이란 시대정신하에 신역사주의[2] 문화유물
론,[3] 페미니즘비평,[4] 해체주의,[5] 비평양식이 다양하게 시도되고 있

---

1) 논란이 많은 용어로서 탈근대주의로도 번역되며, 전성기 모더니즘시대의
   통례화된 관습과의 결별로 간주된다. 1960년대 이후 선진자본주의 사회의
   문화라는 관점에서 전통적 가치에 대한 도전이 그 특색이라 할 수 있다.
2) new historicism의 訳語로서 1980년대 이후 미국에서 성행한 역사주의
   비평이다. 영국 르네상스 연구를 始発로 하여 미국 자연주의 소설 연
   구, 빅토리아조 연구를 거쳐 英美 문화연구 전체로 확산되었다. 문학
   텍스트만을 분석 대상으로 삼는 형식주의가 지배적이던 시대에 그 반
   동으로 일어난 비평 운동이며, 시야를 역사로 돌려 역사 안에서 문화현
   상을 바라보는 특색이 있는데 미셸푸코가 그 대표학자이다.
3) 'cultulal materilism'의 訳語로서 마르크스주의 비평의 전통을 계승하고
   있지만, 모든 문화활동을 경제적 토대로만 설명하지 않고 더 포괄적인
   사회적 프로세스로 이해하고 있다. 正典에 대한 문제제기와 대중문화에
   대한 긍정적 이해 등 많은 업적을 남겼다.
4) 자본주의시대의 성차별주의와 남성작가에 의해 왜곡되게 表現된 여성
   이미지를 여성의 입장에서 비판적으로 해석하는데 1970년대 후반 성행
   하기 시작했다. K·밀렛의 『性의 政治学』이 그 선구이다.
5) 해체라는 용어는 구조주의에 대한 비판으로서 프랑스철학자 자크 데리

다. 글로벌시대의 문학연구는 문학과 철학의 경계가 무너지고, 이항 대립에서 억제되어 온 것들이 '知'의 추구의 대상이 되고 있는데, 그 억제되어 온 것이 타자로서 소외되고 은폐되었던 것이라고 말한다. 그렇게 볼 때, 동서를 막론하고 문학은 본질적으로 타자[6]를 드러내 왔다.

본고는 아쿠타가와의 타자인식을 포스트 콜로니얼 비평의 시각에서 고찰하고자 한다. 포스트 콜로니얼리즘은 20세기 후반에 소위 '제3세계'로 호칭되던 아시아 아프리카를 비롯한 라틴아메리카 여러 나라가 서양의 지배로부터 벗어나 독립을 성취하는 단계에서 비롯된다. 포스트 콜로니얼 비평은 식민지지배시대로부터 현대에 이르기까지의 식민지주의 및 제국주의와 관계된 다양한 문화를 둘러싼 활동을 가리키는 용어이다. 포스트 콜로니얼 비평을 적용할 작품으로서 본 연구는 일본의 전통설화로서 오랫동안 어린이들의 무의식 심층에 함께 자리하고 있는 모모타로 이야기를 패러디한 아쿠타가와의 『모모타로』를 살펴보기로 한다.

2. 창작동기와 식민지주의 인식

아쿠타가와의 『모모타로』 이야기는 어린이들이 읽기에는 충격적이며 기존의 설화를 전복한 새로운 해체적 재구성이라고 할 수 있

다가 만들었다. 우상파괴적 철학자들인 니체와 하이데거의 철학적 전통을 계승하고 있는데, 이항대립주의 언설의 허구를 해체하고 있다. 모든 중심은 주변에 의해 드러나며, 해체적 독해에 의해 의미가 생산되는 과정을 이해할 수 있다.
6) 'other'의 번역어로서 정신분석학자인 라캉에 의하면 타자는 내가 아닌 모든 것의 궁극적인 기표이기 때문에 사실상 나를 정의한다고 본다.

다. 이 작품이 나오게 된 배경에는 작가의 중국 시찰경험이 깔려 있다. 아쿠타가와는 오사카 마이니치 신문사의 해외 시찰원으로 1921년 3월 하순에서 7월 상순까지 중국에 파견되어 기행문을 신문사에 기고한다. 중국의 역사 및 문학에 조예가 깊고 해박했던 그는 평소 보고 싶었던 명승지를 돌아보고, 영감을 얻을 수 있는 절호의 기회로 생각해서 선뜻 응한 해외여행이다. 이미 다니자키 준이치로와 사토 하루오가 자비로 중국여행을 다녀와 글을 남기고 있어서 아쿠타가와도 기회가 닿으면 가고 싶었던 차였다.

아쿠타가와는 상해에서 중국의 지식인 장병린(章炳麟)을 방문하게 되는데 그한테서 일본인의 무의식에 대한 비판적인 말을 듣는다. 일본인의 정치적 무의식에는 어렸을 때부터 『모모타로』 설화가 자리잡고 있어서 그런 어린이들이 자라서 군국주의, 제국주의의 길을 아무런 저항 없이 걸어가며, 평화로운 이웃나라들을 못살게 군다는 이야기를 듣고 충격을 받는다. 서재라는 폐쇄적 공간 안에서 개인의 삶을 이지적으로 형상화하는 창작가였던 아쿠타가와는 4개월에 걸쳐 광대한 중국대륙을 밟으며 일본의 대외진출의 혁혁한 활약상을 느끼지 않을 수 없었을 것이다. 때마침 장병린의 이야기를 듣고 그는 충격적으로 공명했던 것 같다.

러일전쟁에서 승리한 일본은 대륙진출의 야욕을 품고 1907년에 4월에 '만철(満鉄)' 영업을 개시한다. 중국인(清国人)에게도 공개하여 주식모집을 하는데, 정식명칭은 남만주 철도주식회사(南満洲鉄道株式会社)이다. 급기야 1919년에는 관동군(関東軍)으로 개편된 일본 육군부대를 중국 동북부에 있는 만주에 주둔시켜 철도경비를 강화하는 한편, 서구 제국주의를 흉내 낸 식민지 개척에 여념이 없던 시기였다.[7] 철도를 부설하고 물자를 수송하는 등 일본의 제국주의적 식민

---

7) 中山隆志,『関東軍』,「満洲と日本」,「関東軍誕生と日中関係」, 講談社, 2000.

지개척 전성기에 중국체험을 한 작가였던 아쿠타가와에게 자국 일본이 이웃나라에 대해 저지르고 있는 행위가 어떻게 비춰졌을까 생각하게 하는 작품이 바로 『모모타로』이다.

이 작품은 소위 동화 작품으로 분류되어 『손수레』, 『거미줄』, 『두자춘』 등과 함께 실려 있다. 그러나 이 작품은 그런 어린이 대상의 동화 작품들과는 파격적으로 다르다. 어린이들이 아쿠타가와의 『모모타로』를 읽는다면 독자인 어린이는 모모타로와 그 종자들을 증오하고 하루아침에 그들의 낙원을 잃고 아수라의 세계에 직면한 도깨비들을 연민할 것이다. 아쿠타가와는 그것을 노린 듯 독자들의 허를 찌르고 있다.

다음 인용문은 장병린 선생을 회상하며 남긴 에세이 『僻見』에 나오는 글로서, 당시의 아쿠타가와의 심경을 엿볼 수 있다.

> 내가 상해의 프랑스 촌에 있는 장태염 선생을 방문했을 때, 박제된 악어가 매달려 있는 서재에서 선생과 중일관계를 논했다. 그때 선생이 말한 이야기가 지금도 귀에 쟁쟁하다. (중략) "내가 가장 싫어하는 일본인은 도깨비섬을 정벌한 모모타로이다. 모모타로를 사랑하는 일본국민에 대해서도 다소 반감을 안 가질 수 없다." 선생은 실로 현인이다. 나는 때때로 외국인들이 야마가타 공작을 조소하거나 가쓰시카 호쿠사이를 칭찬하고 시부사와 자작을 매도하는 것을 들었다. 아직 어떤 일본통도 우리 장태염 선생처럼 복숭아에서 태어난 모모타로에게 화살을 쏜 적은 없었다. 뿐만 아니라 이 선생의 일시(一矢)는 수많은 일본통의 웅변보다도 진리를 내포하고 있었다.

아쿠타가와가 가해자로서의 일본을 체험적으로 실감한 것은 중국 방문 때이다. 그리고 중국시찰로부터 3년 후인 1924년에 아쿠타가

---

pp.10−61. 참조.

와는 그의 육성을 담은 『모모타로』를 쓴다. 이 작품을 씀으로써 가해자 일반에 대한 저항심을 표출했다. 가해자로서의 일본을 세상에 천명했으며, 그 자신은 일본이란 나라에 소속된 무력한 지식인이라는 인식이 내재해 있다. 그가 장병린을 만났을 당시 일본의 지식인으로서 중국 지식인과 '중국과 일본의 관계'를 논한다는 것은 대등한 입장에서 선린우호를 논하는 것이 아님은 자명하다. 일본은 중국을 시종 넘보며, 자국의 이익을 도모하기 위해 세계에서 일어나는 국지적 사건에 사사건건 개입하고 있었던 시기였다. 이런 국제적 정세를 읽고 있는 이 두 지식인의 만남은 아이러니한 상황이었다고 볼 수 있다. 이런 미묘한 상황에서 장병린은 일본인의 침략근성을 초등학교 교과서에 실려 있는 모모타로 설화에서 추론하는 기발한 기지를 보인다.

　모든 제국주의의 논리에는 미화된 명분이 있다. 야만상태에 있는 집단을 문명 속으로 이끈다든가 이교도를 계도하여 자신들이 믿는 보다 고등한 신앙세계로 인도한다는 등의 언설[8])이 있다. 이러한 언설의 배후에는 강자의 욕망이 은폐되어 있다. 강자의 질서 속에 약자들을 편입시켜 강자들이 중심이 된 새로운 질서로 재편성하고자 하는 과정이 인류의 역사였다고 할 수 있다. 다른 것, 즉 차이를 차이로서 놓아두지 않고 자기 쪽으로 흡수하여 동화시킴으로써 지배를 용이하게 하려는 속셈에서 언어를 빼앗고, 관습을 강요한다. 선악의 기준은 강자가 정하는 것이기 때문에 강자들의 질서에서 일탈되는 것은 나쁜 것이며 그렇기 때문에 지배당해야 한다는 것이 명분인 것이다.

---

8) 프랑스어 디스쿠르(discours). 영어 디스코스(discourse)는 여러 가지 의미로 사용되는데, 그 번역어로 言説이란 어휘가 최근 유행처럼 사용되고 있다. 그것은 철학적, 정치적, 문학적, 종교적 주제와 관련된 의견을 논하는 '論述'의 의미와 맥락을 같이한다.

전래 설화인 모모타로 이야기에는 도깨비들이 난동을 피우기 때문에 모모타로가 도깨비섬을 정벌해야만 하는 당위성이 명분으로 제시되어 있다. 이 이야기에는 도깨비들의 육성은 없다. 그들은 약자이기 때문에 강자에 종속되는 순간부터 자기를 말할 수 없다. 강자들에 의해 대변될 뿐이다. 그러한 강자가 대변하는 언설에는 약자를 위한 배려가 없으며 강자의 시각으로 윤색되어 있다. 그들과 다른 타자를 폄하함으로써 자신들의 명분을 교활하게 찾아내는 것이다. 모모타로의 도깨비섬 정벌의 명분으로 내세운 도깨비들의 난동은 그런 의미에서 재고되어야 한다. 강자들이 도깨비섬을 정벌하기 위한 빌미로서 날조한 허구일 수 있다는 것이다. 아쿠타가와는 이러한 개연성을 예리하게 간파했기 때문에 도깨비들이 살고 있는 섬을 아름다운 유토피아적 신화의 세계로 구성하고 정전(正典)을 뒤엎는다.

> 도깨비 섬은 절해고도였다. 그러나 우리가 생각하던 것처럼 바위산만 있는 것은 아니다. 야자나무가 훤칠하게 서 있으며 극락조가 지저귀는 아름다운 천연의 낙원이었다. 이러한 낙원에서 생명을 부여받은 도깨비들은 물론 평화를 사랑했다. 도깨비들은 원래 인간들보다 향락적으로 생겨난 종족인 듯싶다. (중략) 도깨비들은 열대적 풍경 속에서 거문고를 뜯거나 춤을 추며 또한 옛 시인들의 시를 읊조리는 등 매우 평온하게 살고 있었다.(제3장)

서구 제국주의가 아프리카를 식민지화하는 과정을 연상하게 하는 문장이다. 백인들은 흑인들을 피부색이 다르다고 차별하고 그들의 낙천성을 나태라고 간주하여 멸시했으며 나태라는 죄악을 근절시키기 위해 정복해야 한다는 논리를 폈다. 서양문명의 자기중심적인 '정통과 이단', '문명과 야만'의 규정으로부터 급기야는 이러한 문화적 이질성에 대해 가치적인 척도를 부여하여 억압하기에 이르렀다. 흑인들은 관능적이며 지적으로 열등하다는 고정관념을 지속적으로 정착시켜 지적인 화이트칼라 직업은 백인들이 차지하고 육체노동을 주로 하는 블루칼라직업은 흑인 및 유색인종이 맡아야 한다는 편견을 배태시켜 왔다. 할리우드 영화에 등장하는 흑인을 비롯한 유색인종들은 사회의 밑바닥 삶을 사는 직업에 종사하는 것이 주류이다. 이런 식으로 서서히 편견은 고정관념으로 자리잡게 된다.

그러나 입장이 다르면 관점도 달라진다. 도깨비들에게 비친 인간은 어떤 모습일까? 아쿠타가와의 텍스트는 상대적 시각이라는 것을 밝히고 있다. 이빨이 빠진 늙은 할머니 도깨비들은 그들의 손자손녀에게 인간이란 종족이 얼마나 가공한 존재인가를 옛날이야기로 들려준다.

> "너희들도 못된 장난을 하면, 인간들의 섬에 데리고 갈 테다. ― 인간이란 뿔이 나지 않은 희멀건 얼굴과 손발을 지닌 기분 나쁜 종족이란다. 게다가 인간 중에서도 여자는 그 희멀건 얼굴과 손발에 온통 분칠을 한단다. 그뿐 만이라면 좋다. 남녀 말할 것 없이 거짓말쟁이에다 욕심은 많고 질투 자기도취 동료끼리 헐뜯고 죽이기에다 도둑질 어떻게 손을 쓸 수 없는 금수들이란다."
> (제3장)

여기에는 서로 상반된 언설이 존재한다. 물론 도깨비들도 그들 나름대로의 인간에 대한 억측과 편견을 지니고 있을 것이다. 인간들의 용모와 미의식에 대한 편견, 자신들과 생김새가 다르기 때문에 생기는 위화감과 불쾌감 등이 그것이다. 인간에 내재한 향상심을 일그러진 거울에 굴절시켜 비춘다면 욕심, 시기심, 질투라는 악덕으로 보일 수도 있다. 이 텍스트의 도깨비와 인간은 각각 독립된 공동체 생활을 하는 한에는 부딪칠 것이 없다. 그리고 문화가 다른 집단으로서의 차이를 인정한다면, 공존할 수도 있다. 그러나 어느 한쪽이 차이를 인정하지 않고 순치하려 들거나, 지배 피지배의 역학관계하에 놓으려 할 때 불행은 시작된다.

모모타로 일행은 종족이 다르다는 이유로 도깨비들을 정복한 셈이다. 모모타로에게 도깨비들은 타자인 것이다. 타자는 단순히 자기 이외의 존재를 지칭하는 것이 아니라 자기와 다른 사회집단에 속해 있는 타인을 지칭한다고 볼 때 타자 중 대표적 존재는 외국인이라고 할 수 있다. 모모타로 일행은 도깨비들이 살고 있는 이 평화로운 섬을 쑥대밭으로 만들어 부녀자를 유린하고 재산을 강탈한다.

다른 집단을 정복하는 것은 정의라는 논리 속에서 제국주의는 시발했다. 도깨비들은 강자에게 억압받는 타자의 상징이다. 그들은 뜻하지 않은 불의의 습격에 저항할 힘이 없다. 그렇다고 해도 엄연히 존재하는 실체이다. 도깨비들의 삶은 모모타로 일행의 습격 이후 황폐해지고 존재의 기반을 잃게 된다. 아쿠타가와는 이 작품을 씀으로써 일본의 만행에 대해, 그들이 수탈하고 있는 주변 약소국들에 대해 지식인으로서의 양심을 보여주었다.

이와 같은 작품은 다소 의외의 이색적인 작품이지만, 아쿠타가와의 세계정세에 대한 지평을 보여주는 작품이며 그가 소외된 자에 대한 공감이 남달랐다는 것을 말해 주는 것이기도 하다. 이러한 타자인식은 그의 삶이 고독과 소외로 점철된 주변적 타자의 인생이었기에 표현 가능한 것이라고 본다. 아쿠타가와의 시각은 상대방의 입장을 염두에 두고 매사를 생각하기 때문에 그로 인해 초래되는 회의주의가 저변에 깔려 있다. 그런 그가 개인 상호 간이 아닌 국가 대 국가라는 거시적 틀 속의 존재론적 인식에까지 시야를 넓히지 못하던 차에 중국을 방문하고 자신이 소속한 나라가 아시아 여러 민족에 대한 가해자라는 수치스러운 자각을 하게 된 것이라고 볼 수 있다. 왜냐하면 '모모타로' 설화라는 가장 일본적인 이야기에다 전도된 내용을 격앙된 어조로 표현하고 있기 때문이다.

또 『모모타로』보다 나중에 쓴 『난장이의 말』 '倭寇'에는 다음과 같이 쓰고 있다.

> 왜구라는 말은 우리들 일본인도 세계열강과 나란히 할 만큼 능력이 있다는 것을 나타낸다. 우리들은 도적질, 살육, 간음 등에 있어서 결코 '황금의 섬9)'을 찾아 나선 스페인 사람, 포루투갈인, 네덜란드인, 영국인에 뒤지지 않았다.

여기서 아쿠타가와는 제국주의 일본을 미화시키지 않고 왜구의 후예로서 자국을 인식하고 있다. 그래서 모모타로 일행을 왜구와 동일선상에서 바라보고 있는 것을 알 수 있는데, 아쿠타가와는 안이한 민족주의를 넘은 보편주의를 구가하고 있는 것을 본다. 이점이 스승 소세키보다는 심원하다. 작가의 양심은 편협한 민족주의를 넘어서 인류를 향해야 한다고 보기 때문이다. 소세키가 자국 일본과 아시아 여러 민족의 관계를 통찰 못했을 리는 만무하다. 그는 일본의 병폐를 열심히 지적하고 있지만 제국주의의 야만성을 노골적으로 지탄한 적이 없을 뿐만 아니라 내심으로는 그에 편승하고 있는 기분이 들기 때문이다.

비슷한 일화로는 세계주의, 사해동포주의를 외친 우치무라 간조(内村鑑三)가 러일전쟁에서 일본이 승리했다는 소식을 듣고 환호한 것을 들 수 있다. 이처럼 메이지 지식인들은 국가주의가 앞섰으며 자신

---

9) 14세기 초 이탈리아 상인 마르코폴로가 『동방견문록』에서 일본을 '지팡구'라고 부르며 '황금의 섬'으로 소개한다. 이것은 유럽의 동양 개척의 한 動因이 된다.

들이 표방하는 신념과 무의식의 욕망은 모순을 보였다. 소세키가 2년 반 만에 영국에서 귀국한 직후 일본은 러일전쟁에서 승리하고 서구 열강과 똑같은 방식으로 제국주의적 식민지 확보에 혈안이 된다. 전쟁에서의 승리를 통해 그가 유학 중 느꼈던 서양에 대한 열등감에서 벗어날 수 있었다. 이런 요소는 소세키가 우익적 일본인의 칭송은 받을 수 있을지는 몰라도 인류의 스승이 되기에는 한계를 보이고 있다. 이점이 아쿠타가와와 소세키를 차별화한다고 본다.

3. '모모타로'의 표상으로서의 '근대'

『모모타로』 작품은 기존 설화에는 없는 작가의 상상력을 한껏 동원한 판타지 같은 신화시대를 배경으로 설정해 놓고 있으며, 그에 걸맞게 아름다운 서정적 문체로 시작한다.

> 옛날 한 옛날, 어느 깊은 산속에 커다란 복숭아나무가 한 그루 있었다.
> 커다랗다는 것만으로는 미흡하다. 이 복숭아나무의 가지는 구름 위로 뻗어 있고, 이 복숭아의 뿌리는 대지 속 황천에 닿아 있었다. 어쩌면 천지개벽할 당시 이자나기노미코토가 요모쓰히라사카에서 번개를 물리치기 위해 복숭아로 돌팔매를 쳤다고 하는 신화시대의 복숭아는 이 나무의 가지에 열려 있었던 것 같다. 이 나무는 세계가 열린 후 일만 년에 한 번 꽃을 피우고 일만 년에 한 번 열매를 맺는다. 진홍색 꽃잎에 황금색 열매를 늘어뜨리고 있었던 모양이다. 열매는 아주 컸으며 신기하게도 그 열매의 씨가 있는 곳에 어여쁜 아기를 하나씩 품고 있었다.(제1장)

제1장에 나와 있는 복숭아나무는 천지와 어우러져 웅장한 모습을

드러내고 있으며, 인간계의 시간관념에 지배되는 식물이 아님을 알 수 있다. "일만 년에 한 번 꽃을 피우고 일만 년에 한 번 열매를 맺으니" 인간의 일상을 초월한 도교적 신선계에 속해 있다. 이러한 신화 세계에서 제각기 아기를 품고 있는 복숭아 열매 중 하나를 금까마귀(金烏)가 우연히 쪼아서 떨어뜨림으로써 데굴데굴 굴러서 인간 세계와 조우하게 된다. 마침 강가에서 빨래하고 있던 할머니가 복숭아를 줍게 되고, 거기서 모모타로가 태어난다. 아쿠타가와 『모모타로』의 모모타로는 자기를 길러준 할머니와 할아버지처럼 심산유곡에서의 지루한 생활을 하고 싶지 않아서, 자신의 운명을 개척하기 위해 도깨비섬을 정벌하고자 결심한다.

여기서 자연에 순응하는 삶에 대해 거부하는 모모타로를 알 수 있으며, 다시 말해 모모타로가 근대의 표상임을 엿볼 수 있다. 근대는 자연의 순환리듬을 파괴하여 인공의 손질을 가하고 자연에 도전했다. 계획하고 조작하는 능력을 조장하여 기계를 만들었으며, 효용에 대한 관심으로부터 빠르기를 지향한 교통수단을 창출했다. 모모타로는 도깨비 섬을 효율적으로 정벌하기 위해 종자들을 구하는데, '수수경단'이라는 물질을 매개로 수요와 공급에 입각한 시장거래를 한다. 그리하여 굶주린 개 한 마리와 원숭이, 꿩을 얻었는데 끊임없는 권모술수 속에서 불협화의 위험을 배태한 채 도깨비섬에 당도한다. 이러한 결합은 일시적인 승리는 약속할지 몰라도 영속적일 수 없다. '근대성(모더니티)'이란 전 시대의 질서였던 인정과 의리의 세계와의 결별을 의미하는 것이며, 그 대신 냉혹한 시장의 법칙이 우선시된다. 먹이와 전리품을 사이에 둔 이해관계의 합의로 모모타로 일행은 도깨비섬을 정벌할 수 있었다. 그리고 도깨비들의 재산과 보물을 나르기 위한 노동력으로서 젊은 도깨비들을 인질로 데려오는 한편 도깨비들의 보복을 미연에 방지하려는 치밀함을 보인다.

모모타로의 일거수일투족을 보면 근대인의 합리성을 느낄 수 있다.

도깨비들의 우두머리인 추장은 모모타로 일행이 도깨비섬을 정벌해야만 하는 납득할 만한 해명을 요구한다.

> "저희 도깨비들이 당신들에게 무례한 행동을 했기 때문에 도깨비섬을 정벌하러 왔을 텐데 저희들이 어떤 무례를 범했는지 모르겠습니다. 그 자초지종을 해명해 주십시오."
> "일본에서 제일가는 모모타로는 개, 원숭이, 꿩 세 마리의 충의를 지닌 부하를 얻었기 때문에 도깨비섬 정벌에 임했다"
> "그렇다면 그 세 분을 데려오게 된 이유는 무엇입니까"
> "그거야 도깨비섬 정벌을 결심했기 때문에 수수경단을 주고 데리고 오게 되었다.
> ― 어때? 이래도 모르겠다면 너희들 모두 죽여줄까."(제4장)

위의 도깨비 추장과 모모타로 사이에 오고가는 대화에서 모모타로의 해명은 자기측인 모모타로, 개, 꿩, 원숭이 사이의 이해관계만 표명되었을 뿐이며 도깨비들의 입장과는 무관한 답변으로 일관되어 있다. 공전(空転)하는 울림은 도깨비들을 절망하게 하는데, 모모타로도 이치에 안 맞는 자신의 답변을 인식한 듯 최후의 통첩으로 도깨비들을 모두 죽여 버리겠다고 협박을 한다. 제국주의의 논리는 침략자의 논리일 뿐이며 억압받는 자의 입장은 언제나 배제되어 있다. 그들은 대등하게 논설을 펼 수 없으며 강자의 억지논리에 침묵할 수밖에 없다. 이 작품은 마지막에 가서 통쾌하게도 도깨비들의 저항을 드러낸다. 식민지의 도깨비들은 폭력으로 저항하는데 여기서 작가의 인간적 면모를 엿보게 한다.

> 그러나 모모타로가 꼭 행복한 일생을 보낸 것은 아니다. 도깨비 어린이는 성장하자 망을 보는 꿩을 물어뜯어 죽인 후 곧 도

깨비섬에 연락한다. 뿐만 아니라 도깨비섬에 살아남은 도깨비는
바다를 건너와서 모모타로의 집에 불을 지르기도 하고, 자고 있
는 모모타로의 목을 긁으려고 했다. 잘은 몰라도 원숭이는 모모
타로로 잘 못 알고 살해되었다는 풍문이다. 모모타로는 거듭되는
불행에 한숨만 내쉬었다.(第5장)

　한편, 적막한 도깨비섬 바닷가에서는 아름다운 열대의 달빛을
받으며 젊은 도깨비들이 도깨비섬의 독립을 도모하기 위해 야자
열매에 폭탄을 장치하고 있었다. 상냥한 도깨비 처녀들과 사랑하
는 것도 잊은 듯이, 묵묵히 그러나 기쁜 듯 커다란 눈에 광채를
내며.(第5장)

　제국주의 침략자를 방불케 하는 수탈자 모모타로의 식민지지배를
받게 된 도깨비들은 청춘의 꿈 사랑을 접고 도깨비섬의 독립을 위
해 투쟁한다. 우리 인류의 근대 세계사 속의 많은 식민지 청년들이
자국의 독립을 위해 목숨 걸고 싸운 것을 연상하게 한다. 인도, 중
국, 조선의 청년들은 민족주의를 외치며 식민 상태에서 벗어나고자
안간힘을 썼다.

　아쿠타가와가 창작활동을 했던 다이쇼기는 밖으로는 제국주의를
지향하고 안으로는 민주주의를 외치는 모순을 배태한 시기이다. 제1
차세계대전이라는 전쟁 특수를 통해 채무국에서 채권국으로 급부상
한 일본은 독점자본주의 체제를 구축하는데, 이 과정에서 국내의
빈부의 격차는 심해지고 '쌀 소동[米騷動]'10) 등 일반 서민의 삶이
피폐해져 가는 사회적 모순을 초래한다. 이러한 모순의 타개책으로
대외진출을 강행하고 만주를 식민지화한다. 이런 제국주의적 약육

---

10) 상인들의 쌀 매점매석으로 1918년에 미곡가가 폭등하여 무산자들이 소
　　동에 많이 가담하게 된다. 이때 피차별 부락민의 전투적 봉기가 주목
　　되며, 하라 다카시[原敬]내각이 출현하는 계기가 된다.

강식 사태는 인류사에서 근절되지 않을 것이라는 것이 작자의 전망인 것 같다. 다이쇼 데모크라시의 이론적 지주인 요시노 사쿠조[吉野作造] 교수11) 등이 조선과 중국의 민족주의를 존중해야 한다면서 일본의 무단(武斷)적 팽창정책에 대해 고언(苦言)을 퍼부어도 일본의 제국주의적 만행을 멈추게 할 수는 없었던 것을 아쿠타가와는 잘 알고 있었을 것이다.

마침내 자연을 정복하여 이룬 근대, 문명개화라는 화려한 슬로건을 비웃듯이 1923년에 관동대지진이 일어나 도시가 거의 괴멸되는 것을 본다. 아쿠타가와 역시 니힐리즘적 회의로 만감이 교차되었을 것이다. 이 작품은 관동대지진 이후에 발표되었기 때문에 아쿠타가와의 마음속에 각인된 대지진의 참화를 엿볼 수 있다. 그의 여러 글에 강렬하게 대지진의 모습을 드러내고 있는 것으로 미루어 볼 때 근대를 지향한 문명에 대한 자연의 보복으로서 관동대지진을 인식했을지도 모른다.

4. 『모모타로』의 독서지평의 확대 '타자'

아쿠타가와의 『모모타로』라는 작품은 여러 형태의 타자에 대한 확장해석의 지평을 보여주고 있다. 그것은 일본인과 외국인, 식민지주의자와 피식민지민, 정복자와 선주민,12) 외국인 노동자문제, 근로

---

11) 요시노 사쿠조는(1878 – 1933) 大正, 昭和 초기의 정치학자로서 東京大學에서 강의를 하는 한편, 잡지에 정치논문 등을 발표하여 당국으로부터 筆禍를 당하기도 한다. 데모크라시를 민본주의로 번역하였으며, 정치의 목적은 일반 민중의 복리라고 주창했으며, 정책결정에 민의를 반영할 것을 강력하게 호소했다.

12) 홋카이도(北海道) 개간을 위해 1869년에 '北海道開拓使'를 두고 아이누

여성의 인권문제 등이 그것이며, 그리고 자국 내에서도 쌀 소동 때 신분적 사회적 경제적 차별을 받았던 부락민 문제를 상기시킬 수 있다. 나아가 재일 한국인문제 등, 주변자로서의 마이노리티의 문제를 제기할 수 있다. 또 한편, 이 작품에는 아쿠타가와가 생존했을 당시의 세계적 정세가 직접 간접적으로 투영되어 있다고 볼 수 있다. 그만큼 텍스트에는 작가가 의도적으로 지향하지는 않았을지도 모르는 여러 기호가 함의되어 있다. 독자는 저자와 함께 새로운 의미를 창출해 낼 수 있다는 것이 수용비평13)의 입장이다. 그런 의미에서 필자는 이 작품의 종장을 통해 나름대로의 의미를 추출해 보고자 한다.

인간이 모르는 깊은 산속의 구름안개를 깨치고 나온 복숭아나무는 오늘도 태고적 그대로 겹겹이 수많은 열매를 맺고 있다. 물론 모모타로를 품었던 열매만은 진작 강물에 흘러가 버렸다. 그러나 미래의 천재는 아직 그들 열매 속에 무수히 잠들고 있다. 저 커다란 금까마귀는 이번에는 언제쯤 복숭아 나뭇가지에 모습을 드러낼까? 아아, 미래의 천재는 아직도 저 나무열매 속에 무수히 잠들어 있다.(제6장)

마지막 장인 제6장은 내용이 매우 은유적으로 되어 있다. 제1장에서 신화세계의 무릉도원에서 이야기를 풀었기 때문에 종장도 1장

족들을 축출했다. 삿포로 농학교(札幌農学校)는 훗카이도 개척의 첨병 역할을 했으며, 클라크는 미국이 인디언을 축출했던 뉴프런티어 정책을 훗카이도에서 실행한 셈이다.
13) 야우스의 수용미학을 체현한 문학비평으로서, 시간의 흐름 속에서 작품의 출현 당시의 기대지평을 배반하여 지평의 변화를 일으킨다. 즉 최종적으로는 독자에 의해 작품 수용형태가 바뀌어 새로운 문학사가 전개된다고 설파한다. 그 예로서 세르반테스의 『동키호테』를 들고 있다.

에서와 같은 배경으로 돌아감으로써 환상(環状)구조[14]를 이루려는 기교파적인 작가의 기량을 살리면서도 이 안에는 시사하는 바가 많다. 여기서 갑자기 '미래의 천재'라는 단어를 쓰고 있는 데 주목하고 싶다. '미래의 천재'란, 역사 속에서 새로운 한 페이지를 장식해 온 패권을 쥔 영웅들에 대한 은유로 보이며, 우리의 역사를 강자들의 역사 기록으로 보는 역사에 대한 작가의 시각을 볼 수 있다. 갑자기 스토리가 비약하고 있으나 역사 속의 영웅들은 침략자였으며 정복자였다. 그러한 인물들은 앞으로도 끊임없이 배출될 것이다. 그렇다면, '미래의 천재'는 역사가 영웅시해 온 인물들에 대한 작가의 역설적 표현이라는 것이 타당할 듯싶다. 금후의 인류의 역사는 타자를 배제하는 역사가 아닌 차이를 인정하는 토대 위에 세워진 공존과 상생의 역사라야 한다는 것이 선각적 지식인들이 울리는 경종이다. 그래서 타자에 대한 관심이 대두되고 논의가 활발하게 이루어지고 있다. 인류는 위기에서 벗어나기 위해 타자의 호소에 귀를 기울여야 한다. 아쿠타가와는 무수한 '미래의 천재'의 출현을 확신하고 있다. 인간에 내재한 본능으로서의 정복욕을 적나라하게 볼 수 있는 시대에 살았기 때문이다.

5. 결 론

지금까지 아쿠타가와의 작품 중에서는 이색적이라고 할 수 있는 『모모타로』에 대해서 살펴보았다. 작가가 호흡한 시대는 새로운 형

---

14) 환상구조는 아나톨 프랑스가 즐겨 쓴 기법으로서, 『타이스』는 환상구조로 된 작품이다. 아쿠타가와는 아나톨 프랑스에게 경도한 작가로서 같은 기법을 사용한 것으로 보인다.

태의 약육강식의 시대였으며 그 이전의 일본역사도 수백 년에 걸쳐 먹고 먹히는 전국(戰国)시대를 거쳤다. 또 그가 즐겨 읽은 중국의 역사서도 권모술수의 인간 드라마였다는 것을 상정해 볼 때 아쿠타 가와의 인간에 대한 비전과 인류의 미래가 부정적인 것은 당연할는지도 모른다. 그러나 아쿠타가와의 '미래의 천재의 출현'에 대한 우려는 타자와 공존하려는 인식이 일반화될 때 그 위험이 약화될 수 있다고 생각한다. 그런 의미에서 모든 이항대립은 해체되어야 한다. 문명과 야만, 이성과 감성, 중심과 주변, 자신과 타인 등은 대립으로서 존재하는 것이 아니라 함께 존재해야 한다는 것이 요즘 부상하는 '타자 비평'의 주제라고 할 수 있다. 그런 의미에서 타자 및 타자성에 대한 고찰은 문화 다원주의라는 공생의 원리에 입각한 연구라고 말할 수 있다.

아쿠타가와의 『모모타로』는 지식인의 양심을 보여준 용기 있는 작품으로서, 아쿠타가와의 일본의 식민지주의에 대한 비판을 피지배자의 입장에서 재구성함으로써 그의 식민지주의 인식을 엿볼 수 있었다.

◎ **참고문헌**

菊地弘 外 編, 『芥川龍之介辞典』, 明治書院, 2000.

川口喬一 外 編, 『文学批評用語辞典』, 研究社出版, 2000.

伊藤整 外 『新潮日本文学小辞典』, 新潮社, 1983.

歴史教育研究所 編, 『日本史事典』, 旺文社, 1990.

崔旼洪 외, 『哲学大事典』, 徽文出版社, 1986.

林宗元, 「福沢諭吉의 文明思想 研究」, 제이엔씨, 2001.

『一冊の講座芥川龍之介』, 有精堂, 1988.

平岡敏夫, 『芥川竜之介 − 抒情の美学』, 大修館書店, 1987.

竹盛天雄 外 『大正の文学』(近代文学史2), 有斐閣選書, 1972.

森本修, 『新考・芥川竜之介伝』, 北沢, 1977.

関口安義 「芥川龍之介・戦いの生涯」, 毎日新聞社, 1992.

佐古純一郎, 『芥川論究』, 朝文社, 1991.

鷲只雄, 『芥川竜之介 年表』, 河出書房新社, 1997.

宮坂覚 編, 『作品論芥川竜之介』, 双文出版社, 1995.

海老井英次, 『芥川竜之介論攷 ― 自己覚醒から解体へ―』, 桜楓社, 1987.

姜尚中, 『ナショナリズム』, 岩波書店, 2001.

細見和之, 『アイデンティティ/他者性』, 岩波書店, 2001.

小森陽一, 『ポストコロニアル』, 岩波書店, 2001.

歴史学研究会 編, 『世界史年表』, 岩波書店, 2001.

현대물 『가을(秋)』의 레토릭

1. 서 론

아쿠타가와의 작품은 소재에 따라 '왕조물', '중국물', '기독교물', '개화기물', '현대물' 등으로 분류되는데, 그 안에서 다루고 있는 것은 근대인의 심리이므로 한마디로 말한다면 모두가 근대소설이다. 또한 아쿠타가와가 단편작가이다 보니 중편·단편 형식으로 완결된 작품 수가 200여 편에 이르고 있어서 편의상 이처럼 소재별로 분류하고 있다.

아쿠타가와는 『라쇼몽(羅生門)』, 『코(鼻)』 등의 작품처럼 역사의 옷을 빌려서 아득한 시공간을 배경으로 한 작품을 쓰는 것에는 능숙했으나 당대의 풍속 속에서 이를 소재로 작품을 쓰는 것은 주저했다. 그러나 역사물만 쓰다 보니 소재의 매너리즘에 대한 회의를 느껴 현대물을 써 보겠다는 시도를 하게 되는데, 그 첫 작품이 『가을』이다. 『가을』은 1920년 4월 1일 발행된 잡지 「中央公論」에 발표된다. 또한 아쿠타가와는 『가을』을 씀으로써 자신도 현대소설을 쓸 수 있다는 자신감을 얻게 된다.[1] 그리고 이 작품을 쓴 1920년대는

---

1) 『가을』은 그다지 나쁘지 않은 것 같다. 걱정하는 것보다 나은 것이 나았다는 기분이 든다. 나도 차차 이런 경향의 소설을 쓰게 될 것 같다. 다키이 고사쿠(滝井孝作) 앞으로 보낸 서한, 1920. 4. 9.(全集11卷, 書簡二)

민중예술론이 등장하여 아쿠타가와처럼 유미주의를 표방하는 작가들은 현실을 외면한 그들만의 폐쇄적 공간에서만 창작을 할 수 없다는 위기의식을 느끼게 되는 한편, 새로운 기상이 요청되는 시대이기도 했다. 그는 「다이쇼 8년의 문예계(大正8年の文芸界)」란 글에서 메이지 말기부터의 문단 동향을 진(真)을 이상으로 하는 자연주의, 선(善)을 표방하는 시라카바파(白樺派), 미(美)를 지향하는 유미주의라고 언급하고 나서, 진선미(真善美)의 조화를 추구하는 예술이 대망된다는 것을 밝힌 바 있다.[2]

아쿠타가와는 이처럼 예술과 인생에 대한 종합적 태도로서 '미'를 사색했으며 또, 형식미에 대해서도 지대한 관심을 가졌다.[3] 그러한 관심은 표현의 기교 및 다양한 소재에 의한 실험정신으로 이어지는데 그 작업은 끊임없는 자기연마를 요청했다고 생각된다. 그러한 일련의 노력 중의 하나가 현대물에 대한 시도라고도 볼 수 있다. 현대물을 시도하면서도 아쿠타가와의 기교파적 면모는 여전하여 군

---

2) 「大正八年の文芸界」 全集三巻 pp.277 – 294.
　　(전략)자연주의는 그 문예의 이상을 「진」이라는 한 글자에 놓였다는 것은 말할 필요가 없을 것이다. 당시 평판이 높았던 하세가와 텐케이의 「현실폭로의 비애」와 같은 글이 이를 웅변적으로 말해 준다. (중략) 오랫동안 문단에 군림해 온 자연주의의 「진」에 염증을 느낀 또 한 그룹의 작가들은 「미」를 표방하여 반기를 문단에 펼쳐들었다. 이는 귀국 후의 나가이 가후(永井荷風) 씨를 중심으로 일대를 풍미한 소위 유미주의 운동이다. (중략) 그러나 그러한 가운데에서 또 하나의 새로운 운동이 문단의 한구석에서 일어났다. 이것은 흥미롭게도 반자연주의 운동이면서도 동시에 「선」의 이상에 봉사하며 「미」의 숭배에 굴하지 않는 무리가 있으니 무샤노코지 사네아쓰(武者小路実篤) 씨이다. (중략) 우리 앞에 놓인 다이쇼 8년도의 문단은 이들을 대신할 운동 내지는 경향이 새로 생겨나지 않으면 안 된다. 금년도의 문단이라고 말해도, 아직도 자연주의 유미주의 인도주의 기타 여러 경향이 마치 전국시대의 군웅처럼 각각의 문 앞에서 진을 치고 있는 느낌이다.
3) 『芸術その他』에서 내용과 형식의 불가분의 관계를 강조하고 있다.

더더기가 없는 긴밀한 문체와 다양한 테크닉을 구사하고 있다.

『가을』에는 여주인공의 무의식의 위선4)에서 촉발된 의태(擬態)가 미묘하게 그려져 있는데 이를 효과적으로 나타내기 위해 많은 수사가 동원되고 있다.

작가는 도입부에 전문(伝聞)에 의한 노부코의 모습을 보여준다. 그리고 여동생 '데루코의 편지'라는 복선을 통해 사건의 전모를 암시한다. 작품은 다양한 메타포와 비유, 상황의 아이러니5)와 문체의 아이러니를 통해 주인공의 심리상태를 보여주고 있다. 이는 작품의 주제를 전달하는 데 기여하고 있다고 보기에 이를 아쿠타가와의 레토릭(rhetoric)이라 부르고자 하며 그것이 어떻게 구현되는지 수사비평(rhetorical criticism)6)의 관점으로 살펴보고자 한다.

2. 전문(傳聞)의 기법과 아이러니 문제

이 작품은 4장으로 구성되어 있으며 작가 전지적 시점을 취하면서 전개된다. 이 작품에 소재를 제공한 것은 히데 시게코7)이다. 히

---

4) '무의식의 위선'의 모티프는 나쓰메 소세키가 『그 후(それから)』에서 구현한 것으로서 아쿠타가와는 이 작품의 영향을 받아 『가을』을 썼다.

5) 상황의 아이러니는 종종 극적 아이러니라고도 말하며 주인공이 의도하는 일이 종국적으로는 자기가 생각하는 것과는 딴판인데도 모르고 행동하는 것을 말한다. 『가을』의 노부코에게서 이런 요소를 많이 발견할 수 있다. (이상섭 『문학비평용어사전』(1981), 민음사, p.190 참조.)

6) 수사비평(rhetorical criticism)은 1960년대에서 70년대에 미국에서 유행했던 비평장르로서 비유언어·문체 등에 숨어 있는 이야기의 장치를 분석하도록 독자의 반응을 촉구하고 설득하는 데 그 특성이 있다. 그 대표는 시카고학파의 수사학자 웨인 부스(Wayne Booth)이며 저서로는 『픽션의 수사학』(1961)이 있다.

데 시게코는 나중에 「新潮」지면에 "노부코와 데루코의 심리상태를 심도 있게 해부해서 지식계급에 속한 현대 부인의 인생에 대한 인간적 고뇌를 여실하게 묘사했으면 좋겠다"8)고 비판한다. 히데 시게코는 여성의 문제를 진지하게 생각해 주기를 요청한 것인데 아쿠타가와는 인간성에 내재한 어둠에 대해 관심이 많은 작가인 만큼 시대나 계급 속에서의 인간을 묘사하는 것은 취약했다. 그리고 여성에 대한 편견 또한 많아 그의 작품 속의 여성은 한결같이 왜곡되게 표현된다.9) 아쿠타가와는 인간이 지닌 의태라는 타자성을 보여주기 위해 노부코라는 히로인을 설정하고 있는데, 여성인물한테서 교태와 의태를 구현한 점에서도 아쿠타가와의 무의식적인 여성혐오를 엿볼 수 있는 작품이라고 생각한다.

『가을』의 작중 시간은 노부코가 여자 대학을 졸업한 봄에서부터 다음 해 가을까지로서 약 1년 반에 걸쳐 있다. 두 번의 가을이 묘사되는데 실시간으로는 다이쇼 7년과 8년의 가을이라고 간다 유미코[神田由美子]는 보고 있다.10) 작중에 나오는 '식량문제'와 '쌀값(米価)문제'로부터 유추한 시간이라고 한다. 작중의 데루코가 슌키치와

---

7) 秀しげこ(1890—?) 일본여자대학 가정학부를 졸업한 후 오타 미즈호의 '潮音'에 소속, 歌人으로 활동했다. 아쿠타가와는 1916년 6월 '十日会'에서 히데 시게코를 처음으로 만난다. 처음에는 '愁人'이라고 부르며 그리움을 나타내다가 나중에는 '狂人'의 딸 '復讐의 神'으로 변모하면서 아쿠타가와를 번민하게 한 여성이다.(鷺只雄, 年表作家読本, p.82 참조.)

8) '根本に触れた描写'「新潮」1920년(大正9년) 10월.
「もっと信子や照子の心理状態を深刻に解剖して知識階級にある現代婦人の人生にたいする人間苦を如実に描写してほしいと思ひます。」

9) 아쿠타가와는 여성을 동물적 본능의 존재로 파악하는 작품을 다수 남겼다. 이를 모티프로 쓴 작품은 『투도』, 『여자』, 『카르멘』, 『난장이의 말』 등이 있다.

10) 宮坂覚, 海老井英次 編, 『作品論 芥川龍之介』「秋」神田由美子, 双文社出版, 1995.

제극(帝劇)에서 본 '서양 가극단'의 공연은 다이쇼 8년의 러시아 그 랜드 오페라단이라는 주(注)가 달려 있다.11) 또 다른 현대물 『무도회』의 작중 시간 또한 '다이쇼 7년 가을'로 설정되어 있는 것으로 보아서 다이쇼 7년과 8년은 서구적인 시대 분위기가 물씬 감도는 모던한 시기임을 알 수 있다. 이런 시기를 호흡한 청춘남녀의 연애를 다루기 위해 작가는 당시의 새로운 서구적 풍속을 디테일로 사용하고 있는데 백화점의 쇼윈도우12)와 오페라단의 공연 등은 그러한 연출의 일환이라고 볼 수 있다. 작가는 노부코(信子)에 대한 세상의 평판을 말하면서 도입부를 이끈다. 노부코는 여자대학 재학 중부터 재원이라는 명성을 짊어지고 있으며, 평소 친밀한 관계에 있는 작가 지망생인 사촌 슌키치(俊吉)와 결혼할 것이라고 주위 사람들은 생각한다. 그러나 졸업하자마자 예기치 않게 상사 회사원(商事会社員)과 결혼해서 오사카로 떠난다. 그렇게 된 배경에는 동생 데루코가 슌키치를 마음에 두고 있는 것을 알고 여동생에게 슌키치를 양보하는 아름다운 마음씨인 것처럼 작품은 분위기를 조성한다. 그리고 작가는 노부코를 진정으로 이해하고 감싸듯이 쓰고 있다. 그러나이 모든 것이 세상의 풍문일 뿐 노부코 자신의 직접 화법이 아니라는 점에 주목할 필요가 있다. 이것은 아쿠타가와가 구사한 기교로서, 따라서 작가는 말해지는 것과 진실 사이에는 틈이 있다는 것을 독자가 알아차리기를 촉구하고 있다.

　　노부코는 여자대학에 다닐 때부터 재원이라는 명성을 짊어지고 있었다. 그녀가 조만간 작가로서 문단에 나올 것이라는 것은 거의 아무도 의심하지 않았다. 그들 중에는 그녀가 재학 중 이미

---

11) 芥川龍之介 全集, 筑摩書房, 第2巻.

12) 照子は子供らしく飾窓の中のパラソルやショオルを覗き歩いて、各別閑却された事を不平に思ってもいないらしかった。(第1장)

삼사백 장에 달하는 자서전체 소설을 완성했다고 떠들며 다니는
자도 있었다. 막상 학교를 졸업해 보니, 아직 여학교를 졸업하지
않은 여동생 데루코와 그녀를 데리고 줄곧 과부로 살아온 어머
니의 입장도 있어서 그렇게 자기 뜻대로만 할 수 없는 복잡한
사정이 있었을 것이다. 그래서 그녀는 창작을 시작하기 전에 우
선 세상의 관습대로 혼담을 결정하는 수밖에 없었다.

(芥川龍之介 『秋』 全集三巻 p.428)

위의 인용문은 문체가 아이러니에 차 있으며, 또 '전문'의 기법을
통해 주체 의지가 없는 한 여인의 피상성을 드러내고 있다. 이 아
이러니의 문체는 작가가 전해 주는 이야기를 액면 그대로 받아들여
서는 안 된다는 것을 내포함으로써 독자의 긴장을 촉구하고 있다.
아쿠타가와는 현대물을 시도하면서 문체에 매우 신경을 썼다는 것
을 알 수 있는데, 결과적으로 독자의 예민한 감수성에 호소하고 있
는 글이다.

3. 복선장치로서의 편지

결혼 후 오사카로 떠날 때 노부코는 데루코(照子)로부터 한 통의
편지를 받게 되는데, 그 편지는 이후 노부코의 위안이 되고 때때로
센티멘털리즘에 잠기게도 한다. 다음은 데루코가 언니 노부코에게
쓴 편지 내용을 발췌한 것이다.

이제 오늘이 마지막으로서 언니와 함께 있을 수 없다는 것을
생각하면 이 편지를 쓰면서도 하염없이 눈물이 흘러나옵니다. 언
니 아무쪼록 저를 용서해 주세요. 데루코는 안타까운 언니의 희

생 앞에 뭐라고 말씀드려야 할지 모르겠습니다. 언니는 저 때문에 이번 혼담을 결정했습니다. 그렇지 않다고 해도 저는 다 압니다. 언젠가 함께 제국극장에서 연극을 보던 날 밤 언니는 제게 슌키치를 좋아하느냐고 물었습니다. 그리고 또 좋아한다면 내 마음이 아프니까 슌키치한테 가거라 하고 말했습니다. 그때 이미 언니는 제가 슌키치한테 보내려고 한 편지를 읽었겠지요. 그 편지가 없어졌을 때 나는 정말로 언니를 원망했습니다.(미안해요. 이것만으로도 저는 얼마나 면목이 없는지 모릅니다.)

   (중략) 언니, 내일이면 오사카에 가버릴 테지요. 하지만 아무쪼록 언제까지나 언니의 데루코를 버리지 말아 주세요. 데루코는 매일 닭에게 모이를 주면서 언니를 생각하며 아무도 모르게 울고 있습니다.

(芥川龍之介『秋』, 全集3卷 pp.431-432)

이 편지를 읽고 감상에 젖은 노부코의 마음에 작가는 의혹을 제기한다. "그녀의 결혼은 과연 여동생의 상상처럼 정말로 그런 희생적인 것이었을까? 그런 의혹이 개입될 때 눈물 뒤의 그녀의 마음에는 무거운 심정이 펼쳐지곤 했다"(제1장)[13]에서 알 수 있듯이 노부코는 무의식적인 의태(擬態)에 의해서 여동생에게 연인을 양보한 것이 드러난다. 그러나 양보할 수 있을 정도의 연인이라면 이미 연인이라기에는 부적절하다. 노부코는 여동생의 편지를 읽고 자신의 희생을 여동생이 알아주었다는 사실 자체에서 자기만족을 하고 있다. 그렇다면 이것은 허위의식에 지나지 않는다. 그렇기 때문에 무의식적으로 진실의 핵심을 회피하고 싶어지는 것이다. 그렇지만 자기 안

---

13) 彼女の結婚は果して、妹の想像通り、全然犠牲的なそれであろうか。そう疑を挟む事は、涙の後の彼女の心へ重苦しい気持を拡げ勝ちであった。信子はこの重苦しさを避けるために大抵はじっと快い感傷に浸っていた。そのうちに外の松林へ一面に当った日の光が、だんだん黄ばんだ暮方の色に変って行くのを眺めながら。(芥川竜之介『秋』全集 三巻, p.432.)

의 검열로서의 양심인 초자아(超自我)가 노부코의 의식 위로 떠오르기 때문에 노부코의 심정은 무거워질 수밖에 없다. 과연 희생이라고만 할 수 있을까? 각도를 달리해 생각해 보면 반대로 데루코 쪽이 희생양일 수 있다. 슌키치와 노부코는 사실 타자의 눈에만 잘 어울리는 한 쌍처럼 보였을 뿐 그 둘 사이에는 대화의 벽이 있었다. 노부코는 "슌키치의 말에 담겨 있는 아이러니와 냉소를 파악하지 못해 노부코는 화가 나곤 했다(1장)"는 문장이 작품에 있기 때문이다. 작가는 인물의 행동에 대한 직접 설명을 자제하고 상황을 통해 인물의 성격이나 사건의 전모가 드러나도록 하고 있다. 노부코는 데루코를 데리고 슌키치와 데이트를 하는데 어느새 데루코는 그 둘에게서 소외되어 외톨이가 되곤 했다(제1장). 노부코 쪽에서 항상 이런 상황을 초래하고 나서 다시 원상복구를 시도한다. 이것은 애매모호한 가운데 진실을 숨겨 놓는 아쿠타가와의 작품기법이다. 노부코는 피상적으로는 배려가 많고 자상한 것 같지만 근원에서는 전혀 사려가 깊지 못한 것이 폭로되기 때문이다. 노부코는 자신의 행동에 대해 남들이 어떻게 볼까를 끊임없이 의식하는 의태를 연발하고 있다. 작가는 이러한 노부코에게서 아이러니를 발견하도록 일부러 애매모호하게 서술하고 있다. 아쿠타가와는 글의 행간을 읽음으로써 진상을 밝혀 낼 섬세한 독자를 기대하고 쓰고 있음을 알 수 있다.

노부코가 작가를 지망하는 문학소녀라는 것은 그녀가 남에게 보여지기를 원하는 이미지로서의 자화상일 뿐 그녀에게 실제로 작가적 재능이 있다는 것과는 다르다. 이것은 대학졸업 이후의 그녀의 선택과 일거수일투족에 드러난다.

잡지에 사촌의 이름이 보이게 되었다. 노부코는 결혼 후 까맣게 잊은 듯이 슌키치와 편지왕래를 안하고 있었다. 다만 그의 동

정에 대해서는, 대학의 문과를 졸업했다든가, 동인잡지를 시작했
다는 정도는 여동생의 편지를 통해서 알았다. 또 그 이상 그에
관해 알고 싶다는 생각도 들지 않았다. 하지만, 그의 소설이 잡
지에 실린 것을 보면 그리움은 예전과 같았다. 그녀는 페이지를
걷으면서 몇 번씩 미소를 머금었다. 슌키치는 소설 속에서도 역
시 냉소와 해학이라는 두 개의 무기를 미야모토 무사시처럼 사
용하고 있었다. 그녀는 기분 탓인지 그 경묘한 빈정거림 속에 지
금까지의 사촌에게서는 느끼지 못했던 쓸쓸한 자조가 담겨 있다
고 생각했다. 그와 동시에 뒤가 켕기는 느낌이 들지 않은 것도
아니다. 노부코는 그 이후 남편에 대해서 한층 다정하게 굴었다.
남편은 화로를 마주하며 늘 화사하게 미소 짓는 그녀를 바라보
았다. 그럴 때의 얼굴은 이전 보다 더 젊게 화장하고 있을 때가
많았다. 그녀는 바느질 상자를 꺼내놓고 그들이 도쿄에서 결혼식
을 올렸을 때의 기억을 말하곤 남편은 세세한 기억이 의외이기
도 하고 기쁘기도 했다. "당신은 용케도 기억하고 있군" 하고 놀
리면, 노부코는 항상 말없이 눈가에만 교태어린 반응을 보였다.
하지만 그녀 자신도 왜 잊지 않고 있는지 내심 의아할 때가 종
종 있었다.

(앞의 책, pp.435 – 436)

위 글을 보면 결혼 후의 노부코의 생활에서 슌키치를 단념한 것
에 대한 상실감이나 애절한 아픔 같은 것이 전혀 없다. 그러면서도
슌키치가 자신을 그리워한 나머지 쓸쓸하고 자조적인 글을 쓰는 것
은 아닐까 하고 자의적으로 해석하는 것 같다. 그리고 슌키치처럼
이해할 수 없는 냉소나 해학으로 그녀를 곤혹스럽게 만들지 않는
지금의 남편을 선택한 것을 다행스러워하는 것을 엿볼 수 있다. 그
렇다면 상사에 다니는 회사원과의 결혼을 결정한 것은 자기의 진면
목이 드러나는 것을 회피하기 위한 것이며, 상사 회사원 쪽이 단순
하고 피상적인 노부코에게 더 어울린 타당한 선택이었다고 생각된

다. 그래서 결혼 후의 두 사람은 서로에 대해 전혀 위화감이 없으며 척척 들어맞는 것이다. 그러면서도 한편으로는 슌키치가 아닌 회사원을 선택을 하게 된 것이 홀로 된 어머니를 생각하는 효심과 동생을 위한 자기희생이라고 느끼도록 연출을 하고 있다. 작가가 노부코의 입장에서 시치미 떼고 쓰는 것은 종국에는 노부코의 자기기만을 드러내려는 트릭이다. 작가는 에이론14)의 구실을 하고 있으며 반면 노부코는 알라존15)의 역을 하고 있다. 작품이 진전되면서 서서히 진상은 드러난다. 노부코는 자기기만을 함으로써 만족했던 것이며, 남들의 눈에도 그렇게 비춰지기를 원했던 것이다. 물론 이것은 노부코 자신에게도 의식적인 행위는 아니며 무의식적인 본능에 이끌려 진행되고 있기 때문에 스스로도 무력하다.

이 작품은 외관과 실제의 차이를 아이러니하게 다루고 있는데, 노부코의 행동은 타자의 이목과 평판을 염두에 둔 무의식적으로 진행된 타산적인 행위들이다. 노부코는 자신도 해석을 내릴 수 없기 때문에 마음이 착잡할 수밖에 없으며 그 미묘한 내부 심경을 작가는 에이론으로서 예리하게 추적하고 있다. "태양이 점점 빛바랜 황혼 빛으로 변하는 것을 바라보면서 노부코는 괴로운 내면의 진실을 피하기 위하여 기분 좋은 생각만 하려고 하는 것"(제1장)을 볼 수 있다. 자기의 희생으로 인해 동생에게서 감사의 마음을 전해 받은 그는 무한한 행복감에 잠길 수 있었으며 그녀 또한 그렇게 생각하

---

14) 그리스어 에이론(eiron)은 그리스 희극에 나오는 유형적 인물의 하나이다. 겉보기에는 약하고 세력이 없지만 속으로는 대단한 힘을 발휘한다. 이 에이론은 아이러니라는 추상명사에 살아있다. 즉 아이러니는 겉으로 나타난 말과 실질 사이에 괴리가 생긴 결과이다. 이상섭, 『문학비평용어사전』(1981) 민음사, p.187 참조.

15) 알라존(alazon) 역시 그리스 희극의 유형적 인물로서 힘센 허풍장이이다. 그러나 에이론에게 항상 골탕을 먹는다.
    (이상섭 『문학비평용어사전』 p.187. 참조.)

고 싶은데 내면에서 자신을 성찰하게 하는 또 하나의 목소리가 들려온다. 노부코에게 이 목소리는 자신의 허위를 파헤치기 때문에 불쾌하고 괴롭다. 데루코의 편지에 복선이 깔려 있다는 것은 그 편지를 읽는 노부코의 심리묘사와 어우러져 사건의 윤곽을 드러내기 때문이다.

이를 수행하기 위해 작가는 군더더기 없는 테크닉으로 미묘한 심리묘사와 상황묘사를 하고 있는데 여기서 아이러니의 문체는 매우 중요한 역할을 하고 있음을 알 수 있다.

4. '생선 비린내'와 '눈(雪)'의 메타포

노부코는 동생 데루코와 사촌 슌키치의 결혼소식을 듣고도 축하의 편지가 잘 써지질 않는다. 자기 안에 있는 이물질이 방해하기 때문이다. 그리고 결혼식 당일은 하루 종일 점심 때 먹은 '생선의 비린내(午飯の魚のにおい)'가 입에서 가시지 않는다.

> (전략) 어머니로부터 여동생의 유이노(結納)가 끝났다는 편지를 받았다. (중략) 그녀는 얼른 어머니와 여동생한테 보내는 긴 편지를 썼다. '당분간 사람이 없는 관계로 본의 아니게 결혼식에는 참석 못합니다만 ……'이라는 구절을 쓰고 있는 동안에 여러 차례 붓이 잘 안 내려갔다. (중략) 데루코와 슌키치는 12월 중순에 식을 올렸다. 결혼식 당일은 점심 조금 전부터 눈이 내렸다. 노부코는 혼자 점심을 먹었는데, 그때 먹은 생선 비린내가 입에 달라붙어 없어지지 않았다. '도쿄에도 눈이 내리고 있을까' 눈은 더욱 세차게 내리고 있었다. 하지만 입안의 비린내는 여전히 집요하게 남아 있다.

이것은 노부코의 슌키치를 향한 마음이 이제는 이미 사랑일 수 없는 불순한 관계라는 것을 말해 주기 위한 메타포이다. 노부코의 무의식에 자리한 슌키치에 대한 집념이 사악하다는 것을 나타내기 위해 아쿠타가와는 '생선 비린내'를 주요 메타포로 반복적으로 사용하고 있다. 계산에 의한 결혼이 점점 속물적인 모습을 드러냄에 따라서 신혼의 행복감은 퇴색해 가고 노부코는 다시 슌키치에게 마음이 쏠린다. 노부코의 남편은 살림살이보다는 창작에 열을 올리는 아내에게 이제는 여학생이 아니라고 말한다. 이런 남편의 말에는 문학이나 창작은 사춘기 소녀시절에나 탐닉할 수 있는 유치한 것이라는 인식이 배후에 깔려 있다. 이들 부부는 문학에 대한 이해의 차이를 보이고 있는데 작가를 지망하는 여성이 이 정도의 식견밖에 안 가진 남자를 남편으로 택했다는 것은, 노부코가 작가를 지망했다는 사실을 근원부터 의심스럽게 만든다. 그리고 남편이 잔소리를 할 때마다 노부코는 "앞으로는 소설 따위 안 쓰겠다"[16]면서 교태로서 험악한 사태를 모면하는 것도 노부코의 진면목을 드러내 준다.

작가가 된다는 것은 작가가 될 수밖에 없는 카르마(karma)를 타고 나는 것이며 가벼운 소일거리로 창작을 하는 것이 아니다. 노부코는 독립된 개아(個我)로서의 정체성을 찾기보다는 소시민적인 행복을 추구하고 가정을 지키는 것을 소중하게 여긴다. 작중에서 "그들 부부는 다음 날이면 금방 사이좋은 부부로 회복되어 있다."[17]라고 표현된다. 이는 노부코에게는 세상의 이목이 더 중요하며 타자의 평판이 삶에 더 필요한 요소라는 것을 말해 주는 것이며 노부코에게는 창작가가 되어야만 하는 필연적인 계기가 결여되어 있다는 것을 입증하는 것이다.

---

16) 「小説なんぞ書きません」と囁くような声でいった。(全集3巻 p.434.)
17) 翌日彼らはまた元の通り、仲の好い夫婦に返っていた。

창작가는 때로는 세상의 질시를 견디고 상식에 정면으로 도전함으로써 창조를 이루며, 그 과정에서 간난신고를 겪는 것을 숙명으로 아는 사람이다. 그렇다면 노부코처럼 안이하게 그때그때 미봉책을 써서 무마하는 사람에게는 처음부터 창작가로서의 자질이 부재했다고 볼 수 있으며, 그녀는 자신의 약점을 알고 있었기 때문에 슌키치처럼 예리한 남자에게 진실을 간파당하기 싫어서 본능적으로 회피한 간교함이 있다. 그러나 사촌에 대한 미련이 없는 것은 아니므로 타협점으로써 여동생 데루코에게 선심을 써서 양보하여 슌키치를 자신의 근거리에 두려고 한 것이다. 그래서 결혼한 이후에도 노부코는 슌키치의 소식에 민감하게 반응하며 가슴이 두근거린다. 그래서 여동생의 결혼에 대해서도 흔쾌히 축하편지를 쓸 수 없다. '생선 비린내'는 노부코의 내부의 타자인 질투와 망집 등 부정적 요소를 나타내기 위한 주요 메타포라고 해석된다. 그와 대조적으로 데루코의 결혼식 날 내린 하얀 눈은 여동생과 슌키치의 결혼의 순결성을 상징하고 있다. '눈'과 '생선 비린내'는 기묘한 상관관계를 이루며 작품에 음영을 더하고 있다.

5. '달걀과 약탈'의 함의(含意)

작중 두 번째 가을[18]이 찾아오는 어느 날 남편의 출장 때문에 오랜만에 상경한 노부코는 교외에 신혼살림을 차린 여동생의 집을 혼자서 방문하게 되는데 이제는 제부가 된 슌키치가 혼자 집에 있다.

---

18) 『가을』의 작중 시간은 노부코가 여자대학을 졸업한 봄부터 다음 해 가을까지로 1년 반에 걸쳐 있다.

그녀가 안내를 청했을 때 소리를 듣고 나온 것은 뜻밖에도 사촌이었다. 슌키치는 전과 마찬가지로 귀한 손님의 얼굴을 보자 야아! 하고 쾌활하게 맞았다. 그녀는 그가 어느새 짧은 머리가 아닌 것을 보았다. "오랜만이야, 어서 올라 와, 공교롭게도 혼자야", "데루코는? 부재중?", "응 심부름 갔어. 식모도." 노부코는 묘하게 수줍음을 느끼면서 화려한 안감이 달린 코트를 살짝 현관 구석에 벗었다.

슌키치와의 둘만의 시간에서 노부코는 감미로운 옛 추억에 잠긴다. 하나의 화로를 사이에 두고 여러 가지 이야기를 나누면서 마치 연인과 같은 느낌을 만끽한다. 그러던 중에 동생 데루코와 식모가 따로따로 나타난다. 데루코는 언니와 남편이 둘만의 시간을 가졌다는 것을 알고 민감한 반응을 보인다. 저녁이 되고 식사를 마친 후 달이 훤하게 밝은 뜰로 슌키치가 먼저 나가서 안에 있는 사람들에게도 나와 보라고 부른다. 이때 뜰로 나간 사람은 아내인 데루코가 아니라 맨발의 노부코라는 것은 아직도 노부코의 무의식 속에 슌키치에 대한 주인 의식이 있다고 해석된다. 닭장 앞에서 슌키치가 잠자는 닭을 보면서 '알을 남한테 빼앗긴 닭'이라는 표현을 하자 노부코는 잠자는 닭의 입장과 자신의 처지를 동일시한다. 남편이 불렀는데도 선뜻 나가지 않는 데루코의 태도에서 양보를 받은 존재라는 열등감을 엿볼 수 있으며 제어하기 힘든 질투심이 느껴진다. 지금까지는 노부코의 마음에 자기도취적인 위안이 되어 왔던 데루코였지만, 언니를 향한 감사의 마음은 어느새 자취를 감추었다. 자매의 마음속에서 이전의 우애는 사라지고 한 남자를 사이에 둔 연적으로서의 각자의 에고이즘이 선명하게 드러난다. 노부코의 동기가 불순했기 때문에 데루코에게도 직감적으로 전달되었을 것이다. 그렇게 동생을 사랑한 나머지 자기희생을 했다면 동생을 배려한 보다 신중

한 행동을 했어야 하는데 부주의하게 자신의 본능대로 행동한 결과
는 동생에게 허를 찔린다. 자신의 위선을 간파당한 노부코의 쓰라
린 심정은 가을날의 적막감으로 독자에게 전달되고 있으며 처음으
로 노부코는 자신의 눈으로 사물을 바라본다. 이 또한 작가가 구사
한 기발한 레토릭이다.

> 인력거에 몸을 실었을 때 여동생과 영원히 타인이 되어 버린
> 듯한 기분이 짓궂게도 그녀의 가슴속에 살얼음이 끼고 있었다.
> (중략) "슌키치" 하고 순간적으로 소리가 나오려고 했다. 실제 슌
> 키치는 그때 이미 그녀가 탄 인력거 바로 옆으로 눈에 익은 모
> 습을 드러내었다. 그러나 그녀는 주저했다. 그 틈에 아무것도 모
> 르는 그는 이윽고 인력거의 휘장을 스쳐 지나갔다. 살짝 흐린 하
> 늘, 드문 드문 보이는 집들, 키가 큰 나무들의 누런 가지, 나중에
> 는 여전히 사람의 왕래가 뜸한 변두리 마을이 있을 뿐이었다.
> '가을이구나!' 노부코는 을씨년스런 휘장 아래서 온몸으로 쓸쓸
> 함을 느끼면서, 이렇게 생각하지 않을 수 없었다.
>
> (위의 책. 4장(終章) 마지막 부분, pp.444 – 445)

노부코가 처음으로 능동적으로 자신의 눈으로 사물을 관찰하고
있는 것이 보이는데 자신의 눈으로 사물을 바라본다는 것은 내면의
성숙이 왔다는 것을 말한다. 노부코가 느끼는 가을의 적막감은 내
부풍경과 조응하고 있다. 이 아픔을 회피하지 않고 고통을 내면화
함으로써 노부코는 성숙을 향할 수 있다. 이에 대해 에비 에이지(海
老井 英次)는 '가을이구나' 하고 혼잣말하는 노부코의 적막감의 실
체를 분석하고 있는데 여동생과 영원히 타인이 되어 버린 것 같은
기분이 그녀의 마음에 살얼음을 끼게 하고 적막한 체관에 이르게
했다고 보고 있다.[19) '가을'이란 계절의 심상은 한 인간의 성숙과도
이어지고 있으며 성숙은 내면의 아픔과 비례함을 알 수 있다.

지금까지는 '세상', '어머니', '여동생', '남편', '동창생' 등 타자의 시선에 의해 보여지기만 하고 자기의 시선은 없었던 노부코이다. 이를 위해 작가는 전문(伝聞)이라는 레토릭에 의해 노부코를 묘사하고 있다. 또 데루코의 편지는 언니에 대한 데루코의 일방적인 감정만 나오도록 함으로써 나르시즘을 자아내고 있다. 노부코는 관찰된 자신의 모습에 흡족해 하고 관찰되는 수동적 모습에 행동이 좌지우지 당한다. 이는 작가가 공을 들인 기교이다. 작중인물들은 작가가 구사하는 레토릭에 꼭두각시처럼 춤추고 있다. 이 작품 결말에 묘사된 가을은 시릴 정도로 차갑고 고독한 이미지가 선연하다. 처음부터 결말에 이르기까지 노부코에 대해 위화감을 느꼈던 독자는 이제야 비로소 노부코에 대해 안쓰러움을 느끼고 연민으로 동참할 수 있게 된다.

『가을』은 시간이 흐름에 따라서 계절이 변하듯이 우리의 마음도 변하는 것이며 자매의 우애도 고정불변이 아니라는 것을 보여준다. 특히 내부에 불순물이 있을 때는 가속화되는 것을 볼 수 있다. 데루코가 바라보는 언니 노부코의 모습은 자신을 희생하는 아름다운 모습에서 자기의 가정을 위협하는 존재로 반전한다. 노부코는 스스로를 '알을 빼앗긴 닭'으로 생각하는 반면 데루코는 노부코를 '알', 즉 '가정의 행복'을 빼앗으러 온 침입자로 생각하고 필사적으로 경계한다. 저녁 식탁에서 슌키치는 달걀을 먹으면서 "인간의 생활은 약탈에 의해 유지되지. 작게는 이 달걀로부터 말이야(제3장)"라고 말한다. 아쿠타가와는 '약탈'을 복선으로 깔면서 노부코와 데루코 자매의 모습을 교묘하게 그리고 있다. 작가는 '약탈'이 인간적 상황이라면 자매이기 이전에 본능적 존재로서 노부코와 데루코를 파악하는 것이 진실에 가깝다고 보는 것 같다. 그렇다면 모든 것이 위

---

19) 에비 에이지(海老井英次) 『芥川龍之介論考』 桜風社, p.242.

선이며 데루코가 슌키치에게 보내려고 했다는 편지도 약탈을 위한 전략이라고 볼 수 있다. 작가는 감정이입 없이 담담하게 묘사하는 것 같으면서도 풍부한 음영을 아로새겨 놓고 있다. 이 행간을 읽어 내는 것은 독자의 몫이라고 할 수 있다.

6. 결 론

아쿠타가와는 영문학을 전공하고 아나톨 프랑스 등 세기말 유럽 작가의 영향을 받아 창작의 길에 들어선 작가인 만큼 문학방법에 있어서 서구 문학의 기법에 정통해 있다고 생각한다. 유럽문학의 레토릭을 유감없이 작품 속에서 구사하고 있음을 본다. 쓰루타 긴 야가 "아쿠타가와는 일본 문학자 중에서 가장 외국어 번역이 많은 작가이며, 외국학생이 그를 가장 서구적인 단편작가로 보는 데 저 항감이 없다"[20]고 쓰고 있는 것은 그의 문학이 문체와 테크닉이 서 구적 교양에 매우 밀접해 있음을 말한다.

『가을』은 인간은 서로에게 타자임을 보여주는 작품이며, 노부코 라는 개인 내부에서도 끊임없이 타자가 분출한다. 아쿠타가와는 이 를 나타내기 위해 문체의 아이러니와 상황의 아이러니, 전문의 기 법, 편지의 복선을 이용하고 있으며, 세부묘사에 있어서는 메타포와 비유를 통해 주제를 나타내고 있음을 살펴보았다.

또한, 주제에 있어서도 인간성의 암흑면을 추구하는 등 세기말 작가들을 계승하고 있다. 현대물 『가을』에서도 아쿠타가와의 인간 관은 위선적 존재, 에고이즘의 존재로 보는 비관적 인간관을 일관

---

20) 鶴田欣也 「芥川龍之介における阿呆と天才」(武田勝彦 編著 『古典と現 代ー西洋人の見た日本文学ー』 p.285.)

되게 견지하고 있음을 알 수 있었다. 인간은 문명이 아무리 위장을 해도 그 근원에는 도덕 이전의 자기 보존을 위한 본능이 강인하게 뿌리내리고 있다는 것이다. 그래서 아쿠타가와의 문학에 보이는 인간의 인격과 체면 등은 지극히 허약한 모습을 드러낸다. 『가을』은 인간의 소통불능과 의태(擬態)를 전달하고자 레토릭에 심혈을 들인 작품이라고 생각한다.

노부코의 의태는 동창생들의 머릿속에 이미 삼백여 장에 달하는 자전소설을 쓴 예비 소설가로 자리잡았으며 장래가 촉망되는 작가 지망생인 사촌과 결혼할 것을 의심치 않게 했다. 사실 여부와 관계없이 전문에 의해 결정되고 있다. 그러나 엉뚱하게도 상사 회사원과 결혼함으로써 동창생들을 어리둥절하게 만든다. 이해할 수 없는 타자의 이미지로 노부코는 각인되었다. 잘 안 어울릴 것 같았던 신혼의 노부코와 남편은 서로 그들의 이야기를 신기하게 들어주는 친밀성을 보이며, 외출 시 월등하게 깔끔한 남편의 외모에 노부코는 긍지를 느끼는 대목에서는 아이러니를 연출하고 있다. 이러한 노부코라는 히로인에게 독자는 의구심을 품게 되는 것이다. 이해할 수 없는 타자의 이미지를 전달하기 위해 아쿠타가와는 직접 설명보다는 아이러니한 상황을 제시하여 독자가 그 미묘한 분위기를 간파하기를 촉구하고 있는 것이다.

작품에서의 아이러니 문체와 상황묘사 기법은 작품의 주제를 전달하기 위한 레토릭이라고 말할 수 있다. 그리고 독자들에게는 작가가 구사하고 있는 아이러니를 간파했다는 지적 만족감을 주고 있다. 노부코가 살림보다는 소설에 몰두하자 이것이 의태라는 것을 독자는 알아차리게 됨으로써 작가의 메시지를 해독했다는 희열을 준다.

노부코와 데루코는 서로를 속속들이 아는 것처럼 우애를 과시했으나 막판에는 에고이즘끼리 부딪혀서 서로를 배척하는 사이로 반전됨으로써. 그들 자매의 에고이즘이 우애라는 체면을 이기게 된다.

작품의 시작과 결말은 완전히 뒤바뀌는 아이러니의 구조를 이룬다. 이를 효과적으로 나타내기 위해 작가는 전문, 편지라는 복선, 생선 비린내의 메타포, 약탈의 비유 등 다양한 레토릭을 구사하고 있으며 아쿠타가와 특유의 기교파적 자질을 유감없이 발휘하고 있다고 보았다. 『가을』은 작가가 표방해 온 창작태도인 내용과 형식의 긴밀한 구성으로 된 작품이며 이를 위해 다양한 레토릭을 구사하여 정교하게 조탁하고 있음을 고찰했다.

◎ 참고문헌

M・H아브람스(최상규 옮김)『문학용어사전』(1997), 보성출판사.
이상섭,『문학비평용어사전』(1981), 민음사.
菊地弘 外 編,『芥川龍之介辞典』(2000), 明治書院.
実方清 編,『夏目漱石辞典』(1979), 清水弘文堂.
日本近代文学館 編『日本近代文学大事典(全6巻)』1977, 講談社.
川口喬一 外 編,『文学批評用語辞典』(2000), 研究社出版.
編輯委員会 編,『時代別日本文学史事典』(1997), 東京堂出版.
歴史教育研究所 編『日本史事典』(1990), 旺文社.
Rシェママ 編『精神分析事典』(2000), 弘文堂.
『一冊の講座芥川龍之介』(1988), 有精堂.
平岡敏夫,『芥川竜之介 - 抒情の美学』(1987), 大修館書店.
竹盛天雄 外『大正の文学』(1972), 有斐閣選書.
日本文学全集,『芥川竜之介』(1991), 筑摩書房.
森本修,『新考・芥川竜之介伝』(1977), 北沢.
関口安義「芥川龍之介・戦いの生涯」(1992), 毎日新聞社.
佐古純一郎,『芥川論究』(1991), 朝文社.
鷲只雄,『芥川竜之介 年表』(1997), 河出書房新社.
『日本文学研究資料叢書』芥川竜之介 Ⅰ.Ⅱ(1992), 有精堂.
浅井清 外,『新研究資料現代日本文学(全7巻)』(2000), 明治書院.
宮坂覚 編,『作品論芥川竜之介』(1995), 双文出版社.
海老井英次,『芥川竜之介論攷 - 自己覚醒から解体へ一』(1987), 桜楓社.

제 3 부

아쿠타가와 문학과 '他者性'에 관한 試論

1. 타자성이란 무엇인가

미국에서 신비평(新批評)1)이 위세를 떨치는 동안 대륙에서는 실
존주의 비평이 대두하고 본질에 대한 회의가 중심과제로 놓이게 되
었다. 이러한 경향은 자연히 인간의 의식을 중시하게 되고 급기야
는 인식 주체의 분열현상을 목도하는 포스트모더니즘적 경향을 띠
게 되는 추세에 이르렀다. 이러한 최근의 포스트모더니즘2)이란 시
대정신하에 신역사주의, 문화유물론, 페미니즘비평,3) 해체주의4) 비
평 등 다양한 양식의 문학연구방법이 시도되고 있다. 글로벌시대의

---

1) 1930년대 – 50년대 미국 대학의 문학교육현장에서 일어난 문학연구법으
   로서 남부 농본주의정신을 기반으로 한다.
2) 논란이 많은 용어로서 탈근대주의로 번역되며, 전성기 모더니즘시대의
   통례화된 관습과의 결별로 간주된다. 1960년대 이후 선진자본주의 사회
   의 문화라는 관점에서 전통적 가치에 대한 도전이 그 특색이다.
3) 자본주의 사회에 있어서 性차별을 이슈로 하는 비평태도로서 문학 및
   문화를 재조명하고 있다. 특히 남성작가들에 의해 왜곡되게 표현된 여
   성이미지를 신랄하게 비판하는 경향이다.
4) 해체라는 용어는 구조주의에 대한 비판으로서 프랑스철학자 자크 데리
   다가 만들었다. 우상파괴적 철학자들인 니체와 하이데거의 철학적 전통
   을 계승하고 있다. 중심은 주변에 의해 드러난다. 해체적 독해에 의해
   의미가 생산되는 과정을 이해할 수 있다.

문학연구는 문학과 철학의 경계가 무너지고, 이항대립에서 억제되어 온 것들이 '지(知)'의 추구의 대상이 되고 있는데, 그 억제되어 온 것이야말로 타자로서 소외되고 은폐되었던 것이라고 말할 수 있다. 그렇게 볼 때, 동과 서를 막론하고 문학은 본질적으로 타자(他者)[5]를 드러내는 감성의 영역으로 존재해 왔다고 말할 수 있다. 최근의 다변화하는 문학연구방법론의 추이와 더불어 일본문학연구에 있어서도 쓰루타 긴야(鶴田欣也)의 『일본문학에 있어서의 타자』, 가라타니 고진(柄谷行人)의 『探究』에서의 타자에 대한 논의가 소개된 것은 일본 문학연구자들에게 매우 시사하는 바가 크며, 고무적이라는 생각이 든다.

일본문학의 경우 메이지(明治) 이후의 근대문학은 근대성에 걸맞는 새로운 자기규정이 요청되었다고 생각한다. 메이지 이전 시대와의 심리적 사회적 단층은 문학에서는 불가피하게 '불안(不安)'[6]의 형태로 나타날 수밖에 없었는데, 그러한 불안현상이 나쓰메 소세키(夏目漱石) 문학의 기조를 이루는가 하면, 아쿠타가와 류노스케(芥川龍之介) 문학에서도 아이덴티티의 불안정성이라는 모티프로 나타나고 있다고 말할 수 있다.

이러한 '불안'의식은 엔도 슈사쿠(遠藤周作)[7] 아베 고보(安部工房)[8]

---

5) 「other」의 번역어로서 정신분석학자인 라캉에 의하면 타자는 내가 아닌 모든 것의 궁극적인 기표이기 때문에 사실상 나를 정의하는 개념으로 본다.

6) 근대문학은 自我의 「불안」을 심도 있게 다루는 경향이 있다. 그것은 실존의 불안으로서, 시대와 사회의 중압과 맞물릴 때보다 심각한 양상을 띤다고 말할 수 있다. 아쿠타가와의 문학 역시 생의 아이덴티티에 관한 문제의식뿐만 아니라 대역사건, 관동대지진 등 그가 살았던 시대의 중압문제도 일종의 불안의식으로 안고 있었다고 생각한다.

7) 敗戦国의 시민으로서 유학을 떠난 엔도 슈사쿠(遠藤周作)는 留学地인 파리에서의 체험을 굴욕감으로 쓰고 있다. 東洋人, 敗戦国의 市民이라

등 현대작가에 이르기까지 그것은 면면히 이어지고 있다. 이 근대적 '불안'이 자기의 심층부(深層部)에 있는 '타자'로서 자기도 주체할 수 없는 어떤 힘으로 존재하는 것을 본다. 그러한 타자성이 일본문학에서도 중요 모티프로 나타나고 있음에 착안하여 본고는 아쿠타가와 문학에서의 타자성을 고찰하고자 한다. 그러기 위해서 우선 타자라는 용어 및 그 범주를 밝혀야 할 것 같다. 타자란 주체 속에 수용할 수 없는 겉도는 것이며, 때로는 자기반성적 성질을 지닌 어떤 속성이라고 말할 수 있다. 타자가 정치적 이데올로기적으로 드러날 때는 支配·被支配의 역학관계를 보이기도 한다. 본고는 자기 내부에 실체로서 존재하는 이물질을 비롯해서, 우리의 일상에서 볼 수 있는 억압된 실체들을 타자성(他者性)이라고 명명(命名)하고자 한다. 중심이 해체되었을 때 드러나는 존재 일반 및 동화할 수 없는 위화적 요소를 총체적으로 타자성으로 규정했을 때, 타자성의 특징은 대상과의 차이, 거리, 이물감을 수반한다. 그것은 사람만을 지칭하는 것이 아니라, 시간, 죽음, 제도 등으로도 나타나며 이는 소외와 억압의 형태로 표출된다. 우리 인생에서 목도할 수 있는 이항 대립9)적 요소 중 중심이 해체되었을 때 보이는 미약한 세력 및 부조리의 느낌이 지배하는 것들을 타자성이라고 말할 수 있다. 그러니까 '타자성'이란 용어는 단순 명쾌하게 정의할 만큼 통일된 간결한 현상이 아니며 복잡하게 얽힌 양상을 띠는 것이 사실이

는 二重의 他者性에 대한 의식이 그의 문학에 첨예하게 드러나 있다.

8) 아베 고보(安部公房)는 「故郷喪失」의 모티프를 지니고 작가로서 출발한다. 모든 게 낯설고 安住할 곳이 없다는 그의 実存意識은 「友達」, 「砂の女」, 「密会」, 「他人の顔」 등의 작품에서 그로테스크하게 묘사되어 있다.

9) 이항대립의 나열법은 상당히 많다. 부권/모권, 중심/주변, 영혼/육체, 선/악, 미/추, 본질/현상, 동일성/반복, 실재/표상, 음성언어/기록언어, 필연/우연, 이론/실제 등.

다. 쓰루타 긴야[10]는 '타자성'은 논자에 따라 주관적으로 사용하기도 하는 어휘라고 말하고 있다. 이를 전제로 하고 타자성을 고찰하고자 하는데, 타자성의 시각에서 볼 때 아쿠타가와의 작품은 다른 작가의 작품에 비해서 부조리 의식, 어둠, 광기, 자기 반성적 자아를 많이 느끼게 한다. 아쿠타가와의 경우 이러한 문학적 속성을 드러내게 된 것은 그의 삶과 무관하지 않을 것이다.

그가 출생한 지 8개월 만에 돌연 발생한 생모의 정신이상과 외가인 아쿠타가와 집안에 입양(入養)된 사건은 그의 삶을 이미 규정했다고도 볼 수 있다. 그는 살아 있는 시체로 10년이나 생존한 그의 어머니를 옆에서 지켜보면서 자랐다. '狂気'를 항상 바라볼 수 있는 거리에 있는 그에게 광기는 남의 일이 아니었다고 본다. 삶과 죽음에 대한 사색은 이때부터 시작되었을 것이다. 자신의 몸 안에 흐를지도 모르는 광기에 대한 두려움과 광인의 자식이라는 따가운 시선은 그를 현실로부터 유리시키기에 충분했다. 남보다 일찍 타자의 세계를 호흡한 그가 공상과 상상의 세계 허구로 이루어진 예술의 세계에 끌린 것은 당연하다고 여겨진다. 공상의 세계는 당면한 인생고를 잊을 수 있게 했으므로 그를 매료시켰다고 생각된다. 자기 안에 있는 또 다른 분신과의 대화는 훗날 여러 작품으로 형상화되었다.

그의 습작기 작품인 「스미다강(大川の水)」은 에로스적 生의 욕망이 아닌 타나토스적 죽음의 욕망[11]을 드러낸다. 그는 일찍이 生의

---

10) 타자라는 용어가 너무 빈번하게 사용되어 이 용법에 대해 신경이 쓰인다. 자기 이외의 모든 사람을 가리키는 용법에서부터 매우 제한된 현상학적 정의에 이르기까지 사용자에 따라 다른 실정이다.
(「일본문학에 있어서의 타자」의 서문, 참조, 新曜社, 1994.)

11) Eros는 그리스신화 속의 사랑의 神 아프로디테의 아들로서 프로이트는 精神分析용어로 차용했다. 에로스는 生의 본능을 지칭하며, Thanatos는 그리스신화에서 죽음을 擬人化한 神이다. 정신분석에서 에로스와 대칭적으로 사용되는 用語이다.

타자로서의 죽음을 부단히 의식했다. 시커먼 스미다(隅田) 강물이 흐르는 강둑에 서서 문명화의 와중에 스러져 가는 시타마치(下町)의 정취를 호흡하면서, 죽음을 사색하며 자기 안의 타자를 부단히 드러냈다. 이를 타자성과 관련지어 살펴보기로 한다.

2. 타자성의 양상

1) 내 안의 이물질

프로이트(S. Freud)는 타자의 大家로서 우리가 몰랐던 마음의 비밀인 無意識의 領域을 개척함으로써 우리를 경악하게 했다. 내가 모르는 또 다른 자아가 나의 행동을 제약한다는 것을 프로이트를 통해 알게 되었다. 논문「失手의 分析」에서 그는 '失言'이나 '농담'도 우연이 아니며, 이드(Id), 에고(Ego), 슈퍼에고(Super Ego)라는 중층(中層)으로 이루어진 의식 단계의 미묘한 작용의 결과[12]임을 말한다. 그리고 인간의 무의식과 문학작품은 매우 유사한 점이 있음을「꿈의 해석」에서 밝힌 바 있다. 꿈의 작업으로서 그는 형상화·압축·치환·상징을 들고 있는데, 그러한 작업에 대해 검열을 피하기 위한 단으로 파악하고 있다. 마찬가지로 작가도 검열을 두려워한다. 자기가 속한 시대적 가치관, 그가 지닌 교양, 그의 무의식에서 오는 금기 등에 의해 자기 생각의 표현을 부드럽게 하거나 위장한다는 것이다. 검열이 엄격할수록 위장이 완벽하고 방법은 교묘해진다. 아

---

12) 中層決定(overdetermination)을 말하며, 프로이트가 도입한 因果関係의 개념이다. 알튀세르는 이를 응용하여 대규모의 변화는 역사상의 많은 힘들이 중복되는 작용의 결과라고 함으로써 보다 거시적으로 사용하고 있다.

쿠타가와의 경우, 그 금기(禁忌)의식은 ‘狂人인 어머니’로 함축시킬 수 있다. 자기 안에 있는 또 다른 자아는 타자로서 의식의 그를 억압한다. 그것은 일상의 현실에서는 억압하고 있지만, 작품 속에서는 무의식의 형태로서 드러나고 있다. 그러나 그것은 노골적 형태가 아니며, 많은 위장을 가하고 있다. 역사 소설의 형식을 갖춘 그의 초기 문학작품들은 전부가 무의식의 기호화라 해도 과언이 아니다. 우선 「코(鼻)」를 보면, “나이구는 일상의 담화 중에서 코라는 단어가 나오는 것을 무엇보다도 두려워했다”라는 대목이 있다. 이것을 아쿠타가와의 개인적 상황으로 치환해 보면, 그의 일상에서 어머니라는 단어가 나오는 것을 얼마나 꺼려했는가를 추측해 볼 수 있다. 내부에 타자를 지니지 않고서는 젠치나이구(禅智内供)의 심경을 이렇게 적확하게 묘사할 수 없을 것이다.

「라쇼몽(羅生門)」에서 하인의 행동은 현실에서의 아쿠타가와의 패배를 만회시켜 주고 있다. 그는 노회(老獪)한 노인들의 닳아빠진 논리를 현실에서는 넘어서지 못했다. 그 결과 요시다 야요이(吉田 弥生)와의 결혼을 저지당하고 실연의 아픔을 겪는다. 이 사건은 아쿠타가와의 마음에 커다란 상흔을 남겼으며, 그 좌절감에서 벗어나가 위해 그는 「羅生門」을 쓴다.13) 현실은 끊임없이 우리의 자아를 억압한다. 인간이 제도권 안에서 산다는 것은 상당 부분의 자아의 억압을 감수해야 한다는 말이 된다. 양부모와 백모는 아쿠타가와의 양육자로서의 유리한 위치에 서 있다. 이를 기반으로 그를 억압할 수 있었고 그는 백기를 들 수밖에 없었다. 그러나 허구세계에서는 하인이 노파를 이기고 승리하는 쾌거를 거둔다. 일상에서처럼 권위

---

13) 「야성의 절규(野性の呼び声)」를 「今昔物語」에서 느끼고, 文明 이전의 생동감 있는 삶을 동경한다. 도시적 근대인으로 잘 알려진 아쿠타가와의 무의식 심층은 문명이전의 야성적 삶을 희구하고 있었다. 이것은 현실의 그의 삶이 억압되어 있음을 반증하는 것이라고 볼 수 있다.

에 순종하는 자아가 아니라, 현실과 투쟁하여 쟁취하는 또 하나의 자아의 드라마를 전개시킨다. 일상의 자아와 문학 속의 자아는 확연히 다를 수 있다. 현실과 역전된 상황설정을 할 수 있는 것이 문학 매력이다. 억압되었던 자아는 문학이라는 허구적 장치 속에서 마음껏 나래를 펴고 행동하는 용기를 보일 수 있다. 이러한 행위는 카타르시스가 되어 현실의 억압과 그 사이에 교묘한 균형을 이루어 심신의 조화를 도모한다고 볼 수 있다. 많은 작가들이 현실에서의 좌절에 대한 보상심리로 창작을 하는 것을 알 수 있다. 작가는 무의식의 형상화인 창작을 통해 자기내부의 타자성을 드러내는 것이다. 작품을 통해 무의식은 의식의 수면 위로 떠오른다. 아쿠타가와의 작품은 자기 안의 또 다른 자아를 섬세한 필치로 그리고 있다.

아쿠타가와의 글을 살펴보면, 어느 하나에 확실한 결정을 내리지 못하는 마음의 주저가 많이 목격된다. 문체에서의 이중부정도 그런 뉘앙스를 풍긴다. 또 다른 '나'가 있어서 비판적으로 바라보고 견제하기 때문이다. 그것을 혹자는 회의주의 또는 상대주의라고도 말한다. 보이지 않는 실체를 투시하는 눈이 남달리 탁월했던 아쿠타가와는 대상을 보이는 대로 파악하지 않았으며, 그 미묘한 음영(陰影)을 섬세한 필치로 드러냈다. 거기에서 뼈를 깎는 그의 고통을 느낄 수 있다. 그는 늘 자기 안에 있는 또 다른 자아도 간과하지 않았다. 그것이 그의 문학의 독창성을 가져왔으며, 현실에 대한 예리한 메스를 가했다고 생각한다. 따라서 '신현실주의(新現実主義)'라는 문학사에서의 타이틀은 이러한 그의 문학의 특성을 포착한 命名이라고 생각할 수 있다.

2) 대타관계(對他關係)의 어긋남

'나와 너'라는 인간관계에서 나타나는 아쿠타가와의 타자는 사르트르적 적대관념(敵対観念)[14]으로 전해진다. 상호이해를 기반으로 한 애정의 공동체라기보다는 서로를 구속하고 억압하는 관계로 묘사되어 있다. 아쿠타가와의 인간관은 그의 스승 소세키에게서 계승되고 있는 바가 크다고 말할 수 있다. 그것은 인간에게 내재한 에고이즘이 서로를 불신하게 하고 금전, 애정, 권력이라는 함정이 개입되면 그 추악성을 백일하에 드러낸다는 입장이다. 그렇기 때문에 타자에 대한 동정적인 관계, 다시 말해서 새디스트적 관점[15]은 성립하지만, 대등한 관계는 불가능하다는 것이다. 사랑이라는 것은 절실하게 요청되지만 인간성에 내재한 부정적 본질이 그것을 저해한다는 것이다. 나쓰메 소세키와 아쿠타가와 류노스케는 인생의 시발점(始発点)이 유사하다. 그것은 '母性의 喪失'이다. 인생의 출발점에서 생에 대한 확고한 신념을 획득하지 못한 두 작가의 성향이 비슷한 것은 필연이라고 생각된다. 그들이 습득한 인생관은 인간에 대한 신뢰와 생에 대한 긍정적 인식이 아닌 불신과 회의로 점철되어 있다.

나쓰메 소세키의 「마음」에서 주인공 '先生'은 금전 때문에 인간을 불신하게 되고, 애정문제 때문에 친구 'K'를 자살에 이르게 한다. 아쿠타가와의 「코」에서는 젠치나이구(禅智内供)의 골치 덩어리인 코가 짧아져서 거의 정상에 가까워졌는데도 사람들이 축하해 주는 것

---

14) 사르트르는 그의 저서 「存在와 無」에서, 사물의 존재는 스스로 존재라는 것, 「即自的 存在」로 보며, 사람의 존재는 그의 視線에 의해 우리의 의식을 사로잡으므로 「対他的 存在」로 보는데, 여기서 마주하는 타인은 「敵対的」이라는 시각이다.

15) 마조히즘 새디즘은 性的인 관계에만 국한되지 않고 순종적 성향과 지배적 성향으로 意味의 拡張을 가하기도 한다.

이 아니라, 예전보다 더 흥을 본다. 이에 대해 아쿠타가와는 '방관자의 이기주의'라는 말을 하고 있다. 그러나 이것은 우리 인생에서 인간이 자기의 주체를 발견하고자 할 때 부딪히는 수많은 장애를 메타포화한 것이라고 할 수 있다. 이 작품은 남을 통해 자기의 구원을 희망하는 것의 어리석음을 고발하고 있으며, 대타관계란 동일성(同一性) 지향이 아닌 영원한 분열성이다. 대타관계란 만나지 못하는 평행선으로서 일체화할 수 없는 위화감으로서만 존재한다.

「코」는 일상에서의 대타관계를 영원한 '타자성'이라는 기호로 형상화한 작품이라고 생각한다.

> 人間の心には互に矛盾した二つの感情がある。もちろん、誰でも他人の不幸に同情しない者はない。ところがその人がその不幸を、どうにかして切りぬけることが出来ると、今度はこっちで何となく物足りないような心もちがする。少し誇張して云えば、もう一度その人を、同じ不幸に陥れてみたいような気にさえなる。16)

여기서 볼 수 있는 아쿠타가와의 인간관은 상생의 관계가 아니다. 아쿠타가와는 대타관계를 새디즘적 또는 매저키즘적 관계로만 파악하고 있다. 「코」에서 젠치나이구는 타자의 시선 때문에 고통을 느낀다. 타자는 나를 수치스럽게 만들고 타인의 시선은 우리를 두렵게 한다. 그래서 코가 짧게 되는 소망을 실현했는데도, 타인의 시선에서 자유스럽지가 못하다. '타인은 지옥'17)이라고 말할 수 있다. 젠치나이구의 불행감은 기형적인 코에만 있었던 것이 아니라, 타인에 시선에 있었다고 보아야 한다. 이 작품이 말하고자 하는 것은 콤플렉스

---

16) 前揭書 pp.45 − 46.

17) 사르트르의 실존철학 「存在와 無」에 표현된 글로서 우리의 대타관계는 항상 좌절로 귀착되고 만다는 상황을 이렇게 표현하고 있다.

는 제거해야 할 대상이 아니라, 그와 더불어 삶으로써, 성숙을 향해 자아를 강화해야 한다는 초인(超人)을 요구하는 것은 아닌가 생각한다. 또 「어느 바보의 일생」 三.「家」에는 다음과 같은 글이 있다.

> 彼の伯母はこの二階に度度喧譁をした。それは彼の養父母の仲裁を受けることもないことはなかった。しかし彼は彼　の伯母に誰よりも愛を感じていた。一生独身だった彼の伯母はもう彼の二十歳の時にも六十に近い年よりだった。彼はある校外の二階に何度も互に愛し合うものは苦しめ合うのかを考えたりした。[18]

여기서는 통념상 가장 사랑한다고 느끼는 가족들한테서 발견되는 이물질로서의 타자성을 엿보게 된다. "서로 사랑한다는 것은 서로 고통을 주는 것이다"라는 아쿠타가와의 인식은 필연적으로 대타관계를 경색시킬 수밖에 없다. 육친이라고 해서 대타관계의 타자성, 낯설음에서 벗어날 수 있는 것은 아니라는 인식에서 고립무원한 절망감을 느끼게 된다. 이런 사람은 자기의 자아에 대해서도 회의적이며, 분열성을 보일 수밖에 없다. 실제 그의 작품 「ひょっとこ(가면)」에서는 두 개의 자아 사이에서 어느 것이 참모습인지 분간이 안 되는 분열증적 캐릭터가 조형되어 있다. 자아와 또 다른 자아가 화해를 하지 못하고 갈등을 일으킬 때 우리는 자아분열이라는 말을 사용한다. 「가면」의 헤이키치(平吉)는 항상 가면을 쓰고 술에 취해 있다. 가면은 타자성을 드러내는 명백한 상징이다. 배에서 실족하여 바다로 떨어질 때도 자신의 안전보다는 가면을 먼저 찾는다. 이 작품은 일상에 대해 항상 회의적이었으며, 야성에 대한 갈망을 도회인이라는 가면 밑에 억압하며 살아온 아쿠타가와의 실존을 희화화한 것이라고 생각한다.

---

18) 前揭書 p.402.

「갓파(河童)」에서 정신병원 환자 23호의 병명이 조발성 치매(早発性痴呆)로 묘사된 것도 이런 맥락에서 볼 때 우연은 아니라고 생각한다.

다음은 그의 수필 「편견(僻見)」 중의 「사이토 모키치(斎藤茂吉)」에 나오는 글로서, 모키치(茂吉)의 「적광(赤光)」을 통해 자기 자신을 발견한 환희를 적고 있는데, 그의 생각은 내부의 또 다른 자아에 의해 분열적이 된다.

「赤光」は見る見る僕の前へ新しい世界を顕出した。爾来僕は茂
吉と共におたまじゃくしの命を愛し、浅茅の原のそよぎを愛し、
青山墓地を愛し、三宅坂を愛し、午後の電灯の光を愛し、女の手
の甲の静脈を愛した。こういう茂吉を冷静に見るのは僕自身を冷
静に見ることである。僕自身を冷静に見ることは、……僕は他見
を許さぬ日記をつけている時さえ、必ず第三者を予想した虚栄心
を抱かずにはいられぬものである。到底行路　の人を見るように僕
自身を見ることなどの出来るはずはない。[19]

천성이 시인(詩人)기질이었던 아쿠타가와는 사이토 모키치에 의해 그의 시인으로서의 천분을 깨달았다. 그리고 시인적인 감성과 직관으로써 서정성 짙은 작품 세계를 창조해 냈다. 그러나 자신의 우주를 창조하려 하는 그 순간 그는 분열적이 되고 만다. 그러한 아픔과 광기가 그의 문학의 도처에 배어 있다. 금제되거나 강제적인 사회 및 지식으로부터 탈출하고자 하는 과정에서 정신분열이 온다고 질·들뢰즈[20]는 말한다.

---

19) 芥川龍之介「僻見」斉藤茂吉, 岩波文庫, p.43.

20) 프랑스 구조주의 철학자 질·들뢰즈와 「反정신의학」의 제창자인 펠릭스가타리가 공동집필한 저서 「안티오이디프스: 자본주의와 정신분열증」(최명관 역, 민음사, 1994)에서 <탈영토화(deterritorialization)>라는 비유로 사용하고 있다.

3) 검열하는 자아

자연주의 문학이 문단에 팽배하고 작가들이 앞을 다투어 '사소설
(私小説)'을 쓸 때도 아쿠타가와는 그런 작품을 쓸 수 없었다. 자의
식의 갈등 없이 자기를 노골적으로 드러낸다는 행위는 파렴치한 것
으로 여겼던 것 같다. 아쿠타가와는 시마자키도손(島崎藤村)의 「신
생(新生)」에 대해 혐오를 나타내는 문장21)을 남기고 있으며, 루소의
「고백(告白)」에 대해서도 마찬가지 심경을 토로하고 있다. 일상의
자아와 문학의 자아를 일치시킬 수 있다는 것은 자기동일성(自己
同一性)이 있다는 말이 된다. 아쿠타가와는 그런 작가일 수 없었다.
그런 작가일 수 있었다면 아마 작가가 되지 않았을 것이다. 아쿠타
가와가 작가가 된 것은 자기 동일성을 향한 모색이며, 자기 실존의
추구라고 볼 수 있다. 生의 부조리, 운명의 횡포, 세계 내 존재(世界
內 存在)22)로서의 인간의 실존을 나름대로 알아내고자 남독에 가까
운 독서를 하고 작가가 되기에 이르렀다고 추정해 본다. 우연히 이
세상에 던져져 있다는 사실성, 그로부터 시작된 세계와 자신의 가
능성에 대한 끊임없는 모색 과정에서 그에게 와 닿은 것은 생이 지
닌 부조화감, 역겨움, 군더더기 같은 것이었다. 이는 한마디로 희망
없는 세계에 대한 인식이다. 「밀감(蜜柑)」에서 화자가 감지하는 생
의 분위기는 생동감이 없으며 나른하고 권태롭다. 「밀감」의 세계는
생활인(生活人) 아쿠타가와가 파악한 인생의 권태로운 실상이다. 이
런 인생을 그나마 견딜 수 있게 해 주는 것은 어쩌다 우연히 목도

---

21) 「或阿保の一生」 중 46章 「거짓말(嘘)」.

22) 하이데거의 現象学의 개념으로서 인간이란 자기의 존재를 문제 삼는
　　독자적인 존재로 파악하고 있다. 「存在와 時間」에서 그러한 인간의 존
　　재를 現存在라고 함으로써 사물의 존재와 구별하고 있다.

하게 되는 '찰나적 감동'이다. '찰나의 감동'의 미학은 예술이 주는 법열을 일상 속에 재현한 것이라고 말할 수 있다. 그는 피상으로 느끼고 도취하는 것에 대해 심한 거부감을 표출한다. 이러한 태도는 그를 대상으로부터 일정거리를 유지하게 만들었으며 맹목적 도취를 할 수 없게 했다. 또한 그런 태도는 희로애락의 감정을 그대로 표출할 수 없게 했다. 그것은 자신의 감정이면서도 허위가 깔려 있는 것은 아닐까 하는 반성적 거리가 있기 때문이라고 생각한다. 그런 작가에게 대상이란 몰입될 수 있는 것이 아니라, 관찰되고 분석되는 것이며, 아이러니와 냉소가 그 무기가 되고 있다. 아쿠타가와 문학의 지성주의, 기교주의는 대상으로부터 일정거리를 견지하는 냉정한 태도에서 비롯되었다고 말할 수 있다.

　　……彼はいろいろの本を読みつづけた。しかしルッソオの懺悔録さえ嘘に充ち満ちていた。殊に、「新生」に至っては、……彼は「新生」の主人公ほど老獪な偽善者に出会ったことはなかった。23)

　　그는 그 자신을 말하려는 순간 그 반대의 자신을 생각하는 '거리'를 항상 유지한다. 그러한 망설임 속에서 늘 글을 써왔던 아쿠타가와는 자연주의 작가들의 안이한 자기고백과 변명적인 언설에 대해 위화감을 느끼고 그들과 소통할 수 없는 타자성을 절실하게 감지했을 것이다. 자기 검열이라는 자의식이 없는 작가들의 무신경함, 뻔뻔함을 그냥 보고 지나칠 수 없는, 신경이 노출된 듯한 그 특유의 감성은 남달리 위화감을 많이 느낄 수밖에 없다.

　　「어느 바보의 일생」의 서두에서 그는 구메 마사오(久米正雄)한테 다음과 같이 쓰고 있다. 이 작품은 자기의 일생을 압축한 자서전적

---

23) 前揭書 p.433.

성격을 띠고 있는데, 여기서 자기변호를 할 생각은 없다는 것을, 루소와 시마자키 도손(島崎藤村)에 대한 거부감으로 대신하고 있다.

그의 문장의 섬세한 음영은 그의 신경의 섬세함을 반영한다. "가장 불행한 행복 속"에서 자신의 자서전을 쓰면서 무의식적인 자기변호가 행여 들어 있지 않을까 염려하는 글 속에는 부단히 자기를 검열하는 양심이 숨 쉬고 있다. 그는 늘 자기 내부에 타자성을 지니고 느끼며 살아온 작가임을 알 수 있다.

4) 남성의 불가해한 他者 — 여성 —

아쿠타가와의 여성관은 두 종류로 나타난다. 첫째는 혐오적 여성이며, 둘째는 이상화된 여성이다. 첫 번째 유형은 소세키(漱石)의 여성관과 일맥상통하며 이런 유형에게서 위화적 타자성을 추출할 수 있다. 두 번째 유형은 낭만주의적 관념 속에서 이상화된 천상적인 여성[24]이다. 이런 여성은 현실에 존재하는 것이 아니다. 신비스럽게 몽상하면서 창출되었기 때문이다.

세계 문학에는 여러 유형의 여성 이미지가 나타나 있다. 양성의 갈등을 다루기도 하고 여성을 '팜므파탈'로 묘사하기도 한다. 이는 가부장제하의 남성 근본원리에 입각해 여성이 묘사되었다는 말이다. 가부장제를 유지하는 데 적절한 여성의 모습으로 여성의 이미지는 오랜 세월에 걸쳐 조성되어 왔다. 여성 자신의 욕망이나 재능을 표현하지 않는 것이 여성으로서 갖추어야 할 덕목이었다. 현모양처라는 이미지는 빅토리아조의 여성, 메이지시대의 여성에게 요구되었

---

24) 괴테의 「파우스트」에 나오는 「영원한 여성」이 여기에 속한다.
　　아쿠타가와의 「봉교인의 죽음」에 나오는 남장 소녀 로렌조에게서 그 殘影을 발견할 수 있다.

던 이데올로기적인 이미지이다. 여성은 남성에게 필요한 존재이기는 하나 그녀들이 남성과 동등해지려는 인격성을 다소 포기했을 때 행복이 보장되었다. 그리고 가정 밖 사회에서 남성은 남성들끼리의 유대를 강화하며 가부장제를 유지해 왔다. 남성작가들에 의해 저술된 작품들에는 이러한 태도가 당연한 듯이 스며들어 있다.

아쿠타가와의 경우도 예외는 아니다. 아쿠타가와의 여성관은 그의 첫사랑인 요시다 야요이(吉田弥生)와의 실연, 히데 시게코(秀しげ子)와의 체험이 많은 영향을 주었음을 알 수 있다. 또 독서를 통해 인생을 배웠다고 하는 것으로 보아서는 나쓰메 소세키, 스위프트, 스트린드베리, 니체 등 여성 혐오가들의 영향도 간과할 수 없다. 아쿠타가와의 여성관을 알 수 있는 대표작 중 하나가 「河童」25)이며, 「난장이의 말(侏儒の言葉)」에도 散在해 있다. 아쿠타가와 작품의 여성관은 남성의 입장에서 바라본 여성이 아니며, 여성성 속에 내재한 강인한 생명력과 동물성 때문에 공포를 느끼고 있음을 알 수 있다. 아쿠타가와는 자신이 지니지 못한 야성을 여성한테서 발견하고 이것을 괴리감, 즉 타자성으로 응시하고 있다. 「덤불숲(薮の中)」의 마사고 (真砂), 「투도(偸盗)」의 샤킨(砂金)에 타자성이 구현되어 있다.

아쿠타가와는 히데 시게코라는 여성한테서 동물적 본능과 이기주의를 발견하고 몸서리치고 있으며 남자를 파멸시키는 존재로 인식하고 있다. 아쿠타가와의 여성 이미지는 이처럼 '팜므파탈'형으로 유형화되어 있음을 본다. 그것은 여성의 성적이며 유혹적 성질 속에서 타자성을 발견하고, 아름답고 매력적인 것이라고 기대하던 것

---

25) 「河童」의 세계관은 현실의 상식적 세계를 도치시키려는 의도가 농후하다. 이 작품에서는 여성이 남성에게 구애를 하는데 남성은 여성에게서 벗어나려고 발버둥친다. 여성의 동물성과 교태성을 과장함으로써 히데 시게코와의 악연을 여성폄하의 형식으로 드러낸 작품이다. 芥川의 여성인식을 알 수 있는 대표적 작품이라고 할 수 있다.

속에서 무섭고 섬뜩한 것을 발견하는 충격의 고백이라고 말할 수 있겠다.

남성이 여성에게 열렬하게 구애하는 것은 운명적 사랑이며 용감한 기사도 정신이라고 찬양하면서 여성이 자기 안에 내재한 욕망을 드러내면 이단시하고 사회적으로 매장하려는 풍조 속에 시게코가 놓여 있었던 것은 아닌가 추론해 본다. 이러한 시도는 남성작가들에 의해 무수히 이루어져 왔다. 마담보바리, 안나 카레니나는 자기 안에 있는 연애의 이상을 제도에 도전하며 현실 속에서 구가하려다 비극적 결말을 맞은 인물들이다. 그녀들은 남성과 똑같이 용감했는데도 사회에서 축출당한다.

마찬가지로 히데 시게코도 자기 안의 열정을 상대에게 **표출했을** 뿐인데 뿌리 깊은 가부장적 여성관에 젖어 있는 아쿠타가와에게는 이것이 수용되기 어려웠던 것은 아니었을까. 여성이 먼저 적극성을 보이고 과감하게 접근하자, 상대 속에 내재한 동물성만을 확인하게 되고 그런 상대를 택한 자신에 대한 혐오와 함께 이미 연애감정은 퇴색할 수밖에 없었다. 아쿠타가와는 그녀에게서 연애감정을 느낄 수 없게 되자 관계를 청산하기를 원했을 것이다. 그 시대의 일반적인 여성이라면, 이를 수락하고 관계는 끝났을 것이지만 히데 시게코는 상대방의 일방적인 관계청산 요구를 거부하고 자아를 관철하고자 했던 것 같다. 그녀는 하이쿠 시인이다. 시인적 감수성과 여성적 직감으로 이런 남성 제멋대로의 부조리의 실상을 간파했을 수 있다. 사실 시게코 주변의 여성들의 증언을 들어보면 여성들 사이에서의 그녀의 평판은 오히려 좋았다고 한다. 따라서 아쿠타가와의 텍스트를 액면 그대로 받아들일 수 없는 부분이 있다. 히데 시게코는 그녀가 향유한 시대 덕택에 여성도 자아와 감정을 지닌, 즉 근대적 인간임을 주장하고 있었다고 생각된다.

아쿠타가와의 청년기에 해당하는 1910년대의 「시라카바(白樺)」의 활동을 보면 여성들의 자아의식이 상당히 성숙되었음을 알 수 있다. 히라쓰카 라이초를 비롯한 여성문인들에 의한 「청답(青踏)」派26)는 자유연애사상을 고취시키는 등 신여성(新女性)상을 조형해 냈다. 따라서 시대상황으로 보아서 시게코와 같은 여성의 출현이 가능했다고 간주된다. 아쿠타가와와 히데 시게코의 관계는 단순한 희생자와 가해자의 구도가 아닌 남성중심사회의 인간양성의 불평등 모순에서 비롯된 해석의 차이라고 말할 수 있다. 시게코가 그녀의 입장을 표명할 대등한 글을 남기지 못한 아쉬움이 있다. 시게코의 모습이 아쿠타가와를 통해 재구성되는 한, 두 사람의 관계에 대해 공평한 판단은 내릴 수가 없다. 아쿠타가와의 타자로서의 여성을 살펴본다는 것은 시게코에 대한 기존의 언설에 대한 전복가능성도 시사된다.

남녀 양성은 차이성을 지닌 공존을 통해, 서로를 인격체로서 존중했을 때 더 높은 실존으로 비약할 수 있다. 시대적인 추세로 보았을 때 아쿠타가와의 여성관은 전근대성을 벗어나지 못했다고 여겨진다. 아쿠타가와의 작품 「갓파」 속의 여성은 히데 시게코에게 질려서, 여성 일반을 매도하고 있다는 느낌이 강하다.

그 외에도 여러 작품에 등장한 여성의 이미지는 「가을(秋)」의 노부코, 「무도회(舞踏会)」의 아키코, 「남경의 예수그리스도」의 송금화(宋金花)처럼 '허영심'과 '무지'가 토대를 이루고 있다. 아쿠타가와의 타자로서의 여성은 다분히 억압된 존재로서 그들의 목소리를 제대로 내지 못하고 있으며 지배적 위치에 서 있는 남성에 의해서 대변되고 있음을 본다.

---

26) 1850년대 영국의 부인 참정권운동의 하나로서, 청답이라는 명칭은 멤버들이 파란 양말(bluestocking)을 신은 데서 유래한다. 1911년 히라츠카라이쿄는 그 정신을 계승하여 「青踏」이라는 잡지를 내고, 여성해방 자유연애 등의 新思想을 고취시킨다.

3. 결 론

他者(Other)의 발견은 말하는 능력과 나와 너를 구별하는 능력의 획득과 병행하여 일어난다고 라캉은 말한다. 타자는 내가 아닌 모든 것의 궁극적인 기표(記標)이기 때문에 사실상 '나'를 정의하는 것이다. 우리는 대상 간의 관계들을 의식하면서 나를 알게 되는 것이다.

아쿠타가와 문학의 시발점은 '생모의 광기'이며, 이 때문에 그의 문학은 다른 작가들보다는 타자성을 드러내고 있다. 초기의 작품들은 은폐를 위해 카무플라즈 장치를 취하고 있다. 그가 세기말 문학에 심취한 것, 그리고 예술지상주의에 인생을 건 것은, 어머니의 광기와 그로 인해 전혀 다른 국면으로 치달은 그의 운명을 부지불식간에 부정하고자 한 것으로 보았다. 그래서 아쿠타가와는 인생과 예술을 대립항으로 다룸으로써 현실을 초극하려고 한다. 「地獄変」에서 화가 요시히데(良秀)가 실인생을 "인생의 잔재"라고 했을 때, 인생은 예술의 타자로서 존재한다. 아쿠타가와가 그의 숨겨진 타자인 '어머니의 광기'라는 강박관념에서 해방되어 자기의 고유한 목소리로 내고 있는 것은 만년에 이르러서이다. 이는 죽음을 결의한 후에 내려진 비장한 결단이다. 「점귀부」에서 처음으로 아쿠타가와는 "나의 어머니는 광인이었다"라고 말한다. 자신의 실존을 정면으로 마주한 아픔을 느낄 수 있다. 「점귀부(点鬼簿)」, 「어느 바보의 일생」 「난장이의 말」, 「갓파」에는 그의 통한이 서려 있다. 그의 문학은 아쿠타가와 류노스케라는 한 인간의 실존을 번역한 것이다. 아쿠타가와에 있어서 '狂気의 어머니'는 주체 속의 이물질이었으며 타부로서 억압되어 온 실체였다. 이는 그의 작품 도처에 배어 있는 것을 쉽게 발견할 수 있다.

아쿠타가와 문학의 타자성은 다양한 바리에이션을 보이고 있는데, 작가 내부에 존재하는 또 다른 자아로서의 타자, 일상 속 대타관계에서의 타자, 나의 일거수일투족을 감시하는 자기 반성적 자아로서의 타자, 남성의 타자로서의 여성이 그것이다.

아쿠타가와의 텍스트는 여러 가능성을 내포한 채 열려 있어서 무궁한 해석을 가능하게 한다. 그렇게 하여 작가와 독자의 협력하에 보다 완전한 소우주가 만들어진다. 이는 아쿠타가와가 지닌 '작품관'과도 통한다. 잉가르덴은 "구체화된 작품은 독자와 저자가 함께 공동으로 창작하는 것이다"27)라고 말한다. 당시 아쿠타가와는 잉가르덴을 몰랐겠지만 이런 태도를 이미 견지하고 있었다. 아쿠타가와 류노스케의 작품은 중심의 주변에 있는 수많은 여백을 다루고 있다. 여백 읽기는 다름 아닌 타자성의 세계를 엿보는 것이라고 생각한다.

---

27) 현상학자 잉가르덴은 훗설에게서 지향성의 용어를 빌려, 텍스트라는 불확정성의 장소에 능동적 의미를 집어넣어 채우는 것이 독서라는 독자반응비평의 기본을 마련한다. 텍스트의 열려진 세계에 독자가 어떻게 참여해서 빈 공간을 채워 보다 완전한 의미체계를 구성하는가라는 물음은 문학연구의 무궁무진한 가능성을 열어준다고 생각한다.

◎ 참고문헌

사르트르 「存在와 無」 삼성출판사, 1999.
________ 「실존주의는 휴머니즘이다」 문예출판사, 1999.
하이데거 「存在와 時間」.
________ 「形而上学이란 무엇인가」.
에릭 메슈스(김종갑 訳) 「20세기프랑스철학」 東文選現代新書, 2001.
RR마그리올라(최상규 訳) 「현상학과 문학」 예림기획, 1998.
한국영미문학페미니즘학회 「페미니즘, 어제와 오늘」 민음사, 2000.
에드워드사이드(박홍규 訳) 「오리엔탈리즘」 교보문고, 2000.
현대문학연구회편저 「라캉과 문학」 예림기획, 2000.
鷲只雄 「芥川龍之介年表」, 河出書房新社, 1997.
「国文学, 芥川龍之介研究事典」, 学灯社, 昭和 63年, 5月号.
宮坂覚, 海老井英次編 「作品論芥川龍之介」 双文社, 1990.
小森陽一 「ポストコロニアル」 岩波書店, 2001.
川口喬一, 綱本靖正編 「文学批評用語辞典」, 2000.
関口安義 「芥川龍之介, 闘いの生涯」, 毎日新聞社, 1992.
日本文学研究資料叢書 「芥川龍之介」 1・2, 有精堂, 1990.
柄谷行人 「内省と溯行」, 講談社学術文庫, 2001.
________ 「差異としての場所」.
________ 「探究」 1.
鶴田欣也 「日本文学における<他者>」 新曜社, 2001.

제 2 장

'타자성'의 패러다임으로 아쿠타가와의 '初期 歷史物'읽기

1. 서 론

아쿠타가와의 문학은 인간 실존의 전율을 적나라하게 전해 준다. 아쿠타가와의 초기 문학은 헤안(平安)시대를 배경으로 한 왕조물(王朝物)이라고 불리는데, 여기서 역사는 아쿠타가와가 자신의 모습을 숨기기 위해 고안한 장치라고 할 수 있다. 그런 의미에서 일반적인 역사소설과는 그 성격이 다르다. 작가 자신도 그것을 의식한 듯 "내 작품들을 단순히 역사소설로 구분해서 처리해 버리는 것은 견딜 수 없다"[1]고 말하며 '역사 그 자체(歷史そのまま)'[2]의 작품, 즉 본격 역사소설이 아니라는 것을 밝히고 있다.

> 지금 내가 어떤 테마를 — 예술적으로 가장 힘차게 표현하기 위해서는 모종의 이상한 사건이 필요하다고 치자. 그 경우 그 이상한 사건은 이상하면 이상할수록 — 대부분의 경우 독자들에게

---

1) 「新思潮」 大正 5년 2월, 「코」를 발표할 무렵 아쿠타가와는 자신의 작품을 기존의 역사소설과 구분해 줄 것을 당부하고 있다.

2) 모리오가이(森鴎外)는 「歷史其侭と歷史離れ」(「心の花」)論에서 역사소설의 두 가지 양태를 설파하고 있다.

부자연스러운 감을 일으켜 그 결과 모처럼의 테마도 무용지물이
되고 만다. ― 내가 옛날에서 재료를 취한 소설은 대체로 이러한
필요에 따라서 부자연스러움의 장애를 피하기 위해 무대를 옛날
로 정했다. 그러나 옛날이야기(오토기바나시)와는 달라서 소설은
소설이라는 요건상 「옛날 옛적에」만으로 써버릴 수는 없다. 그래
서 시대 제한이 생기게 된다. 따라서 그 시대의 사회형태 등도
자연스러움을 만족시킬 수 있을 정도로 다소 손질을 할 필요가
생긴다. 그러므로 소위 역사소설이란 옛날의 재현이 목적일 수는
없다는 점을 말해둘 필요가 있을 것 같다.3)

　작가는 이런 방법의식을 확고히 정해서 <설화물>,4) <기독교물>,5)
<근세물>,6) <중세물>,7) <開化期物>,8) <고대물>,9) <중국물>10)을 차
례로 만들어 낸다. 이 작품들의 배경에는 역사가 자리하고 있으나 역

---

3) 「昔」.

4) 「청년과 죽음」, 「나생문」, 「코」, 「참마죽」, 「운」, 「투도」, 「지옥변」, 「덤
　 불숲 속」, 「로쿠노미야노 히메기미」 등의 작품이 있다.

5) 「담배와 악마」, 「오가타료사이 비망록」, 「방황하는 유대인」, 「봉교인의 죽
　 음」, 「크리스트포로 上人전」, 「쥬리아노. 요시스케」, 「신들의 미소」, 「오
　 긴」, 「오시노」, 「이토죠 비망록」 등의 기독교를 소재로 한 작품이 있는
　 데, 아쿠타가와는 가톨릭을 신앙적 관심이 아닌 이국정서로서 흥미롭게
　 다루고 있다.

6) 「고독지옥」, 「이(風)」, 「담뱃대」, 「忠義」, 「희작삼매」, 「枯野抄」, 「어느
　 날 오이시 구라노스케」 등에서 에도시대의 모럴을 풍자적으로 바라보고
　 에도 정서가 넘치는 작품들을 쓰고 있다.

7) 「게사와 모리토」, 「俊寛」는 「平家物語」, 「源平盛衰記」 등에서 소재를 취
　 했다.

8) 「두 통의 편지」, 「開化의 殺人」, 「開化의 良人」, 「무도회」, 「장군」, 「오
　 토미의 貞操」, 「인형(雛)」.

9) 「오소리」, 「개와 피리」, 「스사노오노 미코토」.

10) 「酒虫」, 「仙人」, 「女体」, 「黃粱夢」, 「목이 떨어진 이야기」, 「영웅의 그
　 릇」, 「尾生의 믿음」, 「두자춘」, 「秋山図」, 「奇遇」.

사적 시간에 구애받는 것이 아니라 소설, 즉 픽션이라는 데에 중점이 놓여 있다. 이 안에 작가는 근대인의 심리를 반영하고 있다고 흔히 말하는데, 근대인은 다름 아닌 상처받기 쉬운 작가 자신의 모습이라고 생각한다. 아쿠타가와의 작품 안에는 상처받는 자아가 도처에 있으며, 이웃들과 갈등하는 나약한 자아들의 고백들이 있다. 자연주의 문학가나 사소설(私小說) 작가처럼 적나라하게 자신을 드러내기에는 수치감이 많은 작가이기에 철저한 위장을 하기 위해 먼 세계 속에서 자신의 은신처를 구하고 있다는 생각이 든다.

그의 억압된 삶은 타자로서의 삶이었다는 생각하기 때문에 본고는 최근의 인문학 비평 중 하나인 '타자/자타자성'의 패러다임으로 초기역사물을 읽고자 한다. 근래의 학문은 철학 문학 비평 등의 경계가 모호해지면서 넓은 의미의 문학의 품안으로 들어오는 것을 알 수 있는데 '타자/타자성'의 주제 또한 이러한 맥락에 있다. 타자는 소외된 것 억압된 것 겉도는 것 이물질 자의식 세계와의 괴리 등의 형태로 드러나는데, 비유적 용법으로도 많이 사용되어 쓰는 사람에 따라 다양한 것도 사실이다.

본고는 혼동을 피하기 위해 아쿠타가와 류노스케의 작품에 나타난 갈등하는 인간관계를 外部他者로 보고, '어둠', '광기', '자의식'을 內部他者로 살펴보고자 한다. '광기'와 '에고이즘'은 인간내부의 어둠에 속한다고 볼 수 있다.

아쿠타가와의 자의식 형성의 근원에는 생모의 광기(狂気)가 있으며 세계에 대한 비관적 비전으로 제시되고 있다.

문단 데뷔작이라고 말할 수 있는 「羅生門」을 비롯하여 「코(鼻)」, 「참마죽(芋粥)」, 「투도(偸盗)」, 「地獄変」, 「덤불숲 속(薮の中)」, 「로쿠노미야노 히메기미(六の宮の姫君)」에 나타난 인간의 행동은 에고이즘을 動因으로 하여 그 행동이 규정되고 있다. 이제부터 아쿠타가

와의 작품 속에 드러나는 타자를 일상속의 타자, 자의식이라는 나를 검열하는 타자, 에고이즘이라는 이물질로 보고 이에 대해 추론해 나가고자 한다.

2. 일상 속의 他者들

일상생활을 영위하는 과정에서 겪게 되는 인간관계에서 아쿠타가와가 보여주는 타자의식은 사르트르적인 적대적 관계라고 말할 수 있다. 즉 '타인은 지옥이다'로 함축할 수 있다. 그것은 우리의 대타관계라는 것은 늘 좌절로 귀착되고 만다는 상황을 이렇게 표현한 것이다. 아쿠타가와의 대타관계는 우리 인간들이 사회를 이루고 사는 집합체를 애정의 공동체라고 인식하기보다는 서로를 구속하고 억압하는 관계로 파악하고 있기 때문이다. 그래서 타자에 대한 동정적인 관계는 성립하지만 대등한 인격체로서는 존립할 수 없다. 「코」, 「참마 죽」에 그러한 의식이 첨예하게 드러나 있다.

> ─인간의 마음에는 서로 모순된 두 개의 감정이 있다. 물론 누구나 남의 불행에 대해 동정하지 않는 사람은 없다. 그러나 그 사람이 그 불행을 어떻게 해서 빠져 나오면 이번에는 이쪽에서 미흡한 느낌이 든다. 조금 과장해서 말하자면 다시 한번 그 사람을 같은 불행에 빠뜨리고 싶은 마음조차 생긴다. 그리고 어느새 소극적이기는 하지만 어떤 적의를 그 사람에 대해 품게 된다.─ 나이구가 이유는 모르면서도 어쩐지 불쾌해지는 것은 이케노오 (池の尾) 僧俗들의 태도에서 이 방관자의 이기주의를 막연하게 느꼈기 때문이다.

젠치나이구는 취약하고 델리케이트한 자아 때문에 타인들의 시선에서 자유롭지 못하다. 그러한 자아를 지닌 사람에게 세상은 가혹한 법이다. 먹이를 노리는 사냥개처럼 사람들은 이러한 사람을 우롱하고 싶어진다. 이러한 속인들의 군중심리를 아쿠타가와는 예리하게 간파하고 있는데, 소외받고 번민하는 나이구에 대해 작가는 '사랑스러운 나이구'라고 표현함으로써 애정을 보이는 것을 알 수 있다. 젠치나이구(禅智內供)는 적대적 타자들에 의해 고통을 당하고 있는 엄연한 실체이다. 「참마 죽」역시 도시히토(利仁)라는 강자의 횡포를 느낄 수 있으며 이에 대한 작가의 저항을 엿볼 수 있다. 강자의 힘의 논리로 약자인 오위(五位)의 희망을 산산조각으로 부수어버리는 횡포에 대한 고발을 「참마 죽」에서 읽을 수 있었다. 그리고 오위의 주변의 사람들은 한결같이 오위에 대해 무시하거나 조롱을 일삼는다. 작품은 서두에 '아무개라는 오위'라고 이름도 없이 소개하며 볼품없는 오위의 모습을 열거하고 있다.

　　오위는 풍채가 매우 볼품없는 남자이다. 첫째 키가 작달막하다. 그리고 딸기코에다 눈초리가 쳐져 있다. 콧수염은 물론 엷다. 뺨이 홀쭉하므로 턱이 남들보다 가늘게 보인다. 입술은—일일이 세려면 끝이 없다. 우리 오위의 외모는 그 정도로 비범하게 칠칠치 못하게 생겼다. (중략) 이러한 풍채를 지닌 남자가 주위에서 받는 대우는 아마 글로 쓸 필요도 없을 것이다. 사무라이도코로에 있는 무리들은 오위에 대해 파리만큼도 주의를 주지 않는다. 유위무위 합쳐서 이십 명쯤 되는 부하들도 그가 출입하는 것에 이상할 정도로 냉담하다. 오위가 무슨 분부를 해도 결코 그들의 잡담을 그친 적이 없다. 그들에게 공기의 존재가 보이지 않는 것처럼 오위의 존재도 눈에 걸리지 않는다. (중략) 오위는 화를 내는 일이 없다. 그는 일체의 不正을 부정으로 느낄 수 없을 정도로 기개가 없는 겁이 많은 인간이다. (중략) 영양이 부족한 혈색

이 나쁜 얼빠진 오위의 얼굴에서 세상의 박해에 울상을 짓는 「인
간」이 들여다보인다.

　오위가 마주 대하는 세상은 이유도 없이 오위에 대해 부조리하고
적대적이다. 아쿠타가와는 오위로 대변되는 약자에 대해서 연민과
동정을 가지고 세세하게 묘사하고 있다. 오위는 세상에 대해 불평
을 말하지 않으나 대신 독자들이 부당한 세상에 대해 울분을 토하
게 된다. 특히 삭북의 야인 도시히토의 풍채와 웃음소리에 압도되
는 오위를 생각할 때 무한한 연민이 솟는다. 도시히토는 장난삼아
서 오위를 골탕 먹이고 있으나 오위가 참마죽에 질림으로써 오위의
삶의 희망은 산산이 부서져 버린다. 그에게는 이제 참마죽을 실컷
먹어 보았으면 하는 유일한 희망이 사라져 버렸다. 앞으로의 오위
의 운명은 실오라기 같은 희망도 없는 참담함이다. 세상은 약자를
동정하는 것이 아니라 강자들의 노리개로 삼는다는 아쿠타가와의
인식을 엿볼 수 있다.
　「地獄変」에서는 권력자와 예술가의 대치 끝에 예술가가 자살한다.
「지옥변」의 요시히데는 자아가 취약한 예술가는 아니지만 신분제사
회에서 어용화가라는 지위 때문에 어쩔 수없이 패배할 수밖에 없는
구도이다. 아쿠타가와의 초기 역사물에서 인간관계는 강자와 약자
의 대치 끝에 강자가 승리하는 구도로 되어 있다. 작가 자신은 약
자에 대해 무한한 연민을 느끼고 있다. 이것은 아쿠타가와가 억압
받는 자에 대해 공감하고 억압하는 자에 대해서는 저항하는 것을
말해 준다. 또한 이것은 그 자신 대타관계의 불편함을 숙지했다는
것을 말해 주는 것이기도 하다. 아쿠타가와의 대타관계는 동일성
지향이 아닌 영원한 분열 일체화할 수 없는 위화감으로서만 존재한
다. 그는 자연주의적 사소설을 쓰지 않았다. 타인을 불신하는 사람

이 타인을 상대로 자신의 약점 갈등 치부를 드러낼 리는 만무하다. 그의 은폐된 콤플렉스라고 말할 수 있는 '어머니의 광기'와 '광기의 유전'에 대한 두려움은 그의 초기 문학 속에서 역사소설이라는 위장을 하여 숨겨 놓았다고 말할 수 있다. 그의 역사물들은 자기 안의 타자를 드러내기 위한 장치인 것이다. 자신의 이야기를 남들이 쉽사리 알아챌 수 없도록 현재의 시점에서 볼 때는 까마득한 옛날인 헤이안(平安)시대로 설정해 놓고 그 안에서 일어나는 인간 에고이즘의 및 対峙 인간성에 내재한 獸性을 유감없이 드러내 보여주고 있다. 「코」에서 타인은 결코 나의 위안자가 아니며, 그 불행을 즐기는 존재이다. 이러한 대타관계의 경색된 시각으로 말미암아 그 자신은 현실을 경멸하게 되고 예술이라는 피안의 세계를 모색했다고 생각된다. 「투도(偸盜)」의 악취 나는 세계는 「라쇼몽(羅生門)」의 결말 "칠흑 같은 어둠이 있을 뿐이었다. 하인의 행방은 아무도 모른다"의 연장선에 있는 세계로서 문명의 옷을 벗겼을 때 드러나게 되는 인간수(人間獸)의 모습이라고 말할 수 있다. 아쿠타가와는 문명이라는 포장에 현혹되지 않으려고 애쓴다. 그는 보이지 않는 부분까지도 투시하여 우리에게 인간적 상황의 실상을 부각시키고 있다. 그러면서도 인간적인 것에 대해 무한한 향수를 떨치지 못해 따스한 감동의 흔적을 남기고 만다. 그는 지상적인 현실을 신뢰하지 않기 때문에 '예술지상주의'에 철저하려고 했다. 예술을 종교의 위치까지 끌어올려 신(神)이 되고 싶은 욕망에 설레었다. 「지옥변」의 요시히데는 주변의 사람들의 평판에 아랑곳 않고 자신의 예술에 정진하는 강인한 예술가로 형상화되어 있다. 당대의 권력자에 소속되어 있으면서도 대항하는 기개를 보인다. 이에 대해 평자들은 아쿠타가와가 구현한 예술가의 이상적인 모습이라고 말한다. 요시히데가 지옥변상도를 그리는 화가로 설정된 것 또한 의미심장하다. 이는 요시히데가 본 현실이 지옥이라는 말과도 통하기 때문이다. 그는 지옥과 같은 현실에 미련이 없기 때문에 당대의 규범을 무시할 수 있었다고 생각된다. 그의 주변의 인간들은 이미 인간이 아니고 물화(物化)되어 있다. 단 외동딸 하나만이 예외적 존재이다. 이러한 설정을 리얼리즘적으로 이해하려 해서는 안 된다. 이는 아쿠타가와의 상징주의이기 때문이다. 그의 기본적인 인간관계는 신뢰불능인 적대적 타자로 표출되고는 있으나 철저하지는 못하다. 「지옥변」의 요시히데와 딸의 관계는 적대적이 아니라 삶의 존립근거가 되고 있으며, 「투도」의 결말은 지로(次郎)와 타로(太郎) 두 형제가 형제애에 눈뜨도록 처리하고 있기 때문이다. 작가는 타로 대신 사킨이 처참하게 살해되게끔 한다.

「게사와 모리토」에서 게사는 옛 연인 모리토와 공모하여 현재의 남편 와타루를 죽이기로 했지만 대신 자신이 모리토의 손에 죽는다. 자신의 남편을 죽이자는 말에서 옛날 연인의 사랑을 확인하게 되지만 동시에 그의 눈빛에서 용색이 전과 달리 늙고 추하게 된 자신을 향한 경멸이 온몸에 전해져 오는 것을 느끼면서 자신의 죽음을 택한다. 이처럼 연인관계에서조차 합일된 마음으로 설정하지 않고 각자의 에고이즘을 개입시켜 복잡하게 분열시킨다. 게사와 모리토는 묘하게 대치하고 있는 연인관계이다. 이처럼 인생의 실체를 파악하기 힘들게 만드는 것은 대타관계의 경색에서 비롯된다고 말할 수 있다.

「덤불숲 속」에서도 사건 당사자 세 사람이 제각기 자신이 살인자라고 주장하고 있지만 각자의 체면과 에고이즘이 전면에 나와 있음으로써 엇갈린 진술을 보게 된다. 살인 현장에 개입되지는 않았지만 증인으로 채택된 다케히로의 장모는 죽은 사위에 대한 관심은 차치하고 사라진 자신의 딸의 행방에만 집요하게 매달리는 이기심을 보인다. 이 작품 역시 남편은 아내를 증오하고 아내는 남편을 증오하는 인간관계의 경색을 보여준다. 그들의 진술 속에서 서로에 대한 주관적 해석을 보게 되는데 각자의 에고이즘과 체면이 깔린 해석이어서 팽팽하게 대결만 할 뿐 진실이 드러나지 않는다. 남자는 여자에 대해서 또 여자는 남자에 대해서 영원한 타자라는 인식을 엿볼 수 있다. 이와 같은 남녀 양성의 대립 속에서 아쿠타가와의 여성관이 드러난다. 그러나 도적과 다케히로라는 남자들끼리는 유대감을 보임으로써 작가의 무의식을 엿볼 수 있다.

또 왕조물의 마지막 작품인 「로쿠노미야노 히메기미(六の宮の姫君)」에서 여주인공 히메기미는 인생에서 아무런 감동을 못 느끼고 수동적으로 살아가는 여성으로 묘사되어 있다. 혼기가 닥쳐도 결혼도 않고 부모가 죽자 생계 때문에 유모의 권유로 마음에 내키지는 않지만 결혼하여 남자에 의탁한다. 그 남자와의 생활도 오래가지 못하고 남자는 5년 후의 재회를 약속하며 아버지의 임지로 떠난다. 이 작품에서도 인간과 인간의 관계는 적대적이지는 않지만 끈끈한 감동이 없다. 이런 인생은 아무도 구제할 수 없다. 로쿠노미야노 히메기미는 유모의 재혼 권유에 대해 "그저 조용히 늙어가고 싶다." "살아 있는 것이나 죽는 것이나 매한가지다"라고 거절한다. 9년째에 떠났던 남자가 홀연히 찾아와서 죽어가는 히메기미의 임종을 본다. 며칠 후 법사가 주작문(朱雀門)에서 "저 영혼은 극락도 지옥도 모르는 칠칠치 못한 영혼입니다. 염불을 하십시오"라고 말한다. 이 작품은 인생에서 아무것도 기대하지 않을 뿐 아니라 자기 운명에 대해서도 아무런 대책이 없는 한 인물이 조형되어 있다. 히메기미의 인생은 삶의 타자로서의 인생을 극명하게 보여준다. 이런 영혼은 죽어서도 중유(中有)11)에 헤맬 수밖에 없다. '중유'는 구천을 떠도는

---

11) 불교용어로서 의식을 지닌 생물이 죽은 후 다음 生을 받을 때까지 그 사이를 말한다. 「덤불숲 속」에서 죽은 다케히로의 영혼은 무당의 입을

구원받지 못한 영혼들의 세계이다. 또한 억울한 원혼들이 헤매는 곳이다. 중유의 영혼들의 흐느낌은 타자들의 호소이다. 작가는 이런 영혼들의 세계에 눈길을 보내고 있다. 이는 아쿠타가와가 중심에서 밀려난 주변적 삶을 예리하게 포착해 내는 따스한 가슴을 지닌 작가라는 것을 말해 준다.

3. 自意識 과잉과 '타자성'

아쿠타가와의 타고난 소심함과 겁 많음, 자의식 과잉의 기질은 행동하는 인간이 되기에는 취약했다. 그 대신 사물을 바라보는 시각과 인생의 이면을 투시하는 능력은 남달랐다고 말할 수 있다. '대역사건'이라는 날조된 사건이 있었던 어두운 시대 상황 속에서 정의를 구현하는 행동을 하는 대신에 일고도서관, 제국도서관, 마루젠(丸善)서점12)에 다니면서 독서에 탐닉했음을 이미 언급했다.

아쿠타가와는 일고시절 여러 명이 한방을 쓰는 기숙사 생활에 적응하지 못하고 고독한 자기만의 세계에 안주하는 것에서 위안을 찾았다. 그런 내성적 기질에서 나온 아쿠타가와의 문학은 대상을 바라보는 자의식의 드라마가 된다. 그러한 자의식은 내부타자로서 그

통해 고백하는데 "나는 그것을 마지막으로 영원히 중유의 어둠 속으로 잠겼다"라고 말한다. 「로쿠노미야노 히메기미」에서는 운명에 몸을 맡겨 되는 대로 살아가는 주인공이 死後에 朱雀門 근처에서 흐느끼며 헤매는 것이 나온다. 이것은 소외된 세계에 유난히 관심을 보이는 작가의 시각이라고 생각된다.

12) 원래는 마루젠 상사(商社)로 출발했으며 외국의 문방구를 수입하고 잉크를 개발하는 등 일본 문방구 발전에 기여했으며 외국서적을 수입하게 됨으로써 지식인들의 지식흡수의 장소가 되었다. 아쿠타가와의 작품에는 마루젠에 대한 언급이 많다(「歯車」 3. 夜 「어느 바보의 일생」 등).

의 행동을 규제하고 억압하고 있다고 생각한다. 「참마 죽」에서 오위(五位)의 의식의 내면을 들여다보면 행동하기에는 취약한 자아와 느낌에 있어서는 너무도 강렬한 자의식이 불균형을 이루어 독자로 하여금 안쓰럽게 한다.

「코(鼻)」에서 젠치나이구의 미묘한 자의식도 마찬가지다. 아쿠타가와의 텍스트에는 또 다른 자아가 있어서 항상 감시하고 비판하는 듯한 인상을 준다. 이는 아쿠타가와의 문학이 자기 안의 자의식과 고투한 흔적이며 기록이기 때문이라고 생각한다. 작가는 무의식의 형상화를 통해 자기 안의 타자를 부단히 드러낸다고 말할 수 있다. 보이지 않는 실체를 투시하는 눈이 남달리 탁월했던 것도 자기를 객관화하여 상대적으로 바라볼 수 있는 자의식에서 기인한다고 말할 수 있다. 그의 자의식은 내부 타자로서 부단히 그를 감시하고 반성적으로 만들어, 회의주의 또는 상대주의적 시각을 지니게 했다고 추론해 본다. 이러한 자의식의 배경에 대해 후쿠다 쓰네아리(福田恒存)는 다음과 같이 말한다.

> 아쿠타가와 류노스케는 東京의 서민가에서 태어나 서민가에서 자란 사람입니다. 이런 사람은 고루한 가정의 인간관계라는 질곡 속에 놓인 사람입니다. 자신이 새로워지려고 아무래도 주변의 상황과도 보조를 맞추지 않으면 안 되는 숙명을 지녔기 때문입니다.

분명히 아쿠타가와가 놓인 가정환경은 자아형성 과정에 있어서 인식의 다양성 및 인생의 다양한 모습을 체득하게 했으며 이 안에서 그의 자의식은 더욱 첨예화되었다고 생각된다. 아쿠타가와는 일찍부터 인간성에 대한 체념을 배웠다. 이에 비례하여 창작의욕은 더욱 높아졌다. 현실에서 수용되지 않는 억압된 욕망들은 작품 속에 형상화하고 현실에서 느낀 울분과 부조리의식은 작품 속 인물

속에 투영시켜 페이소스를 자아낸다.

오위(五位)의 자의식은 희화화된 아쿠타가와의 자의식이다. 이러한 자의식은 적극적으로 행동할 수 없게 한다. 그러기 때문에 현실은 더욱 불쾌해진다. 자의식은 각성된 의식으로 발전하여 인생의 모순을 직시하게 하고 그것을 적절하게 표현할 수 있을 때까지 작가를 괴롭힌다. 표현이 가능해질 때 비로소 아쿠타가와는 그의 현실을 초극하게 되는 것이다. 비루하고 추악한 현실인식은 가공의 세계를 몽상하게 된다. 그 가공의 세계는 예술이라는 피안의 세계이다. 여기서 "인생은 한 줄의 보들레르만도 못하다"[13] "인생은 예술을 모방한다"[14]가 생겨난다. 아쿠타가와가 표방하는 문학은 조형미를 추구하는 예술로서의 문학이다. 단순한 서사문학이 아니다. 도자기나 무용같이 내용과 형식이 긴밀하게 되어 분리할 수 없는 작품을 추구한다. 아쿠타가와는 문학을 논할 때 내용과 형식을 분리해서 생각하거나 내용과 형식의 전후를 논하는 것에 대해 불만을 토로한다. 내용과 형식은 표현을 통해서 합일되는 것이다. 그는 표현에 대해 자각하고 나서 기교에 대해 부심하게 되었다.

그는 늘 자신 안에 숨 쉬는 또 다른 자아를 느껴온 작가이다. 그 자아의 무의식에 조종되면서 의식위로 끌어내어 실체를 밝히는 것이다. 그는 그것을 기술적으로 때로는 신비스럽게 효과를 계산에 넣으면서 형상화에 골몰한다. 온갖 신경망을 동원하여 부심하여 찰나의 감동을 전달하는 것이다. 여기에 종지부를 찍는 완성은 없다. 하나의 작은 완성이 있을 뿐이다. 작은 완성을 이루면 다시 내부의 자아는 또 하나의 숙제를 만들어 낸다. 그는 감동을 집중시켜 '표현'을 만든다. 표현을 이루기 위해서는 자기안의 타자들의 목소리에

---

13) 「어느 바보의 일생」 1. 시대.

14) 「僻見」에서 인용하고 있는 오스카 와일드의 말이다.

귀를 기울여야만 한다. 아쿠타가와만큼 자기 내부의 분신들인 타자들의 목소리를 성실하게 반영한 작가는 드물다는 생각이 든다.

> 뛰어난 英靈을 지닌 사람 중에는 두 개의 자기가 살곤 한다. 하나는 늘 활동적인 정열이 있는 자기이다. 또 하나는 냉혹한 관찰적인 자기이다. 이 두 개의 자기를 지닌 사람들은 창작력 대신에 현명한 비평력을 획득하는 데 머물기 쉽다. M라 로슈코프가 여기에 해당한다.[15]

냉혹한 관찰적인 자기를 형상화한 작품들이 「야스키치물(保吉物)」이라고 말할 수 있다. 신기하고 이상한 것, 즉 야성의 미를 추구한 왕조물에서 현실로 귀환하는 과도기에 위치한 「야스키치물」에는 강한 자의식이 완강히 버텨 자신의 맨 얼굴을 드러내기 꺼리는 것을 느낄 수 있다. '나'를 대상화하면서도 허구를 포치시킬 수밖에 없는 것이다. 자의식이라는 내부타자가 부단히 대치하고 있기 때문에 사소설 작가들처럼 쓸 수 없었다. 그러나 그는 은유적으로 자기고백을 해 왔다.

> 나의 소설은 많든 적든 나의 체험의 고백이지만, 내 자신을 주인공으로 해서 나의 신변에 일어난 사건을 뻔뻔하게 쓰는 일은 질색이다.[16]

이 말은 그가 자연주의적 서사방법을 거부하고 자기만의 사소설(私小説) 방법을 창안했다는 말이 된다. 따라서 아쿠타가와가 허구

---

15) 아쿠타가와는 「新潮」에 발표한 「点心 – 嘲魔」에서 생트 뵈브의 「몰리에르 論」 1절을 인용하고 있으며, 자기 내부에도 냉혹한 자기가 살고 있다고 느낀다. 그의 「난장이의 말」은 라로슈푸코의 「箴言」을 흉내 낸 것이기도 하다. 실제로 아쿠타가와는 탁견을 지닌 비평을 많이 남기고 있다.

16) 「澄江堂雜記」, 「告白」.

를 지향한 작가라는 것은 맞지 않는다. 또 만년의 그의 고백성 짙은 소설들은 완전한 자기 드러내기는 아니지만 고백성 짙은 심경소설의 형태를 띠고 있다. 이는 내부자아, 즉 자의식의 검열을 받아온 작품으로 볼 수 있으며 그의 문학은 정신적인 리얼리즘의 문학으로서 이해할 수 있다.

4. '에고이즘'이라는 이물질

　인간성에 대한 통찰에 있어서 아쿠타가와 문학의 계보를 거슬러 올라가 보면 그의 스승 나쓰메 소세키를 만나게 된다. 그만큼 나쓰메 소세키와 아쿠타가와 류노스케의 인간파악은 유사점을 지니고 있다.

　소세키가 제4차 「新思潮」 동인들의 작품들을 읽어보고 아쿠타가와의 작품 「코」를 추천한 것은 魂의 공감이었다고 생각된다. 소세키가 다가올 새 시대의 작가로서 아쿠타가와에게 待望을 건 것은 시사하는 바가 크다. 두 작가 모두 인간성에 내재한 본성으로서의 에고이즘을 강렬하게 의식하고 있다. 아쿠타가와는 「문장클럽(文章俱楽部)」에서 "소세키로부터는 예술상의 훈련뿐 아니라 인생으로서의 훈련도 환기받았다"고 술회한다. 이를 통해 소세키와 아쿠타가와의 영향관계를 분명히 알 수 있다. 아쿠타가와는 소세키가 세상을 뜰 때까지 소세키의 카리스마를 강렬하게 의식한다. 소세키는 에고이즘이 어떤 계기에 우리를 지배하게 되고 그로 인해 인생의 파국을 초래할 수 있다는 입장을 작품 속에서 보여준다. 그 媒介로서 '금전', '애정', '권력'을 꼽았다. 이러한 매개체의 작용으로 자기 안의 어두운 타자인 에고이즘이 의식 위로 떠올라 우리의 행동을 지배하며 운명을 바꾸어놓을 수 있다는 것을 『문』, 『마음』에서 극명하게 보여주었다.

소세키와 류노스케는 인생의 시발점에서 모성을 상실하는 공통의 체험이 있다. 生의 출발점에서 生에 대한 확고한 신념을 획득하지 못한 두 작가의 성향이 비슷한 것은 어쩌면 필연이라는 생각이 든다. 「라쇼몽(羅生門)」은 살아가기 위한 각자의 에고이즘이 드러나 있으며, 「코」에서 타인들은 자기보다 못한 인간에 대한 동정 또는 연민은 할 수 있으나, 그러한 불행한 존재가 불행에서 빠져 나오면 또다시 그를 다시 불행에 빠뜨리고 싶어 한다는 '방관자의 이기주의'를 고발하고 있다. 이것이 인간 본성으로서의 에고이즘이라는 것이다. 이것은 노골적일 수도 있지만 덕을 갖추었다고 생각하는 교양인들에 있어서도 은밀하게 숨어 있다가 언제 의식 위에 출현할지 모르는 주체할 수 없는 위력을 지닌 타자라는 시각을 엿볼 수 있다. 작가는 자신 또한 이 에고이즘에서 제외되는 것은 아니라고 발언한다.

첫사랑인 요시다 야요이(吉田弥生)와의 파경에는 가족들의 에고이즘에 의한 반대뿐 아니라 자기의 에고이즘도 한몫했다고 시인하고 있기 때문이다. 연애를 통한 자기해방을 위해서는 험난한 현실을 헤치고 나가야 한다. 나약한 그는 가족제도 안에서의 보호막을 선택했다. 이로부터 자신의 추악한 에고이즘을 발견하고 자기내부의 또 다른 실체로서의 이물질에 대해 의식했다고 생각된다. 그 반동으로 나온 작품이 「라쇼몽」이다.

「라쇼몽」의 하인은 처음에 뚜렷한 목적의식이 없이 거리를 배회하는 주인에게 해고된 인물로 등장한다. 해고되기 전까지는 주인이 먹여주고 재워주었기 때문에 나름대로 행복했다. 그러나 해고된 이후는 앞으로 살아갈 방도를 나름대로 모색하려 해도 도무지 대책을

세울 수 없는 지력과 행동력이 모자란 존재로 설정되어 있다. 그러
나 상황의 논리에 힘입어 갑자기 행동하는 인물로 돌변한다. 나생
문 위에 버려진 시체들의 머리카락을 뽑아 가발을 만들어 생계를
꾸려가는 노파의 자기 합리화의 논리로부터 자신의 행위, 즉 강도
에 대한 합법성을 터득하게 된다. 하인은 그때까지 시대적 도덕규
범 안에서 살았으며, 굶어 죽을지언정 극단적인 행위를 할 생각을
감히 의식 위에 내비치지 못했었다. 그러나 비가 내리는 날 밤 라
쇼몽 위에서의 노파와의 만남을 계기로 자신의 행동논리를 터득하
게 되는 것이다. 노파와 하인의 행위의 근저에는 인간의 본성으로
서의 에고이즘이 깔려 있다.

극한상황하에서는 모든 것이 허용된다는 논리로서 자신들의 에고
이즘을 정당화시키고 있다. 하인은 자기 안에 있는 타자로서의 에
고이즘을 현실로 드러내게 된 셈이다. 나생문 누각 위에 올라오기
전까지는 자신이 전혀 생각할 수도 없었던 대담한 행위를 감행한다.

이것은 우리 안에는 늘 자신도 모르는 타자가 숨어 있으며 상황
에 따라 돌출할 수 있다는 것을 말해 준다. 그것들은 에고이즘, 광
기, 자살충동 등 여러 형태를 띨 수 있다.

또 다른 작품 「덤불숲 속(薮の中)」을 보면, 모두 자기가 살인자라
고 주장하는데 진술자 각자의 에고이즘과 체면 때문에 진술이 엇갈
리는 것을 볼 수 있다. 인간의 에고이즘이란 뿌리 깊은 것으로서
평상시에는 자신이 습득한 윤리로 무장하지만 극한상황에서는 부지
불식간에 섬뜩하게 그 모습을 드러낸다는 것을 시사한다. 이 점은
소세키의 인간인식을 아쿠타가와가 계승하고 있다고 말할 수 있다.

5. 결 론

아쿠타가와 류노스케의 초기 역사소설로 분류되는 「羅生門」, 「鼻」, 「芋粥」, 「薮の中」, 「偸盗」, 「六の宮の姫君」, 「袈裟と遠藤」 등을 중심으로 타자성을 살펴보았다. 타자에 대한 논의는 자기 동일성(아이덴티티)에 대한 논의이기도 하다. 본고는 일상에서의 수많은 인간관계에 있어서의 대타관계의 타자의식을 비롯하여 자기의 내부에 침잠해 있다가 실체로서 출몰하는 자의식과 에고이즘 등을 내부타자로 규정하여 살펴보았다. 타자 및 타자성에 대한 고찰을 통해 아쿠타가와 문학의 독서지평을 확대하고자 하는 하나의 시론(試論)이다. 아쿠타가와의 억압된 자아는 표현을 통해 그 해방을 모색하고 있다. 그의 문학 에세이 「예술 기타」에 나오는 "예술은 표현에서 시작해서 표현으로 끝난다."[17)는 아쿠타가와의 입장은 예술의 내용과 형식을 불가분의 관계에 두고 하나의 표현 전체로서 보아야 할 것을 시사한다. '생모의 광기(狂気)'를 시발점으로 그의 운명은 결정되었다. 전혀 다른 국면으로 치달은 그의 인생은 다른 작가들보다 타인의 시선에 대해 민감하고 인간실존의 부조리의식을 일찍 감지하게 했다고 생각된다. 한때는 행동하는 역사적 인물에 자기의 열정을 의탁하고 역사가가 되고 싶다는 희망을 가진 적도 있다. 불행히도 그는 청춘기에 대역사건 등으로 진보적 사상가들이 탄압받고 죽어가는 것을 목격했다. 그가 할 수 있는 것은 내면세계에 침잠하고 고독하게 정신적 세계를 연마하여 '정신적으로 위대해지는 것'[18)이었

---

17) 1919년 11월 잡지 「新潮」에 발표된 에세이로서 아쿠타가와의 근본적 예술관을 알 수 있다.

18) 야마모토 기요시 앞으로 보낸 일고시절의 편지에는 자신의 고독과 위대해지고 싶은 열망이 토로되어 있다(대정 2년 11월 30일자 편지).

다고 말할 수 있다. 암울한 시대에 '세기말 문학'은 그에게 크게 공명했다. 세기말 유럽문학에 심취한 나머지 예술지상주의에 인생 전부를 걸고자 했다.

출생에서부터 생의 근거가 박약했던 그는 실존의 적막감을 온몸으로 감수해야 했는데 '광기의 어머니'는 주체 속의 이물질이었으며, 타부로서 억압하여 온 실체라고 말할 수 있다. 이것은 하나의 타자성으로서 출몰하여 다양한 바리에이션을 보이고 있으며, 죽음이 임박한 만년에 와서야 육성으로 토로하고 있다.

만년(晩年)의 작품 「점귀부(点鬼簿)」에는 아쿠타가와의 생모에 대한 사모의 정이 통한처럼 서려 있음을 알 수 있다. 작가 아쿠타가와 류노스케 및 그의 작품들은 그가 처한 상황과 타고난 기질, 실연체험과 연애체험 그리고 당시 일본의 사회적 역사적 정황이 만들어 낸 구축물이라고 생각한다. 그 안에는 '굴절된 모성갈망'이 라이트모티프가 되어 면면히 흐르고 있다. 무의식 심층에 봉해 버려야 했던 숙명의 어머니는 또한 작가의 숙명이 되어 아쿠타가와의 자의식을 각성시켰으며 작가 특유의 자의식의 문학을 탄생시켰다고 말할 수 있다. 이때 자의식은 타자성이 되어 대상과의 차이, 이물감, 위화감 등을 부단히 토해내는 것을 목도할 수 있다.

◎ 참고문헌

日本文学全集,「芥川龍之介」, 筑摩書房, 1991.

鶴田欣也「日本文学における<他者>」, 新曜社, 1994.

芥川龍之介,「河童, 歯車, 或阿呆一生」, 講談社文庫, 1992.

芥川龍之介,「大導寺信輔半生」, 講談社文庫, 1992.

鷲只雄, 芥川龍之介 年表, 河出書房新社, 1997.

日本文学研究資料叢書 Ⅰ · Ⅱ, 有精堂, 1992.

宮坂覚,「芥川龍之介」, 双文出版社, 1995.

海老井英次,「芥川龍之介論攷」, 桜楓社, 1987.

日本近代文学, 一冊の講座,「芥川龍之介」, 有精堂, 1988.

三好行雄 外, 日本文学全史 5近代, 学灯社, 1982.

梅本克己,「唯物史観と現代」, 岩波新書, 1978.

筑摩日本文学全集「芥川龍之介」, 筑摩書房, 1993.

「大正の文学」,『近代文学史』2, 有斐閣選書, 1980.

「国文学解釈と鑑賞」特集=芥川龍之介 1983. 3月号.

「日本近代文学」第20集「芥川と二十世紀文学」, 三省堂, 1974.

三好行雄「日本の近代文学」, 塙新書, 1995, 佐古純一郎,「芥川論究」, 朝
　　　　文社, 1991.

川口喬一編,「文学批評用語辞典」, 2000.

「현대시사상」, <타자는 누구인가> 1996, 겨울.

우나무노,「生의 悲劇的 感覚」, 徽文出版社, 1987.

칼 야스퍼스, 黄文秀訳「비극론 · 인간론」, 汎友社, 1989.

金治洙 外,「現代文学 批評의 方法論」, 서울대학교출판부.

世界文芸思潮史, 을유문화사, 1997.

발터벤야민「文芸批評과 理論」, 文芸出版社, 1998.

베르그송「創造的 進化」, 乙酉文化社, 1990.

김춘진 편「보르헤스」, 문학과 지성사, 1996, 芥川龍之介全集 1～8, 岩
　　　波書店, 1988.

M.H아브람스(최상규 옮김), 문학용어사전, 보성출판사, 1996.

제 3 장

'예술가 소설'과 타자(他者)

1. 서 론

아쿠타가와는 일반 작가들보다는 예술가로서의 확고한 신념을 가
지고 창작을 했다. 그래서 예술가와 예술이라는 주제에 대해서도
숙고한 흔적을 발견할 수 있다. 이와 같은 예술가와 예술을 모티프
로 한 아쿠타가와의 작품으로는 『희작삼매』(1917. 10.), 『지옥변』
(1918. 5.), 『마른들판』(1918. 10.), 『늪지』(1919. 4.)가 있다. 『마른 들
판』, 『희작삼매』 두 작품에서는 각각 바킨(馬琴)과 바쇼(芭蕉)라는
실존했던 예술가에게 자신을 투영하고 있으며, 『지옥변』, 『늪지』에
서는 요시히데(良秀) 무명의 화가라는 허구의 인물을 설정하여 그
속에 예술가의 고뇌를 투영하고 있다.

필자는 예술가와 예술의 문제를 모티프로 한 일련의 작품을 '예
술가 소설'이라 부르고자 한다. 이들 작품 속에 드러난 예술가와 현
실사이의 괴리, 소통불능 혹은 위화감을 타자 혹은 타자성이라는
비유로 표현하기로 한다.

문학 일반에서 '예술가 소설'이란 예술가나 작가를 주인공으로 해
서 예술가로서의 자기인식과 예술적 재능의 획득에 이르기까지의
성장을 그린 소설을 말한다. 그런 의미에서의 '예술가 소설'은 '교

양소설(Bildungsroman)'1)의 하위 장르에 속하는 것이며, 이런 작품의 예로서 토마스 만(Thomas Mann)의 『토니오 크뢰거』와 제임스 조이스(James Joyce)의 『젊은 예술가의 초상』을 들 수 있다. 그러나 아쿠타가와의 「예술가 소설」이란 예술가를 등장인물로 한 일련의 작품에 대해 붙인 잠정적 명칭이라는 것을 말해 둔다.

타자(성)의 패러다임은 아쿠타가와의 작품이 여느 작가의 작품에 비해 세계에 대한 부조리의식, 어둠, 광기, 소외, 억압, 자기반성적 자아를 많이 느끼게 한데서 착안했다. 이것은 요즘 활발히 논의되고 있는 타자비평의 주제로서, 일본에서는 가라타니 고진(柄谷行人)2) 쓰루타 긴야(鶴田欣也)3)가 이 분야에 관한 글들을 남기고 있다. 아쿠타가와는 사회적 약자 등 마이너리티에 대한 남다른 애착을 지닌 작가인 한편, 예술지상주의에 대한 강렬한 신념 때문에 현실, 일상에 대해서는 위화감을 표출한 작가이다.

본고는 예술에 생의 좌표를 설정한 작가인 아쿠타가와가 끊임없이 위화감을 토해내고 있는 대상들에 대해 비판적 시각으로 추적해 보고자 하며, 위에 제시한 네 편의 작품을 중심으로 살펴보겠다.

---

1) 교양소설이란 유년기 또는 사춘기에서부터 청년기에 이르기까지 주인공의 성장을 주로 다루는데, 그 경험이나 교육 인격형성 등에 초점을 맞추고 있다. 근대소설로는 괴테의 『빌헬름 마이스터의 수업시대』(1796), 찰스 디킨즈의 『데이비드 코퍼필드』(1850), 덱커리의 『펜더니스』(1850), 제임스 조이스 『젊은 예술가의 초상』(1916) 등이 있다.

2) 柄谷行人 「他者とは何か」, 『探求』 1, 講談社学術文庫(1992).

3) 鶴田欣也 『日本文学における<他者>』, 新曜社(1994).

2. 본 론

1) 『희작삼매』의 '일상(日常)'이라는 타자

예술은 아쿠타가와를 논할 때 비중 있게 거론되는 주제로서 그는
예술에 불멸의 꿈을 걸고 창작가로서의 야심을 불태웠던 작가이다.
아쿠타가와는 「예술 지상주의」의 입장에서 표현의 기교에 심혈을
기울여 창작을 해 왔는데, 이에 대해 요시다 세이치(吉田精一)는
"동시대 작가로서 아쿠타가와만큼 표현의 완벽을 기해 정진한 작가
는 없다고 해도 좋을 만큼 뚜렷하고 고매한 예술적 이상을 추구하
며 창조한 작가이다."4)라고 말한다.

청년기의 아쿠타가와의 관심을 끈 것은 19세기 말에 서구에서 꽃
을 피운 유미주의 경향의 세기말 문학이었는데, 그는 전통적이고
인습적인 사조를 부정하는 세기말 정신을 자신의 토양에 이식해서
자기의 입각지를 모색하려고 애써왔다. 아쿠타가와의 예술은 그가
체험한 고단한 삶의 노정이었으며 자기 내면과의 치열한 싸움이었
다. 그래서 예술가를 주인공으로 삼은 작품 속에는 예술가로서의
아쿠타가와의 자기 고백을 엿들을 수 있다.

『희작삼매』는 아쿠타가와가 처음으로 신문에 기고한 연재소설로
서 이 작품을 계기로 오사카 마이니치(毎日) 신문사와 사우(社友)계
약을 맺게 된다. 이 작품은 예술가 바킨(馬琴)5)의 하루 동안의 이야

---

4) 吉田精一, '態度の人'『鑑賞日本現代文学, 芥川龍之介』(1981), 角川書店,
   p.275.

5) 曲亭馬琴(1767 – 1848)을 말한다. 바킨은 에도시대 후기의 戱作者로서 에
   도 후카가와[深川]에서 태어났다. 그는 권선징악을 표방한 아속절충의
   문장을 구사했으며 요미혼[読本]『南総里見八犬伝』의 저자로 잘 알려져
   있다.

기로서 아침의 공중목욕탕에서 시작해서 밤중에 『핫켄덴(八犬伝)』을 집필할 때까지를 작중 시간으로 설정하고 있다.

텐보(天保) 2년(1931년) 9월의 어느 날 오전 희작가(戲作家) 바킨이 간다(神田)에 있는 목욕탕 '마쓰노유(松の湯)'에서 몸을 씻고 있는데 갑자기 '죽음'의 그림자가 비친다. 바킨은 수십 년에 걸친 창작으로 인해 몹시 피로해 있다. '마쓰노유'에서 만난 바킨의 애독자인 오우미야 헤이키치(近江屋平吉)로부터 들은 입 발린 칭찬과 사팔뜨기 남자의 험담이 기분을 착잡하게 한다. 집에 돌아와 보니 책방(版元)[6] 이즈미야 이치베(和泉屋市兵衛)가 그를 기다리고 있다. 이치베의 비열한 인격과 교묘한 상업 전술은 바킨을 불쾌하게 만들 뿐만 아니라 위협적으로 압박해 온다.

이것은 예술가 바킨을 위협하는 일상의 불쾌한 이미지들이며, 이런 일상은 작가로서의 의욕을 상실시킨다. 그러나 아쿠타가와는 바킨을 이 불쾌 속에 무력하게 놓아두지 않고 상황을 반전시킨다. 반전이 오는 것은, 절에 다녀온 손자 다로(太郎)가 관음보살의 계시라고 전하는 "공부하라, 짜증내지 마라, 더 참아라"(14장)라는 격려의 말이다. 그날 밤 바킨은 『핫켄덴(八犬伝)』의 원고를 쓴다. "끈기를 다하여 계속 쓰라"(14장)고 자신을 채찍질하면서 점점 "황홀한 비장의 감격"(15장)에 넘치게 되는 바킨은 희작 삼매경에 몰입한다는 이야기이다.

여기서 바킨은 예술의 힘에 의해 일상의 불쾌를 이겨내고 있다. 예술은 일상의 불쾌를 초극하게 해 줄 수 있기에 위대하다는 메시지를 담고 있다.

이 작품에서 일상이라는 현실은 시종일관하여 예술가의 타자로서 묘사되어 있다. 반면, 대조적으로 자연은 예술과 친화적인 관계로

---

6) 출판 발행소를 말한다.

묘사되고 있다. 햇살을 가득 머금은 몇 평 남짓한 뜰 앞에는 파초와 오동이 있는가 하면 부용꽃과 목서(木犀)가 감미로운 향기를 풍기고 있다. 멀리 창공에서는 솔개소리도 난다. 바킨은 자연 및 예술과 대조되는 세상의 하등을 생각한다. 그래서 하등한 인생과 차원을 달리하는 절대적 공간으로서 예술창작의 세계를 몽상한다. 바킨이 지닌 이러한 태도는 다름 아닌 아쿠타가와가 견지해 온 태도이기도 하다. 희작 삼매경에 몰입해 있는 바킨을 보고 그의 아내 오모모(お百)는 「딱한 사람이야, 변변한 돈도 안 되는데도」(15장)라고 아들과 며느리한테 하소연한다. 아내 오모모는 예술의 세계와는 절연된 하등한 세상에 속한 인간의 표본으로서 '실인생'의 상징으로 설정해 놓았다. 그녀는 남편의 창작행위에 대해 몰이해하며 수지타산이라는 경제적 잣대로만 재단하는 책방 이즈미야의 이치베와 같은 부류로 치부된다. 오우미야 헤이키치, 이즈미야 이치베, 오모모는 비속한 일상의 상징들이며, 바킨의 일상 속의 타자들이다. 바킨은 오로지 창작에 의해서만 그를 둘러싼 현실의 불쾌를 초극할 수 있다는 신념을 획득한다.

이 작품에서 현실이라는 타자는 다양한 양상으로 예술가를 끊임없이 위협하지만 예술은 구원을 준다는 아쿠타가와의 확고한 신념을 읽어 낼 수 있다. 귀뚜라미 우는 소리가 가을을 재촉하는 가운데 대자연의 신비를 느끼며 바킨은 대작 『난소사토미 핫켄덴(南総里見八犬伝)』 집필에 몰입해 있다. 『희작삼매』라는 제목은 핫켄덴을 쓰는 데 몰입해 있는 바킨의 모습에 대해 붙여진 제목이다.

이 작품은 근대 자본주의 사회 속에서 창작하는 예술가가 현실과 갈등하고 마찰할 수밖에 없는 쓰라린 심경이 잘 나타나 있다. 특히 '예술지상주의'를 표방하는 아쿠타가와와 같은 작가들에게는 '예술'과 '현실'과의 거리가 더욱 벌어질 수밖에 없다. 아쿠타가와의 문필

생활은 매문생활이라는 인식과 함께 고뇌와 갈등이 컸음을 알 수 있다.

직업작가로서 마이니치(每日) 신문사와 계약을 체결한 아쿠타가와의 심경을 우의적으로 표현한 작품으로도 파악된다.

필자는 『희작삼매』에 나타난 예술의 타자로서 일상의 여러 표상을 도출해 보았는데, 아쿠타가와는 예술을 높은 권좌에 올리기 위해 삶의 편린들을 왜곡하고 과장하고 있음을 본다. 사람은 육신을 가지고 하루하루 살아가는 신체적 존재이기도 하다. 정신, 지성, 이성을 주체로 내세우고 생리적 욕구를 배제하는 삶 또한 편파적일 수밖에 없다. 오모모는 생계를 직접 담당하고 피부로 감지하는 만큼 그녀의 입장에서 의견을 제시할 수 있으며, 이에 대해 하등한 속물이라고 치부할 수만은 없다.

한편, 독자들의 층도 다양하며 그중에는 작가와 다른 시각에서 작품을 향유할 수도 있다. 출판업자 이치베는 이윤을 추구하는 장사꾼이다. 그들의 윤리는 어떻게 하면 더 많은 이윤을 추구할 수 있을까에 놓여 있다. 각자가 자기가 처한 입각지에서 사물을 바라보고 판단할 자유가 있다. 삶은 이질적인 요소들이 다양하게 뒤섞여 영위된다. 이에 대해 바킨에게만 고고한 지위를 주려는 것은 아쿠타가와의 편파적인 독선이라고 생각한다.

근대 이후의 반성철학은 인간을 사유하는 존재로 규정해 왔다. 나를 근거 짓는 바탕은 신체성이 아니라 사유라는 것이 데카르트 이후 관념론 전통의 일반적인 생각이다. 아쿠타가와 역시 근대 서구지성의 영향하에서 그의 교양을 살찌웠기 때문에 그러한 인식의 그림자를 작품의 요소요소에 드리우고 있다. 그러나 현대 서구의 철학은 해체의 위기를 맞고 있다. 중심을 해체하여 새로운 대안을 찾자는 목소리가 높아지고 있다.[7] 오늘날의 시점에서 볼 때 아쿠타

가와의 문학은 지나친 지성중심주의를 표방하고 있으며 신체성이
결여되어 있다.

미야모토 겐지(宮本顕治)가 그의 논문 「패배의 문학 ─ 아쿠타가
와 류노스케씨의 문학」[8]에서 '조화(造花)의 이미지'를 발견한 것도
이와 일맥상통한다고 생각한다. 육체를 지닌 인간의 삶의 냄새가
배제되어 있으며, 다양성을 인정하며 공존하려는 태도가 아쿠타가
와의 작중인물에는 결여되어 있음을 비판적으로 고찰해 보았다.

2) 『지옥변』의 타자 '세속의 규범'

아쿠타가와의 또 다른 예술가 소설인 『지옥변』은 그가 예술가의
이상(理想)을 투영한 작품인 만큼 심층적인 기호를 해독하여 중요하
게 다루고자 한다.

이 작품은 당대 일본의 제일로 꼽히는 화가 요시히데가 주인공이

---

7) 해체(deconstruction)는 프랑스의 철학자 자크 데리다의 용어이다. 데리다
　는 서구철학에 대한 파괴적인 어프로치를 하고 있는데 그 과정에서 그
　는 개념상의 계층을 전복하고 해체함으로써, 억압되고 주변화된 항목이
　특권화되었거나 중심적이었던 항목을 오염시켜 가는 것을 제시하여 보
　여주고 있다.
　川口喬一 외 『文学批評用語辞典』 研究社出版(2000) pp.182－183. 참조.
　해체는 데리다의 저서 『소리와 현상』(1967), 『그라마톨로지에 대해서』
　(1967), 『에크리튜르와 차이』(1967)에 일관되고 있는 그의 기본적인 철
　학 자세이다.
8) 宮本顕治 「敗北文学─芥川龍之介氏の文学について『近代文学評論大系6』
　角川書店」(1987), pp.223－224. 참조.
　"이 작가의 투철한 이지(理智)의 세계에서 나는 섬세한 신경과 인생에
　대한 차가운 눈을 느낄 따름이다. (중략) 그 신경질적인 고민조차도 나
　를 감동시키는 것이 아니라, 머나먼 세계에 있는 조화(造花)에 가깝게
　느껴진다. 나는 너무나 인공적이고 문인적이라는 막연한 인상 이외에는
　받지 못했다."

다. 요시히데는 화가로서의 기량은 출중하지만 후안무치하고 탐욕스러우며 뻔뻔하고 교만한 남자이기 때문에 세상 사람들이 싫어한다. 요시히데를 세속의 규범에 의해 판단할 때 그는 세계와 조화할 수 없는 고립자이다. 요시히데는 이처럼 세상과 격리되어 있기 때문에 고독을 숙명으로 살아가도록 되어 있다. 지옥변상도(地獄変相図)를 그리라는 명령을 받은 요시히데는 신들린 듯이 작업에 열중하는데, 지옥의 변화무쌍한 모습을 주제로 한 병풍화의 처참한 모습은 요시히데가 본 현실을 이미지화한 것이다. 아쿠타가와의 아포리즘인 『난장이의 말(侏儒の言葉)』에는 「현실은 지옥보다도 더 지옥적이다」[9]라는 구절이 있다. 아쿠타가와가 실제로 파악한 인생은 암담했으며 그것을 요시히데에게 투영했다. 요시히데라는 인물 안에는 추상적 관념보다는 경험에 의존하는 예술가형이 구현되어 있는데, 예술의 성취를 위해서라면 어떠한 기행도 서슴지 않았던 세기말 심미주의자들의 태도를 엿볼 수 있다. 『지옥변』의 요시히데는 세속적 가치규범을 철저히 무시한다. ‘예술을 위한 예술’을 표방한 오스카 와일드 등은 삶이란 예술을 위한 소재에 불과하며, 현실은 인생의 잔재로서 예술에만 진정한 의미가 부여된다고 믿었던 예술 신봉자들이었다. 그러므로 예술이 현실을 모방하는 것이 아니라 현실이 예술을 모방한다고 말한다. 예술은 상위이고 현실은 하위로서, 현실은 비속하고 무질서하여 하등(何等)의 살 만한 가치가 없다는 인식도 내포되어 있다. “예술가는 모든 것에 환멸을 느껴도 예술에는 환멸을 느끼지 않는다.”[10] 그 이유는 예술만이 일상의 권태로부

---

9) 芥川龍之介 『侏儒の言葉』, 「地獄」.

10) 『侏儒の言葉』, 「幻滅した芸術家」.
　　或一群の芸術家は幻滅の世界に住している。彼等は愛を信じない。良心なるものを信じない。唯昔の苦行者のようにあ無何有の砂漠を家としている。その点は成程気の毒かも知れない。しかし美しい蜃気楼は砂漠の

터 우리를 구원하는 유일한 수단임을 확신하기 때문이라고 말한다.

요시히데는 신분제 사회의 질서 속에서 어용화가로 위치해 있다. 당대의 절대 권력자인 호리카와(堀川)의 오토노사마(大殿樣)의 힘의 자장(磁場) 내에 있는 것이다. 따라서 일상에서의 요시히데는 권력자와 대치했을 경우 패배할 수밖에 없는데도 불구하고 무모할 정도로 당대의 절대 권력자와 대치하고 있다. 요시히데는 자기의 예술 의지를 관철하기 위해 가장 사랑하는 딸마저 희생시킨다.

아쿠타가와가 추구하는 예술지상주의의 세계에서는 육친애, 겸손, 인정 등 지상적인 규범조차 하찮은 것임을 알 수 있다. 하물며 속인들의 잣대로 평가된 오만방자함이란 하등의 문제가 안 되며 세속의 권위에 굴하지 않는 데에서 오히려 예술가의 천분을 발견하고 있다. 따라서 이 작품은 예술가는 예술작품으로서 말해야 한다는 메시지가 함의(含意)되어 있으며 그 이외의 것은 지엽말절에 불과한 것이라는 결론을 얻게 된다.

아쿠타가와는 일상의 소중함에 대해서 관심을 기울이기보다는 예술작품에 내재한 시대라는 제한된 시간의 가치규범으로는 재단할 수 없는 불멸의 미덕에 넋을 빼앗기고 있다. 아쿠타가와는 화가 요시히데라는 절대 권력에 도전하는 강한 개성을 구현해 냄으로써 예술가의 이상을 보여주었으며, 일상에 짓눌리는 예술가 일반에게는 일종의 카타르시스를 전달하고 있다.

이 작품에서 예술가 요시히데의 타자는 세속에서 통용되는 상식적인 가치규범들이다. 상식이라든가 세속의 가치규범을 태연하게 유린할 수 있을 정도로 강렬한 개성을 지녀야 비로소 위대한 예술가의 자

天にのみ生ずるものである。百般の人事に幻滅した彼等も大抵芸術には幻滅していない。いや、芸術と云いさえすれば、常人の知れない金色の夢はたちまち空中に出現するのである。彼等も実は思いのほか、幸福な瞬間を持たぬ訣ではない。

질이라는 것을 강조하는 것 같다. 이것은 예술가로서의 필요충분조건
은 아니다. 동시대를 살아가는 타자들에 대한 연민과 책임감을 가지
고도 충분히 훌륭한 예술가 될 수 있다는 것을 아쿠타가와는 간과하
고 있다. 아쿠타가와는 예술가와 현실은 조화롭게 공존할 수 없다는
것을 전제로 그의 작품을 쓰고 있기에 그의 삶 역시도 피폐하게 된
것이 매우 안타깝다.

3) 『마른 들판』의 타자 '산 자들의 에고이즘'

『마른 들판』[11]은 마쓰오 바쇼(松尾芭蕉)의 임종에 즈음한 제자들의
내면심리를 포착한 작품으로서, 직접 예술가를 다루거나 예술지상주
의를 표방한 작품은 아니다. 아쿠타가와는 라·로슈푸코[12]를 정점으
로 하는 프랑스 모럴리스트들의 인간연구 방법과 사색태도 및 표현
기교 등을 차용했으며, 라·로슈푸코의『성찰과 잠언』의 아포리즘은
그의『난장이의 말』에 투영되어 있다.[13] 따라서 아쿠타가와의 인간
관찰의 신랄함은 이들과 무관하지 않다고 본다.

　　작품『마른 들판』은 위대한 시인인 스승의 죽음을 관찰하는 제자
들의 에고이즘을 교묘하게 포착하여 메스를 가하고 있다. 이 작품

---

11) 바쇼의 마지막 구(辞世の句) 「旅に病むで夢は枯野をかけめぐる」에서
　　발췌한 제목이다. 마른 들판을 헤매 다니며 作句를 했던 인생 나그네
　　바쇼의 이미지를 포착한 것 같다.

12) La Rochefoucauld(1613 – 1680)는 프랑스의 모럴리스트로서 인간성의 배
　　후에 숨겨져 있는 위선과 에고이즘을 통렬하게 비판한다. 그의 인성비
　　판은 아쿠타가와의 아포리즘『侏儒の言葉』에 영향을 주며,『魚河岸』라
　　는 작품에서는 '幸さん'의 권위에 약한 비굴한 심성을 보여주며 라·
　　로슈푸코를 언급하고 있다.

13) 吉川浩 「芥川龍之介の『侏儒の言葉』とラ · ロシユフコオの『省察と箴言』」
　　『芥川龍之介』 II, 有精堂(1990) pp.206 – 215 참조.

에서 아쿠타가와는 바쇼의 제자들의 의식 심층에 내재한 에고이즘
이라는 타자성을 보여주고 있다. 또한 이 작품에는 스승 소세키의
임종을 경험한 문하생으로서의 아쿠타가와의 심리가 투영되어 있으
며, 그 자신도 "『枯野抄』의 제자들은 소세키 문하의 사람들이다"라
고 말했다는 에피소드가 전해진다.14)

작품의 무대는 바쇼가 임종한 나니와(難波) 미도마에(御堂前) 미나
미 규타로마치(南久太郎町)에 있는 하나야 니자에몽(花屋仁左衛門)
우라자시키(裏座敷)이다. 바쇼가 몽롱한 눈을 한 채 제자들에게 둘러
싸여 숨을 거두려고 한다. 스승이 위독하다는 소식을 전해 듣고 각지
에서 문하생들이 모여들어 병상을 에워싸고 있다. 제자들이 번갈아
가면서 스승의 입술에 물을 축인다. 의사인 모쿠세쓰(木節)는 의사로
서의 최선을 다했는가 자문한다. 기카쿠(其角)는 여위어 피골이 상접
한 스승의 모습에서 기분이 오싹해지는 생리적 혐오감을 느낀다.

교라이(去来)는 회한과 함께 간병에 최선을 다했다는 만족감을 느
낀다. 그러면서 그런 만족을 느끼는 자신이 켕겨 마음에 동요가 생
긴다. 마사히데(正秀)는 흐느껴 울다가 끝내 통곡까지 하는데 좀 과
장스럽고 자기 억제력이 없다. 오토쿠니(乙州)는 마사히데에 대해
불쾌하게 여기지만 자신도 끝내 오열해 버린다. 시코(支考)는 스승
의 구(句)15)에 맞지 않는 이런 아름다운 이불에서 왕생하는 데 대해
예를 표한다. 그리고 제자들은 스승을 잃게 되는 자신들의 처지에
대해서 애도하고 있다.

이런 문하생들의 내면세계를 안다면 어쩌면 스승 바쇼는 끝없는
인생의 마른 들판 속에서 해골이 된 거나 다름없는 것이다. 이젠보
(惟然坊)는 죽음이라는 것이 두렵기만 하고 어쩌다 내가 죽게 되는

---

14) 菊地弘『芥川龍之介事典』明治書院(2000), p.136.
15) 野ざらしを心に風のしむ身かな.

것은 아닐까 공포에 사로잡힌다. 죠소(丈艸)는 스승의 임종을 보면
서 슬픔과 동시에 편안함을 느낀다. "바쇼라는 인격적 압력의 질곡
에서 해방되는 황홀감에서 오는 슬픈 기쁨이다."

이처럼 제자들의 마음속에서 일어나는 파문은 각각 다르지만 비
루한 인간성에서 기인한 에고이즘이라는 요소는 공통된다. 이것이
현실의 진상(真相)의 전체라고 한다면 인간의 삶이란 참으로 참담할
수밖에 없다. 그러나 이는 인간성의 많은 모습 중 편린에 불과하다.
인간본성에 내재한 커다란 장점은 제쳐두고 조그만 약점 하나를 확
대경으로 부각시켜서 구제 불능한 인간상을 구현하는 것은 작가의
인간관이 그만큼 회의주의로 점철되었기 때문이라고 생각한다.

아쿠타가와의 인간파악은 실로 통찰이 예리하고 비범한 데가 있
어 우리가 몰랐던 자신을 발견하여 성찰하게도 만들지만, 이런 태
도가 우리들의 삶을 우울하게 만드는 것 또한 사실이다. 비록 환영
이라고 할지라도 보다 밝은 면에 도취하여 사는 것이 나와 이웃을
행복하게 해 준다면 그것이 더 의의가 있다고 생각한다. 그것을 어
리석음이라든지 자기기만이라고 비웃을 수만은 없다. 아쿠타가와는
바보들만이 인생을 행복하게 살 수 있다고 생각하거나 무지 때문에
우리가 기적을 느낀다는 듯한 뉘앙스를 『남경의 그리스도』, 『난장
이의 말』 등의 작품에서 보여주고 있다. 그러나 명민한 작가인 아
쿠타가와 또한 예술만이 모든 것을 초극할 것이라는 '예술의 불멸
성'이라는 환영을 쫓다가 결국 허망한 '신기루'를 발견했기에 씁쓸
한 감회를 만년의 작품 『신기루(蜃気楼)』에서 토로하게 된 것은 아
닐까.

『마른 들판』에 대한 평가는 실로 다양하다. 그리고 모두 나름대
로 설득력을 지닌 평가라고 생각한다. 이는 인간 본성이 그만큼 다
양한 측면을 지녔기 때문이며, 평자(評者)는 각각의 입각지에 서서

성실하게 바라보았다고 생각한다. 아카키 고헤(赤木裕平)는 "이처럼 인간마음이 추악하겠느냐고 반문하면서 가작(佳作)이 아니다"라고 부정적 평가를 하고 있는 데 비해, 미야모토 겐지(宮本顕治)는 "근대 개성의 뼈아픈 자기성찰"이라고 파악했다. 한편, 가타오카 료이치(片岡良一)는 "제자들에게 내재한 인간 에고이즘과 바쇼의 고독한 모습을 포착한 작품이다"고 평했다.16)

바쇼의 하이쿠에서 따온 '가레노(枯野)', 즉 '마른 들판'의 심상은 인간들이 영위하는 삶의 삭막한 모습이며, 산 자와 죽어 가는 자는 서로에게 타자일 뿐이라는 이미지로 파악할 수 있다. 아쿠타가와는 한 예술가의 최후의 모습에서 인간의 초라함을 그렸으며, 제자들의 심경묘사를 통해서는 인간 삶의 속물성을 묘사했다.

모든 인간은 서로에 대해 타자이지만 특히 죽은 자와 산 자의 경우는 극단적으로 대비되는 것을 보게 된다. 이 역시도 아쿠타가와가 습득한 음울한 세기말 정신인 인간해체의 해독이라고 생각한다.

4) 『늪지』의 타자 '피상적 비평가'

『늪지(沼地)』는 무명의 화가와 비평가를 다루고 있는 짧은 작품이다. 화자인 '나'는 그림 전람회장의 한쪽 구석에 걸린 『늪지』라는 제목의 유화(油画)를 보고 예술가의 치열한 고뇌의 모습을 발견, '황홀한 비장의 감격'을 받는다. 동석한 미술기자로부터 뜻대로 그림이 그려지지 않자 미쳐서 죽은 화가의 작품이라는 사실을 알게 되고, 미친 사람이 아니면 저런 색깔을 쓰겠느냐고 야유 섞인 말도 듣게 된다. 미술기자는 유가족의 간청에 못 이겨 이 작품이 한쪽 구석에 전시되었다고 덧붙인다. 그 말을 들은 '나'는 온몸에 이상한

---

16) 위의 책 p.136 참조.

전율을 느끼고 '걸작입니다' 하고 흥분하고, 미술기자는 의외의 반응에 조소하며 웃는다는 내용의 작품이다.

여기서 미술기자는 그림에 표현된 예술가의 고뇌를 통찰하지 못하고 피상적인 태도로 세속적 평가를 하고 있다. 다시 말해서 전시작품의 작가가 미술협회의 회원인지 아닌지 여부, 그림이 끼워져 있는 액자의 호화로움의 정도를 통해서 화단(画壇)에 이름이 알려진 유명화가인지 아닌지를 평가하고 있다. 그렇다면 「늪지」라는 유화는 미술기자가 정한 기준에서 볼 때 일고의 가치도 없는 작품이다.

> 어느 비 오는 날 오후였다. 나는 어느 그림전람회장의 한 방에서, 작은 유화를 한 점 발견했다. 발견이라는 단어는 좀 과장된 것 같지만 실제로 그렇게 말해도 무방할 정도로 이 그림만이 특별히 채광이 나쁜 한쪽 구석에 그것도 빈약한 액자에 끼워져서 잊힌 듯이 걸려 있었다. 그림은 아마도 「늪지」라는 제목이었으며 화가는 들어본 적이 없는 이름이었다. 그림 자체도 탁한 물과 젖은 흙 그 위에 무성하게 우거진 초목을 그린 것이어서 보통 사람들이 볼 때는 문자 그대로 일고(一顧)의 여지도 없는 작품이었다. (중략) 그러나 그 그림 속에 무서운 힘이 잠재해 있는 것을 보면 볼수록 점점 더 알 수 있었다. 특히 전경(前景)에 그려진 흙은 그것을 밟을 때의 발의 감촉까지 실감나게 정확하게 그려져 있었다. (중략) 나는 이 자그마한 유화 속에서 예리하게 자연을 포착하려는 치열한 예술가의 모습을 발견했다. 그리고 많은 위대한 작품에서 받는 감동과 마찬가지로 이 노란 늪지의 초목에서 황홀한 비장의 감동을 받았다.

화자인 '나(私)'가 심취해서 감상에 빠져 있는 것을 보고 미술기자는 가소롭게 생각하며 「매우 감동하고 계시는 것 같군요」 하며 말을 건넨다. '나'는 일체의 외부적 조건에 구애받지 않고 심안(心眼)

으로 그림을 감상하고 있으며, 편견이 없이 그림이 지닌 진정한 가
치를 발견한다. '나'는 무명화가에 대해 전혀 모르지만 그림을 통해
서 공감하고 있다.

한편 미술기자는 이 둘과 전적으로 대립하고 있다. '미술기자'는
외부에 드러난 세속적 기준에 의해서 가치를 인정하기 때문에 사회
적 명성, 직함을 지니지 않는 존재에 대해서는 묵살해 버린다. 미술
기자라는 전문성을 띤 타이틀과 그의 입에서 나온 평가는 어울리지
않는 아이러니를 보인다. 다시 말해서 이 미술기자는 미술기자로서의
자질이 결여된 자이다. 그럼에도 불구하고 그는 미술기자로서 현실에
서는 버젓이 통용되고 있다. 이 피상성과 속물성을 나타내기 위해 작
가는 미술기자의 묘사에 디테일한 부분까지 공을 들이고 있다.

　「이 그림은 어떻습니까?」
　상대방은 아무렇지도 않게 말을 하면서 이제야 막 면도한 턱
으로, 늦지 그림을 가리켰다. 유행하는 갈색 양복을 입은 체격이
좋은 소식통이라고 자처하는 신문사의 미술기자였다. 나는 이 기
자한테서 전에도 한두 번 불쾌한 인상을 받았으므로 마지못해서
대답을 했다.
　「걸작입니다.」
　「걸작이라고요? ― 이거 재미있군요.」
　기자는 포복절도하며 웃었다. 이 소리에 놀란 건지, 근처에서 그
림을 보던 두 세 명이 모두 이 쪽을 보았다. 나는 더욱 불쾌해졌다.
　「재미있네요. 원래 이 그림은, 회원의 그림이 아닙니다. 당사
자가 입버릇처럼 이 전람회에 내고 싶다고 말해서 유족이 심사
위원에게 부탁해서 겨우 이 구석에 걸리게 되었습니다.」
　「유족? 그럼 이 그림을 그린 사람은 죽었습니까?」
　「죽었습니다. 원래 살았을 때부터 죽은 거나 마찬가지였지요」
　「이 화가는 훨씬 전부터 정신이 이상했습니다」

「이 그림을 그릴 때도 그랬습니까?」

「물론입니다. 미치지 않았다면 누가 이런 그림을 그린단 말입
니까? 그런 것을 당신은 걸작이라고 감탄하고 있으니 그것이 참
재미있군요」

위 글에 나타난 미술기자는 세속의 유행에는 매우 민감하며 그를
입증하듯이 말쑥하게 외모를 치장하고 있다. 또 세상 돌아가는 풍
문에 대해서도 해박하다. 그러나 내면이라고는 찾아볼 수가 없는
존재이기 때문에 작가는 화자를 통해 미술기자에 대한 역겨움을 대
리표출하고 있다.

반면, 화자인 '나'와 무명의 화가는 인간의 내면과 영혼의 상태를
탐색하고 혼신의 힘으로 영혼을 표현하는 자들을 대변하고 있다.
따라서 미술기자와 화자인 '나' 그리고 무명의 화가는 갈등하고 대
립하는 존재일 수밖에 없다.

정리해 보면 '나'는 이상적인 비평가의 모델로 제시되었으며, 위
의 인용에서 보여주는 미술기자는 진정한 예술가의 타자라 말할 수
있다. 그리고 많은 위대한 예술가들이 작품 속의 미술기자와 같은
경조부박한 속인들의 몰이해 속에서 고뇌하다가 광기의 문턱을 넘
나들며 사투를 했다는 것을 가늠하게 한다. 특히 전문가를 자처한
사람들의 몰이해는 피상적인 지식이 있는 만큼 더욱 악랄하고 비열
하기까지 해서 실감을 수반한 분노를 느끼게 한다. 예술이 여의치
않아서 미쳐서 죽었다는 것은 그 예술가가 지닌 진지한 고뇌의 깊
이를 말해 준다. 치열한 자세로 예술에 임한 예술가의 고뇌를 통찰
하지 못하는 미술기자는 예술 및 예술가에 있어서 영원한 타자일
뿐이다. 인류의 역사 속에서 일별할 때 위대한 예술가들이 그들이
지닌 선각적 자질 때문에 고통을 받았으나, 또 그 때문에 불멸의
작품을 남기는 아이러니를 본다.

아쿠타가와는 문단에서 비평가들과 종종 논쟁을 벌이곤 했는데, 도저히 의사소통이 안 되는 치기(稚気) 어린 비평가들 때문에 격앙되는 글들을 남기고 있다.17) 이러한 체험이 『늪지』에 투영된 것을 알 수 있다. 세상에는 이런 미숙한 비평가도 있지만, 삶의 활력을 고취시켜 주는 지음(知音)의 비평가도 있다. 아쿠타가와를 진정으로 알아준 나쓰메 소세키(夏目漱石)가 있었기에 아쿠타가와는 일본 문학사에 그 족적(足跡)을 뚜렷이 남길 수 있었다. 또 아쿠타가와는 모리 오가이(森鴎外)에게서 진정한 비평가의 모습을 발견한 글도 남기고 있다.18)

여기 나타난 미술기자는 분명 미숙자로서의 타자이다. 그러나 타자를 동화시키려고 하지 않는다면 삶은 덜 버거울 거라고 생각한다. 세상에는 나와 생각과 취향을 달리하는 타자들과 지적 수준을 달리하는 수많은 존재들이 있다. 세상은 다양한 인간으로 구성되어 있으며 모두가 어울려 세상을 이룬다. 그중에는 취향과 기질이 통하여 삶의 의의를 느끼게 해 주는 사람도 있는가 하면, 전혀 소통이 안 되어 갑갑함을 주는 사람도 있게 마련이다. 이것이 삶의 다양한 무늬이다. 아쿠타가와의 경우 부정적인 느낌을 과장적으로 부각시킴으로써 생에 대한 환멸은 더욱 증대되었으며 일상과의 화해의 길은 점점 요원해져 갔다고 생각한다. 아쿠타가와가 삶의 다양성을 태연하게 바라보고 배척이 아닌, 화이부동(和而不同)의 관용의 자세

---

17) 芥川龍之介는 「一批評家に答ふ」에서 비평가 이후쿠베(伊福部隆輝 1898
　　-1968)가 「新潮」 9월호에 쓴 「芥川龍之介論」을 반박한다. 논쟁의 초
　　점은 아쿠타가와가 「芸術その他」에서 설파한 '내용과 형식'에 대한 이
　　해인데 아쿠타가와는 말이 안 통하는 답답함을 "이 비평가는 아직 어
　　린애다. 이 이상 내게 할 말은 없다"로 맺는다.(芥川龍之介全集 7巻
　　pp.54-55.)
18) 芥川龍之介 『文芸的な、余りに文芸的な』 32. 批評時代.

로 대했다면 그의 삶 역시 그렇게 피폐하지는 않았을 것이라고 생각한다.

3. 결 론

지금까지 『희작삼매』, 『지옥변』, 『마른 들판』, 『늪지』 네 편의 예술가를 모티프로 한 소설을 살펴보았는데, 이 안에는 아쿠타가와의 예술 지상주의의 이념이 많이 투영되어 있는 것을 알 수 있었다.

아쿠타가와가 예술에 눈을 뜨게 된 직접적 동기는 진부한 일상으로부터의 탈출이지만, 근원적인 동기는 숙명으로부터의 도피라고 말할 수 있다. 그는 어머니의 정신이상이라는 남다른 숙명을 지녔으며 광기의 유전에 대한 강박관념을 처절하게 느끼면서 성장했는데, 예술만이 모든 것을 극복할 수 있다는 신념을 획득함으로써 생의 탈출구를 마련한다. 그 안에는 자기의 숙명이라는 실존고가 들어있다. 그런 만큼 아쿠타가와에게 있어서 예술과 현실의 관계는 서로 대립하거나 부조화의 양상을 띨 수밖에 없었다고 본다.

아쿠타가와의 경우 예술은 절대적 가치로서 기능하고 있으며, 예술 이외의 일상적인 것은 주변에 놓이거나 무시되는 경향이 두드러지고 있다. 본 연구는 이점에 착안하여 썼으며 타자비평의 관점에서 살펴보았다. '예술 지상주의'에서 예술은 절대적 우위에 있기 때문에 육체를 지탱하기 위한 먹고사는 문제와 결부된 세속적 현실, 평범한 일상은 주변으로 밀려날 수밖에 없다. 그리고 그런 태도는 삶의 균형을 잃게 한다.

『희작삼매』와 『지옥변』에는 현실과 예술이 뚜렷하게 대립적으로 묘사되어 있으며, 현실은 예술을 방해하는 소통불가능한 타자로서

그려져 있다. 아쿠타가와는 비속한 일상을 상징하는 인물을 등장시
킴으로써 예술가의 고뇌를 더욱 부각시키는 기법을 구사하고 있다.
『희작삼매』에서는 독자 헤이키치, 출판업자 이치베와 아내 오모모
가 그 역할을 수행하고 있으며,『지옥변』에서는 요시히데를 둘러싼
세상의 평판과 규범을 통해 예술가가 현실 속에서는 얼마나 고립되
어 있는지를 보여주고 있다.

　천재적 예술가일수록 일상과의 통로가 단절되어 절대고독의 경지
에서 창작행위를 하고 있음을 본다. 그리고 세속과 타협하지 않는
이런 예술가들에게서 아쿠타가와는 진정한 예술가의 이상을 발견하
고 있다.

　『마른 들판』에서는 마쓰오 바쇼의 가장 가까운 타자들인 제자들
의 심리를 해부함으로써 인간의 암부를 보여주고 있으며, 산 자와
죽어가는 자의 거리를 보여주었다. 당대의 위대한 시인 바쇼가 죽
어가고 있는 역사적 순간인데도 그의 모습은 명성에 걸맞지 않게
초라하다. 아쿠타가와의 인간에 대한 어두운 비전은 우리가 일상생
활에서 추구하는 존경, 덕망, 사랑, 연민 등이 한갓 허위의식에 지
나지 않는다고 반증하는 것을 본다.

　『늪지』는 천재성을 인정받지 못하고 역사의 뒤안길로 사라져 간
숱한 무명의 예술가의 심경에 서서 그들을 대변하고 있다. 비운의
예술가를 둘러싼 현실의 왜곡을 폭로함으로써 그들에게 짙은 공감
을 표하고 있다. 치열한 예술가의 타자로서 피상적이고 어설픈 미
술기자를 설정함으로써 그들의 고뇌를 부각시키고 그런 부류들에
대한 예술가들의 분노를 대리 표출하고 있음을 보았다.

　아쿠타가와는 이처럼 예술가와 현실의 괴리를 나타내기 위해 작
품에 따라서 다양한 기법을 동원하고 있는데 이는 작품의 완성도를
높이기 위한 작가의 남다른 애착의 반영이라고 생각한다.

　아쿠타가와는 예술과 현실을 이분법적 대립항으로 인식해 왔기 때문에 어쩔 수 없이 어느 한쪽은 중심이 되고 또 한쪽은 상대적으로 밀려나 타자가 될 수밖에 없다. 아쿠타가와의 경우 주체 또는 중심은 예술이며, 현실 또는 일상은 주변이라는 타자로서 놓이는 것을 본다. 아쿠타가와의 이러한 이분법적 사고는 그가 습득한 서구교양의 산물로서 그의 인생에도 적잖은 해독을 끼쳤음을 알 수 있다. 타자의 배제가 아닌 포용의 철학을 배웠다면 그의 삶은 보다 풍요로웠을 것이다. 인간은 사회 속의 한 분자로서 사사로운 일상과도 호의적 관계를 맺어야 인간다운 삶을 영위할 수 있기 때문이다. 만년의 아쿠타가와는 이에 대해 처절하게 깨닫고 그에 대한 회한을 토로하고 있다. "사사로운 것을 사랑하고 아끼는 것이 인생을 행복하게 사는 길"[19]이라고 말한다. 그러나 이러한 인식을 터득했을 때는 이미 그의 인생은 균열이 오고 만신창이가 되었으며 생 또한 얼마 남지 않았을 때였다.

　필자는 지금까지 중심과 주변의 관계로서의 타자뿐만이 아니라, 소통불능, 괴리, 위화감으로서의 타자성도 아울러 도출해 보았다. 아쿠타가와는 서구적 지성을 관류하는 이분법적 구조를 내면화하여 예술을 중심에 두고, 일상을 타자화하고 배제함으로써 그 대가를 혹독히 치루게 되었다고 생각한다.

---

19) 芥川龍之介 『侏儒の言葉』, 「幸福」.

◎ 참고문헌

우나무노『生의 비극적 감각』, 휘문출판사, 1987.

테리 이글턴(김명환 옮김)『문학이론입문』, 창작과 비평사, 1987.

M・H아브람스(최상규 옮김)『문학용어사전』, 보성출판사, 1997.

이상섭,『문학비평용어사전』, 민음사, 1981.

「타자는 누구인가」,『현대시사상』(1996. 겨울호), 고려원.

菊地弘 외 編,『芥川龍之介辞典』, 明治書院, 2000.

日本近代文学館 編,『日本近代文学大事典(全6巻)』, 講談社, 1977.

川口喬一 외 編,『文学批評用語辞典』, 研究社出版, 2000.

編輯委員会 編,『時代別日本文学史事典』, 東京堂出版, 1997.

Rシェママ 編,『精神分析事典』, 弘文堂, 2000.

柄谷行人『探究』Ⅰ・Ⅱ, 講談社学術文庫, 1977.

武田勝彦 編著『古典と現代ー西洋人の見た日本文学ー』, 清水弘文堂, 1970.

鶴田欣也 編,『日本文学における<他者>』, 新曜社, 1994.

『一冊の講座芥川龍之介』, 有精堂, 1988.

平岡敏夫,『芥川竜之介ー抒情の美学』, 大修館書店, 1987.

竹盛天雄 外『大正の文学』, 有斐閣選書, 1972.

日本文学全集,『芥川竜之介』, 筑摩書房, 1991.

森本修,『新考・芥川竜之介伝』, 北沢, 1977.

関口安義「芥川龍之介・戦いの生涯」, 毎日新聞社, 1992.

佐古純一郎,『芥川論究』, 朝文社, 1991.

鷺只雄,『芥川竜之介 年表』, 河出書房新社, 1997.

『日本文学研究資料叢書』芥川竜之介 Ⅰ・Ⅱ, 有精堂, 1992.

아쿠타가와 류노스케(芥川龍之)介와 인연을 맺고 논문을 쓴 지 십수 년이 된다. 필자는 1992년에 일본 히로시마 대학에 객원연구원으로 체류한 적이 있다. 그해는 마침 아쿠타가와 류노스케 탄생 백 주년이 되는 해였다. 그래서 일본의 서점가에는 많은 작품집과 특집호가 나와 있었다. 그 붐을 타고 이와나미(岩波) 출판사에서 나온 『아쿠타가와 전집』 12권을 서점에서 구해서 읽기 시작했다. 읽을수록 그의 작품은 구성과 문체에 있어서 완성도가 높으며 독자를 위한 여백이 남겨져 있다는 생각을 하게 되었다. 그 전까지는 단편적으로 한두 작품씩 읽기는 했으나, 전공인 나쓰메 소세키에 대해 주로 논문을 써 왔다. 하지만 일본체재를 계기로 논문의 주제를 아쿠타가와로 방향 전환하게 된 셈이다.

만년의 사진에서 보는 귀기(鬼気) 서린 분위기는 그의 혼의 치열함을 엿보게 했으며, 남다른 실존고를 노정하는 듯했다. 아쿠타가와 류노스케야말로 따뜻한 심장과 냉철한 두뇌의 소유자라고 느끼면서 점점 경도되었다. 그의 따뜻한 심장은 서정성 넘치는 아름다운 작품들을 남겼다. 한편 너무나 따뜻한 가슴을 지녔기에 냉혹한 현실을 감내하기에는 버거웠을 거라는 생각을 하게 되었다. 그의 냉철한 두뇌는 모럴리스트의 기질을 유감없이 발휘해 우리의 허위의식을 가차 없이 해부해 낸다. 차가운 이지(理智) 사이로 새어 나오는 따뜻한 감성은 약자들을 향한 시선이라는 독특한 작품을 낳고 있다. 아쿠타가와를 읽고 강의하면서 그의 작품세계를 맛보는 것은 지금까지도 필자한테는 매력적인 작업이다.

천재의 혜안으로 쓴 주옥같은 작품들을 범속한 필자가 어느 정도 깊이 있게 해독하고 분석해 냈는지 걱정이 앞서지만, 부끄러움을 무릅쓰고 조심스럽게 한 권의 책으로 내놓는 바이다.

2007년은 7월 24일은 아쿠타가와 서거 80주기에 해당하기에 개인적으로 이를 기리고 싶었다. 아쿠타가와의 유고로는 『갓파』가 있으며 자신이 직접 그린 '갓파(河童)' 삽화가 있다. 그래서 아쿠타가와의 기일을 '갓파기(河童忌)'라고 부른다.

2007년 7월 24일 80주기에 해당하는 '갓파기일(河童忌日)'에 그 의미를 부여하며 이 책을 탈고하게 되었다.

2008년 2월

김 난 희

아쿠타가와 류노스케 연보

■1892년(메지 25년)

3월 1일 동경시(東京市) 교바시구(京橋区) 이리후네쵸(入船町)에서 아버지 니하라 도시조(新原敏三)와 어머니 후쿠(ふく)의 장남으로 태어났다. 진년(辰年) 진월(辰月) 진일(辰日) 진시(辰時)에 태어났기 때문에 류노스케(龍之介)라는 이름이 붙여졌다. 아버지 도시조는 야마구치현(山口県) 출신으로 우유생산·판매업을 했으며 신주쿠(新宿)와 이리후네쵸에 목장을 가지고 있었다. 류노스케가 태어난 지 8개월 만에 어머니 후쿠가 정신이상을 일으켰기 때문에 어머니의 친정인 아쿠타가와 집안에서 외삼촌 부부에게 양육되었다. 아쿠타가와 집안은 에도시대 때부터 다도를 관장하는 벼슬을 하던 유서 있는 사족(士族)집안이었다. 집안의 분위기는 문인적이었으며 풍류를 즐기는 사람이 많았다. 이는 훗날 아쿠타가와의 인격형성에 지대한 영향을 준다.

■1898년(메지 31년) 만 6세

4월 혼조(本所)모토마치(元町)에 있는 에히가시(江東) 소학교에 입학한다.(만 6세에서 13세까지 소학교 다님: 7년간)

■ 1902년(메지 35년) 만 10세

류노스케의 학업성적은 우수했으며, 문학방면에 조숙한 재능을 보였다. 이해 4월부터 동급생들과 회람잡지「일출세계(日の出界)」를 발행하고 자신이 편집한다. 독서로는 다키자와 바킨(滝沢馬琴)의「팔견전(八犬伝)」, 시키테 삼바(式亭三馬), 짓펜샤 잇쿠(十返舎一九), 치카마쓰 몬자에몬(近松門左衛門) 등의 에도문학(江戸文学)을 탐독하는 한편, 당대 작품으로는 도쿠토미 로카(徳富芦花)의「자연과 인생」, 「추억의 기록」이즈미 교카(泉鏡花)의「둔갑한 은행나무」등을 애독했다. 이해 11월 28일 생모 후쿠(ふく)가 병사한다.

■ 1904년(메지 37년) 만 12세

생부 도시조와 계모(생모의 여동생) 사이에 남동생 도쿠지(得二)가 태어난다. 니하라(新原)집안은 도쿠지가 가독상속(家督相続)하게 된다. 이해 8월 류노스케는 아쿠타가와 집안(芥川家)에 입적된다.

■ 1905년(메지 38년) 만 13세

에히가시 소학교 고등과를 졸업하고 도쿄부립 제3중학교에 입학한다. 중학시절도 학업성적은 우수했으며 특히 한문 실력이 특출했다. 독서열이 강해서 오자키 고요(尾崎紅葉), 고다 로한(幸田露半), 히구치 이치요(樋口一葉), 다카야마 쵸규(高山樗牛), 구니키다 돗보(国木田独歩), 나쓰메 소세키(夏目漱石), 모리 오가이(森鴎外) 등을 닥치는 대로 남독했다. 외국작가로는 입센, 아나톨 프랑스에 흥미를 보였다. 가장 좋아하는 과목은 역사였으며 장래희망은 역사가였다. 중학시절의 작품으로「기소 요시나카(木曾義仲)론」이 있다.

■1910년(메지 43년) 만 18세

3월 부립 제3중학교를 졸업한다. 9월 성적우수생 특별전형에 의
해 무시험으로 제1고등학교 1部 乙(문과)에 입학한다. 동급생으로는
기쿠치 간(菊池寬), 야마모토 유조(山本有三), 쓰치야 분메(土屋文明)
가 있었다. 문과 1년 선배로는 도시마 요시오(豊島与志雄). 고노에
후미마로(近衛文麿)가 있었다. 이해 신주쿠(新宿)로 이사한다.
※부립중학교: 5년제/일고: 3년제/제국대학: 3년제
(소학교에서 제국대학 졸업까지 수업 연한: 18년간)

■1911년(메지 44년) 만 19세

혼고에 있는 1고 기숙사에 들어가서 1년간 기숙사생활을 보낸다.
고교생 류노스케는 수재기질의 성실한 학생이었다. 이 무렵 보들레
르, 스트린드베리, 아나톨 프랑스, 베르그송, 오이켄 등을 애독한다.

■1913년(다이쇼 2년) 만 21세

7월 제1고등학교를 졸업. 졸업성적은 27명 중 2등이다. 9월에 동
경제국대학 영문과에 입학한다.

■1914년(다이쇼 3년) 만 22세

2월 도시마 요시오(豊島与志雄), 기쿠치 간(菊池寬), 야마모토유조
(山本有三), 쓰치야 분메(土屋文明) 등과 제3차 「신사조(新思潮)」를
발행하는데, 류노스케는 야나가와 류노스케(柳川隆之助)라는 펜네임
으로 창간호에 아톨나 프랑스와 예이츠의 번역을 게재한다. 5월에는
처녀작 「노년」, 9월에는 희곡 「청년과 죽음」을 발표한다. 제3차 신사

조는 이해 10월에 폐간됨. 10월 말 일가는 도쿄후(東京府)에 있는 도시마군 다쓰노가와쵸(竜野川町) 다바타(田端)로 이사한다.

■1915년(다이쇼 4년) 만 23세

4월에 「횻토코 가면(ひょっとこ)」, 10월에 「라쇼몽」을 「제국문학」에 발표했는데 반향은 없었다.

12월에 대학동급생이자 소세키의 문하생이었던 하야시바라 고조(林原耕三)의 소개로 구메 마사오(久米正雄)와 함께 소세키 산방의 「목요회(木曜会)」에 출석하여 이후 소세키의 문하생이 된다(1년간).

■1916년(다이쇼 5년) 만 24세

2월 구메 마사오, 기쿠치 간 등과 제4차 「신사조」를 발간한다. 그 창간호에 「코」를 발표하여 소세키의 극찬을 받게 된다. 소세키의 칭찬이 문단 진출의 실마리가 된다.(「코」는 소세키의 문하생인 스즈키 미에키치(鈴木三重吉)의 추천으로 「신소설」 5월호에 게재된다.)

4월 「고독지옥(孤独地獄)」, 「아버지」를 발표, 5월 「이(虱)」를 발표해서 1장에 30전의 원고료를 받는다. 6월 「주충(酒虫)」을 발표한다.

7월에 동경제대 영문과(3년간 재학)를 졸업한다.

※ 졸업논문은 「윌리엄 모리스 연구」

8월: 「선인」, 「노로마쓰 인형(野呂松人形)」 9월: 「원숭이」, 「참마죽(芋粥)」, 「손수건」을 발표하여 신진작가로서의 지위를 확립했다.

11월: 「담배와 악마」, 「담뱃대(煙管)」

※ 12월 1일부터 요코스카 해군기관학교 촉탁교관이 되어 거처를 가마쿠라로 옮긴다. 월급 60엔. 12월 9일 나쓰메 소세키 서거한다.

■1917년(다이쇼 6년) 만 25세

1월 「멘주라조일리」, 「운(運)」, 「오가타 료사이 비망록」, 「충의(忠義)」, 「장의기(葬儀記)」를 소세키 추도호(「新思潮」)에 발표한다. 신사조는 이 호를 마지막으로 폐간된다.

「투도(偸盜)」, 「방황하는 유대인」, 「어느 날의 오이시 구라노스케」 발표한다. 하숙을 요코스카(橫須賀)로 옮긴다.

제1창작집 『라쇼몽』, 제2창작집 『담배와 악마』 간행.

■1918년(다이쇼 7년) 만 26세

1월 「사이고 다카모리」, 「목이 떨어진 이야기」를 발표한다.

2월 쓰카모토 후미코(塚本文子)와 결혼. 오사카 <매일신문> 사우(社友)가 된다.

(조건: 잡지발표는 자유이지만 <매일신문> 이외의 다른 신문사에는 집필하지 않을 것. 보수는 월 50엔, 원고료는 종전대로)

가마쿠라로 이사해서 아내와 큰 이모, 식모 세 사람이 함께 산다.

「요노스케의 이야기」, 「게사와 모리토」, 「거미줄」, 「지옥변」, 「개화의 살인」, 「봉교인의 죽음」, 「마른 들판(枯野抄)」, 「사종문(邪宗門)」, 「루시퍼(るしへる)」를 발표한다.

■1919년(다이쇼 8년) 만 27세

1월 「그 시절의 나」 발표. 제3창작집 『꼭두각시』 간행됨. 「개화의 양인」 발표. 3월 창작에 전념하기 위해서 해군기관학교를 그만두고 <매일신문사> 촉탁사원이 된다.

(출근은 하지 않으며, 연간 정해진 횟수의 소설을 쓰면 된다. 보

수는 원고료 없이 월 130엔. 다른 신문사에의 집필은 안 됨.)

3월 15일 생부 니하라 도시조가 스페인 독감으로 사망.

6월 10일 간다(神田)의 서양 요리집에서 열린 <십일회(十日会)>에서 히데 시게코(秀しげ子)를 처음으로 만난다.

「크리스토포로 상인(上人)전」, 「밀감」, 「늪지(沼地)」, 「노상(路上)」, 「의혹(疑惑)」 발표.

■1920년(다이쇼 9년) 만 28세

1월 「마술(魔術)」, 「무도회」, 「네즈미고조 지로키치(鼠小僧次郎吉)」, 「미생지신(尾生の信)」 발표. 제4창작집 「회전등롱(影灯籠)」 간행.

3월에 장남 히로시 탄생.

4월 「가을」, 「스사노미코토(素戔嗚尊)」 발표.

7월 「남경의 그리스도」, 「두자춘」 발표. 구메(久米), 기쿠치(菊池), 우노(宇野)와 교토·오사카 지방에 강연여행을 떠난다.

■1921년(다이쇼 10년) 만 29세

1월 「산비둘기(山鳩)」, 「추산도(秋山図)」, 「아그니의 신(神)」 발표. 제5창작집 『밤중의 꽃(夜来の花)』 간행. 오사카 <매일신문사>의 해외 특파원으로 상해, 강남, 장강, 여산에 가는 한편, 무한, 동정호, 장사, 북경, 조선을 거쳐 7월 말에 동경에 돌아온다. 8월에 「상해유기」를 <오사카매일신문>에 연재. 10월에 「호색」을 발표.

■1922(다이쇼 11년) 만 30세

「장군(将軍)」, 「슌칸(俊寬)」, 「덤불숲(薮の中)」, 「오토미의 정조(お富

の貞操)」,「뜰(庭)」,「로쿠노미야노 히메기미(六の宮の姫君)」발표. 차
남 다카시(多加志) 출생. 이 무렵부터 건강이 급격히 나빠진다.

■1923(다이쇼 12년) 만 31세

1월 「주유의 말」, 「히나(인형)」, 「야스키치의 수첩에서」 제6창작집
「춘복(春服)」 간행. 피서를 위해 가마쿠라에 체류 중 오카모토 가노
코(岡本かのこ) 부부와 알게 된다. 「절(お時儀)」, 「바쇼잡기」, 「오바바
바바」 발표.

■1924(다이쇼 13년) 만 32세

「한줌의 흙(一塊の土)」, 「이토조 비망록(糸女覚え書き)」, 「추위(寒
さ)」 발표. 신경쇠약, 건강악화.

■1925(다이쇼 14년) 만 33세

「다이도지 신스케의 반생」 발표. 신초사 「현대소설전집」 제1권으로
「아쿠타가와 류노스케집」이 간행됨. 7월 3남 야스시(也寸志) 탄생. 고
분샤의 의뢰로 「근대일본문예전집」 전5권을 편집하게 되는데, 인세배
분문제로 분쟁이 생기자 고통을 받는다. 「중국기행(支那游記)」 간행.
건강은 갈수록 악화.

■1926(다이쇼 15년 · 쇼와 원년) 만 34세

「호남의 부채」, 「연말의 하루」 발표. 위장병, 신경쇠약, 불면증, 치
질 등으로 고통을 받는다. 1월 요양을 위해서 유가와라에 체재. 4월
요양을 위해서 구게누마 해안에 있는 이즈마야에 거주. 10월 「점귀

부」 발표. 생모의 광기를 정면에서 언급한다. 이전에는 표면화시키
지 않았다.

■1927년(쇼와 2년) 만 35세

1월 매형 니시카와 유타카(西川豊)의 집이 전소(全燒)함. 화재직전
에 막대한 보험금이 걸려 있어서 매형 유타카는 방화의 혐의를 받
게 된다(7천 엔 정도의 집에 3만 엔의 보험금이 걸려 있었음). 변호
사였던 유타카는 위증교사죄로 변호사 자격을 박탈당하고 옥고를
치루는 등 상황이 안 좋았다. 경찰이 유타카의 행방을 수사하는 도
중에 철도자살을 한다. 매형 사후 고액의 부채가 남겨져 있어서 그
뒤처리 때문에 아쿠타가와는 동분서주하게 된다.

「겐카쿠 산방(玄鶴山房)」, 「신기루」, 「갓파(河童)」, 「문예적인 너무
나 문예적인」(다니자키 준이치로(谷崎潤一郎)와의 문학논쟁) 「톱니바
퀴(齒車)」 발표.

<개조사(改造社)전집> 출판 강연여행으로 도호쿠(東北) · 홋카이도
(北海道) 순회.

제8창작집 『호남의 부채』를 <문예춘추사>에서 간행.

7월 24일 새벽 다바타(田端)의 자택에서 수면제 베로날과 지알을
치사량 복용하여 자살했다. 7월 27일 야나카(谷中) 제사터(祭場)에서
장례식이 거행된다.

유고(遺稿)로는 「톱니바퀴」, 「암중문답」, 「어느 바보의 일생」, 「서
방의 사람」, 「(속)서방의 사람」, 「열개의 바늘」, 「(속)바쇼잡기」가 남
겨져 있다.

■1928년(쇼와 3년) 사후 1년

7월 24일이 아쿠타가와 1주기이지만, 무더위를 피해서 6월 24일
에 1周忌 행사가 거행되었다.

(오후 5시 반부터 아쿠타가와 자택에 지인들이 모여 행사를 시작
하고 밤 열시에 해산한다)

※ 아쿠타가와상(芥川賞)

아쿠타가와 류노스케를 기념하기 위해 1935년(쇼와10) <문예춘추
사(文芸春秋社)>가 제정한 문학상. 기쿠치 간(菊池寛)이 고인이 된
친구를 기리기 위해서 설정했는데, 봄·가을 2회에 걸쳐 수여한다.
1945년에 중단되었다가 49년에 다시 부활했다.

제1회 아쿠타가와 수상작은 이시카와 다쓰조(石川達三)의 『창맹(蒼
氓)』이다. 신진작가의 등용문으로서 가장 권위 있는 상이 되고 있다.

<아쿠타가와상 수상 화제작>

● 이시하라 신타로(石原慎太郎) 『태양의 계절』(1930년 하반기)

● 무라카미 류(村上竜) 『끝없이 투명에 가까운 블루』(1976년상반기)

• 저자 •

김난희   **•약 력•**

1958년 생
제주대학교 일본어학과 졸업
중앙대학교 일어일문학과 박사과정 졸업 (문학박사)
히로시마대학 객원연구원
현재 제주대학교 일어일문학과 교수 (일본근대문학 담당)

•주요논저•

『나쓰메 소세키의 『봇창』에 나타난 대립구도』
『나쓰메 소세키의 문학에 나타난 '금테안경'과 '모자'의 상징』
『나쓰메 소세키의 『夢十夜』의 세계』
『나쓰메소 세키의 『소레카라』의 세계』 외 수편
아쿠타가와 류노스케 관련논문 10여 편

아쿠타가와 류노스케
문학의 이해

• 초판 인쇄	2008년 2월 28일
• 초판 발행	2008년 2월 28일
• 지 은 이	김난희
• 펴 낸 이	채종준
• 펴 낸 곳	한국학술정보㈜
	경기도 파주시 교하읍 문발리 513-5
	파주출판문화정보산업단지
	전화 031)908-3181(대표)·팩스 031)908-3189
	홈페이지 http://www.kstudy.com
	e-mail(출판사업부) publish@kstudy.com
• 등 록	제일산-115호(2000. 6. 19)
• 가 격	30,000원

ISBN   978-89-534-8207-4 93830 (Paper Book)
        978-89-534-8208-1 98830 (e-Book)